여명의
눈동자

1

여명의 눈동자

김성종 장편대하소설

1

도서
출판 남도

自由의 길

韓國現代史를 대하고 있으면 슬픔과 분노, 그리고 좌절을 동시에 맛보게 된다. 오래 전부터 나는 이 피의 長江을 뗏목을 타고 한번 헤쳐 가 볼 수 없을까 하고 생각해 보았다. 선배들 그 누구도 시도해 보지 않은 힘든 모험이었다. 파도가 산을 이루는 험한 곳은 세 곳이었다. 日帝와 解放과 6·25 — 이 세 곳을 관통해야 하는 것이다. 가도가도 끝이 없는 멀고 먼 길이다.

항해하는 동안 느낀 것은 슬픔, 분노, 좌절의 저쪽에 自由의 불꽃이 반짝이고 있다는 사실이었다. 그 自由를 쟁취하기 위해 우리는 강처럼 많은 피를 흘렸고, 무수한 꽃봉오리들이 무참히 쓰러져 갔다.

이 小說에 등장하는 인물들 역시 「自由의 길」을 향해 몸부림치다 사라져간 사람들이다. 나는 長江 깊은 곳에 가라앉아 돌이 되어버린 그들을 끌어내어 이끼를 벗기고 물때를 닦아 보았다. 놀랍게도 그들의 몸에서는 진주보다 더 찬란한 빛이 눈부시게 빛나고 있었다.

혼자 뗏목을 타고 長江을 헤쳐 가는 일이 얼마나 힘들고 고독한 작업인가는 그것을 직접 경험하지 않고는 모르는 것이다. 여기에는 모험심도 필요하고, 용기도 필요하고, 양심도 필요하고, 무엇보다도 물길을 바로잡아 나갈 수 있는 안목이 필요한 것이다. 그러나 나는 그 어느 것 하나 갖추지 못한 채 단순한 호기심으로 여기에 덤벼들지 않았나 하는 생각이 든다.

　작업은 갈수록 힘들어지고 물길은 더욱 험해지기만 한다. 그러나 누군가에 의해 이 長江이 정복되어야 한다는 생각은 처음 출발했을 때와 조금도 다름없다.

　아직 비바람이 치고 하늘은 어둡다. 그러나 머지 않아 自由의 빛이 보일 것이다. 悲劇의 역사 속에서 죽어간 이름 없는 용사들이 그렇게 찾고 싶어하던 自由의 빛 ― 그 빛을 확인하기 위해 나는 쉬지 않고 노를 저을 것이다.

1977년 6월 金聖鍾

雄煇한 人間드라마

「最後의 證人」으로 신문 연재소설의 새로운 패턴을 창조한
金聖鍾은 현재 「日刊스포츠」에 연재하고 있는 「黎明의 눈동자」
에 이르러 作家로서의 외면과 내면에서 완전히 성공한다.

연재가 계속되고 있는 作品에 대하여 평가를 내린다는 것은
速斷에 지나지 않는다. 이에 連載小說로서 성공하고 있다는 衆
評이 이 경우에는 더 중요하다.

그러면 무엇이 이 작가의 읽히는 점일까. 여러 각도에서 대답
이 나올 수 있겠지만 무엇보다도 리얼리티에 가장 치열하게 대
드는 점이라고 본다. 다시 말하면 現實의 狀況倫理에 가장 명민
하고 빈틈없이 작가적 良識을 照明하고 있기 때문이다.

그는 누구보다도 가장 솔직한 소설을 쓰고 있다. 특히 「黎明
의 눈동자」에 선정된 무대의 배경이나 등장인물의 성격은 우리
문학사에서 찾아볼 수 없는 솔직함을 드러내고 있는데, 가령 사
건이 풀려나가고 있는 場所라든가 각각의 인물들의 저마다의
목표를 지닌 삶의 빛깔들이 모두 그러하다. 또 이 작품의 핵심

인물로 부각되고 있는 「여옥」이나 「하림」, 「대치」 등등의 성격과 행동은 어떤 小兒病的 日常人들의 그것이 아니며, 그들의 삶을 싸고도는 문제들은 한결 같이 우리 민족을 비애와 비탄으로 몰아넣었던 痛史들로서 어느 작가도 손을 대지 못했던 가장 아프고 상처가 깊었던 大河의 소재라고 본다.

흔히 民族史를 문학적으로 다룰 때 敎科書的 개념을 벗어나지 못 하는 것이 통례였다. 역사 소설도 마찬가지다. 人物 중심이거나 고작해야 事件 중심이었다.

「黎明의 눈동자」에 등장하는 인물들은 모두 저마다 이데올로기적 확신 속에 움직이며 그렇기 때문에 그들의 삶, 마디마디는 철저하게 솔직하다. 人肉을 먹고, 쉽게 殺人하고, 겁탈을 하고……작가는 극한적 인간 조건에 손톱 만큼의 연민도 없이 「悲劇美」에 땀을 쏟는다. 이것이 産業社會 속에서 벌어지는 솔직한 오늘의 얼굴로 보여지기 때문에 그의 小說이 많은 독자를 갖고 있는지도 모른다.

金聖鍾은 스케일이 큰 작가다. 廣大無邊한 사건의 연속과 雄輝한 인간 드라마가 갖는 「黎明의 눈동자」도 과연 얼마를 더 쓰는 것인지 감을 잡을 수 없는 무서운 힘을 감추고 있다. 때문에 그의 소설을 읽으면 마치 連峰이 발아래 구름을 이고 있는 峻嶺의 한 頂上에 서 있는 느낌을 준다. 이렇듯 스케일이 클 수 있다는 사실은 다시 말해 作家的 想像力이 풍부하다는 점일 것이다. 때문에 그의 作品展開에 있어서도 넓이와 깊이를 짐작할 수 없는 무궁한 活力과 彈性을 지니고 있다. 그의 작품을 잡으면 쉽게 손을 놓을 수 없는 것도 바로 이런 데서 온다고 본다.

그러나 이러한 특징들은 작품을 읽게 해주는 작가의 따뜻한 기본적 情에 지나지 않는다.

더 근원적으로 작가는 이 소설을 통하여 「人間이란 무엇이냐」는 물음을 진실한 표정과 함께 우리 독자들에게 하나하나 묻고 있다는 점이다. 좋은 소설이란 결국 자기의 삶에 대한 깊은 洞察의 기회를 마련해 주는 것이라면 이 작품이야말로 「우리」를, 그 「우리」들 속의 「나」를 되돌아볼 것을 간곡히 권고하고 있다.

金聖鍾의 작품을 통한 휴머니즘은 비로소 얼굴을 보이기 시작한다. 「黎明의 눈동자」 첫 권이 바로 그것이다.

白承喆 文學評論家

여명의 눈동자

1

대류의 밤 ……………… 13

불타는 밤 ……………… 47

연인들 ……………… 83

공동변소 ……………… 119

이름 없는 별 ……………… 149

떨어진 꽃 ……………… 167

사이판 도 ……………… 181

비극의 장 ……………… 199

이 별 ……………… 223

죽음의 대지 ……………… 251

상 해 ……………… 283

산 자와 죽은 자 ……………… 309

마지막 얼굴 ……………… 371

인 육 ……………… 385

대륙의 밤

압록강(鴨綠江)이었다.

화차까지 길게 달린 기차는 마침내 덜커덩 하고 철교에 부딪쳤다.

덜커덩 덜커덩 덜커덩 덜커덩.

철교는 수면으로부터 높이 솟아 있었기 때문에 쇠바퀴가 부딪치는 소리는 매우 웅장하게 들려왔다. 그 소리는 한참 동안 주위를 울렸다.

그만큼 열차는 길고 길었다.

대륙으로 진출하는 일본제국 육군을 잔뜩 태우고 있는 열차인 만큼 그 어느 열차보다도 길 수밖에 없었다. 열차 후반부는 병력이 아닌 화물을 싣는 칸이었는데 모두가 밀폐되어 있어서 일반 사람이 보기에는 그 안에 무엇이 들어 있는지 알 도리가 없었다.

강 위로 어둠이 막 묻어 내리고 있었다. 어둠과 함께 눈도 내리고 있었다.

눈은 대륙에서 불어오는 찬바람을 타고 거세게 소용돌이치고 있었다. 갑자기 군가가 터져나왔다.

갓떼 구루소도 이사마시꾸
지갓떼 구니오 데다까라와
데가라 다데스니 시나료오까
신군 랏빠 기꾸다비니
마부따니 우까부 하다노나미

<이겨서 돌아오마고 용감하게
맹세하고 나라를 떠나온 이상은
수훈을 세우지 않고는 죽을 수 없다.
진군 나팔 들을 때마다
망막에 떠오르는 깃발의 물결>

군가는 두 번 세 번 거듭되면서 우렁차게 허공을 울렸다. 마치
일본 육군의 무한한 진군이 약속이나 되어 있는 듯이…….
졸고 있던 여옥(麗玉)은 깜짝 놀라 눈을 떴다. 창문 하나 없이
막혀 있어서 안은 몹시 어두웠다. 함께 타고 있는 여자들이 노
래 소리에 모두 정신이 드는지 여기저기서 부시럭거리며 움직
이기 시작했다.
얼마 동안 달려왔는지, 그리고 지금 어디를 지나고 있는지 그
녀는 도무지 알 수가 없었다. 때문에 어디로 가고 있는지는 더
더구나 몰랐다.

사지가 오그라붙고 턱이 덜덜 떨릴 정도로 날씨가 추웠다. 소변이 몹시 마려웠지만 그녀는 움직이기가 싫어 그대로 웅크리고 앉아 있었다.

"아, 압록강!"

누군가가 어둠 속에서 떨리는 목소리로 낮게 소리쳤다. 잠깐 무거운 긴장이 흐른 다음 여자들은 우르르 일어나 문틈으로 밖을 내다보았다. 그제야 여옥이도 몸을 일으켜 문 쪽으로 기어갔다. 시야가 확 트이지는 않았지만 다리 난간이 획획 지나가는 것이 보였고 눈이 내리는 것도 보였다.

얼어붙은 강물을 보자 눈물이 왈칵 쏟아졌다. 말로만 듣던 압록강이었다. 이 국경의 강을 건너면 어쩐지 영영 돌아오지 못할 것만 같았다.

강을 건너자 기차는 길게 기적을 울렸다.

여옥은 눈물을 닦고 도로 제자리에 가 앉았다. 그녀가 탄 칸은 화차의 맨 끝에 매달려 있었다.

화물칸에는 모두 무기가 들어 있었다. 광활한 중국 대륙을 석권하는데 필요한 중화기가 대부분이었는데 이것들은 지난 수년간 일본 육군이 극비리에 제조한 신형 무기들이었다. 이렇게 귀중한 무기들이 들었으므로 화물칸은 삼엄한 경비를 받고 있었다.

그러나 사실은 모든 칸이 무기로 차 있는 것은 아니었다. 화차의 맨 마지막 칸에는 일단의 사람들이 들어 있었는데 기이하게도 모두가 여자들이었다. 그것도 젊은 여자들이었다. 여옥은 바로 여기에 끼어 있었다.

이들도 일종의 무기라고 할 수 있다. 왜냐하면 군인들을 위로해 주기 위해 징발된 여자들인 만큼 생리적인 욕구를 충족시켜 준다는 점에서 무기 이상의 효과를 기대할 수 있기 때문이다.

이들이 군속(軍屬) 취급도 받지 못한 채 물건처럼 화차 속에 갇혀 있는 데는 그럴만한 이유가 있었다. 일본 육군이 성욕 충족의 대상으로 여자들을 전장에까지 끌고 간다는 것은 어느 모로 보나 명예스럽지 못한 일이었다. 따라서 눈에 띄게 여자들을 수송할 수는 없었다. 그래서 무기처럼 군사기밀의 딱지를 붙여 화물칸 속에 그녀들을 쓸어 넣은 것이다.

또 하나 문제되는 것은 내면적으로는 위안부의 존재가 인정되고 있다 해도 표면상으로는 그것이 무시되고 있었던 것이다. 즉 육군 운송규정에는, 운송 대상으로 생물로서는 군인·군속·군마·군견 등의 이름은 있어도 위안부라는 것은 없었던 것이다. 결국 병기도, 탄약도, 군량도 아닌 막연한 물자(物資)라는 이름으로 수송될 수밖에 없었다.

여자들은 모두 해서 오십 명쯤 되었다. 이 중 일본 여성은 열 명이 채 못 되었고 나머지는 모두 조선 출신 처녀들이었다. 성분을 보면 일본 여인들은 거의가 원래 기따규슈(北九州) 지방에서 몸을 팔던 위안부들이어서 이 방면에서는 역전의 노장들이라고 할 수 있었다. 따라서 그녀들은 직업을 위해 자진해서 대륙으로 원정을 떠났다고 하는 편이 옳았다. 일확천금의 꿈으로 가슴이 부풀었을 것이 당연했다.

그러나 조선 출신 처녀들은 전혀 사정이 달랐다. 스무 살도 채 못 된 그녀들은 거의가 시골에서 징발된 순하디 순한 여자들이었고 남자의 몸 한번 스쳐본 적이 없는 숫처녀들이었다. 그녀들은 일본 여인들과는 달리 자신들이 무슨 목적을 위해 끌려가고 있으며 또 어디로 가고 있는지조차 몰랐다. 그런 만큼 앞길을 보는 눈에는 깊고 깊은 두려움만이 가득 차 있었다.

여옥은 목도리로 얼굴을 단단히 싸맨 다음 다시 무릎 위에 머리를 묻었다. 철제로 된 화물칸 속에 몸을 녹일 것이라곤 아무것도 없었다. 가마뙈기만을 깔아 놓은 바닥 위에 웅크리고 앉아 고스란히 추위를 받을 수밖에 없었다

운명을 생각하기에는, 그리고 모든 것을 참고 견디기에는 그녀는 너무 나이가 어렸다. 그녀는 열 일곱 살이었다. 살결은 희고 얼굴도 고왔지만 젖가슴이나 엉덩이는 남자를 받을 만큼 그렇게 성숙되어 있지가 않았다.

나이가 어린 것은 그녀뿐만이 아니었다. 조선 여인 거의가 아직 부모의 품에서 어리광이나 부릴 그런 나이였다.

그러나 이제 자신의 몸을 자신이 돌 봐야 할 때가 온 것이다. 그것도 가혹하게 닥쳐온 것이다. 그렇지만 이런 사정을 알고 있는 여자는 아무도 없었고, 알았다 해도 거기에 대처할 마음의 준비가 되어 있지가 못했다.

국경을 넘었다는 사실, 그리고 무섭게 춥다는 것만으로도 여옥은 금방 숨이 넘어갈 것만 같았다.

밖은 이제 완전히 어두워 있었다. 바람은 더욱 거세어지고, 앞

을 분간할 수 없을 정도로 눈이 내리고 있었다.

점점 속도가 떨어지던 기차는 어느 간이역에서 마침내 멈춰 버리고 말았다. 국경을 넘은 지 4시간 만이었다. 기관차는 허연 증기를 내뿜으며 거친 소리를 내다가 이윽고 잠잠해져 버렸다. 간이역을 지키는 일본군 수비대원 두 명이 중국인 역원에게 등불을 들게 하고 뛰어왔다.

차에 오른 수비대원 두 명은 곧 수송책임자가 들어 있는 특실로 다가가 노크했다. 이미 정장을 하고 기다리고 있던 야스무라(安村) 대좌는 앉은 채로 그들을 맞았다.

수비대원 중의 하나인 오장이 몸을 떨듯이 하면서 경례를 붙였다. 그리고는 더듬거리는 목소리로 말했다.

"눈 때문에 더 이상 갈 수 없습니다. 교통이 두절됐다는 연락이 왔습니다."

"알고 있어. 좀 기다리기로 하지."

대좌는 눈을 한 번 디룩 굴리더니 기분 나쁘다는 듯이 이맛살을 찌푸렸다. 살찐 얼굴은 주기(酒氣)로 붉게 달아올라 있었다. 눈이 째진 것이 몹시 사나운 인상이었다.

"이 봐, 오장, 여기 잘 데가 있나?"

"네, 있습니다."

"그럼 잠자리를 마련해 놔. 곧 갈 테니까."

"네, 알겠습니다."

대좌를 맞은 수비대는 긴장했다. 수비대를 지휘하는 자의 계급이 기껏해야 오장(伍長)이었으니, 그럴 수밖에 없었다.

조그만 마을이라 숙박시설도 없었다. 오장은 가장 큰 민가 한 채를 비우게 한 다음 거기로 야스무라 대좌를 안내했다. 장교 몇 명이 대좌를 수행했을 뿐 사병과 여자들은 그대로 열차에 남아 있었다. 그들은 숙박할 장소가 없었기 때문에 열차에서 밤을 지새워야 했다.

대좌는 잠자리에 들기 전에 술 한 잔을 또 들이켰다. 왠지 침울한 기색이었다.

"주무십시오."

술을 따라주던 젊은 부관이 말했다. 대좌는 상의 단추를 풀어 헤치면서 답답하다는 듯 머리를 흔들었다.

"잠이 올 것 같지 않은데……."

"여자를 부르겠습니다."

부관은 민첩하게 대응했다. 대좌는 별로 흥미 없다는 듯 입맛을 쩍 다셨다. 그러나 요구조건은 세부적이고 정확했다.

"조선 애를 하나 데려와 봐. 나이 어리고 이쁜 놈을 말이야."

부관은 웃지도 않고 뛰어갔다. 야스무라 대좌가 여자를 좋아한다는 건 이미 정평이 나 있는 사실이다. 정력이 출중한 40대 사나이가 수 년 동안 마누라 곁을 떠나 있으니 여자 생각이 안 날 수 있겠는가. 욕정을 푼다는 건 내일의 대업을 위해서도 반드시 필요한 일이야. 위안부들이 들어 있는 화물칸 앞에 이르자 부관은 숨을 깊이 들이마셨다.

화물칸 속에 처박아 둔 여자들이 어떻게 되었는지 궁금했다. 철문을 밀어젖히자 오줌 냄새가 확 풍겨왔다.

"이런 망할 것들, 오줌을 아무 데나 싸면 되나?"

부관은 중얼거리면서 회중전등으로 안을 비췄다. 불빛을 보자 여자들은 숙였던 고개를 들고 불안한 시선을 보내왔다.

"닛뽄징은 그대로 있고, 죠오센징만 모두 일어서 봐. 빨리!"

부관의 고함 소리에 조선 여자들은 슬슬 몸을 움직거렸다. 그러나 얼른 일어서려고 하지는 않았다. 병사 두 명이 뛰어올라가 총대로 위협을 하자 그제야 그녀들은 주춤주춤 일어섰다.

뒤에 서 있는 여자들이 보이지 않자 부관은 뛰어올라가 한 사람 한 사람 세밀히 불을 비춰보았다. 그리고 다섯 명을 추려냈다. 그 중에는 여옥이도 끼어 있었다.

"이 애들을 데리고 나를 따라와."

부관은 병사들에게 이렇게 지시하고 앞장서서 걸어갔다.

밖으로 나오자 살을 에이는 찬바람이 불어닥쳤다.

눈 속으로 발이 푹푹 빠져서 걸음을 옮기기 불편했다. 여옥은 고무신을 벗어 눈을 탁탁 털었다. 어디로 가는지 몰라도 어서 따뜻한 곳으로 가서 더운밥이라도 한 그릇 먹었으면 싶었다. 바람을 막으려고 그녀는 보따리로 얼굴을 가리면서 걸어갔다.

그녀들은 야스무라 대좌가 묵고 있는 집으로 연행되어 갔다. 일단의 장교들이 앉아 있는 방안으로 들어간 그녀들은 거기서 부관으로부터 일장 훈시를 들었다.

"너희들은 오늘밤 우리 황군(皇軍)을 위해 봉사해야 한다. 이렇게 뽑힌 것을 영광으로 생각해야 한다. 잘 알겠지만 너희들은 천황폐하께서 우리 황군들을 위로해 주기 위해 보내 주신 정신대원(挺身隊員)들이다. 그 영광을 결코 더럽혀서는 안 된다. 한 맘 한 뜻으로 황군을 위해 봉사하기 바란다. 만일 거역하거나 우는 자가 있으면 엄벌에 처하겠다."

부관의 말은 매우 근엄했다. 여자들은 고개를 숙인 채 꼼짝도 하지 않았다. 여옥은 보따리를 가슴에 꽉 껴안은 채 숨을 가만히 몰아쉬었다. 앞으로 일어날 일이 궁금하면서도 두려운 생각이 들었다. 정신대가 뭘까. 고향을 떠나기 전에도 그 말을 많이 들었다. 누구나 정신대에 끌려가는 것을 싫어했었다. 도대체 정신대라는 것은 뭐하는 델까. 여옥은 눈을 살그머니 치뜨고 젊은 장교들을 바라보았다. 벽에 비스듬히 기대앉은 젊은 사내들의 눈이 이글이글 타오르고 있었다. 여옥은 놀라서 시선을 얼른 밑으로 떨어뜨렸다.

다섯 명의 조선인 여자들은 곧 대좌의 방으로 안내되었다. 그때까지 술을 마시고 있던 대좌는 여자들이 들어서자 게슴츠레한 눈으로 그녀들을 훑어보았다.

여옥은 야스무라 대좌의 시선이 자기에게 머무는 것을 느끼자 전신에 소름이 끼쳤다.

"혼자 술을 마시니까 재미가 없군. 됐어 가 봐."

대좌는 턱으로 여옥을 가리키면서 걸걸한 음성으로 이렇게 말했다. 부관은 여옥을 제외한 네 여자들을 데리고 물러갔다. 여옥이 따라 나서려고 하자 부관은 눈을 부라리면서 엄하게 말했다.

"넌 여기 있어!"

그 한마디에 여옥은 바위덩이에 눌린 듯, 그 자리에 얼어붙어 버렸다. 문이 닫히자 눈앞이 캄캄해 왔다. 대좌가 뭐라고 말하는 것 같았지만 그녀의 귀에는 제대로 들리지가 않았다.

"이리 오라니까!"

화가 난 대좌가 버럭 고함을 질렀다. 여옥은 화들짝 놀라서 주춤 술상 앞으로 다가갔다.

"이리루 와."

대좌는 소녀를 옆으로 다가오게 했다. 몇 발짝 다가오던 그녀가 더 이상 움직이려고 하지 않자 그는 우악스럽게 그녀의 손을 낚아챘다. 여옥은 허물어지듯 사내의 품으로 쓰러졌고 그 바람에 보따리가 방바닥 위를 굴러갔다.

대좌는 그녀의 허리를 끌어안고 얼굴을 마구 부벼댔다. 여옥은 숨이 막혀서 몸부림을 쳤다. 술냄새가 지독하게 풍겨왔다. 그녀는 두 손으로 사내를 밀었지만 사내의 가슴은 거대하고 단단했다.

사내는 껄껄거리고 웃으면서 여옥의 엉덩이를 두드렸다.

"음, 제법 살이 통통히 쪘는데……. 자, 술이나 한 잔 따러."

여옥은 벽으로 돌아앉아 뛰는 가슴을 진정했다. 이곳을 얼른 도망쳐야 한다는 생각만이 간절했다. 그러나 생각과는 달리 몸은 움직여지지가 않았다.

"두 번씩 말하게 하지 말아라. 난 피곤하다."

사내의 말소리가 갑자기 근엄하게 변했기 때문에 여옥은 겁이 났다. 그래서 돌아앉아 떨리는 손으로 술을 따랐다. 대좌는 만족한 듯 술을 쭉 들이키고 나더니 소녀를 지그시 쏘아보았다.

"내가 무서우냐?"

"……."

그녀는 대답 대신 눈물을 닦았다.

"묻는 말에 대답해. 내가 무서우냐?"

소녀는 고개를 끄덕였다.

"몇 살이냐?"

"열 일곱입니다."

"열 일곱이라……음, 좋은 나이다. 남자를 알아야 할 때다. 목소리도 곱고 살결도 곱구나. 제국 말을 잘하는 걸 보니까 학교도 다닌 모양이구나."

그는 여옥의 손을 쥐고서는 그것을 들여다보았다. 여옥은 손을 빼어서는 얼른 치마폭으로 감쌌다.

대좌는 무슨 생각이 났는지 곁에 풀어놓은 군도를 빼어들었다. 불빛을 받자 칼날은 푸른 빛을 뿜었다. 그는 손끝으로 칼날을 쓰다듬으면서 묘하게 입을 비틀어 웃었다. 차갑고 섬찍한 웃음이었다. 전장에서 무수히 사람을 죽여온 자라면 으레 갖게 되는 그 변태적인 가학성이 그에게도 발동하는 모양이었다.

여옥은 숨을 죽이고 대좌의 행동을 지켜보았다. 멍하니 벌어진 입 사이로 하얀 이가 청신한 빛을 띠고 있었다.

대좌는 군도를 집고 천천히 일어섰다. 살이 찐 데다 키가 커서 방안이 그의 몸으로 꽉 차는 것 같았다. 그는 발로 술상을 윗목으로 밀었다. 그리고는 군도를 높이 쳐들었다. 천장이 높지 않앉기 때문에 칼은 천장을 뚫고 쑥 들어갔다. 그는 안 되겠다고 생각했는지 군도를 내리고 무릎을 꿇었다. 그리고 다시 군도를 높이 쳐들었다가

"얏!"

하는 기합 소리와 함께 술상을 힘껏 내려쳤다.

두꺼운 술상은 순식간에 두 동강이 나고 깨진 술병과 그릇들이 사방으로 튀었다.

여옥은 눈을 내려뜨면서 전신을 바들바들 떨었다. 꼭 죽을 것만 같았다.

"고개를 들어."

머리 위에서 대좌의 목소리가 무겁게 떨어졌다. 여옥은 고개를 들었다. 얼굴은 하얗게 질렸고 입술은 바짝 말라 있었다.

"말을 안 들으면 저렇게 잘라 버릴 테다. 나는 여자들을 많이 죽여 왔어. 너 같은 거 하나 죽이는 건 문제가 아니야. 내 말 알아듣겠나?"

대좌는 우뚝 서서 그녀를 내려다보았다. 바들바들 떨고 있는 어깨를 보자 그는 만족한 기분이 드는 모양이었다. 그러나 그런 내색을 얼른 지워 버리고 다시 엄숙한 표정을 지었다.

그는 칼끝을 그녀의 얼굴 가까이 들이댔다. 그녀는 주춤 뒤로 물러앉았다.

"움직이지 마."

"아이구, 살려 주세요. 하라는 대로 하겠습니다."

그녀는 마침내 손을 비비면서 애처로운 눈으로 대좌를 바라

보았다.

"내 말 잘 듣겠지?"

"네, 잘 듣겠습니다. 목숨만 살려 주세요."

"그럼 이리루 와."

대좌는 군도를 칼집에 꽂아 아랫목에 세우고 이불 위에 드러누웠다. 길게 기지개를 켜고 난 그는 소녀의 손을 잡아당겼다.

"이 옷을 벗겨."

그녀가 머뭇거리자 그는 눈을 크게 떴다.

"빨리 벗겨. 난 고단하다."

더 이상 거절할 수 없음을 깨닫자 그녀는 떨리는 손으로 옷을 벗기기 시작했다. 군복 상의의 단추를 하나하나 끄르고 내복을 벗기기까지에는 거의 십 분 이상이 걸렸다. 털이 시커멓게 난 가슴을 보자 그녀는 얼굴을 돌렸다.

대좌는 드러누운 채 지그시 소녀를 올려다보았다. 이렇게 어리고 고운 애를 품어 보기는 실로 오랜만인 것 같았다. 아직 솜털도 채 가시지 않은 목덜미와 귀뿌리 근처가 백옥같이 하얀 빛을 담고 있었다. 그것이 그를 자극했다. 그는 마치 고양이가 쥐를 잡아놓고 구슬리듯이 치미는 욕구를 억누르면서 그녀를 더 자세히 관찰했다.

숱이 많은 머리칼은 전형적인 조선의 시골 소녀들처럼 뒤로 길게 땋아 늘어져 끝에 댕기를 달고 있었다. 댕기는 자줏빛이었다. 눈은 양처럼 순해 보이면서도 총기가 서려 있었다. 눈썹은 퍼지지 않고 약간 짙게 그린 듯이 곡선을 긋고 있었기 때문에 얼굴 전체를 산뜻하고 깨끗하게 만들어 주고 있었다. 코도 흔히 보아온 그런 납작코가 아니었다. 동글동글하게 솟은 코는 조그만 입술과 함께 아름다운 모습을 이루고 있었다. 좀 야위지만 않았다면 몹시 귀여워 보일 그런 얼굴이었다. 솜을 넣은 검정 저고리와 검정 치마 등 옷차림을 보아서는 영락없는 시골 소녀의 모습이었다.

그러나 일본말을 알아듣는 것이라든지, 말하는 폼, 그리고 전체적으로 느껴지는 기품 같은 것을 보아서는 단순한 시골 소녀만은 아닌 것 같았다.

대좌가 재촉하자 여옥은 다시 사내의 옷을 벗겨 내려갔다.

하의를 모두 벗기자 몸은 온통 털투성이였다. 하복부는 털이 밀집되어 시커먼 빛이었다. 살찐 몸이면서도 근육으로 덮여 있었다.

여옥은 고개를 모로 돌린 채 죽은 듯이 앉아 있었다.

시커먼 털은 끔찍스러웠다. 흡사 짐승을 보는 것만 같았다. 야스무라 대좌는 갑자기 몸을 일으켰다. 그리고는 다시 군도를 빼어들었다. 여옥은 놀란 나머지 구석에 머리를 박고 전신을 떨었다.

"남자를 모르는 여자는 진짜 여자가 아니야. 오늘밤 내가 너를 여자로 만들어 주겠다. 영광으로 알아야 해. 우선 그 머리부터 자르자."

이렇게 내뱉은 대좌는 여옥의 머리채를 휘어잡더니 군도로 그것을 쓱 잘라 버렸다. 조금도 지체하지 않는 신속하고 냉혹한 행동이었다. 대좌는 잘린 머리채를 윗목으로 집어던졌다.

두 손으로 뒷머리를 감싸쥔 여옥은 울음을 터트렸다. 그러나 상대가 너무 무서웠기 때문에 큰 소리로 울 수도 없었다. 울음을 집어삼키느라고 그녀의 얼굴은 붉게 상기되고 몸은 더욱 떨렸다.

머리를 잘린 그녀의 모습은 우스운 몰골로 변해 있었다. 흡사 꽁지 빠진 장닭 같은 모습이었다.

이윽고 야스무라는 불을 끈 다음 여옥을 번쩍 안아 이불 위에 눕혔다. 여옥은 바둥거렸지만 사내가 위에서 어깨를 꽉 누르자 더 이상 움직일 수가 없었다. 무엇보다도 공포감에 짓눌려 버렸기 때문에 그녀는 몸이 굳어서 저항할 수가 없었다.

이미 그녀는 생명이 없는 것이나 마찬가지였다. 대좌의 손이 그녀의 옷을 벗기고 몸을 더듬기 시작했을 때는 이제 죽는구나 하고만 생각했다. 사내의 손이 두 다리를 벌리고 그 사이를 쓰다듬자 그녀의 몸은 펄쩍 뛰었다. 사내는 몸을 밀어올리면서 그녀를 부둥켜안았다.

그녀는 사내의 가슴패기에 얼굴이 짓눌려 숨을 쉴 수가 없었다. 갑자기 두 다리가 더 벌어졌다. 다리가 찢어지는 것 같았다. 이어서 하복부에 쿡 하는 진통이 왔다. 그녀는 입을 벌리고 사내의 가슴을 밀었다. 그러자 아까보다도 더 큰 힘이 하복부를 깊이 찔렀다. 사내는 거칠게 숨을 몰아쉬더니 온 힘을 쥐어짜면서 하체를 부딪쳐 왔다. 이어서 몸이 갈기갈기 찢기는 듯한 고통이 그녀를 휩싸안았다.

그녀는 머리를 좌우로 흔들고 다리를 버둥거리다가 조금 후에는 축 늘어져 버렸다. 그리고는 이내 정신을 잃었다.

야스무라 대좌의 거친 숨결만이 방안을 가득 채우고 있었다. 이 거칠고 야만적인 사내는 자기의 온 생명을 여기서 끝내 버려도 좋다는 듯이 격렬하게 소녀를 짓눌렀다. 그의 행위는 힘차면서도 길었다. 일본 육군의 철저항전(徹底抗戰)의 정신은 여자를 능욕하는데 있어서도 그대로 잘 나타나 있었다.

이렇게 해서 천황의 하사품(下賜品)인 17세의 한 가냘픈 조선 소녀는 40대의 일본군 대좌에게 그 순결을 무참히 짓밟히고 말았다.

다른 방에 불려간 네 명의 여자들도 마찬가지였다. 그녀들은 그날 밤 젊은 장교들에게 모두 순결을 잃었다.

조선 소녀들이 이렇게 잔혹한 시련을 당하고 있을 때, 자연은 그녀들을 외면했다. 그녀들의 고통 따위는 모른다는 듯 칠흑 같은 어둠과 바람과 눈은 한데 엉겨 무섭게 소용돌이치고 있었다.

대륙의 밤은 길고도 길었다.

여옥은 어둠 속에서 눈을 떴다. 곁에서 사내의 코고는 소리가 요란스럽게 들려왔다. 소스라치게 놀란 그녀는 옆으로 한 바퀴 구른 다음 몸을 일으켰다.

일어서려다가 그녀는 도로 주저앉아 버렸다. 다리 사이가 찢어지는 것처럼 아팠다. 다리는 후들후들 떨렸다. 치마는 끈적거리는 것으로 흥건히 적셔 있었다. 그녀는 문 쪽으로 어기적어기적 기어갔다.

문을 열자 찬바람이 몰려들었다. 밖으로 나간 그녀는 금방 추위에 얼어붙어 버렸다. 마당 저쪽 대문 위에 등불이 하나 흔들리고 있었는데 그 밑에서 병사가 보초를 서고 있는 것이 보였다. 하는 수 없이 여옥은 방안으로 도로 들어왔다.

그녀는 윗목에 쭈그리고 앉아 흐느껴 울었다. 소리를 죽여가며 하염없이 울고 또 울었다. 아무리 울어도 울음은 그치지가 않았다. 어머니와 아버지의 얼굴이 떠올랐다. 고향 친구들의 모습도 보였다. 고향의 산과 들이 나타났다가 사라졌다.

냇물 소리도 들려왔다. 새 소리, 송아지 울음 소리, 닭의 홰치는 소리도 들려왔다. 그녀는 무릎 위에 얼굴을 폭 파묻었다. 갑자기 어머니의 얼굴이 크게 확대되어 왔다. 고향을 떠나올 때 길 위에 쓰러져 몸부림치던 것이 그녀가 본 어머니의 마지막 모습이었다.

그녀는 거의 아버지를 보지 못한 채 어머니와 함께 살아왔었다. 그런데 그 어머니와도 이젠 헤어져야 했던 것이다. 영영 어머니를 다시는 보지 못할 것만 같았다.

여옥의 집안이 갑자기 몰락하기 시작한 것은 아버지가 어디론가 행방을 감추면서부터였다.

여옥이 소학교에 입학하던 해 그녀의 아버지 윤홍철(尹洪喆)은 어디론가 사라져 버렸다. 원래가 선대 때부터 지체 있는 부호의 집안이었는데 윤홍철이 호주가 되면서부터 집안이 엉망이 되기 시작했다. 일본서 대학까지 다니다 만 그는 술 잘하고 오입질 잘하는 유명한 한량(閑良)이었다. 그 때문에 그 많은 재산은 하루가 다르게 부쩍부쩍 줄어들었다. 무던히도 아내의 속을 썩인 것은 물론이다.

그러나 여옥의 어머니는 아들을 낳지 못한다는 죄책감 때문에 남편이 하는 일에 일체 군소리를 하지 않았다. 여옥이 하나만을 낳은 후 웬일인지 그녀에게는 태기가 없었다. 윤홍철은 아내가 아들을 낳지 못한다고 투덜거리면서도 외동딸을 몹시 사랑했다. 여옥에게도 아버지가 자기를 몹시 귀여워해 준 기억이 생생히 남아 있었다.

그러나 윤홍철의 방탕벽은 갈수록 극심해져서 나중에는 주재소(駐在所)의 일본인 순사에게 손찌검까지 하게 되었다. 화가 난 그 순경이 칼을 빼들고 달려들자 그는 순경을 때려죽이고 도망쳐 버렸다. 그것이 마지막이었다. 그 후 그는 고향에 나타나지 않았다.

이 사건으로 곤욕을 치른 것은 남은 가족이었다. 홍철의 아내는 거의 매일이다시피 경찰에 불려가서 남편의 행방에 대해 추궁을 받고 고문을 당해야 했다.

집안이 이렇게 되자 일가친척들도 일경(日警)의 감시가 두려워 여옥이네를 기피했다. 고통의 나날이 계속되었다.

그러나 여옥의 어머니는 그 모든 것을 감내하면서 집안을 꾸려나갔다. 소학교를 졸업한 여옥은 어머니의 권유에 따라 경성(京城)에 올라가 여학교에 진학했다. 기숙사 생활은 그런 대로 재미가 있어 집안의 근심을 잊을 수가 있었다. 그러나 경찰의 감시망은 학교에까지 뻗쳐 있었다. 방학이 되어 고향에 돌아가 보면 여전히 어머니는 경찰에 시달리고 있었다. 그때마다 여옥은 아버지가 원망스러웠다.

여옥은 아름다운데다 뛰어나게 머리가 영리했기 때문에 장래가 촉망되고 있었다. 아직 나이가 어려서 시대의식이 없었던 만큼 그녀는 일제(日帝)의 교육을 별 저항없이 받아들이고 있었다.

그러던 어느 날, 그러니까 여옥이 3학년이 되던 해 늦은 봄 어느 일요일 오전이었다. 여옥이 교회에 나갔다가 기숙사로 돌아오는데 골목길 중간쯤에 마카오 양복을 멋지게 차려입고 중절모를 깊이 눌러쓴 신사 한 사람이 서 있는 것이 보였다. 코밑수염에 금테안경, 그리고 비싼 궐련을 피우고 있는 것이 얼른 보기에도 상당히 부유한 사람 같았다. 훌륭하신 분인 모양이라고 생각하면서 지나치려는데 신사가 앞을 가로막으면서

"여옥아."

하고 불렀다. 낮으면서도 재빠른 말씨였기 때문에 그녀는 혹시 잘못 들은 게 아닌가 하고 생각했다. 그러나 신사와 눈이 마주친 순간 여옥은 그만

"아!"

하고 탄성을 질렀다.

"여옥아, 나다! 아버지다!"

신사는 손을 앞으로 내밀었다가 도로 떨어뜨렸다. 여옥이 뭐

라고 말하기 전에 아버지가 먼저 말했다.

"그렇게 나를 쳐다보지 마라. 그대로 기숙사 쪽으로 천천히 걸어가면서 내 말을 들어라. 빨리 그렇게 해. 그렇지 않으면 위험하다."

여옥은 얼떨결에 아버지가 시키는 대로 했다.

골목 저쪽에서 노인이 한 사람 나타나자 아버지는 말을 그쳤다. 그 노인이 사라질 때까지 아버지는 말하지 않았다. 한참 후에 뒤에서 아버지의 말소리가 들려왔다.

"빨리 집에 내려가 보아라. 어머니가 많이 아픈 모양이다."

여옥은 눈물 때문에 앞이 잘 보이지 않았다. 그러나 뒤돌아보지 않았다. 아버지의 말소리가 더 빨라졌다.

"그리고……학교에 더 다닐 필요 없다. 일본놈한테 글을 배우다니, 당장 집어치워라. 그건 수치다. 일본은 곧 망한다. 울지 말고 굳세게 살아야 한다."

여옥이 뒤돌아보았을 때 아버지는 이미 돌아서 가고 있었다. 그녀는

"아버지."

하고 부르려다가 그만 두었다.

꼭 8년만에 보는 아버지였다. 옷은 잘 차려 입었지만 얼굴은 몹시 말라 보였고, 전처럼 술이나 마시는 그런 아버지가 아닌 것 같았다.

무엇보다 여옥을 놀라게 한 것은 아버지가 어머니의 소식을 알고 있다는 사실이었다. 궁금증을 안은 채 여옥은 그날로 고향

으로 내려갔다.

어머니는 모진 고문을 받고 자리에 누워 있었다. 이번에는 그 전같이 뺨이나 몇 대 때린 그런 고문이 아니라 거의 반죽음을 만들어놓은 혹독한 고문이었던 것 같았다. 전신은 시퍼렇게 멍들어 있었고, 입은 찢어져 있었다. 그리고 눈은 부어서 거의 보이지가 않았다. 무릎뼈를 상해서 일어서지도 못 하고 있었다.

여옥의 어린 마음에도 분노가 치솟아 올랐다. 여옥이 울음을 참으면서 아버지를 만났다고 이야기하자 어머니는 알고 있다는 듯 고개를 끄덕였다.

"무사히 가셔야 할 텐데……."

어머니는 눈을 감은 채 이렇게 중얼거리다 말았다.

어머니는 말하지 않았지만 여옥은 이웃 사람들로부터 자초지종 이야기를 듣고 모든 것을 짐작하게 되었다.

알고 보니 아버지는 중국에서 독립운동을 하고 있었다. 일제의 감시가 조금도 풀리지 않았던 것은 그 때문이었던 모양이다. 그렇지만 아버지와 어머니는 그 동안에도 인편으로 연락을 취하고 있었다.

그러던 차 아버지가 8년만에 고향에 나타난 것이다. 군자금을 모으려고 국내에 잠입했던 아버지는 이 기회에 가족들을 중국으로 데려가려고 했던 모양이다.

그러나 거물급 독립운동가가 잠입했다는 정보를 입수한 일경은 그가 윤홍철임을 알아내고 집을 덮쳤다. 사전에 이 기미를 눈치챈 윤홍철은 구사일생으로 도망쳤다. 이렇게 해서 결국 여옥의 어머니만이 체포되어 모진 고문을 받은 것이다.

일경은 여옥의 어머니에게 남편의 행방을 대라고 했지만 그
녀는 끝내 모른다고 잡아떼었다. 그래서 고문은 더욱 가혹해지
고, 마침내 거의 죽게 되어서야 그녀는 겨우 풀려나올 수가 있
었다. 어린 여옥은 어머니를 간호하면서 살림을 꾸려나가야 했
다. 남은 재산마저 이리저리 일제에 빼앗기고, 집안은 말할 수
없이 궁핍해져 있었다.

여옥은 생전에 해 보지도 못한 궂은 일들을 해나갔다. 김을 매
고, 방아를 찧고, 빨래를 하고, 나중에는 심지어 여자의 몸으로
나무까지 하러 다녀야 했다.

하루아침에 이렇게 신세가 바뀌었지만 그녀는 어린 나이답
지 않게 이 모든 어려움을 참아갔다. 지병이 되어 누워 버린 어
머니에 대한 효성도 지극했다. 한편 아버지의 소식은 없었다.

한 해가 갔다. 세월이 흐르자 여옥은 여느 시골 아낙네처럼 거
칠어지고 여학교 시절의 꿈도 스러져 갔다.

그 동안에도 경찰의 탄압은 계속되고 있었다. 그들은 환자 대
신 이번에는 여옥이를 불러다가 아버지의 행방을 추궁하곤 했
다. 그러나 여옥은 아버지가 간 곳을 정말 몰랐을 뿐만 아니라,
알았다 해도 도저히 바른대로 말할 수는 없는 일이었다. 어머니
역시 마찬가지였다.

그러자 일경(日警)은 여옥의 나이 17세가 되자 전혀 색다른
방법으로 협박을 가해 오기 시작했다. 아버지의 행방을 대지 않
으면 그녀를 정신대(挺身隊)에 내보내겠다는 것이었다. 청천

벽력 같은 선고였다.

　불안한 나날이 흘렀다.

　일제(日帝)는 1940년대에 접어들면서부터 이른바 정신대(挺身隊)라는 이름으로 무고한 조선 여자들을 대거 끌어다가 침략의 제물로 바치고 있었다. 물론 1940년 이전에도 조선 여자들이 전장에 나타나긴 했었다.

　일제가 조선 여자들을 끌어다가 위안부로 삼은 것은 1938년 초, 그러니까 남경(南京) 공략 직후인 서주(徐州)작전 때부터였다. 이것은 전쟁의 장기화에 대비한 일종의 부수적인 조치로서 강제성을 띤 것은 아니었다. 그러던 것이 위안부 공급이 군의 사기진작에 크게 도움이 되고, 또한 조선 여자들의 인기가 급등하자 일제는 1940년대에 들면서부터 조선 여자들을 강제 동원하기 시작한 것이다. 정신대라는 이름을 붙인 것도 이때부터다.

　정신대라는 것은 군에서 쓰는 군사용어로 일종의 결사대(決死隊)를 뜻한다. 그러니까 죽음을 각오하고 적진에 뛰어들어 싸우는 대원이라는 말이다.

　일제는 이와 같은 미명하에 조선 여자들을 강제 동원했기 때문에 여기에 거역하는 자가 있으면 천황의 뜻을 거스른다 하여 비국민(非國民)으로 처단했다. 그러므로

　"너는 정신대다!"

하고 지적되면 꼼짝없이 끌려가야 했다.

정신대로 끌려간 여자들은 대부분 일본군의 위안부로 희생되었지만 이러한 사실은 처음부터 극비에 속했기 때문에 끌려가는 당사자들 거의가 자신들이 어떤 일에 동원되는지를 정확히 알지 못했다. 단지 일제가 선전하는 대로 피복창(被服廠) 같은 군수공장에서 직공으로 일하거나 또는 군부대를 따라다니면서 군인들의 양말짝이나 옷가지를 빨아 주겠거니 하고 편리하게 생각하는 게 고작이었다.

그러나 사실은 달랐다. 정신대에 동원된 여자들은 즉시 두 가지로 분류되어, 젊고 싱싱한 처녀들은 위안부로 이용되었고, 나머지 병들고 나이 많은 소수의 여자들만이 잡역부로 일했다.

이러한 사실이 드러나기까지에는 상당한 시일이 걸렸다. 전장에서 직접 정신대를 목격했거나 접촉했던 조선인 출신 병사들이 고향에 귀환함으로써 정신대의 정체가 백일하에 속속들이 밝혀진 것이다.

그전에는 정신대에 대해서 막연한 공포감만을 가졌을 뿐이다. 정신대로 끌려가면 살아서는 돌아오지 못한다는 소문이 널리 퍼져 있었던 것이다. 사실이 그랬었다. 한번 끌려나간 여자들로부터는 일체 소식이 없었다. 돌아오는 여자도 없었다. 그러니 공포감만 더 커질 뿐이었다.

결혼한 여자들은 동원대상에서 제외되었으므로 갑자기 결혼하는 여자들이 불어났다. 상대가 어떤 남자든지 간에 정신대에 끌려가는 것보다는 결혼하는 것이 낫다고 생각했기 때문이다.

여옥도 역시 나이가 들면서부터 정신대에 대한 공포감을 가지고 있었다. 그러나 모든 여자들을 한꺼번에 쓸어가 버리는 것이 아니었기 때문에 그것이 현실적으로 절박하게 받아들여지지는 않았다. 그런데 그 설마 하던 것이 하나의 위협수단이 되어 바로 목전에 다가온 것이다. 빨간 딱지가 한 장 날아들면 문제는 그것으로 간단히 끝나기 마련이었다. 울고불고 해야 소용없는 짓이었다.

사태가 이렇게 되자 여옥이와 어머니는 공포의 나날을 보내게 되었다.

그렇다고는 하지만 어찌 할 수 없는 일이었다. 죽인다 해도 아버지에 관한 것은 말할 수가 없었고, 말할 만한 것을 가지고 있지도 못했다.

그리하여 여옥에게도 마침내 빨간 딱지가 한 장 날아들었다. 출발 날짜가 점점 가까워오자 여옥은 견딜 수가 없었다. 마냥 울고 있을 수만도 없었다. 병든 어머니를 놓아두고 떠난다는 것이 무엇보다도 견디기 어려웠다.

어머니와 상의 끝에 여옥은 출발 이틀 전 밤에 인근 마을로 도망을 쳤다. 그녀가 도망간 곳은 옛날 소작인 집이었다. 그러나 그 소작인은 후환이 두려운 나머지 여옥을 주재소에 밀고하고 말았다.

여옥은 수갑에 채워져 자기가 사는 마을의 주재소로 끌려왔다. 그녀는 순사들에게 불이 나도록 따귀를 얻어맞은 다음 유치장에 처넣어졌다. 이미 거기에는 다섯 명의 처녀들이 붙잡혀와 있었다.

이를 안 여옥의 어머니는 병든 몸을 이끌고 주재소에 찾아와 용서해 달라고 빌었다. 일본인 순사들은 그렇지 않아도 미워하던 참이라 그녀까지 마구 때렸다.

일본의 앞잡이 노릇을 하고 있는 조선인 순사까지 그녀를 구타했다.

이튿날 이른 아침, 한 대의 군용 트럭이 주재소 앞에 도착했다. 덮개를 한 트럭이었다. 여옥은 다른 처녀들과 함께 그 차에 강제로 태워졌다. 주재소 앞에는 마을 사람들이 많이 몰려와 있었다. 순사들은 칼을 빼어들고 사람들이 차 앞으로 몰려드는 것을 막았다. 저항을 잃은 사람들의 눈은 한결같이 비통에 젖어 있었다.

수염이 허옇게 난 노인 한 사람이 분노에 몸을 떨면서 순사를 붙잡고 늘어졌다.

"이놈들아, 우리 손주딸 내놔라! 이 불한당 놈들 같으니! 우리 손주딸을 내놔라! 이 왜놈들, 천하에 죽일 놈들……."

순사들은 우르르 몰려들어 그 노인을 짓밟았다. 노인의 가족들이 말리려고 하자 순사들은 그들을 주재소 안으로 끌고 들어갔다.

드디어 트럭이 출발했다. 그때까지 불안에 떨고 있던 가족들이 트럭 뒤를 따르면서 울부짖기 시작했다. 차 속의 처녀들도 울었다. 그러나 덮개로 가려져 있는 데다 순사가 지키고 있어 밖을 내다볼 수가 없었다.

차안은 외부와 완전히 차단되어 어두웠다.

여옥은 어머니가 자신을 부르고 있는 것을 들을 수 있었다. 여옥이 울음을 터뜨리자 문을 지키고 있는 순사가 그녀를 때렸다. 순사는 다른 처녀들도 울지 못 하게 때렸다. 전쟁을 위해 천황의 부름을 받고 동원되는 마당에 운다는 것은 당치도 않다는 것이었다.

여옥의 어머니는 병든 몸을 이끌고 트럭을 쫓아가다가 그만 길 위에 쓰러지고 말았다. 그녀는 쓰러진 채 한없이 울었다. 마을 사람들 모두가 울었다. 그러나 처녀들을 태운 트럭은 조금도 멈추지 않고 멀리 달려가 버렸다.

이렇게 각 마을에서 동원된 여자들은 일단 경찰서에 집결되어 신분을 확인 받은 다음 곧 역으로 보내졌다. 역에 끌려나온 여자들은 수십 명이나 되었다. 역에는 삼엄한 경계가 펴져 있었으므로 거기까지 따라나온 가족들은 마지막 작별의 말 한마디 못한 채 멀리서 떠나는 것을 지켜보고 있어야만 했다.

기차가 들어오자 역 일대는 금방 울음바다가 되었다. 타지 않으려고 발버둥치는 여자들을 경찰은 총칼로 때리면서 화물칸 속에 밀어 넣었다. 일단 모두 화물칸 속에 들어가자 두꺼운 철문이 쾅하고 닫혔다. 드디어 기차가 출발했다.

기차는 차가운 겨울 하늘로 길게 기적을 울리더니 마침내 움직이기 시작했다.

이렇게 전국에서 동원된 정신대원들은 모두 경성(京城)으로 집결되었다.

수용소는 명동 입구에 있는 죠지야 백화점(丁字屋 白貨店 · 지금의 美都波)이었다. 일본인이 경영했으나 영업을 중지하고 있던 것을 조선총독부가 접수해서 정신대원들을 모두 그곳에 수용시킨 것이었다.

수용되자마자 경찰은 여자들에게 정신대라고 쓴 흰 머리띠를 두르게 했다. 그리고 배속될 때까지 그곳에 가둬두었다.

정신대원들은 외출도, 면회도 금지되었다. 그녀들이 밖과 연락을 취할 수 있는 길은 창밖을 내다보며 겨우 손을 흔드는 것뿐이었다. 그러나 길 건너 행인들은 무표정하게 걸어가기만 했다. 그도 그럴 것이 그 주변에는 일본 형사들이 엄중한 감시를 펴고 있었기 때문에 정신대원들에게 어떤 응답을 하거나 동정의 시선을 보냈다가는 따귀를 얻어맞던가 구둣발로 걷어차이기 마련이었다.

여옥은 추운 방에서 오들오들 떨며 하룻밤을 지낸 다음 대륙행 열차 화물칸 속에 짐짝처럼 실려졌다. 그때부터는 일본군 헌병이 정신대를 감시했다. 고향에서 함께 온 처녀들은 모두 뿔뿔이 헤어지고 봉순(鳳順)이라고 하는 친구 하나만이 여옥의 곁에서 말상대가 되어 주었다.

차 안에는 충청도 경상도는 물론 심지어 먼 제주도, 그리고 남해의 각 섬에서까지 올라온 여자들이 있었다. 여자들은 서로 아는 사람들끼리 모여 앉아 행여 떨어질세라 서로 몸을 꼭 껴안고 추위를 녹였다.

여옥이도 봉순이와 붙어 앉아 울다 지치면 졸곤 했다.

이 위안부용 정신대원들은 전쟁에 지친 병사들의 사기를 고무하기 위하여 차출된 만큼 가장 거칠고 험한 최전방 부대에 배치되도록 정해져 있었다.

일부러 지원한 화류계 출신 일본 위안부들 중에는 국가를 위하여 자신을 희생한다는 일종의 긍지 같은 것을 가진 여자들도 있었다. 그러나 대부분이, 특히 조선 출신 위안부들은 털끝만큼도 그런 생각을 가지지 않았다.

일제는 어떤 자부심을 갖도록 여자들을 설득도 하고, 그녀들에게 강연도 하곤 했지만 그녀들은 자라처럼 목을 움츠리고 앉은 채 아무 반응도 보이지 않았다.

이 때는 조선민족 전체가 숨을 죽이던 시기였다. 태평양전쟁이 발발하자 일제는 모든 것을 전시체제로 바꾸고 국민총동원령을 내렸다. 그때까지의 가면은 벗어던지고 노골적인 탄압이 시작되었다. 탄압에 항거하는 자는 비국민으로 처단되었다.

이런 암흑의 시대에는 으레 그러는 것처럼 이때에도 역시 조선의 많은 지도급 인사들이 얼굴에 철판을 깔고 친일행위를 했다. 현재에도 건강하게 살고 있는 이들 어용인사들은 조선민족을 전쟁에 동원시키는 데 있어 그 누구보다도 큰 역할을 했던 것이다.

어느 여류시인이 1941년 12월 27일 부민관(府民館) 대강당에서 개최된 결전부인대회(決戰婦人大會)에서 한 연설「여성도 전사(戰士)다」는 당시의 어용인사들이 과연 어느 정도로 친

일했는가를 가장 잘 입증해 주는 예라고 할 수 있다.

    <前略>이번에 영 · 미국(英 · 美國)의 죄상을 듣고 알고 보니까 참으로 황인종으로서는 견디지 못할 괘씸하고 분한 일이 여간 많지 않습니다. 이 사탄의 정체에 같이 춤추는 여자가 한 분 동양에 있습니다. 그분은 바로 저 장개석(張介石)의 부인 송미령(宋美齡)입니다. 이 여자는 어떻게 된 셈인지 동양여성이면서 미국 발바닥을 핥아야 행복감을 느끼는 변태여성입니다. 미국의 온갖 향락성, 개인주의 관념에 잔뜩 물을 먹은 이 여자는 그 생활이 말 못 하게 향락적입니다. 송미령의 양말 한 켤레 값이 70원이라면 여러분께서는 놀라시겠지요? 미국으로 왔다 갔다 하면서 온갖 망령된 사상을 추려서는 남편인 장개석의 머리에 불어넣어 줍니다. 미련하고 둔한 장개석은 송미령의 말에 귀가 솔깃해서 진퇴유곡에서 장기의 신음을 번복하고 있습니다. 그러나 우리는 남보다 자신을 돌아보고 우리 가슴에 대화혼(大和魂)의 무형한 총검을 가져야겠습니다. <中略>가문에서 쫓겨나더라도 나라에서 쫓겨나지 않는 아내, 며느리가 됩시다. <下略>

이뿐이 아니다. 역시 같은 여류 시인인 N은 정신대에 끌려가는 조선 여인들을 찬양하며 다음과 같이 읊었다.

부인근로대 작업장으로 군복을 지으러 나온 여인들

머리에 흰 수건 아미 숙이고
바쁘게 나르는 흰 손길은 나비인가

총알에 맞아 뚫어진 자리
손으로 만지며 기우려 하니
탄환을 맞던 광경 머리에 떠올라
뜨거운 눈물이 피잉 도네

한 땀 두 땀 무운을 빌며 바늘을 옮기는 양 든든도 하다
일본의 명예를 걸고 나간 이여
훌륭히 싸워 주 공을 세워 주
나라를 생각하는 누나와 어머니의
아름다운 정성은
오늘도 산만한 군복 위에
꽃으로 피었네

비평가 K의 글 「조선민족의 발전적 해소론 서설(朝鮮民族의 發展的 解消論 序說)」은 더 이상 논할 수 없을 정도로 충실하게 엮어져 있다. 그는 이렇게 말했다.

〈前略〉조선 사람이 황국식민된다는 것은 게다를 끌고 다 꾸앙을 먹고들 하는 것이 아니고 고무신에 깍두기가 매우 좋으니 먼저 정신적 내장(內臟)을 소제하는데 있다. 재래의 조

선 사람이었기 때문에 가졌던 일체의 불미불선 — 취기분분
한 그 썩은 내장물을 위로는 토해내고 아래로는 관장배설(灌
腸排泄)하여 속을 깨끗이 해야 한다.

소위 당시의 지식인이라는 사람들이 이랬으니 교육받지 못
한 농민들이나 도회지 서민들은 소나 돼지처럼 끌려다니는 수
밖에 없었다. 이에서 더 무엇을 말하겠는가.

역시 군인이었던지 야스무라 대좌는 일찍 눈을 떴다. 그리고
구석에 웅크리고 있는 소녀를 보자 버럭 고함을 질렀다.
"뭐하는 거냐! 왜 아침부터 울어?"
여옥은 숨을 죽이고 떨었다.
"이리 와!"
야스무라의 명령에 여옥은 주춤주춤 다가갔다. 사내는 소녀
를 다시 자리에 누이고 옷을 벗겼다. 이불과 옷에 묻은 피를 보
자 그는 만족스러운 듯 미소지었다.
"음, 숫처녀구나. 역시 반도 계집들은 좋단 말야. 넌 나한테 감
사해야 해. 앞으로 많은 병사들을 상대하려면 미리 뚫어야 하는
거야. 많이 연습을 해야 해."
아침이 되자 그는 기운이 솟은 듯했다. 연약한 소녀의 배 위에
서 그의 육중한 체구가 힘차게 움직였다. 사정을 두지 않고 무
자비하게 그는 소녀를 눌렀다.
여옥은 하얗게 번져오는 창문을 바라보면서 고통을 잊어갔

다. 이윽고 시야가 뽀얗게 변하는 것을 느끼면서 그녀는 다시 정신을 잃었다.

아무런 의식도 없었다. 눈을 떴을 때도 그녀는 의식이 없었다. 두 개의 동공이 멍하니 천장을 쳐다보고 있을 뿐이었다.

헌병이 문을 박차고 들어왔을 때에야 그녀는 정신을 차렸다.

"뭐하는 거야? 빨리 일어섯!"

헌병은 사납게 그녀를 걷어찼다. 여옥은 비틀거리며 일어났다가 도로 주저앉았다.

"엄살떨지 마!"

헌병은 다시 그녀를 걷어찼다. 여옥은 보따리를 들고 겨우 일어섰다.

그녀는 하복부를 손으로 누르면서 역 쪽으로 어기적어기적 걸어갔다. 다리는 자신도 모르게 벌어져 있었다.

눈이 그쳐 있었지만 쌓인 눈이 무릎까지 와 닿았다. 여기저기서 중국인들이 일본군의 지시에 따라 눈을 치우고 있었다.

여옥은 도중에 흠칫 놀라 걸음을 멈추었다. 중국인들이 여자의 시체를 앞뒤에서 들고 가고 있었다. 시체는 모두 세 구(具)였다. 그것들은 꽁꽁 얼어붙어 나무토막처럼 뻣뻣해 보였다. 시체를 들고 가는 것을 처음 보았기 때문에 여옥은 자신의 슬픔도 잊고 몹시 놀랐다. 그 시체들이 함께 끌려가던 여자들이라는 것을 알자 그녀는 더욱 놀랐다.

화물칸에 다시 갇혀서야 그녀는 사정을 알게 되었다. 다행히 지난밤에 위기를 면한 봉순이가 이야기를 들려준 것이다.

밤새에 얼어죽은 여자가 두 명이나 되었다. 그리고 나머지 한 여자는 지난밤에 일본군에게 능욕을 당한 끝에 자살해 버렸다. 죽은 세 여자는 모두 조선 처녀들이었다.

여옥은 봉순의 가슴에 쓰러져 울었다. 여옥보다 두 살 더 많은 봉순이는 입술을 깨물며 그녀를 위로했다.

"울지 마. 울지 마. 좋은 수가 있을 거야."

기적이 다시 울렸다. 눈 때문에 하룻밤 정차했던 군용열차는 다시 움직이기 시작했다.

여자들은 꽁꽁 얼어붙은 주먹밥을 이빨로 깨물었다. 먹을 수는 없었지만 너무 배가 고파 먹어야 했다.

여옥도 눈물을 삼키고 주먹밥을 입으로 가져갔다. 죽어서는 안 된다는 생각이 갑자기 뜨거운 불덩이가 되어 가슴을 채워왔다.

불타는 밤

　육군 중장 혼다 쇼오자이(本多政材)가 이끄는 제33군 산하 제31사단 제28연대는 하남성(河南省)의 낙양(洛陽) 가까이까지 진출해 있었다.

　때는 1944년(昭和 19년) 1월 하순이었다.

　일본군은 중국대륙에서 결정적 전기를 마련하기 위해서 몸부림치고 있었다. 그러나 오랜 전쟁에 시달린 지금 그것은 쉬운 일이 아니었다.

　31사단만 해도 중부 중국을 목표로 대공격을 개시했었지만 지금은 겨우 산발적인 전투에 열을 올리고 있는 형편이었다.

　처음 예상과는 달리 전쟁이 장기화되자 중국군은 쉽게 물러나지 않았다.

　아니 오히려 그들은 도처에서 기습작전을 해오고 있었다. 중국군이 용감하다는 것이 차차 구체화되고 있었다. 그래서 일본군은 잠시도 마음을 놓을 여유가 없었다.

　사실 병력 수에 있어서는 중국군이 월등히 많았다. 중국군은 죽여도 죽여도 끝이 없었다.

1937년 중일전쟁(中日戰爭)이 터졌을 때만 해도 중국군은 별로 훈련도 받지 못한 오합지졸에 불과했었다. 그러던 것이 연륜이 쌓이자 정예군으로 탈바꿈하기 시작했고, 더욱이 미군의 지원으로 중무장을 갖추어 나가고 있었다. 따라서 처음과는 달리 이제 중국군은 일본군에게 있어 얕잡아 볼 수 없는 두려운 존재라고 할 수 있었다.

장개석(張介石)이 이끄는 중국군 주력은 중경(中慶)을 중심으로 한 대륙 남부에 진을 치고 있었다. 중경으로 천도한 장개석은 결사항전(決死抗戰)을 외치며 완강히 저항하고 있었다. 어떤 곳에서는 일본군 사단 병력이 궤멸되기도 했다.

따라서 장개석이야말로 일본군으로서는 가장 위험한 존재가 아닐 수 없었다.

장개석 그는 확실히 우수한 지휘관이었다. 그는 청렴강직했고 앞을 내다볼 줄 아는 인물이었다. 그에게는 특히 흡인력이 있었다. 일본군에게 추풍낙엽처럼 휩쓸리는 수억의 중국인을 항일(抗日)의 기치 아래 한데 묶어 중국을 지키게 한 것은 전적으로 그의 공이었다.

이 점에서 그는 중국 현대사의 영웅이었다.

모택동(毛澤東)은 그 다음의 인물이었다. 만일 장개석이 없었다면 모택동도 존재하지 않았을 것이다. 왜냐하면 장개석 없이 모택동이 혼자 중국을 이끌고 항일전을 전개하는 것은 극히 불가능했기 때문이다. 모택동은 장개석에 훨씬 못 미치는 인물이었다.

1월 하순이라고 하지만 북부지방과는 달리 중부지방은 그렇게 혹독하게 춥지가 않았다. 이른 새벽 28연대는 갑자기 출동했다. 낙양(洛陽)을 점령하기 위해서였다.

3중대 소속 최대치(崔大治) 이등병은 오오에(大江) 오장의 뒤를 멀찌감치 따라갔다. 가까이 따라가다가는 또 무슨 봉변을 당할지 몰랐기 때문에 그는 가능한 한 오오에와 떨어져 걸으려고 애를 썼다.

보병 소총수는 말처럼 뛰고 걸어야 한다. 차 타는 법이 거의 없이 걷고 또 걸어야 한다. 발바닥은 부르트고 장딴지는 부어서 탱탱했다.

해가 뜰 무렵 3중대는 산개했다. 도시의 북쪽을 향하여 가던 중 한 작은 마을에서 총소리가 들려온 것이다.

일제 사격을 가하고 밀고 들어가자 마을은 텅 비어 있었다. 마을을 수색한 끝에 민간 복장을 한 중국인 청년 세 명이 지하실에서 발견되었다. 세 명은 모두 무장을 하고 있었다.

일본군에게는 포로라는 것이 없었다. 포로라는 것은 귀찮은 존재였고, 그렇다고 살려둘 수도 없었다. 그래서 잡히는 대로 적은 사살되었다.

공격을 앞두고 적을 체포했다는 것은 확실히 기분 좋은 일이었다. 그들을 직접 체포한 공은 오오에 오장에게 돌아갔다. 그러나 사실은 대치 외에 역시 같은 조선 출신인 권동진(權東鎭)의 공이라고 할 수 있었다.

서른이 넘은 전형적인 일본군인인 오오에 오장은 학교라고는 문턱에도 가보지 못한 사내였기 때문인지는 몰라도 학도병, 그 중에서도 조선 출신 학도병들을 본능적으로 싫어했다. 그런 나머지 위험한 일에는 언제나 학도병을 앞장세워 내보내곤 했다. 최대치와 권동진이 위험을 무릅쓰고 지하실에 숨어 있는 중국인들을 체포하게 된 것도 오오에의 명령 때문이었다. 그러나 공은 언제나 오오에에게 돌아가게 마련이다.

오오에가 속해 있는 3중대 1소대는 조선 출신 학도병으로 대치와 동진 두 사람이 있었다. 이들은 학교는 다르지만 고향이 같았고, 그래서 서로 가까운 사이였다. 같은 날 입대한 그들이 같은 소대에서 근무하게 되었다는 것은 매우 운 좋은 일이었다.

오오에는 중대원들이 보는 앞에서 중국인들을 고문했다.

"낙양에는 병력이 얼마나 있느냐?"

통역은 중국어를 잘하는 대치가 했다. 중국인들은 입을 굳게 다문 채 끄덕도 하지 않았다. 오오에는 그들의 무릎을 밟아댔다.

"대답하지 않으면 죽여 버린다! 너희들은 어디 소속이냐?"

중국인들은 고통에 얼굴을 일그러뜨렸다. 그러나 결코 입을 열지 않았다. 마침내 오오에의 얼굴에 살기가 올랐다.

그는 총을 거꾸로 들더니 개머리판으로 중국인들의 얼굴을 후려쳤다. 퍽퍽 소리가 나면서 중국인들이 쓰러졌다. 얼굴이 피투성이가 된 채 그들은 땅위에서 꿈틀거렸다.

중대 장교들은 오오에의 행동을 묵묵히 지켜보고 있었다. 말은 안 했지만 그들은 모두 만족해 하는 눈치였다.

전장에서 적을 잡았을 때 이용가치가 없으면 일차적으로 그 처벌은 수훈을 세운 자가 마음대로 할 수가 있었다. 이것은 규칙은 아니었지만 어느 틈에 불문율로 되어 있었다. 장교라 하더라도 가능한 한 이 불문율을 깨지 않으려고 노력했다.

오오에 오장은 대치와 동진에게 명령했다.

"실제 총검술해 볼 수 있는 좋은 기회다. 너희들, 솜씨를 보여 봐!"

대치와 동진은 앞으로 나섰다. 전장에 나온 지 수 개월이 되었지만 아직 사람을 죽여본 적이 없는 그들이었다. 묵묵히 따라다니는 데만 익숙해진 그들은 어느 사이에 자신의 생명이 위태롭지 않는 한 중국인을 죽여서는 안 된다는 생각을 하나의 믿음처럼 간직하고 있었다.

중키의 오오에는 가슴을 떡 벌린 채 그들 앞에 우뚝 서 있었다. 튀어나온 광대뼈와 찢어진 눈초리가 군모 밑에서 돌 같은 차가움을 던져주고 있었다.

"뭣들 하는 거냐?"

우물쭈물하는 그들을 향하여 오오에의 고함이 터져나왔다. 그래도 움직이지 않자 오오에는 그들을 발로 걷어찼다.

대치는 할 수 없다는 것을 느꼈다. 그들 중국인을 내려다보았다. 중국인은 눈을 크게 뜬 채 올려다보고 있었다. 공포의 빛이 역력했다. 그러나 여전히 입은 굳게 다물고 있었다. 이건 내 죄가 아니다, 나를 원망할 필요는 없다. 나도 살아야 하니까 할 수 없다, 나는 살아야 한다, 미운 것은 왜놈들이다, 특히 오오에 이

놈이야말로……. 대치는 눈을 감았다. 그리고 총검을 높이 들어 올렸다가 중국인의 가슴을 향하여 그것을 푹 내려찍었다.

"아악!"

짧고 날카로운 비명이 터져나왔다. 중국인은 부르르 떨다가 곧 뻣뻣이 굳어갔다. 대치는 눈을 떴다. 피가 튀어 군복에 묻어 있었다. 중국인은 눈을 뜨고 죽었는데 두 눈은 흰 창만이 보였다.

대치는 오오에 오장을 쏘아보았다. 오오에는 조금 당황한 듯 이쪽을 바라보고 있었다. 이윽고 그 시선은 비웃음으로 변했다. 저 자식이 나를 비웃고 있구나. 네놈도 별수 없다는 뜻이겠지. 개 같은 자식. 대치는 휙 몸을 돌렸다.

분노와 함께 사람을 찔러 죽였다는 사실이 머리를 어지럽혔다.

이제 동진의 차례였다. 그러나 그는 총검을 든 채 우두커니 서 있기만 했다.

"못 하겠다는 거냐? 명령을 거역하긴가?"

오오에는 대신 총검을 들고 다가왔다. 명령을 거역하긴가, 이 것은 오오에가 잘 사용하는 말이다. 명령을 거역하는데 대한 보상이 어떠한 것인가를 미리 암시해 주는 듯한 말투다. 이 말끝에는 반드시 상당한 기합이 뒤따른다.

동진은 초초하게 중국인을 내려다보았다. 그는 총검을 들어 올리는 듯하다가 도로 내려 버렸다. 사람을 많이 죽여본 노병들이 여기저기서 킥킥거리고 웃었다. 구름 사이로 햇빛이 비치자 동진은 눈을 감았다. 죽으면 죽었지 저 가슴을 어떻게 칼로 찌른단 말인가. 기합을 주면 받을 수밖에 없다. 포기하는 거다. 이때 오오에 오장의 벼락치는 소리가 들렸다.

"비켜, 이 병신새끼야! 너 같은 죠센징은 우리 황군(皇軍)에 필요 없다!"

오오에 오장은 동진의 옆구리를 걷어찼다. 동진은 힘없이 푹 쓰러졌다가 일어섰다. 그는 먼지를 털면서 두려운 시선으로 오오에를 바라보았다.

오오에는 기계적으로 총검을 들어올렸다. 그리고는

"얏!"

하는 기합과 함께 중국인의 가슴에 총검을 박았다. 마침 포 소리가 크게 들려왔기 때문에 비명 소리는 거기에 흡수되어 버렸다.

오오에는 피묻은 총검을 중국인의 옷에다 닦았다. 새파랗게 질려 있던 동진의 시선과 부딪치자 그는 눈에 쌍심지를 켰다. 눈에 핏발이 서 있었다.

죠센징 놈들을 학대한다는 것은 언제나 기분 좋은 일에 속한다. 이렇게 계집처럼 겁이 많은 자식을 골려주는 것이 훨씬 재미있다. 이 자식은 줏대도 없고 자존심도 없는 전형적인 죠센징이란 말이야. 이런 자가 어떻게 대학을 다녔을까. 아마 똥구멍으로 배운 모양이지.

오오에는 대학을 다녔다는 못난 죠센징과 자신과를 비교하면서 스스로 만족했다. 이런 사나이야말로 자위(自慰)할 수 있는 일거리를 찾아내야만이 직성이 풀리는 법이다.

중대는 소대별로 산개해서 나갔다. 야포 소리가 들려오는 것으로 보아 이미 다른 방향으로 나간 중대는 교전에 들어간 모양이었다.

트럭과 장갑차가 줄을 이어 지나갔다. 한길은 뿌연 먼지에 휩싸였다. 적은 의외로 완강해서 사단으로부터 지원병력이 오고 있었다.

섬서성(陝西省) 성도(省都) 서안(西安)을 공략하려면 낙양의 방어선을 뚫어야 했다. 중국군으로서도 낙양에서 일본군을 막아내야 했다. 낙양이 떨어지면 서안의 운명은 풍전등화 격이다.

낙양 4km 전방에서 일본군 두 명이 총에 맞아 쓰러졌다. 각 소대는 곧 분대별로 산개했다.

"이 봐! 너희들은 나를 따라다녀!"

오오에는 두 학도병을 불렀다. 대치와 동진은 그 옆으로 뛰어왔다.

그들은 앞으로 뛰어갔다. 총알이 핑핑 소리를 내면서 귓전을 스쳐갔다.

도시 남쪽에서 검은 연기가 치솟고 있었다. 남쪽은 뚫린 모양이었다. 오오에는 힘껏 뛰었다. 대치도 지지 않고 곁에 바싹 따라 붙었다. 오오에가 돌아보니 동진은 멀리 뒤쳐져 있었다.

오오에는 뛰면서도 대치 이등병이 은근히 얄미운 생각이 들었다. 이 자식은 시키는 대로 척척 말을 듣는다. 절대 거역하는 법이 없다. 이것이 오히려 얄미운 것이다. 언제나 겁을 집어먹거나 나가떨어지기를 기대했지만 이 자식은 그러기는커녕 당당하게 부딪쳐 온다. 대치의 이러한 태도가 오오에게는 하나의 도전처럼 받아들여지는 것이었다.

죠센징은 겁이 많고 비굴한 족속들이다. 또 그래야만 죠센징에 어울리는 것이다. 그런데 대치 이등병 이놈은 품종이 다른 놈이다. 정말 혼내 줄 놈은 이 자식이다. 이 자식, 얼마나 견디어내나 어디 두고 보자. 네놈은 나를 조롱하고 있겠지. 너 같은 놈 백 명이 달려들어도 이 오오에는 눈 하나 깜짝하지 않는다.

자신이 모욕을 받고 있다고 생각하자 오오에는 화가 부글부글 끓어올랐다. 그는 엎드려 총을 쏘았다.

중국군은 이중삼중으로 낙양을 에워싸고 있었다. 2개 사단병력이 진을 치고 있다는 소문이 나돌았다. 그 소문이 정말인지 무너진 남쪽 방어선은 금방 중국군으로 채워졌다.

오오에도 결사대를 조직해서 방어선을 돌파했지만 금방 다시 물러나고 말았다. 아무리 죽였지만 중국군의 인해전술 앞에는 일본군의 돌격정신도 무력하기만 했다.

아침에 시작된 공방전은 밤까지 계속되었다. 중국군은 미군기까지 동원하고 있었기 때문에 일본군의 피해는 막대했다. 그러나 밤이 되자 사태가 달라졌다. 비행기의 폭격이 뜸해지자 일본군들은 장갑차를 앞세우고 총공세를 취했다.

중국군은 필사적으로 저항해 왔지만 용감한 일본군의 공세에 차차 밀려나기 시작했다. 한 번 몰리기 시작하자마자 마치

둑이 무너지듯 방어선은 떨어져 나갔다.

시가는 금방 불에 휩싸였다. 밤하늘은 불빛으로 휘황찬란했다. 무너지는 도시의 비명 소리가 하늘 높이 울려 퍼졌다.

침략군이 나타나자 중국인들은 몸을 피하려고 아우성을 쳤다. 마차와 인력거가 부딪치는 소리, 그 사이를 빠져나가려고 발버둥치는 아녀자들의 아우성, 총탄 소리, 마이크 소리, 호루라기 소리…… 이런 것 등으로 거리는 온통 아비규환이었다.

피난민의 물결은 거리를 꽉 메웠다. 밟혀서 죽는 사람들이 부지기수였다. 일본군들은 닥치는 대로 발포하고 찔러 죽였다.

살육과 약탈이 밤새도록 계속되었다. 이런 상황에서 일본군들이 노리는 것은 특히 여자들이었다.

중국군들은 이런 것을 염려해서 전투가 있기 전에 미리 부녀자들을 소개시키곤 했다. 그러나 이번에는 상황이 달랐다. 중국군들은 낙양의 방어선을 너무 믿었기 때문에 주민들을 소개시키는 데 그렇게 힘을 쓰지 않았던 것이다. 뒤늦게 위험하다는 것을 깨달았을 때는 이미 포위가 된 뒤였다.

대동아공영권을 외친 일본제국이었지만 평화와 질서를 위해 진주한 것은 아니었다. 철저한 침략만이 그들에게는 있을 뿐이었다.

침략자들에게는 얼마나 침략을 철저히 하느냐에 따라 그 용맹성이 평가된다. 살육과 약탈, 그리고 강간을 가장 잔혹하게 수행한 자는 가장 용맹무쌍한 병사로 인정받는다. 이러한 것은 일본 군대 내의 규칙으로 볼 때는 금지된 사항이었지만 이미 전쟁이 시작될 때부터 묵인 내지 방관되어 왔고, 이제는 장교들까지도 공공연히 앞장서서 양민을 죽이고 물건을 탈취하고 여자를 겁탈했다.

오랫동안 굶주렸던 일본 군인들은 여자를 찾는데 혈안이 되었다. 미처 피난하지 못한 여자들은 지하실이나 벽장 속에서 끌려나와 현장에서 여러 병사들에게 윤간 당했다.

대치와 동진은 오오에의 뒤를 따라가면서 계속 불안했다. 자신들도 중국 여자들을 강간하는데 참가하랄까 봐 걱정이 된 것이다. 입대한 지 얼마 안 된 신병들인 만큼 아직 그런 짓을 강요당하거나 목격한 적은 없었다. 다만 그것을 소문으로만 들었을 뿐이다.

심장이 강한 대치도 아비규환의 시가지를 보자 가슴이 떨리고 눈앞이 캄캄해져 왔다. 자신이 마치 악마의 사신처럼 생각되었다. 분노가 치밀자 오오에의 뒤통수가 자꾸만 커 보였다. 총검으로 놈의 뒤통수를 콱 찔러 버리고 싶었다. 이놈의 새끼, 지금은 참는다. 언젠가는 네놈의 대가리를 부숴 놓고 말 테다. 대치는 이를 부드득 갈았다.

오오에 오장은 큰 대문 앞에서 걸음을 멈추었다. 여러 집을 뒤졌지만 아직 계집 하나 찾지 못했기 때문에 그는 신경이 곤두설 대로 곤두서 있었다. 거의 제정신이 아닌 상태에서 그는 대문을 걷어찼다. 문이 잠겨 있는 것으로 보아 아직 누가 침입하지는 않은 것 같았다.

문이 부서지자 오오에는 앞장서서 뛰어 들어갔다. 그 뒤를 최대치와 권동진, 그리고 다른 두 명의 일본군이 따라갔다. 이런 일에는 뒤처져서 방관하고 싶었지만 오오에의 명령을 거역할 수 없어 대치와 동진은 부지런히 집안을 뒤지기 시작했다. 부호의 집인지 집안은 드넓었다.

조금 지나 벽장 속으로 들어간 일본군 하나가 환호성을 질렀다. 오오에가 먼저 그쪽으로 뛰어갔다.

벽장 속은 비어 있었다. 그런데 벽장과 천장 사이가 뚫려 있었다. 일본군은 그 사이로 손전등을 비추고 있었다.

곧 천장 밑에서 중국인 노인 부부와 아기를 안고 있는 젊은 부인 하나가 끌려 내려왔다. 불을 켜고 보니 부인은 스물 서너 살쯤 되어 보이는 아름다운 여자였다.

"내려오려고 하는데 아기 우는 소리가 나지 않겠습니까."

그들을 발견한 병사가 자랑스러운 듯이 말했다.

"수고했다."

오오에는 근엄하게 말했다. 그리고 무릎을 꿇고 앉아 빌고 있는 중국인들을 잠깐 내려다보았다.

병사 하나가 아기를 뺏으려고 하자 여자는 아기를 꽉 부둥켜 안고 몸을 떨었다. 일본군 병사는 여자의 어깨를 개머리판으로 때렸다. 여자와 아기가 따로 떨어져 마루 위로 굴렀다. 아기가 자지러지게 울었다. 노인 부부가 오오에의 옷자락을 붙잡고 늘어졌다. 오오에는 그들을 걷어찼다.

"너희들은 저것들을 모두 처치해! 나는 이 여자를 처치할 테니까."

이렇게 말한 오오에는 여자를 끌고 방안으로 들어갔다. 여자는 공포에 질려 몸이 굳어 있었다. 그녀는 거의 한마디도 하지 못했다.

오오에는 침대 위로 여자를 쓰러뜨렸다. 여자가 비로소 발버둥을 치며 일어서려고 하자 그는 주먹으로 그녀의 얼굴을 후려 쳤다. 그리고 우악스럽게 여자의 옷을 잡아 찢었다. 여자가 비명을 지르자 그는 다시 그녀를 때렸다. 여자는 더 이상 항거하는 것을 포기했다. 옷을 모두 벗겼을 때에도 그녀는 가만히 있었다.

백옥같이 하얀 육체를 오오에는 한참 동안 들여다보았다. 여자의 두 눈이 갑자기 기대에 찬 시선으로 변했다. 강간 직전 공포에 질려 있던 여자의 눈이 이렇게 부푼 기대로 변하는 것을 오오에는 몇 번 목격해 왔다. 그것이 굶주린 정욕에 불이 당겨진 탓인 줄 알았었다. 그러나 알고 보니 그것이 아니었다. 반항이 불가능 한 것을 알고는 일종의 타협적인 반응을 보여온 것이다. 몸은 바칠 테니 목숨이나 살려달라는, 지조 따위는 내팽개친 다분히 현실적인 타협이었다.

오오에는 하의를 벗었다. 자랑이라도 하듯 그것을 쥐고 몇 번 흔들다가 여자 앞으로 다가섰다. 여자는 반사적으로 다리를 움츠렸다.

"벌려!"

오오에가 명령하자 여자는 도로 다리를 벌렸다. 사내는 그 위로 허리를 굽혔다. 그의 손길이 갑자기 부드러워졌다. 그는 은근히 탐미하듯 여자의 젖을 쓰다듬었다. 그때 밖에서 연이은 비명 소리가 들려왔다. 그러자 여자가 몸을 일으키려고 했다. 오오에는 자기의 두 다리로 여자의 허벅지를 눌렀다. 그리고 한 손으로 털이 많이 난 하복부를 쓰다듬었다. 이윽고 그의 하체가 미친 듯 요동치기 시작하자 여자의 두 손이 부드럽게 그의 허리를 감싸 안았다.

여자가 뭐라고 말했다. 중국말이라 알아들을 수가 없었다. 그러나 그것이 살려달라는 뜻이라는 것을 오오에는 짐작으로 알았다.

방안에서 이러한 일이 벌어지고 있을 때 밖에서는 더 기막힌 일이 일어나고 있었다. 오오에로부터 처리하라는 명령을 받은 일본군 상등병 두 명은 학도병들에게 중국인들을 밖으로 끌어내라고 명령했다.

밖에는 깊고 큰 우물이 하나 있었다. 상등병은 다시 학도병들에게 끌어낸 중국인들을 우물 속에 처넣으라고 명령했다. 대치와 동진은 당황했다. 어떻게 할 바를 몰라 망설이고 있는 그들을 상등병들은 다시 재촉했다.

대치는 밤하늘을 쳐다보았다. 자의든 타의든 나는 점점 살인자가 되어가고 있구나. 나는 왜놈이 되어 가고 있다. 그러나 그래서는 안 된다. 나는 조선인이다.

보름달이 연기에 가려지고 있었다. 다시 명령이 떨어졌다. 상등병 하나가 명령을 듣지 않으면 쏴 버리겠다는 듯이 총구를 겨누고 있었다.

차라리 내 손으로 이들 중 한 사람을 죽여야 한다면 아기보다는 노인을 죽이는 게 낫다. 노인은 여생이 얼마 남지 않았으니까 말이다.

대치는 노인 부부를 바라보았다. 노파는 아기를 안고 있었고, 노인은 두 손을 싹싹 빌어대고 있었다. 긴 수염이 바람에 흔들리고 있었다.

대치는 노인의 뒤로 돌아가 무릎 밑으로 팔을 끼웠다. 그리고 거의 제정신이 아닌 상태에서 노인을 들어올렸다. 병중이었는지 노인은 마른 나뭇가지처럼 가벼웠다. 노인이 몸부림을 치면서 대치의 팔을 할퀴었다. 대치는 끙하고 힘을 쓰면서 노인을 우물 속으로 던져 버렸다. 비명 소리와 풍덩 하고 빠지는 소리가 길게 울려퍼졌다.

대치는 이를 악물고 상등병들을 쏘아보았다. 자신을 발악적인 상태로 몰고가는 충동이 느껴졌다. 그는 그것을 참으려고 발로 땅을 후벼팠다. 문득 그의 시선이 동진과 부딪쳤다. 잘 알아볼 수 없었지만 그를 바라보는 동진의 시선이 몹시 차갑다고 느껴졌다. 아니 증오심에 서려 있는 것 같았다. 대치는 그 의미를 알 것 같았다.

다음은 동진이 던져 넣을 차례였다. 그러나 그는 여전히 움직이지 않았다. 상등병의 말이 들리지 않는 듯 그는 멍하니 서 있었다. 상등병 두 명이 달려들어 구타했지만 동진의 고집은 꺾이지 않았다.

"어디 두고 보자. 네놈이 언제까지 버티나."

상등병들은 동진을 제쳐두고 노파와 아기를 번쩍 들어 우물 속에 던져 넣었다. 마치 돌멩이를 집어넣는 것처럼 행동이 간단했고, 감정의 동요도 없는 것 같았다.

세 사람을 이렇게 처치한 그들은 오오에 오장이 들어간 방문 앞으로 다가갔다. 방안에서는 거친 숨결이 새어나오고 있었다.

한참 후에 오오에 오장의 큰 소리가 들려왔다.

"한 놈씩 들어와라."

상등병들은 서로 얼굴을 마주보다가 그중 하나가 총을 맡기고 안으로 들어갔다.

오오에 오장의 취미는 별나고 병적인 데가 있었다.

자기의 권한 내에서 할 수 있는 일이면 무슨 짓이든 해치우는 버릇이 그에게는 있었다. 여기에는 양심이나 도덕 따위는 조금도 문제가 되지 않았다.

먼저 들어간 상등병은 5분도 못 되어 나왔다. 그는 허리춤을 추스르면서 멋쩍게 웃었다.

다른 상등병이 얼른 들어갔다. 그들은 오오에 오장의 취미에 적극 동조하고 있었고 그래서 이런 짓에는 익숙한 것 같았다.

뒤에 들어간 상등병도 5분이 못 되어 나왔다. 그 역시 바지 단추를 끼면서 비굴하게 웃었다.

대치와 동진은 굳어 있었다. 대치는 자신이 들어가야 할 차례라는 것을 알았으나 발이 떨어지지가 않았다. 저 자식은 사람인가 짐승인가. 도대체 방안에 지켜 서 있을 게 뭔가.

"왜 안 들어오는 거냐? 죠오셴징이 항상 말썽이구나!"

오오에의 고함 소리에 대치는 동진을 바라보았다. 표정이 차갑게 굳어 있는 것이 이번에도 움직일 것 같지가 않았다. 저러다가 맞아죽으면 큰일인데 하고 대치는 생각했다.

오오에 오장은 의자에 앉아 담배를 피우고 있었다. 침대를 바라본 대치는 가슴이 쿵 하는 충격을 느꼈다. 차마 눈을 바로 뜨고 바라볼 수 없는 광경이 벌어져 있었다. 기생에게 동정을 바친 경험이 있긴 하지만 그것은 순전히 술김에서였고, 이렇게 여체를, 그것도 그 부분이 적나라하게 노출된 모습을 본 것은 이번이 처음이었다.

여자는 다리를 짝 벌린 채 축 늘어져 있었다. 머리는 온통 헝클어지고 정신을 잃었는지 두 눈은 감겨져 있었다. 하복부가 조금씩 오르내리는 것만이 그녀가 아직 살아 있다는 것을 말해 주고 있었다. 털이 뒤덮인 부분에는 남자의 정액이 허옇게 묻어 있었다.

구역질을 자아내게 한다기보다는 오히려 비참한 기분을 느끼게 하는 모습이었지만 여자의 탐스러운 육체가 순간적으로나마 황홀감을 던져주고 있었다. 오오에의 시선이 자기를 주시하고 있다고 생각하자 대치는 굳은 표정을 지었다.

"뭘 우물쭈물하는 거냐? 불알 달린 것이 여자 앞에서 쩔쩔 매는 거냐? 여자를 알아야 남자가 되는 거야. 이런 것도 모두 신병들에게 필요한 훈련이다. 빨리 옷을 벗고 올라타라! 모르면 가르쳐 주겠다!"

대치는 시야가 뿌옇게 변해 오는 것을 느꼈다. 그는 천천히 하의를 벗었다. 그러나 다 벗지는 않고 남근이 나올 정도로만 벗었다.

"병신 같은 짓하지 말고 모두 벗어!"

오오에는 급하게 소리쳤다. 대치는 바지를 내리고 다리를 빼내었다. 아무리 같은 사내지만 강제로 하의를 벗기우고 그 앞에 남근과 엉덩이를 보이게 된 사실에 대치는 심한 부끄러움을 느꼈다. 그의 얼굴은 수치심으로 인해 벌겋게 달아올랐다. 치밀어오르는 감정으로 해서 그는 거의 숨을 쉴 수가 없었다. 옷을 벗고 이렇게 서 있는다면 어느 정도 참아볼 수 있다. 그러나 이제 시작에 불과하다. 이제부터 오오에가 보는 앞에서 성교(性交)를 해야 하는 것이다. 짐승처럼 엎드려서 헐떡거리며……. 내 정액이 저 여자의 몸 속으로 흘러들어 갈 때까지 말이다. 모욕치고는 지독한 모욕이었다. 상상할 수도 없는 모욕이었다.

이 자는 자기가 거느리는 부하들의 자존심 따위를 깡그리 뭉개 버리려고 하는구나. 그런 것을 숫제 뽑아 버리고 동물화시키면 부려먹기에도 편할 것이다.

성교행위를 관찰하겠다는 이자의 심보는 한편으로는 성도착증세(性倒錯症勢)에 빠져 있다는 것을 의미하는 게 아닐까. 아무튼 복잡하고 잔인하고 짐승 같은 놈이다.

"형식적으로 하면 용서하지 않는다!"

오오에가 다시 말했다. 군모 밑에서 그의 두 눈이 표범처럼 빛나고 있었다. 그는 일어서서 걷기 시작했다. 여러 각도에서 성교행위를 관찰하기 위한 속셈인 것 같았다.

대치는 침을 꿀꺽 삼키면서 여자의 다리 사이로 들어섰다. 여자는 벽에 머리를 댄 채 침대를 가로질러 누워 있었는데 두 다리는 침대 가에 걸쳐져 있어 남자는 침대에 올라갈 필요 없이 방바닥에 서서 약간 허리만 굽히면 되었다.

심한 수치감 때문인지 대치는 발기가 되지 않았다. 이왕 할 바에는 빨리 해 버리는 게 낫다. 이놈에게 엉덩이를 오래 보이면 보일수록 결국 나만 손해다. 빨리 발기해라. 이놈에게 못난 꼴을 보이고 싶지 않다. 처음부터 그랬지만 이번에도 물러서지는 않겠다. 멋지게 해 보이고 말 테다. 돼지처럼, 개처럼, 말처럼……

증오심이 솟자 늘어져 있던 그의 성기가 마침내 주름을 펴면서 고개를 쳐들기 시작했다. 그것은 순식간에 팽팽하게 치솟았다.

"어? 이 자식 봐라. 네 조상이 말(馬)이냐!"

이렇게 거대한 남근은 처음 본다는 듯 오오에는 눈을 끔벅거리면서 말했다. 대치의 남근은 확실히 크고 튼튼했다.

그것은 운동으로 단련된 그의 건장하고 완강한 체격에 썩 어울리는 모습이었다. 짙은 눈썹, 타오르는 듯한 눈초리, 억세 보이는 턱 등이 또한 그의 젊음과 힘을 말해 주고 있었다.

오오에는 위축감을 느끼는 게 분명했다. 그러나 그는 그런 내색을 하지 않으려는 듯 입을 비틀며 묘하게 웃었다.

강제로 이런 짓을 하게 되더라도 일단 거기에 부딪치면 대치는 그 강제성에서 벗어나 자기 의지대로 자진해서 일을 해치우는 적극적이고도 도전적인 성격을 가지고 있었다. 오오에 따위에게 질질 끌려 다닌다는 사실에 그는 참을 수 없는 수치심을 느꼈고, 그래서 항상 그보다 앞서 달리려고 애쓴 것이다. 이것만이 오오에의 약을 올리고 서서히 그의 목을 조르는 길이기도 했다.

대치가 침대 위에 두 손을 버티고 하체에 힘을 가하자 그때까지 늘어져 있던 여자의 육체가 꿈틀했다. 그의 크고 힘찬 남근에 여자는 상당히 자극을 느낀 모양이었다.

얼굴이 벌겋게 달아오른 채 대치는 몇 번 여자에게 충격을 가했다. 여자는 다리를 흔들더니 그의 목을 끌어안으려고 두 손을 허우적거렸다.

인간의 육체는 본질적으로 모순덩이인지도 모른다.

정신이 하늘로 날아갈 때 육체는 땅에 떨어지는 경우가 허다하다. 이 중국 여자의 경우도 마찬가지였다.

짓밟히는 몸으로서 그래서는 안 되면서도 여자는 흥분하기 시작했다. 몸을 비틀어대면서 야릇한 신음 소리까지 내고 있었다.

전쟁과 여자, 파괴와 여자……이 양자 사이에는 필연적으로 어떤 함수관계가 있는 것일까.

대치는 몸을 일으켰다. 불과 몇 분만이었다. 역시 총각이었기 때문에 기교도 없었고 시간도 짧았다. 여자가 눈을 뜨고 그를 바라보았다. 아직 긴장되어 있는 모습이었다. 대치는 그 시선을 피했다.

"음, 그건 좋다만 기술이 없구나. 부지런히 배워서 좀 오래 끌도록 해 봐."

옷을 입고 있는 대치의 등뒤에서 오오에가 거드름을 피우면서 말했다.

"알았습니다."

대치는 일부러 큰 소리로 대답한 다음 밖으로 나왔다. 나오는 그를 동진이 쏘아보았다. 대치는 섬뜩한 것을 느꼈다.

예상했던 대로 동진은 방안에 들어가지 않았다. 오오에가 성이 나서 불렀지만 그는 당나귀처럼 붙어 서서 움직이지 않았다.

"좋다. 각오해라!"

오오에는 이를 갈면서 말했다. 오늘 두 번이나 오오에의 명령을 거부했으니 앞으로 무슨 일이 일어날지 몰랐다. 대치는 이 점이 두려웠으므로 동진의 옆구리를 팔꿈치로 찔렀다. 동진은 깜짝 놀라며 한 발짝 물러섰다. 그리고는 대치를 흘겨보았다. 그 반응이 너무 냉랭하고 뜻밖이었기 때문에 대치는 주춤했다.

그때 방안에서 여자의 처절한 비명이 들려왔다. 그것은 너무도 처절했기 때문에 대치는 귀가 멍멍해지고 머리끝이 일어서는 것 같은 기분을 느꼈다.

문이 벌컥 열리면서 오오에가 나타났다. 눈빛이 이상해 보였다. 열린 문 사이로 안을 들여다본 대치는

"아!"

하고 입을 벌렸다. 동진도 입을 벌린 채 눈을 부릅뜨고 있었다.

여자는 복부를 움켜쥐고 몸부림치고 있었다. 검붉은 피가 분

불타는 밤 · **67**

수처럼 뿜어 나오고 있었다. 오오에가 용맹무쌍한 것을 입증하기 위해 총검으로 그녀의 배를 찌른 모양이었다.

그 신음과 몸부림은 눈뜨고 보기에는 참으로 무서운, 영원히 잊을 수 없는 장면이었다. 몸부림치던 여인의 육체는 이윽고 침대 밑으로 굴러 떨어졌다.

"잘 봐둬라. 여자를 범했으면 이렇게 처리해야 된다. 살려두면 나중에 말썽이 생기니까."

오오에는 대수롭지 않다는 듯 말했다. 노인 부부와 아기를 우물에 처넣은 것을 알자 그는 만족한 듯 고개를 끄덕였다.

"수고했다. 그런데 이 죠센징 때문에 말썽이구나."

오오에는 돌아서더니 권동진의 얼굴을 주먹으로 후려갈겼다. 몸집이 작은 데다 허약한 동진은 힘없이 쓰러졌다. 그러나 이런 구타에는 익숙해져 있었기 때문에 그는 금방 일어섰다. 일어선 그를 오오에는 다시 때려눕혔다. 그리고 발로 마구 밟았다.

"죽어라! 명령을 거역하는 놈은 죽어도 좋다! 기어! 개처럼 기어! 저 대문까지 기어가! 총을 입에 물고 기어가!"

동진은 무릎을 꿇고 엎드렸다. 그리고 총의 멜빵을 입에 물고 기어가기 시작했다. 마루를 내려오다가 그의 몸은 마당으로 굴러 떨어졌다. 그 바람에 총이 내동댕이쳐졌다.

"이 새끼, 누가 그렇게 총을 물라고 했어? 땅에 끌지 말고 들어 올려!"

상등병들이 사정없이 걷어찼다.

동진은 총을 높이 쳐들어 물었다. 뒤로 젖혀진 그의 얼굴이 잔뜩 일그러져 있었다. 눈물이 볼을 타고 흘러내리고 있었다.

대치는 고개를 돌려 버렸다. 울지 마라. 이 바보 같은 자식아! 왜 일부러 너는 이런 짓을 청해서 하느냐! 그것이 좋다면 눈물을 보이지 말라. 대치는 입술을 깨물고 주먹을 불끈 쥐었다.

동진은 정말 차가운 땅바닥 위를 개처럼 기어갔다. 병색이 완연한 그의 메마른 얼굴은 총대가 무거운지 자꾸만 밑으로 처져내렸다. 그때마다 오오에 오장과 상병들은 그를 짓밟았다.

날이 뿌옇게 밝아오고 있었다.

아직도 여기저기서 검은 연기가 치솟고 있었다. 아우성은 그쳐 있었지만 무너지는 도시의 소음은 계속되고 있었다.

대문 밖까지 기어나온 동진은 몸을 일으켰다. 그의 몸은 온통 흙투성이였고 쓰러질 듯 흔들거렸다.

"잘 들어둬, 이 자식아! 명령을 거역하는 한 이런 일이 계속될 줄 알아라! 이건 서막이다. 시간을 내어 본격적으로 네놈의 골통을 고쳐놓겠다!"

오오에는 눈을 부라리며 말했다. 허연 김이 담배연기처럼 뿜어 나왔다. 그 앞에 움츠리고 서 있는 동진의 모습은 더욱 작아 보였다.

거리 여기저기에는 중국인들의 시체가 굴러다니고 있었다. 살아 있는 중국인은 하나도 보이지 않았고, 그 대신 일본군들만이 바쁘게 움직이고 있었다.

오토바이를 탄 헌병분대가 사이렌을 울리며 지나갔다. 승전

(勝戰)했다는 사실로 하여 일본군들은 피로감도 잊고 군가를 소리 높여 불렀다.

대치는 뒤로 처지면서 동진에게 물었다.

"괜찮아?"

그러나 동진은 대꾸하지 않았다. 그를 쳐다보지도 않았다. 상대하지 않겠다는 결의가 표정에 나타나 있었다.

대치는 가슴이 아팠다. 근본적으로 두 사람 사이에 차이점이 있다는 것을 처음으로 느꼈다.

그 전에는 그런 것을 몰랐었다. 그는 북경대학(北京大學)에서 경제학을 전공하고 있었고, 동진은 일본 와세다대(早稻田大) 철학과에 적을 두고 있는 이상주의자였다. 개성(開城)이 고향인 그들은 소학교와 중학교를 함께 다닌 죽마고우였다.

그들은 성격이 판이했지만 어린 시절을 함께 자라오는 동안 별 갈등 없이 친하게 지낼 수가 있었다. 대학에 진학한 뒤에도 그들은 방학이면 고향에 돌아와 다정하게 지내곤 했다.

대치가 실제로 동진과의 사이에서 차이점을 느낀 것이 있다면, 그것은 무엇보다도 생활수준이 다르다는 사실이었다. 대치는 대장간을 경영하는 늙은 아버지의 7남매중의 다섯째였고 동진은 거상(巨商)의 외아들이었다. 그러니 대치는 처음부터 피나는 고학으로 학교를 다녀야 했다. 이에 비해 동진은 집에서 부쳐주는 돈으로 비싼 하숙생활을 하면서 유유자적(悠悠自適)하게 공부했다. 수재인 그는 항상 책에 파묻혀 있었기 때문에 그의 학식은 나이에 비해 놀라울 정도로 깊었다. 그런데 경제적인 여유, 자신이 수재라는 사실, 현실을 초월한 듯한 학구적인 태도, 그리고 외아들이라면 으레 갖게 되는 외곬, 이런 것 등이 어느새 그를 고집스러운 청년으로 만들어 놓고 있었다.

동진의 고집은 대단했다. 뚜렷한 이유도 없이 고집을 피울 때가 많았다. 그렇지 않아도 몸이 약한데 자신의 의지를 시험해 보기 위해 보름 동안이나 단식을 하기도 했고, 며칠씩 말 한마디 없이 입을 다물고 있기도 했고, 여자는 요물이라고 하여 아예 상종조차 하지 않으려고 했다.

그러나 방학중인 어느 날 동진이 수음(手淫)을 하고 있는 것을 발견한 대치는 생각을 달리하게 되었다. 이 자식, 재미있는 자식이구나. 고집을 풀고 얼마든지 변할 수 있는 자식이야. 이렇게 생각한 대치는 더욱 여유 있게 동진을 대했다. 그들의 차이점은 대치의 이러한 여유 있는 행동과 포용력으로 별로 두드러짐이 없이 눈처럼 녹아 버리곤 했다.

어느 면에서 볼 때 동진은 귀엽게 자란 고집불통의 소년처럼 단순한 청년이라고 할 수 있었다. 고집을 빼버린다면 그는 순진하기 짝이 없는 청년이었다.

그러나 대치는 달랐다. 그는 좀 특수한 데가 있었다. 감정이 격하고 거칠었지만 어릴 때부터 고생하면서 자란 탓인지 인내심이 강했고 그래서 모든 것을 굳센 의지로 처리해 나갔다. 중국으로 단신 건너가 1년 동안 중국어를 공부한 다음 북경대학에 들어간 것만 보아도 그가 얼마나 의지가 강한 청년인지 알 수가 있다. 가난한 집안 출신의 젊은이가 으레 그러는 것처럼 그 역시 빈부의 격차에 대해 민감했다. 그런 나머지 그는 마르크스 —레닌에 심취했다. 공명하는 친구들과 어울려 비밀 지하서클을 조직하고 사회주의에 대해 이론적 무장을 갖추어 나갔다. 그러나 이런 것은 어디까지나 감정에서 비롯된 하나의 이상(理想)에 그쳐 있었지 그 이상의 실천적인 양상을 보이지는 않았다. 그것은 또한 민족주의에 기초를 둔 것이었고 결국은 항일(抗日)이라는 민족의 과제에 그 초점이 귀착되고 있었다.

거상의 아들인 동진과 우정을 지속한 것만 보아도 그가 얼마나 낭만적 사회주의자였는가를 알 수 있다.

그들이 학도병으로 입대하게 된 것은 겨울 방학에 고향에 내려왔다가 갑자기 당한 일이었다. 아무튼 일본군에 끌려오기 전까지만 해도 이렇게 가까웠던 대치와 동진 사이가 이제 갈라지려 하고 있었다. 극한 상황에 놓이게 되자 두 사람 사이의 본질적인 차이점이 눈에 띄게 나타나기 시작했고 미처 손을 쓸 사이도 없이 그러한 것들은 쌓이고 쌓이면서 비비 꼬여갔다.

대치는 동진에게 더 이상 말을 거는 것을 삼가고 묵묵히 걸어갔다. 하늘은 검은 연기 때문인지 아니면 눈이 오려는 때문인지 흐리고 어두웠다.

이번 전투에서 죽은 중국인은 무려 2만 명이나 되었다. 시체를 태우는 연기가 연 이틀 동안이나 뿜어 올랐고 도시는 사흘 동안이나 불탔다.

여자를 겁탈하고, 기름진 음식을 배불리 먹고, 승리의 술에 취한 일본군인들은 이윽고 휴식에 들어갔다.

휴식이 길어지자 병사들은 심심해지기 시작했다. 똥개가 배가 불러도 똥을 찾듯이 일본군인들은 모든 것을 만끽하고도 심심함을 달래기 위해 일거리를 찾았다.

여기에 걸린 것이 권동진이었다. 그렇지 않아도 적당한 기회에 그를 혼내주려고 벼르던 오오에 오장은 어느 날 밤 동진을 소대원 앞에 불러 세웠다.

오오에는 동진을 혼내주는 방법을 여러 모로 깊이 생각해 본 모양이었다. 그리고 마침내 그것을 생각해 내어 기뻐하는 것 같았다.

취침 한 시간 전이었다. 동진은 겁먹은 시선으로 오오에를 바라보면서 앞으로 걸어나왔다. 그러나 입은 여전히 고집스럽게 닫혀 있었다.

소대원들은 어느 국민학교 교실 바닥에 서로 마주보며 앉아 있었다. 이제부터 일어날 일에 대해 모두가 호기심이 이는지 눈을 반짝거리며 침묵을 지켰다.

오오에는 동진의 귀를 잡고 흔들었다. 그것을 한참 동안 흔들다가,

"너는 아무리 봐도 우리 황군(皇軍)에는 어울리지가 않아. 남의 발바닥이나 핥아먹으면서 살아야 할 놈이야."

하고 말했다.

오오에가 귀를 잡은 손을 밑으로 내렸기 때문에 동진의 머리도 따라서 밑으로 내려갔다. 오오에는 귀를 잡아당기면서 걷기

시작했다. 소대원들이 앉아 있는 사이를 왔다갔다 하면서 그는 말했다.

"어디 개처럼 짖어 봐. 병든 개처럼 쉰 목소리로 짖어 봐."

귀를 바싹 잡아당겼기 때문에 동진은 몹시 아팠다. 그는 기어 들어가는 목소리로 컹컹컹 하고 짖었다.

"한쪽 다리를 들어. 그리고 껑충껑충 뛰면서 짖어 봐."

동진은 한쪽 다리를 들고 컹컹컹 하고 짖었다. 병사들이 와르르 하고 웃었다.

"목소리가 너무 작다. 좀 크게 하라."

병사들은 여기저기서 윽박질렀다.

대치는 더 볼 수가 없어서 외면했다. 저 자식은 남을 해치는 일은 철저히 거부한다. 그러나 자신을 해치는 일은 고분고분 들어먹는다. 어떻게 돼먹은 자식이 자기 보호를 싫어할까. 개죽음을 당할 필요가 어디 있는가.

동진이 움직임을 멈추고 고개를 쳐들었을 때 그의 얼굴은 빨갛게 달아올라 있었다. 그는 숨이 가쁜지 헉헉거렸다. 입대하기 전에도 마른 편이었지만 요즘에 와서 그의 얼굴은 놀라울 정도로 살이 내리고 있었다.

큰 눈은 더욱 커져 항상 불안에 차 있었고 목은 더욱 가늘어져 있었다. 허약한 어깨는 꾸부정한 것이 곧 부서져 버릴 것만 같았다.

"이제 정신을 차렸느냐?"

오오에가 물었다.

"네—"

동진은 차렷자세로 대답했다. 가는 목소리를 억지로 짜낸 것이었으므로 이상하게 들려왔다.

"눈깔이 동태 눈깔처럼 썩은 것 같다. 아직 정신을 못 차렸다는 증거다. 지금부터 무릎을 꿇고 엎드려서 소대원들의 발바닥을 깨끗이 핥아라. 냄새가 좋을 거다."

실내에서 웅성거리는 소리가 일어났다. 이같은 기합은 처음 있는 일이었기 때문에 모두가 흥미 있는 반응을 보였다. 오오에 오장의 지시에 따라 소대원들은 양말을 벗고 발을 내밀었다.

동진은 그것만은 못 하겠다는 듯 주춤거리며 서 있다가 오오에가 몽둥이로 후려치자 하는 수 없이 무릎을 꿇고 엎드렸다.

"개처럼 혓바닥을 길게 내고 맛있게 핥아라."

오오에가 바싹 붙어서 따르며 말했다. 동진은 첫 자리의 병사 앞으로 다가갔다. 가운데 발가락이 하나 없는 병사였다. 오랫동안 씻지 않은 탓으로 발은 시커멓게 때가 끼어 있었고, 퀴퀴한 냄새가 코를 찔렀다.

동진은 눈을 감고 혀끝을 내밀었다. 그러자 엉덩이에 딱 하고 몽둥이가 떨어졌다.

"이 새끼, 누가 눈을 감으라고 했어? 눈을 뜨고 발바닥을 똑똑히 쳐다 봐!"

동진은 눈을 크게 뜨고 마침내 발바닥을 핥기 시작했다. 그러자 병사는

"아이구, 간지러."

하면서 낄낄거리고 웃기 시작했다. 그 바람에 다른 병사들도 웃었다.

동진은 차례대로 핥아나갔다. 처음 몇 사람까지는 냄새 때문에 거의 참을 수 없을 지경이었으나 좀 지나자 거의 감각이 없어져 갔다.

소홀히 하거나 하면 오오에의 몽둥이가 날아왔기 때문에 동진은 정성스레 핥아나갔다.

대치 앞에 이르렀을 때 동진은 눈을 들어 그를 바라보았다. 대치는 발을 내밀지 않고 있었다. 마주친 두 사람의 시선이 복잡하게 얽혀졌다. 동진은 땟국이 흐르는 혀를 입 속으로 집어넣을 수가 없었으므로 정말 개처럼 혀를 잔뜩 뽑아 물고 있었다.

그것이 부끄러웠든지 그는 고개를 숙여 버렸다. 눈물이 마룻장 위로 뚝뚝 떨어졌다.

"어서 발을 내밀어."

그는 울면서 대치에게 말했다. 대치는 그대로 앉아 있었다. 그때 오오에가 몽둥이로 대치의 어깨를 후려쳤다. 울컥해진 대치는 벌떡 일어서서 오오에를 노려보았다. 그의 코밑에서 오오에의 시선이 당황하게 빛났다. 그러나 오오에는 이내 사나운 표정을 지으면서 대치의 뺨을 후려쳤다.

"이 새끼, 나한테 대드는 거냐? 앉지 못해?"

대치는 이를 악문 채 도로 주저앉았다.

"양말을 벗어!"

오오에의 몽둥이가 또 그의 어깻죽지를 내려쳤다. 다른 사람들 같으면 어깨를 싸안고 몸부림쳤겠지만 대치는 그러지 않았다. 그는 미간을 조금 찌푸리면서 양말을 벗었다.

대치의 발바닥을 향하여 동진의 혀가 접근했다. 혀는 그 앞에서 조금 망설였다. 그 모습이 우스워 실내에는 다시 폭소가 터졌다.

대치의 발바닥은 비교적 깨끗했다. 동상에 걸리지 않으려고 그는 매일 발을 씻고 있었다. 그러나 일본 출신 병사의 발바닥을 핥는 것과 조선 출신 병사의 발바닥을 핥는 것과는 우선 감정부터가 달랐다. 두 사람 모두 착잡한 기분이었다. 자신들이 노리개 감이 되고 있다는 사실에 분노가 치밀었고, 동시에 서글픔이 느껴졌다.

대치의 발바닥을 핥으면서 동진은 계속 눈물을 흘렸다. 대치는 벽을 바라보고 있었다.

그런데 함께 분노와 비애를 느끼고 있던 그들의 감정이 조금 지나자 엇갈리기 시작했다. 대치는 동진에게 죄의식을 느끼고 있었고, 동진은 대치의 태도가 불투명하다고 생각하고 있었다.

동진의 이러한 생각은 어느새 적개심으로 변했다. 비굴한 자식, 용감한 체하면서 시키는 대로 들어먹는 비굴한 자식……. 동진은 이렇게 생각하면서 다음 병사 쪽으로 기어갔다.

서로 친한 두 어린이를 서로 따귀를 때리게 하면 나중에는 자신도 모르게 적개심에 불타 손에 힘을 가하게 된다. 동진의 심정은 말하자면 이런 것이라고 할 수 있었다.

동진이 혀를 빼물고 한 바퀴 돌 동안 실내에는 내내 웃음이 끊이지 않았다.

모든 소대원의 발바닥을 핥아 주고 났을 때 그는 거의 몸을 끌다시피 하고 있었다. 취침나팔과 함께 그는 몸을 일으켰다. 다리가 휘청거리고 있었다. 그러한 그에게 오오에는 다시 명령했다.

"오늘밤 너는 잠을 자서는 안 된다. 밤새도록 보초를 서라. 눈을 맞으면 정신이 좀 들 거다. 썩은 골통을 씻고 황군(皇軍)이 되는 길이 무엇인지 잘 생각해라."

동진은 경례를 한 다음 총을 들고 밖으로 나갔다. 운동장으로 뛰어간 그는 허리를 굽히고 토했다. 내장까지 쓸어낼 듯이 그는 토하고 또 토했다.

어느새 눈이 내리고 있었다. 많은 눈은 아니었지만 눈이 내리고 있다는 사실이 왠지 그의 감정을 폭발시켰다.

그는 학교 건물 앞에 서 있는 나무를 붙잡고 울음을 터뜨렸다. 소리를 내지 않으려고 애를 썼기 때문에 몸이 격렬하게 떨렸다.

순간적이지만 그는 탈주를 생각했다. 그러나 주위가 온통 점령지구인데다 중국인들 중에도 일본군 첩자들이 많았기 때문에 지금 상태에서는 불가능한 짓이었다. 탈주하다 체포되면 무조건 총살이다.

한참 후 그는 문 앞으로 돌아와 보초를 섰다. 밤새도록 불침번을 선다는 것은 보통 일이 아니었다. 우선 날씨가 추운 게 문제다. 그 다음은 졸음이다. 낮잠으로 보충할 수 있으면 좋으련만 그건 어림도 없는 생각이다.

시간이 흐르자 추워지기 시작했다. 북부처럼 그렇게 무서운 추위는 아니었지만 발과 귀가 시렸다. 그는 어깨를 웅크리고 발을 동동 굴렀다. 고향의 따뜻한 아랫목이 그리웠다. 노부모의 사랑이 얼마나 극진한 것이었는가를 비로소 가슴 절실히 느꼈다.

상당한 시간이 흘러갔다. 동진이 모퉁이에 몸을 붙이고 서서 담배에 불을 붙이려고 할 때 뒤에서 인기척이 났다. 그는 담뱃불을 얼른 감췄다.

"누구야?"

"쉬ㅡ 나야."

다가온 사람은 대치였다. 그들은 모퉁이에 서서 함께 담배에 불을 붙였다.

"내가 서 있을께 들어가 잠 좀 자. 오오에 자식 곯아 떨어졌으니까 괜찮아."

대치는 동진의 총을 받으려고 손을 내밀었다. 동진은 그것을 뿌리쳤다.

"쓸데없는 짓하지 마. 나를 동정할 필요는 없어. 혼자 해낼 수 있으니까."

목소리는 작았지만 동진은 매우 격해 있었다.

"동정이 아니야. 네 건강을 생각해 봐. 그러다가는 견뎌내지 못할 거다."

"그렇게 쉽게 쓰러지지는 않는다. 내 걱정보다는 네 걱정이나 해둬라. 너는 점점 짐승이 돼 가는 것 같으니까 말이야."

이 말에 대치는 한동안 침묵했다. 기분이 몹시 언짢았다. 이윽고 그가 입을 열었다.

"네가 오해를 하고 있는 것 같은데……그걸 꼭 말을 해야 될까? 네가 어떻게 생각하든 난 상관 않겠다. 내 방식대로 해 나가겠다. 문제는 너한테 있어. 무엇보다도 살아 남아야 한다는 걸 잊지 마. 기합 받다가 개죽음 당할 수는 없잖아. 양심대로 한다면 도저히 명령수행이 불가능하지만 살기 위해서는 하는 수 없어. 시키는 대로하면 기합을 면할 수 있어."

"너도 알다시피 나는 책버러지였기 때문에 민족 차별이니 침략이니 하는 정치적 용어에 대해서는 관심이 없었어. 그러나 지금은 다르다. 일본군대에 들어와서 비로소 나는 일본놈들을 증오하게 되었어. 오오에란 놈이 그걸 가르쳐 준 거다. 너만 그런 게 아니라 나도 이젠 민족주의자다. 기회가 없어 그 동안 말 못했지만 이제 말해 버리겠다. 나는……네 행동을 이해할 수 없어. 아니야. 그런 게 아니고 너라는 인간을 잘못 본 것 같아. 아무리 명령이라고 하지만 노인을 우물에 던져 넣고 여자를 강간하다니 그게 어디 인간의 탈을 쓴 짐승의 짓이지 사람의 짓이라고 할 수 있어? 명령이라고 하지만 그런 명령은 지키지 않아도 돼. 기합이 무서워서 그런 짓을 했겠지. 그 따귀 몇 대가 무서워서 말이야. 나는 차라리 기합을 받으면 받았지 그런 짓은 못 하겠어."

이론적으로는 동진의 말이 옳았다. 그러나 현실은 그렇지가 않다.

"따귀 몇 대가 무서운 게 아냐. 그 뒤에 도사리고 있는 게 문제야."

"그게 뭐야?"

"몰라서 묻는 거냐? 오오에가 그렇게 나올 수 있는 것은 그놈 뒤에 일본제국 군대가 있기 때문이야. 내가 무서워하는 것은 바로 그거야. 그런데 넌 거기에 항거하고 있단 말이야. 왜 그렇게 어리석어? 고집은 이제 그만 피워. 여기가 전장이라는 걸 알란 말이야. 넌 학교 다닐 때와 똑같애. 조금도 변하지가 않았어. 때와 장소에 따라 자기를 조정할 줄 알아야 해. 항거하는 방법도 여러 가지가 있지 않느냐 말이야."

"자기를 합리화시키려고 애쓰지 마. 넌 네 방식대로 나간다고 했으니까 어떻게 변하나 어디 두고 보자. 아마 일본놈, 오오에 같은 놈이 되겠지. 나는 나대로 나가겠다. 앞으로는 나한테 이러쿵저러쿵 말하지 마. 나도 너한테 간섭하지 않을 테니까. 우리는 이제 서로 할 이야기가 없어졌어. 빨리 들어가 봐."

동진은 땅바닥에 침을 칵 하고 뱉었다. 그것이 마치 자기를 멸시하고 그러는 것 같아 대치는 심히 불쾌했다.

동진과 다시 가까워질 수 있는 길은 그의 방식에 따르는 것이다. 그러나 그럴 수는 없다. 그런 어리석음은 저지를 수 없다. 친구 하나를 잃더라도 할 수 없는 일이다.

돌아오는 대치의 발길은 천근이나 무거웠다. 불쾌감은 울적한 기분으로 바뀌어 갔다.

그는 화장실로 들어가 쭈그리고 앉아 담배를 피웠다. 담배 연기 때문인지 기분 나쁘게 자꾸만 눈물이 나왔다.

　대장간에서 땀을 뻘뻘 흘리며 망치를 휘두르고 있는 아버지의 모습이 떠올랐다. 보고 싶었다.

연인들

시모노세키(下關)와 부산(釜山)을 왕래하는 관부연락선(關釜連絡船)이 부두에 닿았다.

새벽이었다. 갈매기 떼의 파닥거리는 날개 소리와 울음 소리가 유난히도 시끄러웠다. 뱃고동 소리에 놀란 때문일까. 장하림(張河林)은 눈을 비비고 밖으로 나왔다.

바닷바람이 꽤 거세게 불고 있었다. 그는 외투 깃을 세우고 부두를 내려다보았다.

새벽이라 그런지 부둣가에는 별로 사람이 많지 않았다.

부두 저쪽 어느 집 처마 밑에 화려한 남빛 무늬의 기모노를 입은 여인이 서 있는 것이 보였다. 부둣가에는 더러 여자들이 있었지만 전쟁중이라 모두 몸뻬 같은 작업복을 입고 있어서 별로 두드러지게 시선을 끌지 못했다. 따라서 화려한 기모노 차림의 여인은 쉽게 하림의 눈에 들어왔다.

가쯔꼬(勝子)구나. 꽤 극성인데. 그는 빙그레 웃으면서 트렁크를 들고 계단을 내려갔다.

전시체제라 검문검색이 매우 심하다. 배에서도 한 번 당했는데 부두를 빠져나갈 때도 또 검색을 받아야 했다. 매우 기분 나쁜 일이었지만 잠자코 견딜 수밖에 없었다.

트렁크 속까지 모두 뒤지고 난 경찰은 호주머니까지 뒤졌다. 하림은 경찰관 뒤에 엇비슷하게 서 있는 사복의 사내와 시선이 마주쳤다. 작은 키에 뚱뚱한 얼굴이 평범한 인상이었지만 세모진 눈초리가 캡 밑에서 날카롭게 이쪽을 쏘아보고 있었다. 기분 나쁜 자식이군. 형사 끄나풀이나 되나 보군. 하림은 시선을 돌려 버렸다.

"대학에선 뭘 공부하고 있나?"

경찰이 물었다.

"의학(醫學)입니다."

그는 웃으며 대답했다. 경찰은 고개를 끄덕거렸다.

"음, 그럼 의사가 되겠군. 좋은 일이야. 지금은 의사가 필요한 때니까. 그런데 참, 왜 군대엔 안 갔지?"

하림은 당황했다. 그러나 그는 미소를 잃지 않고 대답했다.

"몸이 아파서 못 갔습니다."

"음, 어디가 아픈데?"

"네, 가슴이 좀⋯⋯."

"이게 그 진단선가?"

"네."

경찰은 진단서를 대강 훑어본 다음 통과해도 좋다고 말했다.

"동경제대(東京帝大) 다니는 걸 영광으로 알게."

경찰은 이렇게 덧붙이기까지 했다.

"알고 있습니다."

하림은 가볍게 대답했다. 이때 사복의 사내가 끼어들었다. 그는 하림이 호주머니에 집어넣으려던 증명을 잠자코 빼앗아 들었다. 그리고 그것을 주의 깊게 들여다보았다.

"고향이 경성(京城)인가?"

감기에 걸렸는지 매우 쉰 목소리였다. 생각과는 달리 전혀 의외의 목소리였기 때문에 하림은 좀 불안스러움을 느꼈다.

"네, 경성입니다."

"방학중인데 왜 벌써 돌아오나?"

"학교 도서관에 좀 나가려고 일찍 나왔습니다."

거짓말이 술술 나오는데는 자신도 은근히 놀랐다. 이 자식아, 거짓말 마라. 가쯔꼬 때문에 일찍 돌아온 거지? 사내가 이렇게 다그칠 것만 같아 하림은 은근히 가슴이 죄어왔다. 자식의 눈초리가 꼭 이쪽 마음을 꿰뚫어보는 것만 같았다.

뭔가 잘못 되는가 했지만 그런 일은 일어나지 않았다. 사내는 더 이상 묻지 않고 하림을 통과시켰다.

아침부터 재수 더럽군. 하림은 투덜거리면서 거리로 들어섰다. 가쯔꼬가 반색을 하며 뛰어왔다. 언제 봐도 환한 얼굴이었다. 화려한 옷차림으로 해서 그녀의 얼굴은 더욱 환해 보였다. 그러나 하림은 기분이 좀 언짢았다. 화려한 옷이란 너무 사람들의 시선을 끌기 때문에 싫은 것이다. 그런 건 집에서나 입는 것이다. 남편과 함께 나들이하는 것이라면 몰라도 미망인이 총각과 함께 동행하면서 남의 시선을 끌 필요까지는 없지 않은가.

때가 때인 만큼 불미스러운 일로 소문이 난다는 것은 유쾌하지 못한 일이다. 하긴 뭐 성격 나름이겠지. 이 여자는 화려한 것을 좋아하니까.

그녀가 하얀 이를 드러내며 웃자 마치 흐린 하늘에서 빛이 내리는 것 같았다.

"오시느라고 고생 많으셨지요?"

"아니오. 괜찮습니다. 여기가 어디라고 이곳까지 나오셨습니까."

두 사람은 언제나 점잖게 이야기한다. 서로 정욕을 주고받는 사이지만 이런 식으로 말하는 것이 마음이 편하기 때문이다.

"오신다는 편지를 받고 기다릴 수가 없어 내려왔지요. 어젯밤은 여관에서 잤어요."

그녀의 정열에 장하림은 자못 놀랐다. 동시에 무거운 중압감 같은 것을 느꼈다. 과부가 한 번 바람나면 정신없다더니 정말 그런가 보다. 그러나 이 여자의 몸부림치는 모습은 언제 보아도 귀엽지 않은가.

두 사람은 거리의 중심 쪽으로 걸어갔다. 사각모를 쓴 동경제대생과 화려한 기모노 차림의 젊은 부인의 모습은 금방 사람들의 시선을 끌었다. 행인들은 부러운 눈으로 두 사람이 걸어가는 모습을 지켜보았다. 거기에는 두 사람 사이를 궁금해 하는 호기심도 서려 있었다. 마침 인력거가 그들 앞으로 다가왔다. 다행이다 싶어 하림은 걸음을 멈추었다. 그러자 가쯔꼬가 말렸다.

"다 왔어요."

"다 오다니?"

"아이, 몰라요."

가쯔꼬는 맞은 편에 서 있는 2층짜리 여관을 쳐다보았다. 이런, 그걸 몰랐군. 한 달 이상이나 헤어져 있었으니 참기 힘들었겠지 하고 하림은 생각했다.

"차 시간은 아직 멀었어요. 피곤하실 테니 우선 목욕이나 하고 좀 쉬었다 가요. 식사도 준비해 놨어요."

그녀는 얼굴을 빨갛게 물들이며 재빨리 속삭이는 소리로 말했다. 가슴을 타오르게 하는 여인의 향기가 코끝을 스치고 지나간다. 그녀는 용감했다. 사람들의 시선 따위는 아랑곳하지 않았다. 여관을 향해 앞장서서 사뿐사뿐 걸어가는 것을 보자 하림은 입이 벌어졌다. 그는 트렁크를 바꿔들고 슬금슬금 여자의 뒤를 따라갔다.

그들이 여관으로 사라진 다음 모퉁이 길에서 캡을 눌러쓴 사내가 나타났다. 아까 부두에서 하림에게 간단한 질문을 던진 사내였다.

그는 여관을 바라보면서 한동안 담배를 피웠다. 무엇인가 깊이 생각해 보는 것 같았다. 이윽고 그는 캡을 벗더니 머리를 긁었다. 조금 후에 그는 캡을 다시 쓰고 여관으로 향했다.

절름발이 청년이 문을 밀고 들어오는 캡의 사내를 일어서서 맞았다.

"어서 오십쇼."

"방금 들어간 사람들, 숙박부에 이름 적었나?"

"왜 그러시죠?"

청년은 똑똑하게 물었다. 캡의 사내는 눈을 부라렸다.

"이 자식아, 보면 몰라? 묻는 대로 대답해."

청년은 찔끔해서 사내를 아래위로 훑어보았다. 그리고는 이내 풀이 죽어 말했다.

"여자만 적고 남자는 아직 못 적었습니다."

"왜 남자는 숙박부에 안 올렸어?"

"방금 왔기 때문에 미처……."

"여자도 방금 오지 않았나?"

"그분은 어젯밤에 왔습니다."

"그럼 여기서 혼자 잤나?"

"네, 혼자 잤습니다."

"숙박부 이리 내놔 봐."

"네, 여기 있습니다."

청년은 허둥지둥 숙박부를 내놓았다. 그리고 여자의 이름을 짚어 주었다.

"바로 이 여자입니다. 굉장히 미인입니다. 아까 그 대학생은 동생 같던데요."

"어떻게 알아?"

"척 보면 알 수 있죠."

"이 자식아, 바보 같은 소리하지 마."

"어, 아주머니도 그랬어요. 자기 동생이라구……."

"그래?"

사내는 청년을 쏘아보다가 숙박부를 들여다보았다. 가쯔꼬라……도쿄에 살고 있군. 도쿄에서 여기까지 마중 나올 정도라면 대단한 사이인가 본데. 일본 여자와 죠센징이 남매사이일 리는 없고……그렇다면 뭘까? 여자는 분명 부인이다.

사내는 수첩에다 가쯔꼬의 주소를 적었다. 나이는 스물 여덟, 대학생보다 서너 살쯤 위로 보인다. 연상의 여인과 대학생이라. 흥미 있는 일인데……. 사내는 미소했다. 처음에는 대학생의 뒤를 캐볼 셈이었다. 동경제대를 중심으로 암암리에 반전운동(反戰運動)이 전개되고 있다는 정보가 입수되었다. 그래서 수사기관은 그 꼬투리라도 잡으려고 촉각을 곤두세우고 있었다. 거기에 장하림이 걸려든 것이다. 그런데 의외로 가쯔꼬라는 아름다운 부인이 나타남으로서 새로운 흥미를 불러일으키고 있었다.

"너 이 자식, 내가 왔다는 말하면 혼날 줄 알아."

사내가 엄하게 말하자 청년은 머리를 굽신해 보였다.

"아저씨, 형사세요?"

"그래, 임마. 그 사람들 들어 있는 방은 어디냐?"

"저기 이층, 구석방이에요. 안내해 드릴까요?"

"그럴 필요 없어. 넌 여기 있어."

사내는 발소리를 내지 않으려고 매우 조심해 하며 층계를 올라갔다.

2층에는 한쪽 켠으로 방이 나란히 달려 있었다. 다섯 개쯤 되어 보였다. 사내는 바짝 다가서다가는 들킬 염려가 있었으므로 그 옆방 문에 서서 귀를 기울였다.

구석진 방에서 여자의 웃음 소리가 들려왔다.

"아아, 간지러워요……가만……조금 기다려요……저쪽으로……저쪽으로요……."

사내는 음흉하게 웃으면서 몸을 돌렸다.

그들은 급했다. 서로가 상대를 절실히 요구하고 있었다. 남자는 여자를 만나기 위하여 경성에서 시모노세키까지 배를 타고 왔고, 여자는 남자를 만나기 위해 도쿄에서 시모노세키까지 기차를 타고 온 것이다. 목욕을 하고, 식사를 하고, 지난 이야기를 나누고, 피로를 푸는, 이렇게 한가한 일을 위해 여기까지 온 것은 아니었다. 그들은 젊었다. 젊기 때문에 바쁘고 급했다.

방으로 들어서자마자 하림이 먼저 뒤에서 가쯔꼬를 껴안았다. 가쯔꼬는 몇 번 몸을 빼다가 하림의 목을 껴안고 늘어졌다.

"보고 싶었어요."

"나도……."

그들은 옷을 벗고 서로를 극진히 애무했다. 그 또래의 대학생들 가운데서 하림은 여자를 다루는 솜씨가 으뜸이었다. 원래가 성격이 부드러웠기 때문에 여자를 다루는 솜씨도 솜사탕처럼 부드러웠고, 그래서 이 미남에게 여자라면 반하지 않을 도리가 없었다. 일찍부터 기생집이나 유곽을 출입한 그는 그 동안 몇몇 여자와 연애라는 것을 해 보았지만 모두 가볍게 스쳐갔을 뿐, 깊이 빠져본 적은 없었다. 그런데 가쯔꼬는 달랐다. 관계하면

할수록 무엇인가 끌어당기는 데가 있었다. 이것이 처녀와 부인의 다른 점일까 하고 그는 종종 생각해 보기도 했다.

가쯔꼬와 관계하면서부터 그는 성(性)이 얼마나 무궁무진한 것인가를 비로소 느끼게 되기도 했다. 사실 여자를 만족시키는 방법에 대해서 그가 그만큼 알게 된 것은 특히 가쯔꼬를 통해서였다고 할 수 있었다. 가쯔꼬, 아무튼 그녀는 굉장한 여자였다. 언젠가는 자신이 이 여자를 감당해내지 못 하고 물러설 것이라는 것을 그는 어렴풋이나마 기억하고 있었다.

마치 죽여 버리기라도 할 듯 그는 여자를 부둥켜안았다. 여자는 눈을 감은 채 그의 가슴 밑에서 신음했다. 너무 기쁜지 눈에 이슬이 맺혀 있었다. 그녀도 두 손으로 그의 목을, 그리고 두 다리로는 그의 다리를 휘어감고 있었다. 너무 격렬한 나머지 그들은 몸을 후들후들 떨었다. 온 세계가 전쟁의 소용돌이에 빠져 있었지만 적어도 이때만은 그들은 그 모든 것을 잊고 있었다. 지구가 망한다 해도 아랑곳할 바 아니라는 듯 그들은 오직 상대방만을 의식하고 있었다.

"저를……절……사랑하세요?"

정신없이 치닫고 있을 때 여자가 숨가쁘게 물었다. 하림은 고개를 끄덕였다. 이런 기분에서 그런 것을 냉정히 생각해 볼 필요는 없는 것이다. 아무튼 나는 부인을 좋아하고 있습니다. 그렇게 알아주십시오. 사랑하고 말고요. 하림은 갑자기 높아진 여자의 신음 소리를 입으로 덮어 버렸다.

한참 후 그들은 늘어진 자세로 천장을 쳐다보았다. 하림은 비로소 피로가 몰려왔다. 시장기도 느꼈다.

생각하면 이상하게 이루어진 관계였다.

가쯔꼬의 남편은 동경제대의 젊고 패기만만한 교수였다. 전공은 중국 문학이었다.

하림은 의학도이면서도 중국에 대해 많은 신비감을 느끼고 있었기 때문에 틈나는 대로 그 젊은 교수의 강의를 들으러 다녔다. 젊은 나이인데도 불구하고 그 교수의 학식은 깊고 넓었다.

하림은 그 교수를 존경했다. 그러다 보니 어느새 두 사람 사이는 가까워졌고 급기야 하림은 교수의 집에서 하숙까지 하게 되었다.

태평양전쟁이 일어나자 젊은 교수는 중국어에 능통하다 하여 통역장교로 전선에 끌려가고 말았다. 그리고 두 달쯤 지난 어느 날 집으로 전사통보서가 날아들었다.

이렇게 해서 가쯔꼬는 결혼 3년만에 전쟁 미망인이 되어 버리고 말았다. 두 사람 사이에 아기는 없었다. 가쯔꼬는 몇 달 동안 거의 식음을 전폐하다시피 했다. 그녀의 비통함은 차마 바라볼 수 없을 지경이었다. 그러나 얼마가 지나자 그녀는 꿈에서 깨어나듯 활발히 다시 자신을 되찾기 시작했다.

대학까지 다니다가 결혼한 그녀는 원래가 시즈오까 지방에서 선운(船運)을 장악하고 있는 대부호의 외동딸이었다. 그런 만큼 남편이 죽었다고 해서 먹고사는데 불편을 느끼거나 하지는 않았다.

하림과 그녀와의 관계가 서서히 무르익기 시작한 것은 그녀가 슬픔을 걷어치우고 다시 자신을 되찾게 되었을 때부터였다. 어떻게 보면 하림 때문에 그녀가 다시 눈을 뜨기 시작했다고 볼 수도 있었다.

그 전에는 두 사람 사이가 고작 인사나 나누는 그런 정도였었다. 하숙집 주인이라고는 하지만 거의 모든 일을 식모가 해치웠기 때문에 며칠씩이고 얼굴을 못 보는 때도 허다했다. 그러던 것이 젊은 교수가 죽자 사정이 달라진 것이다.

처음에는 그녀를 위로해 주려는 단순한 마음에서 열심히 말상대가 되어 주었다. 그러다가 함께 밤거리를 산책하고 영화구경을 다니고 벚꽃놀이를 하는 등 자주 동행하다 보니 그만 연정 같은 것이 일어나게 되었고 그것이 불륜의 관계로 발전해 버린 것이다.

나중에 그녀가 울면서 들려준 말에 의하면 그녀는 남편을 사랑하지 않았던 모양이다. 젊은 교수는 공부만 알 뿐 남성으로서의 매력이 전혀 없었다는 것이다. 제가 왜 슬퍼한 줄 아세요? 덧없이 흘러가 버린 제 청춘이 아까워서 그랬던 거예요. 그리고 혼자 남은 제 자신이 외롭고 불쌍했던 거예요. 그녀는 이렇게 말했었다.

그녀는 재혼할 생각도 하지 않았고, 친정에도 가지 않았다. 식모 하나만을 데리고 큰집에서 혼자 살았다. 남의 눈도 있고 해서 하림은 그녀의 집을 나와 다른 곳으로 하숙을 옮겼다. 두 사람의 밀회를 좀더 은밀히 오래 지속하기 위해서였다.

그녀는 하림보다 세 살 위였지만 훨씬 나이가 적은 것처럼 그를 깍듯이 존대했고 품에 안기면 소녀처럼 수줍어하면서도 맹렬히 달려들곤 했다.

젊은 교수에게는 매우 미안한 일이었지만 하는 수 없는 일이었다. 한 번만으로 그치려던 것이 두 번 세 번으로 확대되어 갔다. 이제는 그 누구도 그들의 사이를 떼지 못했다.

그는 가쯔꼬의 그린 듯이 굴러간 눈썹과 건방지게 오똑 솟아오른 코를 손으로 쓰다듬었다. 벌거벗고 있는 하림의 몸은 마른 편이면서 길었다. 그의 얼굴은 눈길이 부드러워 언제나 웃고 있는 모습이었다.

가쯔꼬가 그의 털투성이 가슴에 머리를 얹어놓았다. 가슴뿐만 아니라 온몸이 털투성이였다. 가쯔꼬는 이것을 몹시 좋아하는 것 같았다.

그는 여자를 밀어 매고 그녀의 몸을 찬찬히 관찰했다. 언제 보아도 새로운 감동을 불러일으키는 육체였다. 그녀의 가슴은 발육이 잘 된 처녀의 젖과 같았다. 허리와 하복부의 선은 아직 아기를 한번도 낳지 않은 탓으로 섬세하고 유연했다. 곧게 쭉 뻗은 다리, 두 다리 사이의 그 비밀스런 보금자리를 그는 애무했다. 하얀 피부의 감촉이 피로를 한꺼번에 몰아내는 듯했다.

그들은 다시 불이 붙어 엉켰다. 그녀는 맹렬히 몸을 일으키더니 그를 위에서 눌렀다. 탄탄한 젖가슴이 질식할 듯 그의 얼굴을 덮어 버렸다.

하림의 집안은 원래가 경성의 전통 있는 선비 집안이었다. 할아버지가 생존해 있을 때만 해도 상당히 명망이 있었고 가운이 번창했었다.

그런데 그 할아버지가 선비의식에 투철한 나머지 한일합방(韓日合邦)에 통분을 느끼고 자결해 버린 것이다. 그 후에 가세가 기울어지기 시작했다.

하림의 아버지는 할아버지에 훨씬 못 미치는 인물이었다. 그는 항상 자리에 누워 시름시름 앓다가 서른 셋에 죽고 말았다.

남은 가족들은 조상이 벌어놓은 재산을 아끼면서 살아갔다. 하림은 삼 남매의 둘째였다. 위로 형이 한 분 있었다.

집안의 전통을 생각할 때 하림은 이단아라고 할 수 있었다. 아버지를 닮아 성격은 유순했지만 남자가 즐길 수 있는 짓은 무엇이나 다 했다. 특히 술과 여자를 좋아해서 다른 사람이 보기에는 앞날을 기대할 수 없는 방탕자 같았다. 그러나 사실은 현명한 청년이었다. 폭음을 하고 여자에 빠지면서도 자신의 내면은 따로 떼어서 건강하게 키우고 있었다. 따라서 그의 몸 속에서는 두 개의 얼굴이 서로 좋은 대조를 이루면서 자라고 있었다. 그는 자신에 대해 반성하거나 하지도 않았다.

그가 공부라고는 도대체 하는 것 같지도 않으면서 동경제대에 합격했을 때 사람들은 몹시 놀랐다. 그리고 그를 다시 평가하게 되었다. 이후부터 수재 중의 수재라는 말이 그를 따라다니게 되었다. 그런 말을 들을 때마다 그는 속으로 웃었다. 사람의 두뇌라는 것은 극소수의 백치를 빼놓고는 거의 비슷하다는 것이 그의 생각이었다. 돈 계산을 하고 이익을 따질 때 보면 사람들의 두뇌가 얼마나 영리하게 돌아가는가를 알 수 있다. 요는 개발방법이 문제인 것이다.

이런 생각을 가진 그는 자신의 두뇌를 적성에 맞게 개발시켜 나갔고 이에 따라 학교 공부도 무리를 하지 않고 효과적으로 요령 있게 해나갔던 것이다.

그런데 이것을 모르는 사람들은 그를 수재 중의 수재라고 불렀다. 그로서는 웃을 수밖에 없는 일이었다.

그는 부드러운 데다 유머가 풍부했기 때문에 주위에 각종 친구들이 많았다.

도쿄에서는 괴상하게도 친구의 대부분이 창부나 기생, 노동자 같은 하류층 서민들이었다. 그들 누구에게나 그는 민주적으로 대했다. 의학도였기 때문에 약도 주고 치료도 잘해 주었다.

어느새 그는 그들 사이에서 구세주처럼 떠받들어졌다. 그는 어디까지나 겸손하게 전쟁은 인간의 죄악이라고 말하곤 했다.

그는 지하 서클의 중심 인물이었다.

초인종 소리에 가쯔꼬는 눈을 떴다. 어느새 밤이 되었는지 방에는 전깃불이 들어와 있었다. 하림의 하숙방을 찾아가 대낮에 정사를 치르고 온 그녀는 피곤해서 깜빡 잠이 들었던 모양이다.

"손님이 찾아오셨습니다."

머리를 양쪽으로 땋아 늘인 식모 아이가 방문 너머에서 공손한 말씨로 말했다. 이 밤에 누굴까.

"누구래?"

"말씀을 안 하시던 데요. 남자 분이에요."

남자 손님? 누굴까? 하긴, 그녀가 과부가 되자 생각지도 않던 사람들이 종종 찾아오는 경우가 있곤 했다. 모두가 그녀를 탐내고 있다는 것을 그녀가 모를 리가 없었다.

그런 사람들 중의 하나이겠지 하고 생각한 가쯔꼬는 옷매무새를 고친 다음 현관으로 나가보았다.

캡을 손에 든 사십 대의 대머리 사내가 현관에 서 있었다. 사내의 시선이 그녀의 아래위를 훑어보고 있다는 것을 느끼자 가쯔꼬는 자신이 벌거벗겨지고 있는 것만 같아 불쾌했다. 사내는 그녀를 향해 조금 머리를 숙여 보였다.

"가쯔꼬씨 되십니까?"

목소리가 쉬어서 잘 나오는 것 같지 않았다. 가쯔꼬는 두 손을 모아 쥐었다.

"네, 그렇습니다만 선생님은……?"

"고등계의 야마다(山田)라고 합니다."

그 말을 듣자 가쯔꼬는 가슴이 갑자기 식어왔다. 고등계 형사라면 질이 좋지 않기로 유명하지 않은가. 악질중의 악질들만 모여 있었기 때문에 일본인들조차 그들을 두려워하고 있었다.

"무슨 일로 이렇게 오셨는가요?"

틈을 보이지 않으려고 애쓰면서 가쯔꼬는 사무적으로 물었다. 야마다 형사는 미소지었다. 그것이 비꼬는 것만 같았다.

"네, 뭣 좀 알아볼 게 있어서 왔습니다. 들어가도 좋습니까?"

"네, 들어오십시오."

형사를 응접실로 안내하면서 그녀는 자신의 몸에 구멍이 뚫리는 것을 느꼈다. 식모 아이가 차를 날라올 때까지 야마다 형사는 소파에 앉아 찾아온 이유는 말하지 않고 방안을 둘러보기만 했다. 방을 아담하게 꾸몄다느니, 혼자 사는 집 같지가 않다느니 하면서 한가한 수작만 했다. 가쯔꼬는 상대가 상대인 만큼 재촉할 수도 없어 참고 기다릴 수밖에 없었다. 그러자니 궁금증만 더 했다. 차를 마시고 나서도 한참 후에야 야마다 형사는 낯빛을 고치고 그녀를 바라보았다. 조금 전과는 얼굴이 전혀 달라 있었다.

"부군께서 전사하신 것, 충심으로 애도합니다."

이 말에 가쯔꼬는 어리둥절했다. 벌써 2년 전의 일인데 이제 와서 새삼스레 인사하다니, 어쩐지 격에 맞지 않는 것 같았다. 그와 함께 자신이 비밀리에 조사를 받고 있었음을 직감했다. 가쯔꼬가 고개를 숙이면서 인사를 받자 야마다 형사는 헛기침을 한 번 하고 나서 다시 말을 이었다.

"정말 학자로서는 국가에 귀중한 분이었는데…… 애석하기 짝이 없습니다. 머지 않아 제국이 승리하면 부군의 죽음은 결코 헛되지 않을 겁니다. 잘 아시겠지만 현재 우리 제국에는 이처럼 국가를 위해 목숨을 바친 분들이 많습니다. 따라서……."

야마다는 말을 끊고 그녀를 힐끗 바라보았다.

"……전쟁 미망인도 많습니다. 어떻게 보면 이분들은 불우한 여성들입니다. 그러나 모두가 국가의 존망이 달려 있는 이 중대 시국을 인식하고 미력한 힘이나마 남편의 유지를 받들어 힘껏 일하고 있습니다. 실로 갸륵한 일이라고 하겠습니다."

가쯔꼬는 사내의 이야기가 꽤 길어진다고 생각했다. 요점이 무엇인지 아직도 알 수가 없었다. 그녀는 허리를 조금 비틀어 보였다.

야마다 형사는 찻잔을 다 비운 다음 다시 말을 이었다.

"이런 시국에 남편의 유지를 배반하고 나아가서 천황폐하와 국가의 명령을 배반하고 향락과 퇴폐에 젖는다면 이야말로 비국민이 아닐 수 없습니다. 이런 여성은 국민의 이름으로 처단해야 할 것입니다. 부인께서는 어떻게 생각하십니까?"

가쯔꼬를 바라보는 야마다의 시선은 마치 토끼를 앞에 놓고 노려보고 있는 표범의 눈 같았다. 가쯔꼬는 앞이 캄캄해지면서 현기증이 일었다. 고등계 형사가 찾아온 이유를 이제야 알 것 같았다. 이 사내를 어떻게 받아넘겨야 할까. 총명한 그녀도 너무 갑작스레 당한 일이었기 때문에 당황하지 않을 수 없었다.

"옳은 말씀입니다. 어서 전쟁이 끝나면 모든 것이 질서를 찾게 되겠지요."

그녀는 겨우 이렇게 말했다. 그러자 야마다의 눈이 세모꼴로 변했다.

"부인께서는 전쟁을 반대하십니까?"

"아니, 그런 뜻이 아니고 전쟁이 얼른 끝나 평화가 돌아오기를 바라는 뜻으로 그렇게 말한 겁니다."

"누가 패해도 상관 않고 말입니까?"

"아이, 그런 말씀이 어디 있어요. 우리 국민치고 승리를 바라지 않는 사람이 어디 있겠어요."

몹시 꺼림칙한 일이었지만 상대의 기분을 상하게 하지 않으려고 가쯔꼬는 눈웃음을 쳤다. 그것이 효과가 있었는지 야마다는 거기에 대해서는 더 추궁하지 않았다. 그 대신 그는 다른 것을, 즉 가쯔꼬가 제일 두려워하던 것을 끄집어내었다.

"시모노세키까지 마중나가 준 그 대학생과는 언제부터 아셨는가요? 아주 미남이던데……."

이제 본격적으로 묻는구나 하고 그녀는 생각했다. 여관에 들어간 것까지 미행 당했다고 생각하자 수치심과 분노가 뒤섞여 치밀어 올랐다.

"3년쯤 됐어요. 그이가 살아 계셨을 때 저희 집에서 하숙을 했으니까요."

"어떻게 해서 하숙생을 다 두게 되었습니까? 생활이 어렵지는 않았을 텐데……."

"그이가 데리고 들어왔어요. 그이하고는 친한 사이였어요."

"아, 그랬었군요."

야마다는 이제야 알겠다는 듯 고개를 끄덕거렸다.

이제 협박할 차례가 남았겠지. 협박할 방법을 생각하고 있는 모양이지. 이렇게 생각하자 가쯔꼬는 소름이 돋았다.

"그 동대생(東大生)이 반전주의자(反戰主義者)라는 걸 모르십니까?"

"네에? 그럴 리가 있나요. 그분같이 순진한 분이……공부밖에 모르는 분인데……."

그러자 야마다는 얼굴에 냉소를 띠었다.

"공부밖에 모른다고요? 부인도 거짓말을 꽤 잘하시는군요. 경찰서로 연행할 수도 있지만 체면을 생각해서 여기서 묻는 것이니까 솔직히 대답하시오."

가쯔꼬는 이제 꼼짝없이 당하게 되었음을 알았다. 그러나 하림이 반전운동을 하고 있다는 것은 금시초문이다. 그가 자유주의자라는 것은 알고 있다. 그리고 전쟁을 싫어한다는 것도 알고 있다. 그러나 그가 지하운동을 하고 있었다는 것은 듣도 보도 못한 일이다. 혹시 이 형사가 넘겨짚는 게 아닐까. 잘 못 하다가는 두 사람 다 희생될지도 모른다.

"부인도 그 단체에 가입하고 있는 거 아닌가요?"

"전 아는 게 아무것도 없어요. 다만 그분을 알고 있다는 것 외에는 무슨 단체가 있는지도 모르고……."

"모를 리가 있나요. 그렇게 사이좋게 지내면서……."

가쯔꼬는 얼굴을 붉혔다. 그러나 대답은 분명히 했다.

"정말 아무것도 몰라요. 잘못이 있다면 저한테 있는 거지 그분한테는 없어요."

"무슨 잘못입니까?"

"몰라서 물으시는 건가요? 우리들 사이 말이에요."

"아, 난 또 뭐라고. 사랑 이야기 말이군요. 그건 나중에 말하기로 하고…… 먼저 그 대학생에 관해서 대답하시지요. 그 지하단체 이름이 뭐요?"

"모릅니다."

"아지트는 어디 있지요?"

"모릅니다."

"회원은 누구누구요? 모두 대학생이오?"

"모릅니다."

가쯔꼬의 냉랭한 반응에도 불구하고 야마다는 화내지 않았다. 그는 자신이 점찍은 대상에 대해 자신이 있는 것 같았다.

"좋습니다. 그런 식으로 나오면 이 야마다도 방법이 있으니까요. 우리 제국군대가 나라를 지켜 주는 덕분으로 당신 아버지의 사업은 날로 번창하고 있소. 이런 전시에 기적이라고 할 수 있지. 그런데 당신 아버지는 국가에 감사할 줄을 모른단 말이야. 더구나 당신은 남편이 전사했는데도 불구하고 그 뜻을 따르기는커녕 대학생과 놀아나구……이건 가만 둘 수 없는 일이지. 비국민으로 규탄 받아 마땅하지. 당신은 이제 홀몸이겠다. 품행도 단정치 못 하니 정신대로나 보내서 정신을 뜯어고칠 필요가 있어. 그리고 그 대학생 애송이 놈은 학도병을 기피했어. 가짜 진단서를 떼가지구 말이야. 그놈도 당장 전선에 보내야 해. 이제 당신 아버지의 사업을 조사할 차례야. 국가에 감사할 줄 모르는 사업가는 징용감이야."

야마다는 이제 완전히 반말이었다. 가쯔꼬는 파랗게 질려 버렸다. 두 손이 와들와들 떨렸다. 이를 어쩐단 말인가. 생각만 해도 무서운 일이다. 죽음을 선고 당한 것이나 마찬가지였다.

사는 방법이 없을까. 나 혼자만 희생당한다면 기꺼이 해 보겠는데……그녀는 타는 목을 축이려고 침을 삼켰다. 우선 이 구렁이 같은 사내가 노리는 것이 무엇인지를 분명히 알아야 한다.

하림을 노리는 것 같기도 하고, 어떻게 보면 나를 목표로 하고 있는 것 같기도 하다. 하림씨는 어떻게 되었을까.

야마다는 재미있다는 듯 그녀를 관찰하다가 일어섰다.

"오늘은 이만 갈 테니 잘 생각해 봐. 나도 미인이 부탁하는 데는 약한 놈이니까."

야마다는 어린애를 다루듯 가쯔꼬의 어깨를 잡아 흔든 다음 밖으로 사라졌다.

가쯔꼬는 너무 충격이 컸기 때문에 그 자리에 한동안 멍하니 앉아 있었다. 어떻게 손을 써야할지 아득하기만 했다. 한참 후 그녀는 발작적으로 일어나 외출복으로 갈아입고 밖으로 나갔다. 몹시 급한 마음이었기에 그녀는 택시를 잡아탔다. 하림의 하숙집까지는 차로 10분 거리였다.

하림은 외출하고 없었다. 집주인에게 물어 보니 누가 데리고 나간 것 같지는 않았다. 이 밤에 어디 갔을까. 가쯔꼬는 하림의 책상 앞에 앉아 어려운 책이름을 멍하니 바라보다가 편지를 써 놓고 집으로 돌아왔다.

집에 앉아 있으려니 초조와 불안감이 더해 견딜 수가 없었다.

하림이 온 것은 11시가 지나서였다. 그는 술에 잔뜩 취해 있었다. 가쯔꼬는 그가 원망스러웠다. 하림은 소파에 털썩 주저앉더니 냉수를 한 그릇 벌컥벌컥 들이켰다. 그리고는 '어, 기분 좋은데요.' 했다.

가쯔꼬는 그의 맞은편에 다소곳이 앉았다. 그를 보자 갑자기 눈물이 왈칵 쏟아졌다. 게슴츠레한 눈으로 그녀를 바라보던 하림은 상체를 일으켰다.

"왜 그러십니까? 무슨 일이 있었던가요?"

"형사가 왔었어요."

"아니, 왜요?"

"하림씨에 관해서 묻더군요. 우리 관계에 대해서도……."

그녀는 일어났던 일을 자세히 들려 주었다.

이야기를 듣고 난 하림은 완전히 술이 깨는 것을 느꼈다. 큰일 났구나 하고 그는 생각했다. 어떻게 그놈이 냄새를 맡았을까. 가쯔꼬와의 관계는 이미 들통난 것이 확실한 것 같다. 어떻게 알았을까. 그건 그렇다 하고 반전운동은 또 어떻게 눈치챘을까. 하여간 잡아뗄 수밖에 없다. 여기서 요령 있게 헤쳐나가지 않으면 몇 사람이 희생당하게 된다.

"거기도 형사가 왔던가요?"

"아니오. 오지 않았습니다. 나한테 직접 오지 않고 여기부터 온 걸 보니까 이놈이 우회방법을 쓰는 모양인데요."

어떻게 생긴 놈일까. 고등계 형사들이 눈독을 들였다면 벗어나기는 힘들게 된다. 이제부터 행동을 달리해야 한다. 탄로날 리야 없겠지만 자신은 금물이다.

"어떻게 될까요?"

가쯔꼬는 몹시 불안한 기색이었다. 하림은 그녀에게 죄송스러운 생각이 들었다.

"너무 염려하지는 마십시오. 일단 제가 만나보면 무슨 수가 있을 겁니다. 곧 저한테도 찾아오겠지요."

부드러운 그의 눈매는 웃음을 잃고 한 곳을 깊이 응시했다. 차라리 이 여자와 결혼해 버릴까.

그렇게 되면 아무리 고등계 형사라도 가쯔꼬를 협박하지는 못할 테지. 그러나 그녀와의 결혼이 쉽지 않다는 것을 그 자신 너무나도 잘 알고 있었다. 아직 누구도 결혼 이야기를 꺼내지는 않았다. 그러나 이런 관계가 오래 지속될 수 없다는 것은 두 사람이 동시에 느끼고 있는 일이다. 조만간에 결정을 내려야 하는 것이다. 그런데 그러한 사태가 갑자기 들이닥친 것이다.

"건방진 자식이군."

시모노세키 부두에서 보았던 사내, 그 야마다 형사의 눈이 세모꼴로 변했는가 하자, 그의 주먹이 날아들었다. 하림은 턱을 얻어맞고 앉은 채로 나뒹굴었다.

"이 자식아, 네 뒤를 다 조사했어. 그래도 거짓말할 테냐? 순순히 자백하면 나도 봐주겠지만 그렇지 않으면 용서하지 않는다. 누가 두목이야? 화원은 누구누구고? 말하지 않겠어?"

그는 손바닥으로 하림의 따귀를 철썩철썩 갈겼다.

하림은 시멘트 바닥에다 침을 뱉었다. 침에 피가 섞여 나왔다. 화를 내서는 안 된다. 그렇게 되면 이 자식이 더욱 기승을 부릴 테니까. 하림은 자신을 이렇게 타일렀다.

그는 낯빛 하나 변하지 않고 부드러운 눈길로 야마다를 바라보았다.

"잘못 생각하신 것 같습니다. 반전운동이라니요. 그런 것은 생각해 본 적도 없습니다."

"천황폐하를 어떻게 생각하느냐?"

"지존하신 분입니다. 내지와 반도인은 한 마음 한 뜻으로 천황폐하에게 충성해야 합니다."

"이 자식, 말은 번지르르하구나. 뭐가 어쩌고 저째? 왜 그러면 이 자식아, 너는 군대도 안 가고 꾀병을 앓고 있는 거냐? 창씨 개명도 안 하고, 몸이 아프다는 녀석이 밤낮 계집 엉덩이에만 붙어 있고……그뿐이 아니다. 학교 도서관에 나가려고 일찍 돌아왔다고 그런 놈이 지금까지 열흘이 지나도록 한 번도 도서관에 안 나갔어. 너 같이 책이라곤 손에도 안 잡아본 놈이 어떻게 동대(東大)에는 들어갔는지 모르겠다."

"말씀드리죠. 몸이 아픈 건 사실입니다. 진단서를 보시지 않았습니까. 창씨 개명은 곧 하겠습니다. 여자에 대해서는 이해해 주십시오. 본능이기 때문에 어쩔 수 없었습니다. 그러다 보니 도서관에 나갈 틈이 없었습니다."

"네가 유혹했나, 가쯔꼬가 너를 유혹했나? 어느 쪽이냐?"

"어느 쪽이라고 할 수도 없습니다."

"이 자식, 요령이 좋은 놈이구나?"

야마다는 담배를 피워 물고 취조실 안을 왔다갔다 했다.

취조실은 지하실이었다. 댓 평쯤 되는 넓이였는데 벽은 콘크리트로 되어 있었다. 문을 닫아걸면 밖으로는 전혀 소리가 새어 나갈 것 같지 않았다.

하림은 가운데 있는 탁자 앞에 웅크리고 앉아 있었다. 추웠기 때문에 그는 탁자 밑에서 연신 발가락을 움직이고 있었다.

야마다는 며칠 동안 헛수고한 게 은근히 화가 났다.

동경제대생을 중심으로 한 반전운동의 꼬투리를 잡으려고 장하림의 뒤를 철저히 조사했지만 아직 이렇다 할 단서 하나 잡히지 않고 있었다. 잘못 짚은 것 같았다. 자식은 여자에 미쳐서 정신이 없는 것 같았다. 결국 알아낸 것이 있다면 연상의 여인과 대학생간의 불륜의 관계일 뿐이다.

그러나 어쩐지 이놈에게 의심이 가는 것은 웬일일까. 육감을 무시할 수는 없다. 일단 의심이 가는 놈은 쫓아내는 게 제일 좋은 방법이다. 군복을 입혀 싸움터로 쫓아 버리는 것이다. 그 다음 혼자 남은 가쯔꼬를 손대는 것은 쉬운 일이다. 그 계집의 젖과 허리를…….

야마다는 걸음을 멈추고 하림을 내려다보았다. 잘 생긴 놈이다. 거기다 동경제대생이니 여자가 사족을 못 쓸 만도 하다. 성격도 유순한 것 같다. 그러나 아직 본심을 알 수 없는 놈이다. 영리한 놈이니까 좀처럼 속을 보이지 않을 것이다.

"정말 몸이 아프다고 그랬겠다. 진단서는 언제 뗀 거야?"

"6개월 전에 뗀 겁니다."

"어디서?"

"대학병원입니다."

"흥, 폐병에는 여자가 제일 나쁘다는 걸 모르나?"

"알고 있습니다. 그렇지만 참으려고 해도 마음대로 되지가 않습니다."

"당장 날 따라와. 엑스레이를 다시 찍어 보자."

야마다는 먼저 문을 열고 층계를 올라갔다. 하림은 콘크리트 벽을 노려보다가 천천히 그 뒤를 따랐다. 야마다 놈이 옭아매기 시작하면 아무리 몸부림쳐도 쓸데없는 짓이다. 가는 데까지 가 볼 수밖에 없다.

야마다가 하림을 데리고 간 곳은 경찰병원이었다. 상의를 벗고 차가운 금속성 기계 앞에 섰을 때 하림은 비로소 자신이 울 안에 갇혀 있는 보잘 것 없는 짐승이라는 것을 깨달았다.

사진이 어떻게 나올지 궁금했다. 필름을 검사하는 의사가 좀 미숙한 놈이라면 별일 없이 통과될 것이다. 그러나 노련하고 날카로운 놈이라면 그 공동(空洞)이 메워져 있다는 것을 발견하고 말 것이다. 그렇게 되면 끝장이다. 남태평양 어느 섬 밀림 속에서 아무도 모르게 죽어가겠지. 내 뼈는 누가 거둬줄까.

야마다는 두 번이나 사진을 찍게 했다. 찢어 죽이고 싶도록 증오스러웠다.

한 시간도 못 되어 필름은 현상되어 나왔다. 하림은 야마다를 따라 흉곽내과 과장실로 들어갔다.

머리에 기름을 잔뜩 바르고 깡마르게 생긴 과장은 두 장의 필름을 한참 동안 불빛에 비춰보았다. 그런 다음 안경 너머로 하림의 얼굴을 무슨 물건을 들여다보듯 쳐다보았다. 눈빛이 노리끼한 것이 전혀 감정 같은 것이 배어 있지 않았다.

"예전에 가슴을 앓았던 적이 있지요?"

목소리가 여자처럼 가늘면서도 날카로웠다.

"네, 지금도 약을 먹고 있습니다."

하림은 두근거려오는 가슴을 진정하려고 가만히 말했다.

"약을 먹고 있다고요? 이상한데……. 그럴 필요는 없어요."

과장은 필름의 희끄무레하게 긁힌 듯한 부분을 손가락으로 가리켰다.

"바로 이건데……이게 바로 앓았던 흔적이지. 그렇지만 지금은 모두 굳어 버려 약을 먹을 필요가 없소. 쉽게 말해서 다 완치되었단 말이오. 잘못 관찰하면 아직 병이 진행중인 것으로 착각하기 쉽지요."

"아니, 그럴 수가……."

하림은 당황한 표정을 지었다. 전혀 놀라운 사실이 아니었지만 놀란 체라도 해야 했다. 과장은 조금 웃어 보였다.

"공연히 걱정만 했군요. 기쁘지 않습니까. 이젠 군대에도 갈 수 있고……."

하림은 과장의 코빼기를 쥐어박고 싶었다. 그때 야마다의 손바닥이 세차게 하림의 따귀를 갈겼다.

"이 자식아. 너는 가짜 진단서를 가지고 다녔구나! 당장 입대할 준비나 해!"

의사와 간호원이 보는 앞에서 하림은 몇 대 더 얻어맞았다. 갑자기 당하는 일이었으므로 머리 속이 얼얼하기만 했다.

"일 주일 내로 떠날 준비나 해. 수속은 다 밟아놓을 테니까."

야마다는 이렇게 이른 다음 먼저 나가 버렸다. 하림은 의사를 쏘아보다가 천천히 그곳을 나왔다.

화가 나서 견딜 수가 없었다. 앞길을 생각하니 캄캄하기만 했다. 이런 시국에 피해를 받지 않고 산다는 것이 얼마나 어려운 일인가는 이미 알고 있었지만, 그것이 막상 자신에게 닥쳐오자 그는 놀라고 당황하지 않을 수 없었다.

날이 어둑어둑해지고 있었다. 아침에 내린 눈이 얼어붙어 길은 미끄러웠다. 「突擊至上」이라고 쓴 머리띠를 두른 청년들 한 떼가 역 쪽으로 묵묵히 걸어가고 있는 모습이 보였다.

하림은 서서 그들을 바라보다가 긴자(銀座) 쪽으로 갔다.

전시였기 때문에 긴자 거리는 사람의 왕래가 많이 줄어들고 휘황한 빛도 많이 스러져 있었다. 남자들보다 여자들의 수가 더 많았다. 요소요소에 경찰과 헌병들이 서 있어 다니기에 여간 꺼림칙하지가 않았다.

하림은 뒷골목의 싸구려 단골집으로 들어갔다. 젊은 주인이 그의 눈치를 보다가 말없이 술을 날라다 주었다. 술값이 쌌기 때문에 다른 집보다 손님이 많았다. 그는 구석자리에 앉아 혼자서 술을 마셨다.

이미 마음은 군대에 간다는 것을 기정사실로 받아들이고 있었다. 그러자 가쯔꼬의 문제가 가슴에 와 닿았다. 야마다의 말마따나 놈이 보내려고만 한다면 가쯔꼬는 정신대에 끌려갈 수밖에 없을 것이다. 어떻게 할까. 결혼을 할까. 일본 여자와 결혼을 한다면 집안은 물론이고 모든 사람들이 반대하고 나설 것이다. 더구나 여자는 한 번 결혼했던 몸이다. 그뿐인가. 할아버지는 일본을 원망하며 자결을 하셨다. 어느 모로 보나 일본은 증오의 대상이다. 결혼은 어려울 수밖에 없다.

그곳을 나온 하림은 다른 술집으로 가서 또 마셨다. 아무리 마셔도 취하지를 않았다.

밤늦게 그의 발걸음은 가쯔꼬의 집으로 향했다. 자기도 모르게 그쪽으로 향한 것이다.

그를 보자 가쯔꼬는 맨발로 뛰어나왔다.

"너무 하셨어."

"응? 뭐라고?"

그는 가쯔꼬의 어깨에 기대면서 그녀의 입술에 키스했다. 가쯔꼬는 술냄새 나는 그의 입술을 받았다. 안방으로 들어간 하림은 그 자리에 쓰러졌다. 옷을 벗기고 물수건으로 얼굴을 닦자 겨우 그는 정신을 차렸다.

"그 고등계 형사놈……갈아먹어도 시원치 않아."

"무슨 일이 있었나요?"

"군대에 가게 됐습니다. 진단서가 가짜라는 것이에요."

가쯔꼬는 멍하니 그를 바라보다가 갑자기 그의 품으로 쓰러졌다. 하림은 그녀가 울게 내버려 두었다. 한동안 소리 없이 울던 그녀는 고개를 쳐들었다. 그리고 놀라운 사실을 말했다.

"오늘 병원에 갔었어요. 임신 3개월이래요. 혼자만 알고 있으려고 했는데……."

진눈깨비가 내리는 오후였다.

가쯔꼬는 창밖을 바라보고 있었다. 봄은 영영 올 것 같지가 않았다.

그녀는 이미 각오하고 있었다. 식모 아이는 멀리 심부름을 보냈으니까 저녁이 되어서야 돌아올 것이다.

야마다가 나타나면 마지막으로 다시 한번 부탁하는 수밖에 없다고 생각했다. 그래도 안 되면 조건부로 그의 요구를 들어주는 수밖에 없다.

야마다는 그 동안 여러 차례 찾아왔었다. 와서는 음흉한 말을 지껄이면서 술을 따르게 하고 그녀에게 손을 대기도 했다. 생각 같아서는 놈의 따귀라도 후려갈기고 싶었지만 약자의 입장이라 잠자코 당하고 있는 수밖에 없었다. 야마다의 협박은 무서웠고, 그의 요구는 끈질기고 집요했다. 그러나 가쯔꼬는 결코 옷만은 벗지 않았다. 버틸 수 있는 데까지 버티어 온 것이다.

그러나 그것도 한계가 있었다. 이젠 양단간에 결정을 내려야 했다. 죽어 버리든가 그놈에게 몸을 주든가 둘 중의 하나를 선택해야만 했다. 이것도 저것도 싫으면 하림을 잃고, 자신은 정신대에 끌려나가야 되고, 집안은 망하는 것이다. 생각만 해도 무서운 일이다. 그렇다고 자살하기는 싫다. 왜 죽어야 하는가. 살아야 한다.

놈이 노리는 목표가 뚜렷해진 이상 이쪽도 그것을 미끼로 협상을 벌여야 한다. 놈이 비밀을 지켜주고 딱 한 번만으로 그치겠다고 약속한다면, 그리고 모든 것에서 손을 떼겠다고 약속한다면 한번쯤 희생은 각오하리라. 내 몸이 한번 유린당하는 것은 그렇게 큰 문제가 아니다. 나 혼자 슬퍼하면 되는 것이다.

초인종이 울렸다. 그녀는 기모노 자락을 한 손으로 잡고 현관으로 나갔다. 온다던 야마다가 약속대로 밖에 서 있었다.

"잘 생각해 봤소?"

그는 들어서자마자 이렇게 물었다. 가쯔꼬는 그만 깜빡 현관문을 잠그는 것을 잊고 아무 말 없이 앞장서서 응접실로 들어갔다. 야마다는 눈이 충혈되어 있는 것이 대낮부터 술을 마신 모양이었다. 그는 다시 생각해 보았느냐고 물었다. 가쯔꼬는 대답 대신 아래를 내려다보다가

"믿어도 될까요?"

하고 물었다. 야마다는 눈을 빛내면서 가쯔꼬의 옆으로 다가와 앉았다. 그리고는 그녀의 어깨를 껴안았다.

"그럼, 그럼. 이 야마다는 두 말 할 줄을 모르는 사람이야."

가쯔꼬는 몸을 빼고 물러앉았다.

"하림씨를 군대에 보내면 전 죽어 버릴 거예요. 제가 죽으나 사나 관계 안 하시겠지만……."

가쯔꼬는 눈물을 닦았다. 야마다는 다시 그녀를 껴안았다.

"무슨 소릴 그렇게 하는 거야. 이 야마다는 그런 놈이 아니야. 절대 그런 일은 없을 거야. 나를 사귀어 두면 앞으로 큰 도움이 될 거야."

야마다는 가쯔꼬의 허리를 껴안은 손에 힘을 주었다.

"저를 정신대에 보내 주세요."

"그건 내가 잘못 말한 거야. 그런 일은 있을 수 없어. 당신같이 아름다운 여자를 그런 데 보낼 수야 있나."

"제 아버님도 징용에 보내 주세요."

"비꼬고 있군. 그렇게 말해도 못 알아듣겠나? 나를 화나게 하지 마. 난 한가한 몸이 아니야. 곧 가야 돼."

야마다가 조금 엄숙한 목소리로 말하자 가쯔꼬는 눈물어린 눈으로 그를 바라보았다. 그리고는 일어서서 먼저 안방으로 건너갔다.

급히 뒤따라 온 야마다는 못 참겠다는 듯 가쯔꼬를 방바닥 위에 쓰러뜨렸다. 가쯔꼬는 그를 뿌리치고 일어났다.

강간당하는 자세는 취하고 싶지 않았다. 일단 마음을 정한 이상 자발적으로 행동하고 싶었다. 그것은 또 야마다로 하여금 정복감을 못 갖게 하는 방법이었다. 정복자가 되면 사내란 함부로 여자를 다루려 드는 것이다.

그녀는 벽장 속에서 이불을 꺼내어 폈다. 그리고는 돌아서서 옷을 하나하나 벗기 시작했다. 그녀의 육체는 항상 만개한 꽃이었다. 허리와 둔부의 곡선에서 시선이 멈춘 야마다는 눈이 뒤집히는 것 같았다. 그는 옷을 훌훌 벗고 가쯔꼬에게 달려들었다.

가쯔꼬의 육체가 이불 위에 눕혀지고 야마다의 홀떡 벗겨진 대머리가 그녀의 배 위를 기어갔다.

"이번 한 번으로 그쳐야 해요. 두 번 다시 이런 일이 있어서는 안 돼요."

가쯔꼬는 야마다를 받으면서 말했다.

"그럼, 그럼……한 번이면 돼. 이번 한 번이면 충분해. 다시는 이런 일이 없을 거야."

야마다는 정신없이 헐떡이며 뇌까렸다. 야마다의 육체가 힘을 가해올 때 가쯔꼬는 죽은 듯이 눈을 감고 있었다. 굳어 버린 그녀의 몸은 조금도 반응을 보이지 않았다. 야마다는 흡사 죽은 시체를 강간하듯 그녀의 배 위에서 몸부림쳤다. 사십 대의 사나이치고는 꽤 정력적이었다. 그녀의 하얀 육체를 철저히 찢어발기기라도 할 듯 그는 매우 힘차게, 그리고 매우 정성 들여 그녀를 공격했다.

이렇게 야마다가 집요하게 밀고 들어오자 가쯔꼬의 싸늘한 육체에 조금씩 반응이 일기 시작했다. 마음과는 달리 육체가 말을 듣지 않았다. 이래서는 안 된다. 이건 죄악이다. 가쯔꼬는 이렇게 생각하면서 이를 악물었다. 그러나 그녀의 육체는 남자의 육체에 반응을 보일 줄 아는 민감한 몸이었다. 그것은 이성과는 관계없이 전혀 다른 의미로 존재하고 있었다.

그녀가 마침내 다리를 허우적거리고 신음 소리를 내기 시작했을 때였다. 갑자기 문이 벌컥 열리면서 하림이 들어왔다.

그는 눈을 크게 뜨더니 문을 닫고 도로 나갔다. 가쯔꼬가 밀치고 일어나는 바람에 야마다는 뒤로 나가떨어졌다. 그들은 허겁지겁 옷을 주워 입고 응접실로 나갔다.

하림은 방 가운데 멍하니 서 있었다. 야마다는 씩씩거리며 다가서더니 그의 뺨을 후려갈겼다.

"이 새끼, 도둑놈처럼 소리도 없이 들어오다니, 비겁한 놈이구나!"

"현관문이 잠겨 있지 않았소. 비겁한 건 당신이오."

그의 목소리는 침착했다.

"뭣이 어째?"

야마다의 주먹이 하림의 얼굴을 때렸다. 하림의 코에서 코피가 터졌다. 그는 코를 싸쥐고 있더니 갑자기 눈을 부릅뜨면서 야마다의 사타구니를 힘껏 걷어차 버렸다. 야마다는 비명을 지르면서 떼굴떼굴 굴렀다. 하림이 다시 걷어차려고 하자 가쓰꼬가 달려들었다.

"하림씨 용서하세요! 제가 죽일 년이에요!"

그녀는 하림의 발치에 쓰러져 울었다.

"비켜! 더러운 년!"

하림은 그녀를 밀어 버리고 밖으로 나갔다.

눈이 내리는 아침이었다. 도쿄 거리는 하얗게 변해 있었다.

조용한 아침이었지만 유난히 도쿄역 구내만 소란스러웠다. 학도병 및 일반병으로 입대하는 청년들이 미지의 세계를 향하여 출발하는 날이었다. 청년들은 모두 머리에 흰 띠를 두르고 차창 밖을 바라보고 있었다. 가족들, 연인들, 친구들과 이야기하느라고 정신이 없었다. 살아서 돌아올지 죽어서 돌아올지는 아무도 모르는 일이었다. 그런 만큼 모두가 긴장된 얼굴들을 하고 있었다. 그러나 울어서는 안 된다. 천황폐하를 위하여 싸우러 나가는 마당에 눈물을 보인다는 것은 비국민이다. 그러니 울어서는 안 된다.

하림은 구석 자리에 앉아서 눈 내리는 하늘을 올려다보고 있었다. 이미 각오하고 있었기 때문에 마음은 평온했다.

아무한테도 연락하지 않고 떠나는 길이었다. 그래서 그를 배웅하는 사람은 아무도 없었다.

다만 야마다 형사만이 하림이 출발하는 것을 확인하려는 듯 저만치 떨어져서 이쪽을 바라보고 있었다.

야마다 놈을 그대로 두고 떠나는 것이 한스러웠다. 망할 자식, 너보다는 내가 오래 살 거다

갑자기 너무 억울하게 떠나는 길이었기에 경성의 집에도 연락을 하지 않았다. 어머니가 알았더라면 도쿄까지 달려왔을 것이다. 그래서 차마 연락을 못 한 것이다.

나중에 편지를 쓸 생각이다. 놀라시겠지. 그러나 그것도 잠깐이고 곧 체념하시겠지.

얼핏 하림의 시야에 가쯔꼬의 모습이 들어온 듯했다. 하림은 플랫폼 저쪽의 기둥을 바라보았다. 기모노 차림의 여인 하나가 인파 속에 섞여 기둥 뒤에서 반쯤 몸을 드러내고 있었다. 가쯔꼬였다. 눈이 마주치자 하림은 시선을 돌려 버렸다. 가쯔꼬는 차마 다가서지 못 하고 기둥 뒤에서 머뭇거리고 있었다.

하림은 호흡이 거북해졌다. 빨리 열차가 떠나지 않는 것이 화가 났다. 야마다는 혼자 담배를 피우면서 이쪽을 바라보고 있었다. 이럴 바에야 놈을 더 실컷 두들겨 줄 것을 그랬다.

그날 사타구니를 걷어차인 야마다는 그 이튿날 하림을 경찰서로 연행해 갔다. 그리고 심하게 그를 때린 다음 두 가지 약속을 받아내고야 그를 풀어 주었다. 첫째는 가쯔꼬로부터 영원히

손을 뗄 것, 둘째 빠른 시일 내에 입대할 것 등이 그것이었다. 만일 이를 거절했다면 지금쯤 반죽음이 되어 유치장 속에 갇혀 있을 것이다.

마침내 기적이 울렸다. 플랫폼은 이별의 안타까움으로 소란스러워지고 있었다. 헌병들이 호각을 불면서 열차로부터 사람들을 떨어지게 하고 있었다. 야마다 형사가 다가왔다.

"다시 도쿄에 나타날 생각을 하지 마. 부디 수훈을 세우기 바란다."

하림은 대꾸하는 대신 그를 흘겨보았다.

마침내 열차가 길게 기적을 울리더니 덜컥 하고 움직이기 시작했다.

노래 소리가 터져나왔다. 수십 수백 개의 손수건이 흔들렸다. 웬 여학생 하나가 뛰어오더니 하림에게 꽃다발을 내밀었다. 그는 그것을 받아들며 미소했다. 가쯔꼬가 기둥 뒤에서 손을 흔드는 것이 보였다. 하림은 끝까지 외면했다. 그녀의 임신에 대해 어떠한 언질도 주지 않은 채 떠나가는 것이다. 그 자신도 어떻게 해야할지 잘 몰랐다. 괴롭다는 생각뿐이었다.

공동변소

그날은 일요일이었다. 아침부터 부대 안은 술렁이기 시작했다. 끈질기게 나돌던 소문이 사실로 나타나게 된 것이다.

중대본부에 다녀온 오오에 오장이 그 사실을 알려 주었다. 히죽거리며 들어온 그는 헛기침을 하고 나서 이렇게 말했다.

"너희들, 이제부터 색시 맛을 보게 됐다. 그것도 반도에서 데리고 온 싱싱한 놈들이다. 천황폐하께서 하사하신 거니까 즐기도록……. 그 대신 지금보다 더 용기 백배하여 싸움에 임해야 한다. 알겠나?"

"네엣!"

병사들은 눈을 번득이며 일제히 대답했다. 오오에는 권동진 이등병에게 다가가 따귀를 철썩 하고 갈겼다.

"너는 왜 대답 안 해? 알았어, 몰랐어?"

"알았습니다."

동진의 뺨이 다시 철썩하고 울렸다.

"소리가 작다."

"알았습니다."

동진은 입을 크게 벌리고 외쳤다. 연일 계속되는 기합과 정신적 위압감으로 그렇지 않아도 약한 그의 몸은 놀라울 만큼 쇠약해져 있었다. 얼굴은 바짝 말라 뼈만 남아 있었고, 움푹 들어간 두 개의 눈만이 번득거리며 살아 움직이고 있었다.

"오후에 너희들이 고대하던 여자들이 올 것이다. 그 동안 연장들을 잘 손질하여 준비하고 있도록!"

오오에는 만족한 듯 이렇게 말했다.

병사들 사이에서 웅성거리는 소리가 일었다. 모두가 기대에 찬 얼굴들로 잔뜩 부풀어 있었다. 오오에는 손을 저었다.

"조용히들 해, 이 새끼들아! 내 말을 들어 둬! 에 또, 우리 부대에 정신대 위안부들을 두게 된 이유는 점령지에서의 여러 가지 부작용을 방지하고, 또한 성병(性病)을 막자는데 그 목적이 있다. 따라서 앞으로 말썽을 일으키거나 성병을 얻어오는 놈이 있으면 엄벌에 처할 테니까 각오하기 바란다. 그리고 지금부터 모두 의사의 진단을 받도록 한다. 성병에 걸린 놈은 완치될 때까지 위안부의 접촉을 금한다. 그밖에 이상이 없는 놈들은 하나 빠짐없이 불알 속에 들어 있는 것을 배설하기 바란다. 특히 죠센징들은 빠져서는 안 된다. 같은 죠센징 여자들이라고 해서 동정을 한다거나 하는 것은 이 오오에의 취미에 맞지 않는다. 그런 것을 보면 나는 비위가 거슬려 참지를 못해. 알겠나?"

오오에는 대치와 동진을 번갈아보았다.

"알았습니다!"

두 사람은 동시에 대답했다.

이젠 여자들까지 끌어와 집단적으로 강간을 할 셈이구나. 신이 있다면 이들을 왜 그대로 방임해 두는가. 사람들은 신앙의 어리석음을 먼저 알아야 한다. 대치는 굳은 얼굴로 벽을 바라보다가 진찰을 받기 위해 밖으로 나갔다.

오랜만에 햇빛이 비치고 있었다. 햇빛은 눈에 반사되자 눈부시게 빛났다. 산과 들이 온통 반짝거리고 있었다.

그는 눈을 가늘게 뜨고 본부 쪽으로 천천히 걸음을 옮겼다. 저만치 앞에 동진이 홀로 걸어가고 있는 것이 보였다. 그와 이야기를 끊은 것이 벌써 일 주일째나 되었다. 어떻게 해 보려고 했지만 동진은 갈수록 외곬으로 빠져 들어갔다.

쾅쾅쾅.

연병장 한쪽 끝에서 병사들이 목조 바라크를 짓느라고 한창이었다. 곧 도착할 위안부들을 맞을 이른바 위안소를 짓고 있는 중이었다.

얼핏보아도 방 하나에 창문이 하나씩 달려 있음을 알 수가 있었다. 창문은 모두 열 개였다. 열 개의 창문이 함석으로 만든 지붕 밑에 나란히 붙어 있었다. 창고 같기도 하고, 어떻게 보면 돼지우리 같기도 했다. 한 방에 여자가 하나씩이라면, 10명의 여자가 저 속에 갇혀 육체를 뜯어 먹히는 것이다. 어떤 여자들일까. 오오에 말로는 모두 조선 여자들이라고 했다. 과연 정말 그럴까. 생각만 해도 모골이 송연해지는 일이다.

대륙을 침공한 일본군은 전반적인 현상은 아니지만 이미 수

년 전부터 위안부들을 거느린 부대가 있었다. 좀더 자세히 말해 위안부 제1호를 전장에 불러오기로 결정된 것이 1937년말의 남경(南京)공략 직후 서주작전(徐州作戰)의 발동 전이었고 이 듬해인 1938년 초여름까지에는 실제로 중지전선(中支戰線)에만 천수백 명의 위안부가 수송되어 왔던 것이다.

같은 해 10월 28일의 무창(武昌), 한구(漢口)를 공략할 무렵에는 전 중국전선에 3만 명에서 4만 명의 위안부가 있었다. 이들은 물론 거의가 조선 여자들이었다. 조선 여자들이 이렇게 대거 끌려온 것은 그녀들이 감칠맛이 있는 이상적인 위안부로서 일본 군인들 사이에 가장 인기가 있었기 때문이었다.

당시에는 물론 강제동원이 아니고 지원제였다. 그러나 그 방법이 악랄해서 지원제라고 하지만 강제동원이나 다름없었다. 총독부의 지시공문은 말단 행정기관인 면사무소와 주재소에까지 하달되었고, 지시를 받은 면직원과 주재소 순사들은 처녀들이 있는 집을 찾아다니며 온갖 달콤한 말로 공장에 취직시켜 준다고 속였다. 이렇게 해서 지정된 숫자를 채우면, 여자들은 곧한 곳에 집결되어 행선지도 모른 채 정처 없이 끌려가곤 했다. 이렇게 일단 걸려들면 빠져나갈 도리가 없었다. 열차에서 내리는 곳이 바로 전선이었고, 그날부터 당장 강제로 군인들을 받아야 했다. 이후 태평양전쟁이 발발하면서 전전선(全戰線)이 확대되고 위안부의 필요성이 증대하자 일제는 지원제였던 정신대 모집을 강제동원으로 바꾸어 닥치는 대로 조선 여자들을 끌어냈던 것이다.

명예를 최고로 알고 있는 일본군이, 더구나 신이나 다름없는 천황의 군대가 불명예스럽게도 위안부를 전장에까지 끌고다닌 이유는 무엇일까. 여기에는 여러 가지 이유가 있을 수 있다. 그러나 대체적으로 다음과 같은 세 가지 이유를 들 수 있다.

첫째는 중국 수도인 남경(南京)을 공략한다면 중일전쟁(中日戰爭)을 종결한다고 생각하고 있던 일본군은 장개석 총통이 수도를 한구(漢口), 중경(重慶)으로 옮겨가면서 철저 항전, 백년 항전을 부르짖자 장기전의 태세를 갖추지 않을 수 없었다. 여기서 군대를 몇 년씩 전장에 붙들어두는 데는 위안부야말로 가장 중요한 필수품이라고 생각하게 된 것이다.

둘째는 군의 기강을 세우는데 있어서도 위안부의 존재가 필요했다.

모든 전선에서의 일본군의 만행은 상상을 극할 정도로 무자비하고 참혹했다. 그들이 한 번 휩쓸고 간 전투지역에서는, 특히 여자들의 경우 집단적으로 윤간 당한 끝에 학살되기가 일쑤였다.

초기에는 이러한 만행이 군고위층으로부터 어느 정도 묵인되었다. 군인 자신들도 용맹한 군인임을 자부하는 뜻에서 이러한 짓을 기꺼이 했다. 그러나 아무리 침략군이라고 하지만 이러한 만행이 유행병처럼 전군(全軍)을 휩쓸고 그에 따라 군대의 기강이 무너지기 시작하자 여기에 제재를 가할 필요가 생긴 것이다.

또한 대외적으로 볼 때에도 만행이 알려진다는 것은 바람직

하지 못했다. 이러한 이유에서 군의 기강을 바로 세우고, 군으로서도 어찌할 수 없는 젊은 병사들의 성적 욕구를 합리적인 방법으로 해소시켜 주기 위해 위안부를 두게 된 것이다.

셋째는 성병의 만연을 미연에 방지하는 데에도 그 목적이 있었다.

평정지역에서는 사창굴의 중국 여자들을 상대하는 일이 허다했기 때문에 일본군 중에는 성병에 감염된 자가 의외로 많았다. 성적 폭행이 성병이라는 무서운 결과를 가져온 것이다.

성병이 창궐할 때 그것은 전염병처럼 무서운 속도로 전염된다. 따라서 집단생활을 하고 있는 병사들이 성병에 시달리게 되면 그만큼 전력(戰力)이 약화되는 것은 당연한 일이다. 이것을 입증하는 역사적 사실이 뼈저린 교훈으로 일본군 고급간부의 머리 속에 남아 있었다.

그것은 1918년(大正 7년) 7월부터 1922년 6월까지의 시베리아 출병에서 체험한 교훈이었다.

시베리아 출병이란 문자 그대로 사변도, 전쟁도 아니었다. 그 전해인 1917년 11월 7일 케렌스키 정부를 쓰러뜨린 볼셰비키 당이 소위 「10월 혁명」의 성공과 소비에트 정권수립을 선언하자 이에 대한 열강의 충격은 대단했고 흡사 지구에 불이 붙는 것 같은 소동이 일었다. 그때 일본에서는 데라우찌(寺內正毅 육군 大將, 후에 元帥) 내각시대였는데 볼셰비키 당에 대한 공포감이 대단했고, 동시에 볼셰비키 혁명의 여파가 시베리아에서 동으로 파급하는 것을 방지하는 것이 그 내각의 절대사명이 되다시피 했다. 이런 상황 속에서 마침내 이듬해 7월 12일부터 8월 10일 사이에 무려 7만 2천 명의 일본군 병력이 시베리아 제압을 위해 출병한 것이다. 이후 1922년 6월 시베리아를 철군하기까지 이 7만 대군이 러시아 여성들에게 가한 성적 폭행은 실로 무분별하고 잔인한 것이었다. 여기서 성병 만연이라는 결과가 파생되었음은 물론이다. 결국 전사자 수를 훨씬 상회하는 수의 병사들이 성병에 걸려 주저앉아 버림으로서 일본군의 전력은 크게 약화되고 말았다. 당시를 경험한 일본군 고위간부들이 이 역사적 사실을 쓰라린 교훈으로 삼은 것은 이상할 것이 하나도 없다. 이를 염두에 두고 성병 방지를 위해 구상한 것이 군 관할하의 위안부 제도였던 것이다.

이렇게 볼 때 위안부는 장기전에 대비한 필수품으로서, 기강 확립 및 성욕 해소를 위한 도구로서, 그리고 성병 방지를 위한 수단으로서 존재했을 따름이다. 인간적인 고려란 그 어느 구석에서도 찾아볼 수 없었다.

두 대의 헌병 오토바이가 멀리 보이는가 하자, 뒤이어 군트럭한 대가 모퉁이 길에 나타났다. 그런데 우습게도 오토바이는 사이렌을 울리면서 달려오고 있었다. 트럭은 대낮인데도 불을 켜고 있었다.

점심을 먹고 휴식에 잠겨 있던 병사들은 우하니 밖으로 몰려 나갔다. 모두들 직감적으로 올 것이 왔다고 생각하고 있었다. 그러나 헌병 오토바이의 호위를 받으며 나타나리라고는 생각지 못했기 때문에 거의가 좀 어리둥절했다.

눈이 녹아 질퍽거렸으므로 오토바이와 트럭은 온통 흙투성이였다. 연병장으로 달려 들어오는 그 기세가 몹시도 위풍당당했기 때문에 병사들은 갑자기 침묵을 지켰다.

두 대의 오토바이는 본부 쪽으로 돌아가고 트럭은 새로 지은 목조 바라크 앞에서 멈췄다. 곧 이어 포장이 걷혀지고 트럭 안에서 여자들의 모습이 나타났다. 첫번째 여자의 조그마한 몸집이 밖으로 나오자 폭발할 것 같은 소요가 병사들 사이에서 일었다. 박수 소리, 웃음 소리, 휘파람 소리가 하늘로 꽃처럼 피어올랐다.

여자는 밑에서 손을 잡아 주어서야 차에서 뛰어 내릴 수가 있었다. 머리를 땋아 늘인 어리디 어린 조선 소녀였다. 소녀는 때묻은 치마저고리를 입었고, 가슴에는 보따리를 하나 껴안고 있었다.

여자가 또 하나 내렸다. 역시 조선 여자였는데, 머리가 이상하게 잘려져 있었다. 세번째 여자가 내렸다. 또 조선 여자였다. 아홉 번째까지는 모두 조선 여자였다. 그들 사이에는 어딘지 신선한 아름다움 같은 것이 있었다. 제일 마지막에 나온 여자는 나이가 좀 들어 보였고 제법 짙은 화장에다 기모노까지 입고 있었다. 일본 여자였다. 그녀는 역전의 노장처럼 의젓이 주위를 휘둘러보았다. 그러나 조선 여자들은 그렇지가 않았다. 그녀들은 어미를 잃은 병아리 새끼들처럼 몰려 서서 몸을 떨고 있었다. 주위를 감히 쳐다보지도 못 하고 있었다.

기차를 타고 며칠 동안을 달려온 탓으로 모두가 피곤한 기색이었고, 차량은 온갖 먼지에 싸여 있었다. 여자들은 정성 들여 먼지를 털었다. 먼지가 뿌옇게 일었다.

처음에 소란스럽게 여자들을 바라보던 병사들은 이윽고 말을 잊은 채 감탄하는 표정들을 지었다. 여자들의 움직임 하나하나를 모두 신기하다는 듯 바라보고 있었다.

살벌하고 삭막하기 짝이 없는 남자들의 세계에 이제부터 여자들이 함께 있게 되었다는 사실은 확실히 놀랍고도 꿈같은 일이었다. 그것은 풀 한 포기 나지 않는 메마르고 황량한 대지 위로 흘러 들어온 한 줄기 물과도 같았다.

병사들은 놀라고도 희한한 듯 그녀들을 바라보고 또 바라보았다. 장교들도 팔짱을 낀 채 여자들을 바라보고 있었다.

그러나 여자들을 바라보는 이들 일본 군인들의 눈에는 공통적인 데가 있었다. 여자들을 보는 순간 그들의 굳은 표정이 풀어지고 눈에는 생기가 일기 시작하고 있었지만, 다분히 그들의 눈 속에는 사람을 본다기보다는 신기한 동물을 구경하는 듯한 그러한 빛이 담겨 있었던 것이다.

관리사병이 여자들의 이름을 하나하나 부른 다음 지정된 방으로 여자들을 몰아넣었다. 여자들은 뒤를 돌아보며 머뭇거리다가 쫓기는 짐승처럼 안으로 들어갔다.

여자들이 손발을 씻고, 식사를 하고 휴식을 취할 때까지 병사들은 기다리고 있어야 했다.

병사들은 일을 치른 후 반드시 과망간산칼륨인 카메레온수

(水)로 성기를 씻도록 주의를 받은 후 위안소 앞으로 줄지어 걸어갔다.

위안소 입구는 건물 양쪽에 있었다. 한쪽 입구를 들어서면 긴 통로가 있었고 그 통로를 따라 아홉 개의 방이 잇대어 있었다. 이 아홉 개의 방이 하사관 및 사병용이었다. 다른 입구로 들어서는 칸막이 저쪽 방 하나는 장교용이었다.

장교들은 위신상 그런지는 몰라도 첫날에는 두 서너 명만이 위안소에 나타났을 뿐이다. 그러나 병졸들은 달랐다. 그들은 꺼리는 기색은 조금도 없이 오랫동안 묵혀두었던 정액을 배설하기 위해 다투어 위안소로 몰려들었다.

각 중대나 소대의 구별 없이 오는 대로 열을 지어 섰기 때문에 열은 10미터에서 20미터로, 나중에는 1백 미터에서 2백 미터로 뻗어나가더니, 결국은 연병장을 한 바퀴 돌아 정문 밖에까지 연장되었다.

그 길이가 무려 1킬로미터나 되었다. 앞에 선 병사는 끝없이 길게 이어진 줄을 보고는 혀를 내둘렀고 맨 뒤에 선 병사는 주먹을 내 흔들면서 빨리빨리 하라는 신호를 보냈다.

"야, 조개가 기다리고 있다. 뭘 꾸물거리는 거야!"

"아, 조개야, 조개야, 오랜만이로구나."

위안소 입구에는 다음과 같은 내용의 위안소 규칙이 적힌 종이가 붙어 있었다.

(1) 본 위안소에는 육군 군속(軍夫는 제외) 이외의 입장을

금한다.

(2) 입장자는 반드시 접수에 요금을 지불하고 입장권 및 콘돔 1개를 받을 것. 사용한 콘돔은 버리지 말고 깨끗이 보관할 것.

(3) 입장료는 하사관, 병(兵), 군속 금 2원(圓).

(4) 입장권의 효력은 당일 한이고 입장하지 않았을 때는 현금과 바꿀 수 있다. 단, 일단 위안부에게 건넸을 때는 반환 못한다.

(5) 입장권을 산 자는 지정된 번호의 방에 들어갈 것, 단, 시간은 30분으로 한다.

(6) 입장과 동시에 입장권을 위안부에게 넘길 것.

(7) 실내에서는 음주를 금한다.

(8) 용무를 마치면 곧 퇴실할 것.

(9) 규정을 안 지키는 자 및 풍기를 문란케 한 자는 퇴거시킨다.

(10) 콘돔을 사용 않는 자는 접부(接婦)를 금한다.

지정된 방에 들어가서 30분 동안만 즐기라는 것을 보면 완전히 기계적인 배설만을 생각한 것이라고 할 수 있다.

마침내 첫번째로 아홉 명의 병사가 위안소 안으로 들어갔다. 웅성거리던 병사들은 침묵했다.

야릇한 긴장이 감돌았다.

한 사람이 30분씩을 즐긴다면 맨 뒤에 선 사람은 한없이 기다릴 판이다. 그러나 그렇지는 않았다. 위안소의 방안으로 들어간 병사들 중 10분을 넘기는 사람은 극히 드물었다. 이미 이곳까지 도착하는 동안 위안부들은 거대한 군대조직 속에 짓눌려 버려 모두가 항거할 힘을 잃고 있었다.

병사가 들어가서 허겁지겁 옷을 벗기고 배 위에 올라탔을 때에도 그녀들은 죽은 듯이 누워 있었다. 때문에 시간이 많이 절약되었다. 거기다가 고참병들을 제외하고는 대부분의 신병들이 여자 경험이 없었으므로 접근하자마자 금새 폭발해 버리곤 했다.

신병들치고 옷을 모두 벗는 사람은 없었다. 허리끈을 풀고 바지를 반쯤 내린 다음 엉거주춤 엎드려서 두 서너 번 오르내리다가 그만

"어어!"

하고 놀라움이 섞인 신음 소리를 내면 그것으로 끝이었다. 거의가 이런 식이었으므로 걸리는 시간이 고작 5분 내외였다.

처음에 들어갔던 병사들은 얼굴을 벌겋게 물들이면서 나왔다. 줄에 서 있던 병사들은 그들의 얼굴을 보려고 고개를 빼들었다. 들어가기 전과 들어갔다 나왔을 때의 차이점을 발견하려고 호기심어린 눈들을 반짝거렸다. 성급한 병사들은 '어때? 괜찮아?' 하고 묻기까지 했다. 그러나 들어갔다 나온 병사들은 멋쩍은 표정들을 지으면서 급히 그들을 지나쳐갔다.

열은 죽죽 줄어들었다. 그러나 워낙 긴 줄이었기 때문에 뒤에 서 있는 병사들은 좀처럼 앞으로 전진하는 것 같지가 않았고 그

래서 기다리기에 지치기 시작했다.

뒤쪽에서 병사들의 빨리 하라는 독촉이 시끄럽게 일었다. 독촉을 받은 병사들은 1초라도 줄이기 위해 더욱 재빨리 움직이기 시작했다. 마지막 한 사람까지 모두 참여해야 한다는 생각에서 어느 틈에 병사들 사이에서는 필사적인 노력이 경주되고 있었다.

그 모든 노력의 하나하나가 마치 대변도 아닌 소변을 급히 보고 나오는 것 같았다. 이런 기계적인 움직임과 짧은 시간 속에서 인간적인 연민이나 남녀 사이에 있을 수 있는 야릇한 감정의 교류 같은 것이 있을 리가 없었다. 오직 처음부터 끝까지 배설한다는 사실만이 존재할 뿐이었다. 그리고 여자의 육체는 배설물을 처리하는 공동변소(共同便所)일 뿐이었다. 정확히 말해 그녀들의 육체는 정말 공동변소였다. 공동변소 그 이상의, 그 이하의 것도 아니었다. 그 이하가 아니라는 것은 그 이하의 것이 존재하지 않았기 때문이다.

어느새 하늘에는 구름이 잔뜩 끼어 있었다.

대치는 콘돔을 받아들고 안으로 들어섰다. 콘돔 갑에는 돌격지상(突擊至上)이라는 글자가 찍혀 있었다. 여자에게 돌격하라는 것인지 적군에게 돌격하라는 것인지 알 수 가 없었다.

3호실 문을 열고 안으로 들어서자 어두운 방안에 희끄무레한 것이 떠 있었다. 눈에 익자 그것은 야광도료(夜光塗料)를 칠한 것처럼 흰빛으로 빛났다. 여체는 점점 뚜렷한 선을 내보이면서 그의 시야를 어지럽혔다. 그는 비릿한 냄새를 맡으면서 그 자리에 못 박힌 듯 서 있었다.

고참병들이 그랬는지 여자는 실오라기 하나 걸치지 않은 채 드러누워 있었다. 헝클어진 머리칼에 가려 얼굴은 보이지 않았다. 반쯤 벌려진 다리는 그 상태에서 고정되어 있었다. 하복부와 허벅지를 본 대치는 헉 하고 숨을 들이켰다. 그도 그럴 것이 그 주위는 온통 피투성이였다. 피는 때문은 이부자리까지 흥건히 적셔놓고 있었다.

그는 비참한 기분만이 들 뿐 아무 느낌도 일지가 않았다. 여자가 미동도 하지 않고 누워 있었기 때문에 혹시 죽지 않았나 하는 생각이 들기도 했다. 그래서 그는 무릎을 꺾고 앉아 여자를 흔들었다.

"이 봐, 이 봐."

그러자 죽은 듯이 누워 있던 여자가 얼굴을 대치 쪽으로 돌리면서 눈을 떴다. 대치와 눈을 마주치자 그녀는

"아!"

하고 낮게 소리쳤다. 그리고는 상체를 일으키고 몸을 조그맣게 움츠렸다.

그녀의 얼굴이 어려 보이는데 대치는 자못 놀랐다.

"피를 닦아. 피가 많이 나왔어."

그는 부드럽게 말하면서 머리맡에 놓여 있는 두루말이 휴지를 집으려고 손을 뻗었다. 순간 그는 또 한번 놀랐다. 머리맡에 피묻은 휴지조각이 더미를 이루면서 수북히 쌓여 있었던 것이다. 그것은 어둠 속에서 마치 희고 붉은 꽃이 피어 있는 것 같은

착각을 일으키게 했다.

소녀는 대치가 내미는 휴지를 받지 않았다. 그 대신 옷으로 몸을 가렸다.

"나도 조선 사람이야. 안심해도 좋아."

그녀를 안심시키려고 그는 이렇게 말했다. 그러나 소녀는 벙어리처럼 그를 뚫어지게 바라보기만 했다. 그 눈이 점점 커지면서 까맣게 빛난다고 생각하자 그녀는 곧 고개를 밑으로 떨어뜨렸다. 그리고 격렬하게 몸을 떨면서 흐느끼기 시작했다.

동족의 피는 이렇게 무서운 것일까. 조선 여자와 조선 남자는 함께 수치심을 느꼈고, 함께 비애를 느꼈고, 함께 분노를 느꼈고, 함께 뜨거운 눈물을 흘렸다. 대치는 자기도 모르는 사이에 그녀를 부둥켜안았다. 불쌍한 강아지를 품듯이 그는 소녀를 감싸 안았다.

"울지 마. 울지 마. 살아야 해."

그녀의 여린 몸이 그의 품속에서 경련하듯 마구 떨었다. 그는 헝클어진 머리를 쓰다듬어 주고 휴지로 흐르는 눈물을 닦아 주었다.

"울지 마. 어떻게든 살아야 해. 요령 있게 해야 해. 하자는 대로 몸을 주면 몸을 망쳐. 지탱할 수가 없어. 요령 있게……요령 있게 해."

한참 후에 소녀는 울음을 그쳤다. 순한 양처럼 대치의 품에 따뜻이 안긴 그녀는 몸을 빼려고 하지 않았다. 생전 처음 보는 남자였지만 같은 조선인이라는 사실에 그녀는 깊은 신뢰감을 느낀 것이다. 그것은 실로 감동적인 순간이라고 할 수 있는 그런 것이었다.

그때 밖에서 문을 두드리는 소리가 났다. 그제야 대치는 자신이 너무 오래 지체했다는 것을 알았다.

"빨리 나와라. 죽었나 살았나?"

통로에까지 들어와 기다리고 있던 병사가 밖에서 소리를 질렀다. 대치는 반사적으로 그녀를 꽉 껴안았다. 그리고 다시 한번 다짐했다.

"요령 있게 해. 살아야 하니까."

소녀가 처음으로 고개를 끄덕거렸다.

"이름이 뭐지?"

"여옥이에요."

감정이 없는 가냘픈 목소리였다.

"성은?"

"윤……."

"또 올게. 다음에 올 때는 맛있는 거 가져올게."

그는 일어섰다. 어느새 정이 들어 버렸는지 여옥의 눈이 애처롭게 그를 올려다보았다.

문을 열고 나가자 일인 상등병이 하나 서 있었다. 몹시 성이 난 표정이었다.

"이 새끼야, 굴을 파고 왔냐? 왜 그리 길어?"

상등병은 대치를 한 방 걷어차고는 안으로 들어갔다. 그리고 문을 거칠게 닫아 버렸다.

대치가 여옥과의 첫 상봉을 이렇게 끝낸 데 반해 권동진은 사정이 좀 달랐다. 그것은 어쩔 수 없는 일이었다고는 하나 지금까지의 동진의 성격이나 행동으로 볼 때는 의외라고 할 수 있는 그런 것이었다. 더구나 그는 숫총각이었다. 그런데 그것을 과감히 버린 것이다. 어떻게 보면 절망적인 몸부림에서 비롯된 파괴의식이 그를 순간적으로 지배했다고 볼 수도 있었다.

　오오에 오장이 그를 끝까지 물고 늘어졌기 때문에 동진은 빠질 수가 없었다.

　"오늘 네 동정을 바쳐라. 아직 그런 걸 가지고 있다는 건 우리 황군의 수치다. 그걸 버리지 않으면 자지를 잘라 버리겠다!"

　농담 같이도 들렸지만 워낙 잔인한 사내다. 그에 대한 공포감이 극도에 달한 동진은 몸이 오그라드는 것만 같았다.

　그의 그 소가죽 같이 질긴 고집에도 한계가 있었다. 몸이 지탱하기 어려울 정도로 쇠약해지고 정신적 위축감이 거의 발작 직전까지 자신을 몰고 가자, 그의 고집은 요즘 들어 차차 꺾이기 시작하고 있었다. 이 거대하고 무자비한 군대조직을 생각할 때 자신의 저항이 얼마나 미약하고 보잘 것 없는 것인가를 그는 비로소 깨닫고 있었던 것이다.

　오오에는 동진을 밖에 세워두고 먼저 방안으로 들어가 일을 치렀다. 무수한 여자들을 능욕한 솜씨인 만큼 그는 성교시간을 상당히 오래 끌었고 또 그것을 철저히 음미했다.

　고통에 일그러진 여자의 신음 소리를 밖에서 들으면서 동진은 초조하게 서 있었다.

한참 후 방을 나온 오오에가 땀을 닦으면서 만족한 표정으로 말했다.

"죠센징 계집은 특별한 맛이 있단 말이야. 자, 이번에는 네 차례다. 총각 딱지를 당장 버려. 하는지 안 하는지 소리만 듣고도 알 수 있으니까 알아서 해."

동진은 울상이 되어 방안으로 들어갔다. 어둠침침한 방안에 벌거벗은 여자가 사타구니 사이를 손으로 누르면서 울고 있는 것이 보였다.

"권동진 이등병입니다."

그는 모자를 벗으면서 떨리는 목소리로 말했다. 여자가 고개를 들고 그를 바라보았다. 무척 순박하게 생긴 납작한 얼굴 위에 애소어린 표정이 담겨 있었다. 동진은 자신이 난처한 입장이었기 때문에 동족(同族)이 이러한 희생을 당하고 있다는 사실에 같이 슬퍼하거나 분노를 느낄 여유가 없었다. 다만 어떻게 이 일을 무사히 끝내느냐 하는 것만이 그의 머리를 꽉 채우고 있었다. 여자 경험이 없는 그에게는 나체의 여인이야말로 두려운 존재가 아닐 수 없었다. 피투성이가 되어 있는 하체를 보자 비참하다는 생각보다는 더욱 무서운 느낌만이 들었다. 오오에 오장이 밖에 지키고 있는 이상 피할 수도 없었다.

그가 이러한 생각을 하고 있을 때 여자는 전혀 다른 감정을 느낀 모양이었다. 상대가 조선말을 하자, 그녀는 울음을 그치고 병사를 뚫어질 듯이 바라본 것이다. 조선 남자를 만났다는 사실이 그녀를 놀라게 한 것이 분명했다. 일본 군인들에게 짓밟힐 대로 짓밟힌 그녀에게는 조선 청년이야말로 큰 위안이 아닐 수 없었다.

"괜찮겠습니까?"

동진은 여자에게 물었다. 여자는 놀란 듯이 그를 바라보기만 했다. 동진은 여전히 울상이 되어 서 있다가 머뭇머뭇 허리띠를 풀었다.

"용서하십시오. 저는 하고 싶어서 여기 온 게 아닙니다. 명령이니까 할 수 없어서 온 겁니다. 용서하십시오."

여자의 얼굴이 일그러지는 것 같았다. 기대했던 것이 무너져버림으로서 새로운 공포감이 그녀를 휩싸는 것 같았다.

동진은 바지를 붙잡고 서서 그녀를 내려다보았다.

"해도 괜찮겠습니까?"

"아파서 죽겠어요."

전혀 말을 할 것 같지 않던 여자가 울음 섞인 소리로 말했다.

"미안합니다. 아프지 않도록 해 보겠습니다. 저는 곧 나가야 합니다."

동진의 목소리는 호소에 가까웠다. 여자는 모로 쓰러지더니 흐느껴 울기 시작했다.

동진은 빨리 해야 한다는 생각에서 바지를 밑으로 내렸다. 놀랍게도 성기가 뻣뻣이 서 있었다.

그는 콘돔을 사용하는 것도 잊은 채 엉거주춤 엎드리면서 여자의 몸을 바로 눕혔다. 머리가 어지럽고 손이 덜덜 떨렸다. 그는 보지도 않은 채 한쪽 손으로 여자의 하복부를 더듬었다. 그러자 끈적거리는 것만 묻을 뿐 마음대로 되지가 않았다. 엎드려 있는 것도 힘이 들어 그는 끙끙거렸다.

"어떻게 좀 협조해 주십시오."

급기야 그의 입에서 이런 말이 나왔다. 이 말에 여자는 흐느낌을 멈추고 몸을 움직거렸다.

성기에 이상한 자극이 가해진다고 생각하자 그는 몇 번 몸을 껑충거렸다. 동시에 그의 머리 속은 자신이 이제 짐승이 되었다는 생각으로 가득 찼다.

일은 순식간에 끝났다. 몇 번 껑충거리던 그는 사정이 되려고 하자 움직임을 멈췄다. 꼭 오줌을 쌀 것만 같았다. 조심스럽게 다시 움직이자 금방 뜨거운 것이 쏟아져 나오고 말았다. 그는 미안하고 송구스러워서 움직임을 멈추고 가만히 여자의 눈치를 살피다가 슬그머니 몸을 일으켰다.

"미안합니다."

그는 정말 미안한 심정이 되어 말했다. 여자는 아무 반응이 없이 그대로 누워 있었다. 그제야 그는 비로소 여자의 비참함을 깨달았다.

"잊지 않겠습니다."

동정을 버린 남자의 고백 같은 것이라고나 할까. 그는 낮은 음성으로 우울하게 말했다.

"이름이라도 알고 싶습니다. 저는 권동진 이등병입니다만……."

그가 간절히 말했지만 여자는 대답하지 않았다. 그는 여자의 침묵에 불안감을 느끼면서 밖으로 나왔다. 오오에가 그를 보고 웃음을 흘렸다.

"했나?"

"네, 했습니다."

"물이 나왔어?"

"네, 나왔습니다."

"됐다. 이제 너는 남자 구실을 할 수 있게 됐다. 나한테 감사해야 한다."

오오에는 주먹으로 동진의 어깨를 툭 쳤다.

"네, 감사합니다."

"기분은 어떤가?"

"좋습니다."

대치는 호주머니 속에서 건빵과 호떡, 그리고 설탕봉지를 여옥이 앞에 꺼냈다. 그것을 보자 여옥은 놀랐다. 이윽고 그 놀라움은 감동으로 변했다. 대치 이등병은 호떡을 잘라 그녀 입에 넣어 주었다.

"먹어, 시내에 나갔다가 사왔지."

이제 다섯 번째 오는 것이었지만 이 조선인 학도병은 더할 수 없이 다정하고 친절했다. 그녀는 목이 메어 입을 놀릴 수가 없었다. 그에게 감사하다는 말을 해야겠는데 말이 전혀 나오지가 않았다.

첫번째 왔을 때 그냥 돌아간 대치는 두번째에도 그녀를 손대지 않았다. 세번째, 네번째에도 그랬다. 이 특이한 조선인 학도병에게 여옥의 마음이 쏠리기 시작한 것은 당연했다. 조선 출신 병사들이 더러 있긴 했지만 대치만큼 그녀를 위해 주는 사람은 없었다. 이 사실이 그녀에게 크나큰 위안이 되었다.

첫날 수십 명의 남자들을 받았을 때 여옥은 자신이 그날로 죽는 줄만 알았다. 견디어낼 것 같지가 않았다. 그녀는 세번이나 기절했었고, 며칠 동안 걸음조차 옮길 수가 없었다.

위생병이 와서 매일 국부에 무슨 약인가를 발라주곤 했다. 며칠이 지나자 조금씩 걸을 수가 있었고 고통도 덜했다. 첫날처럼 그렇게 많은 병사들이 집단적으로 몰려들지를 않고 틈나는 대로 자유롭게 두세 명씩 찾아들었기 때문에 기절을 한다거나 하는 일도 없어졌다.

그러나 주변의 움직임을 의식하면서부터 그녀는 죽어 버리고 싶은 마음이 하루에도 몇 번씩 일곤 했다. 하지만 마음대로 되지가 않았다. 꼭 살아야 한다는 대치 이등병의 격려가 세차게 가슴을 두드리곤 했다. 실로 모진 목숨이었다. 앞날을 생각하면 어둠과 절망뿐이었다. 그런 가운데서 대치 이등병의 존재는 어느새 이 가련한 소녀에게 크나큰 의지가 되고 있었다.

"잡수세요."

그녀는 혼자 먹기가 미안해서 대치에게도 권했다.

"난 먹었어. 방이 좀 추운 것 같은데……."

"괜찮아요. 좀 있으면 따뜻해져요."

그녀는 대치의 얼굴을 똑바로 쳐다보았다. 짙은 눈썹과 강렬히 쏘는 듯한 눈매가 유난히 뛰어나 보였다. 두꺼운 입술이 꾹 닫혀 있을 때는 강인한 인상을 풍겼다. 아직 한 번도 웃은 적이 없는 얼굴이었다. 그런데도 그의 행동이나 말씨는 언제나 친밀감을 주고 있었다.

불현듯 그녀는 대치 이등병에게 안기고 싶어졌다. 첫날의 그 뜨거웠던 포옹을 잊을 수가 없었다. 무수한 남성들에게 처참히 짓밟혔던 그녀에게 있어서 그때의 포옹은 하나의 구원과도 같은 것이었다. 그녀와 함께 울어 주었던 대치 이등병의 그 비통한 울음 소리는 그날 밤 얼마나 오랫동안 그녀의 귓가를 울려 주었던가.

여옥은 호떡을 먹다 말고 눈물을 주르륵 흘렸다.

"왜, 왜 그래?"

대치가 손을 잡아주며 묻자 그녀는 고개를 숙이고 흐느껴 울었다. 대치는 더 묻지 않고 그녀를 품에 깊이 안았다. 뜨거운 체온이 그들을 하나로 묶었다.

여옥은 대치의 가슴속으로 더욱 파고들었다. 이분은 왜 나를 갖지 않을까 하고 그녀는 생각했다. 나를 너무 가엾게 생각한 때문일까. 아끼고 싶어서 그런 것일까.

여학교까지 다닌 총명한 소녀였던 만큼 그녀는 자신의 육체가 찢길 대로 찢겨 썩어갈 것이라는 것을 잘 알고 있었다. 그 전에 내 모든 것을 진심으로 이분에게 바치고 싶다— 그녀는 대치의 가슴에 안겨 울면서 이렇게 생각했다. 자신의 몸은 이제 아낄 것이 하나도 없는 쓰레기 같은 것이었다. 벌써 수십 명의 남자들이 거쳐 간 몸이었다. 대치 이등병에게 주려고 해도 그녀는 줄 것이 없었다.

그러나 몸은 비록 짓밟혔어도 한쪽 구석에서 떨고 있는 보석 같은 빛이 있었다. 이것이 사랑의 빛이라는 것일까. 그녀는 그것을 빼낼 수만 있다면, 그것을 빼내어 대치 이등병에게 모두 바치고 싶었다. 그녀는 진정으로 몸과 마음을 그에게 주고 싶던 것이다.

대치의 완강한 팔이 그녀를 힘껏 껴안았다. 괴로운 듯 그의 숨결이 거칠어지고 있었다. 그는 여옥의 눈을 들여다보았다. 눈물 맺힌 그녀의 큰 눈이 갈구하듯 그를 바라보고 있었다. 이 여자는 나를 바라고 있구나. 이처럼 진실을 담은 눈을 본 적이 없다. 그녀가 육체의 욕구에 몸을 떨고 있다고는 전혀 생각되지 않았다. 그녀가 그럴 수 없다는 것은 그 자신이 너무나 잘 알고 있었다.

아름다운 눈이다. 그런데 이 아름다운 눈이 언제까지 지탱할까. 그는 여옥의 몸을 쓰다듬었다. 허리로부터 엉덩이로 손이 움직이는 동안 그는 그 부드러운 감촉에 머리가 뜨거워졌다. 참고 참았던 욕구가 그를 더 이상 못 견디게 만들었다.

그녀를 아껴주고 싶은 마음과 그녀를 진정으로 차지하고 싶은 욕망이 뒤엉켜 그는 거의 정신을 차릴 수가 없었다. 그가 쓰러진 그녀의 옷자락을 헤치려고 하자 그녀는 기다렸다는 듯이 옷을 벗었다.

"괜찮을까?"

그의 걱정스런 물음에 그녀는 고개를 끄덕거렸다. 그는 옷을 벗고 콘돔을 꺼내들었다. 그러자 그녀가

"싫어요! 그건 싫어요!"

하고 말했다.

"임신하면 어떻게 하려고?"

"괜찮아요! 그래도 괜찮아요!"

그녀는 절망적으로 소리쳤다.

놀란 대치는 그녀를 바라보다가 와락 그녀에게 달려들었다. 그리고 정신없이 그녀를 부둥켜안았다.

그녀의 육체는 더없이 탄력이 있었고 감미로웠다. 그는 그녀가 고통을 느낄까 봐 격정을 누르면서 조심스럽게 그녀의 육체를 열어 나갔다. 여옥은 그를 받아들일 자세가 되어 있었으므로 손을 뻗어 힘껏 그를 안았다.

그녀는 대치 이등병에게 정성을 다했다. 때문에 하복부에 더욱 고통이 왔다. 그러나 그녀는 그런 내색을 하지 않고 그 고통을 참았다.

사랑이라고 한다면 너무도 비극적인 사랑이었다.

전쟁터에서 동족인 남녀가 한 사람은 병정으로서 또 한 사람은 위안부로서 서로를 주고받게 되었으니 비극이 아닐 수 없었다. 일이 끝났을 때 여옥은 그의 품에 안겨 또 울었다. 그러나 그 것은 슬픔 끝에 나온 것이 아니었고, 감격에 겨워 나오는 눈물이었다.

비극적인 사랑은 동진의 경우에도 있었다.

그가 처음 관계했던 여자는 봉순(鳳順)이라고 하는 19세의 위안부였다. 대치가 여옥을 아껴준 것과는 달리 동진은 반대로 봉순이로부터 아낌을 받았다.

처음 약속했던 대로 그는 자기의 동정을 바친 여자를 잊지 않고 찾아갔다.

그로서는 의외였고 큰 변화라고 할 수 있었다. 처음에는 같은 조선 여자가 불쌍해서 위로도 할 겸 찾아간 것인데, 그 방문 횟수가 늘어나면서 그는 그녀를 만난다는 것에 큰 위안을 느낀 것이다.

순박한 시골 처녀인 봉순이는 성품이 차분하고 너그러워서 모든 것을 운명으로 받아들이고 체념해 버렸다. 그래서인지 그녀는 그 누구보다도 빨리 위안부 생활에 적응해 갔다.

현재의 역사적 상황을 인식할 능력이 없는 그녀로서는 자기의 삶의 전부로 정해져 있는 사각의 좁은 방을 유일한 안식처로 생각하게 되었고, 그런 나머지 자기 취미에 맞게 방을 치장하고 화대를 한푼 두푼 열심히 모아나갔다. 그리고 순진하고 약하디 약한 조선 출신 학도병 하나를 누나처럼 여유 있게 받아들인 것이다.

동진 쪽이 나이가 몇 살 더 많았지만 생각하는 것이나 행동하는 것은 오히려 여자보다 더 어렸다. 그는 봉순의 품에 안겨 우는 때가 많았다. 슬플 때는 언제나 그녀를 찾아가서 울곤 했다.

그가 마음놓고 울 수 있고 하소연할 수 있는 곳은 봉순이의 방 뿐이었다.

울고 있는 그를 보면 봉순이도 눈물이 나왔다. 그들은 언제나 헤어지기 전에 급히 일을 치르곤 했다. 그것도 봉순이가 그를 끌어당기는 식으로 해서 이루어지곤 했다. 일단 그렇게 되면 동진은 모든 것을 잊겠다는 듯 껑충껑충 뛰었다. 사정하는 데는 처음처럼 수분밖에 안 걸렸지만 그는 차츰 그 짜릿한 흥분을 음미할 줄도 알게 되었다.

어느 날 동진은 봉순에게 자신의 사랑을 고백했다. 진지하게 그는 거기에 대해 그 나름의 이론을 편 다음 그것을 고백한 것이다.

"사랑이란 고난에 처해 있을 때 가장 빛나는 것이라고 생각합니다. 우리는 지금 말할 수 없는 고난 속에 처해 있습니다. 이 고난을 이겨내는 데는 사랑의 힘이 필요합니다. 우리가 사랑해서는 안 될 이유가 어딨습니까? 나는 봉순 씨를 사랑할 자격이 있습니다. 우리가 헤어질 때 우리는 사랑의 힘을 잃게 되기 때문에 이 고난을 이겨내지 못 하게 됩니다. 도스토예프스키의 「죄와 벌」이라는 소설을 읽어 보셨는가요?"

"아니오. 저는 학교에 못 다녔어요."

그녀는 눈을 꿈벅거렸다. 그러나 자기를 이토록 좋아하는 남자가 있다는 사실에 내심 감동하고 있었다.

"아, 그렇지요. 좋습니다. 사랑에 학벌 같은 게 무슨 소용이 있습니까? 사랑이란 가장 순수하고 본질적인 거 아닙니까? 사랑하는 사람들은 무엇을 따지지 않습니다. 속이지도 않고 욕심을 부리지도 않습니다. 함께 슬퍼하고 함께 기뻐합니다. 이것이 순수한 사랑입니다. 이제부터 우리들의 사랑을 막을 자는 아무도 없습니다. 천황이라 하더라도……."

완전히 일방적인 고백이었다. 그러나 봉순이는 그것을 받아들였다.

절망적인 상태에 빠졌던 동진에게 있어서 봉순이야말로 이제 구원의 빛과도 같은 것이었다. 그녀에게 온갖 정성을 쏟음으로서 그는 위안을 얻고 희망을 바라게 되었다.

그러나 그에게 새로운 고민이 생기게 되었다. 그것은 역시 오오에 오장 때문이었다.

중국군의 공세가 치열해짐으로써 전 중국전선에서의 일본군은 점령지를 방어하는 데에도 힘에 부치게 되었다. 전세는 교착상태에 빠졌다가 점점 열세에 몰리게 되었고, 따라서 전진은 없어지고 방어만이 있게 되었다.

병사들은 전선을 숨가쁘게 뛰어다니는 대신 점령지에 주둔하여 언제 나타날지 모르는 중국군을 기다리며 무료한 나날을 보내야 했다. 이 때문에 잠자리가 항상 같았고, 여기서 파생되는 문제가 동진과 오오에 오장 사이에서 가장 심각하게 드러나게 된 것이다.

극도의 성적 폭행에 탐닉한 나머지 성도착(性倒錯)증세에까지 빠져들어간 오오에 오장은 그것에도 만족할 수가 없어 급기야 동성애(同性愛)를 찾기 시작했다. 그런데 그 대상이 바로 동진이었다. 오오에에게 있어 동진이야말로 가장 만만한 상대였고 또한 여자처럼 약해 보이는 동진의 모습이 그를 충동질한 것이다.

오오에는 언제나 동진을 불러 그의 옆에서 자게 했다. 그리고 모든 사람이 잠들었다고 생각되는 순간 동진에게 덤벼들었다.

동진으로서는 이거야말로 기합보다 더 고통스러운 것이었다. 무엇보다도 징그럽고 섬뜩했다. 처음 오오에의 손이 그의 성기에 닿았을 때 동진은 기절초풍할 정도로 놀랐다. 그가 피하려고 하자 오오에는

"이 새끼, 죽고 싶어? 꼼짝하지 마."

하고 위협했다. 오오에의 입술이 그의 입술을 덮치고, 또 그로 하여금 오오에의 성기를 만지게 했을 때 동진은 숨이 막혀 질식할 것만 같았다.

두번째 밤에 오오에의 성기는 마침내 동진의 항문을 찢어 놓고 말았다. 밤마다 이런 고통이 계속되었고, 이를 눈치챈 병사들은 오오에가 없을 때마다 동진을 놀려대곤 했다.

이렇게 오오에의 애인이 됨으로서 기합은 받지 않게 되었지만, 동진의 고통은 말할 수 없이 컸다. 항문이 째지는 바람에 움직이는데 불편할 뿐만 아니라 구역질이 나서 식사를 할 수가 없었다. 밤이 되는 것이 무엇보다도 두려웠다.

오오에는 특히 파견 나갈 때에는 꼭 동진을 데리고 갔다. 그리고 무슨 수단을 써서든지 단둘이 있게 한 다음 옷을 벗고 노골적으로 이상한 짓을 강요했다. 일단 동성애에 맛을 들인 오오에는

필사적이었다.

동진은 누구에게 하소연할 수도 없었고, 싫다고 거절할 수도 없었다. 이제 동진에게 있어서 오오에는 악마이자 보호자였다.

봉순이와의 관계로 하여 어느 정도 마음의 위안을 찾게 되었던 동진은 다시 전처럼 발광 직전에 놓이게 되었다. 그의 몸무게는 50킬로에서 뚝 떨어져 45킬로까지 내려갔다.

이름 없는 별

장하림은 단기간의 교육을 받은 후 북만주에 주둔하고 있는 관동군(關東軍) 특별지대(特別支隊)에 배치되었다.

관동군이라고 하면 일본군 중에서도 최강을 자랑하는 60만 정예부대라고 할 수 있었다. 따라서 하림은 처음부터 지독한 고생을 겪지 않을 수 없었다. 다행히 위생병이었기 때문에 보병처럼 직접 위험을 겪지 않아도 되었지만 상관에게 눈이 빙빙 돌아갈 만큼 기합을 받는 등 심한 고생을 겪는 것은 마찬가지였다.

더구나 북만주의 추위는 견디기 어려울 정도로 혹독했다. 손발이 얼어터지는 것은 보통 있는 일이었고 코피까지 흘리는 때도 있었다.

눈이 한번 내리기 시작하면 지붕 위까지 쌓여 버릴 때가 많았다. 이런 추위에서는 아무리 독한 관동군이라 해도 전투를 할 수가 없었다. 추위가 몰아치면서부터 관동군은 어쩔 수 없이 동면에 들어가 있었다. 그러나 관동군보다 더 지독한 것이 중국군이었다. 북방의 추위에 익숙한 중국군들은 스키를 타고 게릴라 전법으로 동면에 빠져 있는 관동군을 기습하곤 했다. 관동군은 각 점령지의 둘레에 참호를 파고 밤이나 낮이나 중국군의 기습에 대비해야 했다.

혹독한 추위와 함께 무서운 것이 바람이었다. 차가운 바람은 사람의 피부를 할퀴듯이 매서웠다. 바람이 멈추는 날은 거의 없었다. 눈이 오지 않는 날은 바람을 탄 붉은 황토빛 먼지가 대지를 휩쓸었다. 멀리 지평선 끝에서 몰려오는 흙먼지는 흡사 수십만 대군이 밀려오는 것 같은 착각을 일으키게 했다. 일단 대지가 먼지에 쌓이면 지척을 분간할 수가 없었다. 보초병들은 먼지를 막을 수 있는 특수 안경을 끼고 보초를 서야 했다.

그날은 이상하게도 바람 한 점 없는 날이었다. 밤이 되자 달빛이 대지를 환하게 비췄다. 달빛이 눈에 부딪치자 대지는 창세기의 적막 같은 신비감에 빠져들고 있었다.

하림이 속해 있는 관동군 특별지대는 적의 출몰이 잦은 최전방 점령지구에서 선무공작을 담당하고 있었다.

그래서 하림은 중국 민간인들과 접촉하면서 그들을 치료하는 일에 바쁜 나날을 보내고 있었다. 밤이 되면 그 기나긴 시간을 뒤척이면서 그는 지난 일들을 생각했다.

그날 밤도 그는 침대 위에 누워 생각에 잠겨 있었다. 창문으로는 달빛이 흘러들어 그의 마음을 울적하게 해 주고 있었다.

민가 하나를 점유해서 쓰고 있는 이 파견 의무대에서 하림은 제일 졸병이었다. 그래서 외출도 못한 채 항상 의무대를 지키고 있어야 했다. 졸병 두 서너 명만을 남겨둔 채 장교와 고참병들은 으레 저녁이면 술을 마시러 가거나 여자를 낚으러 갔다. 2주일이 넘도록 전투 한번 없었기 때문에 의무대 요원들은 요즘 들어 부쩍 나태해져 있었다.

하림은 창가에 다가서서 달을 바라보았다. 어머니 얼굴이 떠올랐다. 곧이어 가쯔꼬의 모습이 나타났다. 불현듯 그녀가 보고 싶어졌다.

도쿄역을 떠나던 날 그를 향해 손을 흔들던 가쯔꼬의 모습이 생각나자 그는 가슴이 뭉클해졌다.

그 동안 그는 가쯔꼬를 잊으려고 일에 열중했었다. 그러나 그럴수록 그녀의 모습은 더욱 생생하게 그의 가슴을 파 들어오곤 했다.

가쯔꼬.

그는 소리 없이 그녀의 이름을 불러보았다. 그녀가 조선을 침식하고, 중국 대륙을 불지르고, 급기야 태평양전쟁까지 일으킨 군국 일본의 딸이라는 생각은 조금도 들지 않았다. 그런 것에 앞서 그녀는 한 사람 자연인으로서의 아름다운 여성이었고, 가까이는 그의 애인이었다. 그녀가 일본인이기 때문에 사랑해서는 안 될 이유는 하나도 없었다.

전쟁터에 끌려와서야 그는 비로소 자신이 얼마나 그녀를 사랑했는가를 알게 되었다. 이토록 보고 싶을 수가 없었다.

그것은 도쿄에서 불태웠던 애욕의 순간들과는 다른, 보다 심금을 울려주는 순수한 갈구와도 같은 것이었다. 보고 싶다는 것, 오직 그것뿐이었다.

그는 이별의 순간에 그녀를 냉대했던 자신을 후회했다. 꼭 그래야만 했을까. 더구나 그녀는 지금 임신중이 아닌가. 왜 나는 그렇게 도량이 좁았을까.

야마다 형사의 협박을 염두에 두었어야 했다. 그녀가 어쩔 수 없이 몸을 바쳐야 했다는 것은 물어 보지 않아도 짐작이 갔다. 그녀는 자기 입으로는 결코 그것을 해명하려고 하지 않을 것이다. 이유야 어떻든 결과적으로 나를 배반했다고 생각하고 있을 것이고, 그런 나머지 자신에 대한 질책에 몸부림치고 있을지도 모른다. 그녀가 자포자기 상태에 빠지면 결국 야마다가 바라는 대로 되는 것이다. 놈은 가쯔꼬를 데리고 놀겠지. 여기까지 생각이 미친 하림은 자신이 지금까지 두 달이 지나도록 가쯔꼬를 내버려두고 있었다는 사실에 화가 났다.

그는 책상 앞으로 다가가 램프에 불을 붙였다. 그리고 자리에 앉아 편지를 쓰기 시작했다.

가쯔꼬씨.

저에게는 지금 이만큼 불러보고 싶은 이름이 없습니다. 요즘은 매일 밤 당신의 이름을 부르다 잠이 듭니다. 당신이라고 부르는 것을 용서하십시오.

가쯔꼬씨, 불러도 불러도 당신은 대답이 없군요. 당신은 지금 괴로워하고 있겠지요. 제가 왜 도꾜역에서 그렇게 쌀쌀하게 굴었는지 지금 생각하면 몹시 부끄럽고 후회가 됩니다. 이해하시고 용서해 주십시오. 당신 집에서 있었던 그 일은 악몽으로 돌리고 더 이상 생각하지 않겠습니다. 야마다에 대해서는 오히려 감사해야 될 것 같습니다. 왜냐하면 야마다 덕분에 이곳까지 오게 된 저는 이제야 비로소 제가 당신을 얼마나 사랑하고 있는가를 깨달았으니 말입니다.

이 진정이 받아들여질 수 있다면 가쯔꼬씨, 우리들의 사랑의 열매를 낳으십시오.

이런 시국에 사생아를 낳는다는 것이 얼마나 괴롭고 힘든 일인가는 충분히 알고 있습니다. 그러나 저는 욕심을 부려보고 싶은 심정입니다. 당신과의 사랑을 보다 튼튼한 줄로 엮어버리고 싶은 심정입니다.

이 장하림은 반드시 살아서 돌아가겠습니다. 그리고 당신과 떳떳이 결혼식을 올리겠습니다.

가쯔꼬씨, 당신이 그곳에서 아기를 낳기가 두렵다면 경성으로 가십시오. 그곳이면 저의 어머님께서 당신을 따뜻이 맞이해 줄 것입니다. 어머님은 인자하시고 이해심이 많으신 분입니다…….

하림이 여기까지 편지를 썼을 때 밖에서 갑자기 요란스러운 총소리가 들려왔다. 하림은 편지를 움켜쥐고 얼른 일어났다.

창밖을 보니 멀리 눈밭으로 사람의 그림자가 새카맣게 기어오는 것이 보였다. 연달아 총성이 울렸다. 창문을 뚫고 총알이 날아왔다. 하림은 얼른 램프 불을 껐다.

피리 소리와 꽹과리 소리, 그리고 징 소리가 여기저기서 들려오고 있었다. 하림은 직감적으로 포위되었다는 것을 느꼈다.

중국군, 그 중에서도 특히 모택동 군대는 게릴라전에서 특출한 전법을 구사하고 있었다. 일단 포위를 하고 나면 중국 전래의 고전적인 악기를 동원하여 처량하게 읊어대는 것이었다. 처음에 들을 때는 아무것도 아닌 것 같지만, 그것이 걷잡을 수 없이 오래 계속되고, 거기다가 달이라도 비치는 밤이면 그렇지 않아도 향수병에 걸려 있는 일본군들은 전의(戰意)를 상실하기 일쑤였다. 일본군 중에서 투항하는 병사들이 의외로 많았다는 사실만 보아도 피리 소리 하나가 얼마나 사람의 심금을 울려주는가를 알 수 있다. 모택동 군대의 게릴라 전법은 이렇게 특출한 심리전이었다.

이런 식으로 일본군의 가슴을 울려준 다음 그들은 마치 벌떼처럼 인해전술로 공격해 들어오는 것이었다. 이야기만 들었을 뿐 처음으로 피리 소리와 꽹과리 소리를 들은 하림은 기분이 이상했다.

하림으로서는 일본군에 소속되어 있다고는 하지만 그들을 위하여 싸워야 한다는 생각은 처음부터 없었다. 그의 최대의 목적은 살아야 한다는 것뿐이었다. 이 점에서 그는 현명한 청년이라고 할 수 있었다.

일본군이든 중국군이든 그의 목숨을 노리는 자는 모두 적이었다. 도망쳐야 한다고 생각한 그는 총과 수류탄을 들고 밖으로 급히 뛰어나갔다.

중국군은 육안으로 뚜렷이 식별할 수 있을 정도로 접근해 오고 있었다. 일본군의 저항은 거의 없는 것 같았다. 마을의 중심부 쪽에서 불길이 솟았다. 방심하고 있던 특별지대 병사들은 두 조각으로 잘려 지휘계통을 잃은 것 같았다. 마을 쪽으로 모두 놀러갔으니 무기를 가지고 있을 리가 없었다.

의무대에 남아 있던 하림으로서는 무척 운이 좋았다고 할 수 있었다. 주위를 둘러보니 벌써 의무대에 남아 있던 병사들은 눈밭으로 뛰어들고 있었다. 그들과 함께 행동하다가는 몰살당할 것이라고 생각한 하림은 남쪽을 향해 뛰었다.

달빛과 눈빛 때문에 전신이 노출되었다. 은폐물이 없었기 때문에 총탄에 맞고 안 맞고는 운명에 맡길 수밖에 없었다.

총탄이 귓전을 날으는 소리가 핑핑 들렸다. 공포에 질린 탓인지 발걸음이 잘 움직여지지가 않았다. 그는 엎드려서 앞을 바라보았다. 눈 쌓인 지평선이 아득히 보였다. 눈밭은 광활하게 펼쳐져 있었다. 길이 어딘지 분간할 수가 없었다.

총탄은 좌우에서 날아오는 것 같았다. 그러나 탈주자가 혼자라는 것을 알았음인지 그렇게 집중적으로 심하게 날아오는 것 같지는 않았다. 남쪽 전방 2백 미터 가량이 뚫려 있었다. 그 선을 차단하려고 양쪽에서 팔로군(八路軍)이 밀려들고 있었다.

얼핏보기에는 흡사 개미떼가 몰려오는 것 같았다. 그만큼 어마어마한 숫자였다. 뒤를 돌아보니 의무대에는 어느새 불이 붙고 있었다. 눈밭은 온통 중국군 투성이였다.

여기서 죽다니 너무 억울하다. 항복할 수 없을까. 그러나 때가 너무 늦은 것 같다.

이렇게 밀려들어오는 상황에서 손을 번쩍 들어본들 저쪽에서 알아볼 리가 없다. 닥치는 대로 쏘아붙이고 있기 때문에 오히려 죽음을 재촉할 뿐이다. 어떻게 할까, 앉아서 개죽음 당할 수 없는 이상 가는 데까지 가보는 수밖에 없을 것 같다. 어머니, 가쯔꼬, 저를 보호해 주십시오.

다시 일어선 하림은 처참한 심정이 되어 미친 듯이 달려갔다. 조금 경사진 곳으로 올라갔을 때 중국군 몇 명이 왼쪽에서 소리치면서 달려오는 것이 보였다. 그는 반사적으로 몸을 굴리면서 수류탄을 던졌다.

"쾅!"

하는 소리가 났지만 그는 보지도 않은 채 밑으로 몸을 날렸다.

오른쪽에서 총알이 날아왔다. 눈이 퍽퍽 소리를 냈다. 하림은 오른쪽을 향하여 나머지 수류탄을 집어던졌다. 폭음과 함께 총소리가 갑자기 그치는 것 같았다.

마침 달빛이 구름에 가려 갑자기 주위가 어두워졌다. 그 틈을 이용해서 하림은 뛰었다. 들고 나왔던 총은 어디서 떨어뜨렸는지 손은 빈손이었다. 군모도 달아나 버리고 없었다. 쌓인 눈 때문에 뛰는 것이 마음대로 되지가 않았다. 그는 조금 달리다가는 쓰러지고, 조금 달리다가는 쓰러지곤 했다. 총알이 산발적으로 날아오고 있었다. 그러나 그것은 방향이 달랐다. 그는 비로소 조금 안심이 되었다.

그 추위에도 몸에서는 땀이 났다. 기어갈 때는 맹렬히 기었다. 허덕거리며 짐승처럼 기었다. 앞이 뿌옇게 보이기 시작했을 때에도 그는 기어가고 있었다. 옷은 완전히 눈에 젖어 있었다. 그것은 뻣뻣이 얼어붙었다가 다시 녹아 내리고, 움직임을 멈추면 또 얼어붙곤 했다.

부르릉 소리에 그는 눈을 떴다. 기진해서 잠깐 정신을 잃은 것 같았다. 관동군 오토바이 부대가 달려오고 있는 것이 보였다. 기관총을 장치한 삼발 오토바이가 제일 먼저 그의 앞에서 브레이크를 걸었다.

"소속이 어딘가?"

기관총 뒤에 앉아 있는 헌병 군조가 앉은 채로 물었다. 하림은 입이 얼어붙어 말이 나오지 않았다. 그는 일어서려고 했지만 무릎이 펴지지가 않았다. 그러자 운전대에 앉아 있던 상등병이 내려서서 하림에게 다가왔다.

"이 자식아, 일어섯!"

상등병의 발이 사정없이 하림의 가슴을 걷어찼다. 하림은 그제야 정신이 들어 주춤주춤 일어섰다.

"어디 소속이야?"

상등병이 거세게 물었다.

"특별지대……위생병입니다."

그는 겨우 말했다. 오토바이 부대가 앞에 모두 정렬해 있었다. 눈초리가 모두 살기에 차 있었다.

"상황은 어느 정도야?"

이번에는 군조가 물었다.

"전멸입니다."

"이 자식, 너는 왜 살아 있어? 그 꼴이 뭐야? 탈주병이구나. 처단해!"

군조는 별로 고려해 보지도 않고 가볍고 냉정하게 말했다. 하림은 전신을 부르르 떨었다. 갑자기 힘이 솟는 것 같았다.

"탈주한 게 아닙니다! 저는 위생병이기 때문에……."

"닥쳐!"

헌병 상등병이 군도를 뽑아 들고 길 한쪽으로 하림을 끌어당겼다. 하림은 비참하게 끌려갔다. 마치 도살장에 끌려 들어가는 병든 소 같았다. 그때 누군가가 그들을 불러세웠다.

"아, 잠깐, 위생병이라고 그랬지?"

말한 사람은 장교였다. 소위 계급장을 단 새파랗게 젊은 장교였다.

"네, 위생병입니다."

하림은 큰 소리로 대답하면서 호소하는 눈길로 소위를 바라보았다. 잠깐이었지만 소위의 시선이 자기를 꿰뚫어보고 있다고 그는 생각했다.

"처단하지 말고 그대로 보내라! 위생병은 지금 부족하다. 특별지대가 전멸했다면 그놈은 운이 좋은 놈이다!"

소위의 목소리는 맑고 높았다.

하림은 군조의 얼굴이 일그러지는 것을 보았다. 젊은 장교와 군대에서 잔뼈가 굵어진 직업 하사관 사이에 충돌이 일어나는 것은 흔히 있을 수 있는 일이다. 이것이 하림을 구한 것이다.

"요시! 출발!"

군조는 앞을 향해 손을 뻗었다. 그가 탄 오토바이는 앞을 향해 질풍같이 달려갔다. 다른 오토바이들도 그 뒤를 따랐다. 맨 뒤에 남은 장교가 하림을 향해 손짓을 했다. 하림은 그쪽으로 다가갔다.

"걸어갈 수 있는가?"

장교는 부드럽게 물었다. 일본말이 약간 서툴다고 느껴졌다. 조선인이구나, 그래서 나를 살렸구나. 하림은 가슴이 벅차 오름을 느꼈다. 그러나 운전병이 눈을 부릅뜨고 있어서 내색은 할 수가 없었다. 자기가 조선인이라는 사실을 꿰뚫어 본 장교의 날카로운 관찰력에 하림은 새삼 감탄했다.

"네, 갈 수 있습니다."

하림은 감정을 누르며 대답했다.

"학도병인가?"

"네."

소위는 고개를 끄덕거리더니 좀 웃는 것 같았다. 그러나 너무 순간적으로 스쳐간 것이기에 정말 웃은 것인지는 잘 알 수가 없었다. 깡마른 얼굴이 무척 날카로운 인상을 풍기고 있었다.

"길을 따라 걸어가면 아군을 만날 수 있다. 조심하도록!"

소위는 의미 있는 한마디를 던진 다음 앞을 바라보았다. 하림은 소위를 향해 경례했다.

이윽고 소위가 탄 오토바이는 멀리 사라져갔다.

하림은 그 자리에 한동안 우두커니 서 있었다. 같은 민족이라는 사실이 이렇게 감동적으로 느껴진 적은 일찍이 없었다. 소위가 아니었다면 틀림없이 처단되었을 것이다. 그 소위는 누굴까? 이름이나 알아둘 걸 너무 당황한 김이라 미처 생각을 못 하고 말았다.

하림은 흐느적거리며 걸어갔다. 총소리 하나 나지 않는 조용한 아침이었다.

특별지대는 완전히 전멸한 것이 분명한 것 같았다.

자꾸 전멸해라. 씨도 남지 말고 전멸해라. 너희들의 시체가 쌓이고 쌓이는 것을 즐거운 마음으로 보아 주겠다. 장하림은 죽지 않을 것이다.

부대를 잃은 장하림은 하르빈 주둔 관동군 의무대 본부로 소환되어 갔다. 거기서 하룻밤을 지낸 다음 그는 새로 입대해 온 다른 위생병들과 함께 하르빈에서 30킬로쯤 떨어져 있는 특수부대에 재배치되었다. 그곳은 이른바 관동군 방역급수부(防役給水部)라는 곳이었다. 이름 그대로 질병을 예방하고 급수관계를 관장하는 특수부대였다.

만주의 수질(水質)이 좋지 않았든지 아니면 생소한 땅의 생수(生水)가 몸에 맞지 않았든지 일본군 중에는 배탈이 나서 설사를 하는 환자들이 언제나 전체 수의 1할 이상을 차지하고 있었다. 이것이야말로 심각한 문제가 아닐 수 없었다. 그래서 그로 인해 일어나는 질병을 예방하고 깨끗한 물을 공급하기 위해 방역급수부란 이색적인 부대가 생겨난 것이다.

그렇지만 특수부대란 으레 창설 목적과는 달리 다르게 변질

되기 마련이다. 방역급수부도 마찬가지였다. 기구가 자꾸만 확장되더니 비밀기관처럼 경비가 삼엄해지고 출입금지 구역이 늘어나고, 극비사항 또한 늘어났다. 하림은 조선인이라 극비사항을 다루는 데서 제외되었다.

그가 일한 곳은 세균 실험실이었다. 열대지방에서의 세균의 생태를 관찰하고, 그것이 인체에 미치는 영향을 고찰하고, 그것을 이겨낼 수 있는 방법을 연구하는 그런 곳이었다. 군의장교 밑에서 그는 자신의 지식을 일체 덮어둔 채 장교가 시키는 대로 묵묵히 잔심부름만 했다. 재학중 세균학에 대해 남다른 취미가 있었던 그는 거기에 대해 상당한 식견을 가지고 있었다. 그러나 굳게 입을 다문 채 아무것도 모르는 것처럼 행동한 것이다.

그가 우려한 것은 열대지방의 세균을 연구하는 것으로 보아 혹시 방역급수부의 일부병력이 남방으로 파견되지 않을까 하는 점이었다. 그렇게 되면 자신도 십중팔구 그 속에 끼일 것이 분명했다.

남방전선(南方戰線) ─ 이름만 들어도 식은땀이 흐르는 죽음의 지옥 같은 곳이다. 남방의 여러 섬에는 이미 미군의 상륙작전이 개시되고 있어서 일본군이 전멸하거나 옥쇄하는 소식이 연달아 들어오고 있었다. 대지를 녹이는 열기, 끝없이 펼쳐져 있는 밀림, 우글거리는 병균, 생각만 해도 질식할 것 같은 기분이었다. 남방은 바로 죽음을 뜻했다. 거기에 가면 살아서 돌아온다는 보장은 없었다.

불안하고 초조한 나날이 흘러갔다. 그러던 어느 날 그는 창밖으로 쇠사슬에 묶인 사람들이 끌려 들어오는 것을 보았다. 모두 십여 명쯤 되어 보였는데 중국인과 러시아인, 그리고 조선인들인 것 같았다. 삼엄한 경비를 받으며 연병장으로 들어선 그들은 한쪽켠에 따로 떨어져 있는 붉은 벽돌건물 속으로 사라졌다.

하림은 잔뜩 의심이 났다. 방역급수부에 죄수들을 끌고 오다니 웬일일까. 이곳에 감옥을 만들 셈인가. 그럴 리는 없는 것이다. 순간 머리 속을 스쳐 가는 예감이 있었다. 그는 등골에 소름이 끼쳤다. 설마 그럴 리야……. 아니다. 이놈들은 충분히 그럴 수 있는 놈들이다. 이렇게 기구를 확대하고, 통제구역을 자꾸 늘려가고, 부대 자체를 비밀에 싸이게 하는 것으로 보아 무엇인가 무시무시한 음모가 꾸며지고 있는 것이 분명하다.

이때부터 하림은 날카롭게 주변을 관찰하기 시작했다.

그 전에 그는 쥐·고양이·개·토끼 같은 동물들이 실험용으로 사용되는 것을 보았었다. 그러나 단순한 실험으로만 알았지 그 이상을 생각해 보지는 않았었다. 지금 생각해 보니 거기에 무슨 음모가 있을 것 같았다. 끌려온 죄수들은 바로 그 동물들처럼 실험대에 오르는 것이 아닐까.

세균 배양이 단순히 열대지방에서의 방역(防疫)을 위한 것이라고 생각한 것이 잘못인 것 같았다. 사실 열대지방에서의 방역대책은 전쟁 초기에 이미 완료되어 있었다. 거기에 더러 미비한 점이 있을지는 몰라도 그 이상의 방역대책은 나올 수가 없었다. 만주 일대도 역시 마찬가지였다.

하림은 더 확실한 것을 알기 위해 촉각을 날카롭게 곤두세웠다. 그리고 붉은 벽돌건물을 줄곧 관찰했다.

며칠 후 그는 그 벽돌건물에서 들것에 실려 나오는 시체들을 보았다. 흰 보에 덮여 있었지만 그것은 분명히 시체였다.

하림은 자신의 몸이 뻣뻣하게 굳어지는 것을 느꼈다. 실험용으로 인간이 사용되고 있다면 이것은 무엇을 의미하는가. 세균전(細菌戰) ─ 그렇다. 세균전을 준비하고 있는 것이다.

하림의 이러한 관찰은 점점 사실로 굳어갔다. 죄수들이 계속 끌려왔고, 또 계속 죽어나가고 있었던 것이다.

이 전쟁이 어떻게 결말이 날지 그는 공포를 느꼈다. 어떤 명분을 가지고 시작되었든 간에 전쟁이란 가장 비인간적인 죄악이 아닐 수 없다. 여기에다 세균까지 동원한다면 이건 완전히 짐승보다 못한 자들의 싸움이라고 할 수 있다.

분노와 공포 속에서 하루하루를 보내고 있을 때 가쯔꼬로부터 편지가 왔다. 하림은 환희에 잠기면서 편지를 뜯었다.

하림씨.

편지를 쓸 자격도 없는 제가 이렇게 편지를 보내게 된 것을 용서해 주십시오. 아무 말도 해서는 안 된다고 생각하면서도 어쩔 수 없이 이렇게 편지를 쓰게 되었습니다.

당신이 떠나신 후 저는 몸부림치며 울었습니다. 차라리 모든 것을 감수했다면 이런 일이 일어나지 않았을 것이라고 후회했지만 후회한들 무슨 소용이 있습니까. 저는 당신 앞에 영원히 얼굴을 들 수 없는 큰 죄를 저지른 몸입니다. 당신과 함께 지낸 사랑스러웠던 나날들이 모두 꿈같이 생각됩니다.

당신의 편지 받고 저는 제 자신을 용서받을 수 있는 몸일까 하고 거듭 생각해 보았습니다. 당신이 저를 준열히 꾸짖어 주셨다면 차라리 저는 달게 감수했을 것입니다. 그런데 당신은 그러기는커녕 저를 사랑한다고 하셨습니다. 새삼 당신에게 존경이 갑니다. 저는 지금 몸둘 바를 모르고 있습니다. 과연 당신의 아내가 될 수 있을까 하고 생각해 봅니다만, 생각하면 할수록 자신이 서지 않고 저의 죄악이 부끄럽기만 합니다. 떠나시던 날 차창 가에 앉아 계시던 당신의 그 모습이 제 가슴을 찌릅니다.

하림씨, 저는 무어라고 제 의견을 말씀드릴 수가 없습니다. 그럴 자격도 없는 버림받은 몸입니다. 당신이 거두어 주신다면 당신의 뜻대로 따르겠습니다.

당신이 아기를 낳으라면 낳겠습니다. 당신이 살아 돌아오시리라고 저는 믿습니다. 언제까지고 당신을 기다리고 있겠습니다.

당신이 주신 편지는 제가 가야할 길을 분명히 밝혀 주셨습니다. 저는 지금 집안을 정리하고 있습니다. 그리고 경성에 계신 당신의 어머니를 찾아뵈올 준비를 하고 있습니다. 모든 것이 낯설겠지만 당신이 돌아오는 그날까지 환경에 적응하도록 노력하겠습니다. 그리고 기꺼이 조선 사람이 되도록 힘쓰겠습니다.

감히 말씀드리는 것이 허락될 수 있다면 당신에게 제 사랑을 드리고 싶습니다. 당신을 사랑합니다. 죽도록 사랑합니다. 하림씨. 제 사랑을 받아 주세요. 부디 건강하시기를 빌면서 이만 줄이겠습니다. 안녕.

하림은 편지에 입술을 대었다. 편지에 동봉해 보낸 사진을 보자 눈물이 나왔다. 그는 가쯔꼬의 사진을 뚫어지게 바라보았다. 어디서 구했는지 가쯔꼬는 조선 여자들이 입는 치마저고리를 입고 있었다. 사진을 보내려고 일부러 그렇게 입고 찍은 모양이었다.

그렇게 입고 있는 것을 보니, 영락없는 조선 여자였다. 다만 틀어 올린 머리모양이 좀 다를 뿐이었다. 좀 야윈 듯했으나 그것이 오히려 더 아름다웠다.

하림은 그녀의 사진을 속주머니 속에 소중히 간직했다. 그 사진이 자기를 지켜 주기라도 하는 듯이…….

그로부터 1주일 후 한밤중에 하림은 갑자기 전출명령을 받고 관동군 방역급수부를 떠났다. 함께 전출명령을 받은 위생병은 모두 20여 명쯤 되었고 군의장교도 세 명이나 끼어 있었다.

연병장에서 포장된 트럭에 갇힌 채 떠났기 때문에 행선지가 어딘지도 알 수가 없었다. 다른 위생병들도 모르는 것 같았다.

트럭은 모두 세 대였다. 그밖에 야전병원차가 두 대 따랐다. 앞뒤에서 헌병 오토바이 부대가 호위를 맡고 있는 것으로 보아 극비임무를 띠고 가는 것 같았다. 그래서 궁금증은 더 했고 나중에는 불안하기만 했다.

이틀째 밤에야 차에서 내렸는데 항구인 것 같았다. 뱃고동 소리가 나고 여기저기서 왁자지껄 떠드는 소리가 들려왔다. 얼핏 들으니 대련(大連)인 것 같았다.

그 순간 하림은 자기가 가장 우려하던 것이 사실로 나타났음을 알았다. 주위를 둘러보니 이미 부두에는 헌병들이 삼엄한 경계망을 펴고 있었다. 빠져나갈 구멍이라곤 없었다.

대련에 닿았다면 남방행 배를 탈 것이 틀림없다. 바로 죽음의 늪지대로 가는 것이다. 식은땀이 전신을 적셔왔다. 머리는 가서는 안 된다는 생각으로 가득 차 있었지만 몸은 사슬에 묶인 죄수처럼 묵묵히 앞으로 나아갔다.

지체하지도 않은 채 일행은 해군 수송선에 올랐다. 외부 사람과 일체 접촉을 피하기 위해 그렇게 재빨리 승선을 시킨 모양이었다.

30분 후, 해군 수송선은 남쪽을 향하여 서서히 어둠을 헤쳐나가기 시작했다. 하림은 갑판 위에 못박힌 듯 서서 멀어져가는 대륙을 멍하니 바라보고 있었다.

떨어진 꽃

권동진과 오오에의 관계가 한쪽의 강압에 의해 점점 깊어지자 두 사람 사이에는 필연적으로 무엇인가 발생할 것 같은 긴박감이 감돌기 시작했다. 두 사람 사이를 주시하고 있는 대치로서는 그 긴박감을 피부로 느끼고 있었다.

이제 광적으로 동진에게 탐닉해 버린 오오에 오장은 급기야는 동진이 봉순이 방에 출입하는 것조차 싫어하게 되었다. 질투를 한 것이다. 그러나 동진은 오오에의 말을 듣지 않고 봉순이를 만나러 다녔다. 봉순이를 사랑하고 있는 그로서는 오오에의 말이 들릴 리가 없었다.

동진이 이렇게 배짱을 부린 데에는 또한 오오에 오장이 전처럼 그렇게 자기를 기합 줄 수 없다는 사실이 크게 작용하고 있었다고 할 수 있다. 사실 오오에는 동진과 동성애 관계를 가진 뒤부터는 그를 기합을 주기는커녕 오히려 보호자처럼 감싸주기까지 하고 있었다. 백팔십 도로 태도가 돌변한 것이다. 그러니 동진이 오오에의 말을 들어먹을 리가 없었다. 다른 것은 어쩔수 없다 해도 봉순이 문제만은 양보할 수 없다는 것이 동진의 결심이었다.

이러한 문제로 두 사람이 팽팽히 대립되어 있던 어느 날 마침내 그 비극의 서막이 터지고야 말았다.

사건의 현장을 처음 발견한 사람은 여옥이었다. 7시쯤 일어난 그녀는 간밤에 내린 눈을 창밖으로 구경하다가 옆방의 봉순이를 불렀다. 자기보다 두 살이 더 많은 봉순이를 그녀는 언니처럼 생각하고 따르고 있었다. 세번까지 불렀지만 봉순이는 대답이 없었다. 문득 이상한 생각이 들었다. 동시에 간밤에 봉순이 방에서 들려왔던 신음 소리가 생각났다. 그것은 남자와 관계할 때의 그런 신음 소리가 아닌 이상한 신음 소리였다. 잠결에 어렴풋이 들은 것이었으므로 별로 신경을 쓰지 않았는데 이제 생각해 보니 아무래도 좀 이상한 느낌이었다. 여옥은 벽을 두드려 보았다. 그리고

"언니! 봉순이 언니!"

하고 그녀를 불렀다. 그러나 역시 반응이 없었다.

밖으로 급히 나온 여옥은 생각해 보지도 않고 문을 벌컥 열었다. 그녀가 처음 느낀 것은 피비린내였다. 곧이어 피투성이가 되어 죽어 있는 봉순이가 보였다. 여옥은 비명을 지르고 그 자리에 기절해 버리고 말았다.

옆방의 위안부들이 곧 달려왔다. 방안을 들여다본 그녀들도 모두 소리를 질렀다.

헌병이 나타난 것은 그로부터 반 시간 후였다. 부대 내에서 위안부가 살해되었다는 것은 특이한 일이었다.

그녀는 벌거벗은 채 죽어 있었는데 음부가 예리한 칼로 도려내어져 있었다. 엽기적인 살인사건이었다.

그러나 수사기관은 이 사건이 외부에 알려지지 않도록 하는 데만 힘을 썼을 뿐 범인 체포에는 별로 신경을 쓰지 않았다. 공동변소가 하나 없어졌다는 것이 일본군에게 그렇게 심각한 문제는 아니었던 것이다.

공동변소는 얼마든지 조달될 수가 있었다. 따라서 이런 사건을 굳이 캐어 병사를 처단하는 것은 유쾌한 일이 못 되었다. 그럭저럭 수사하는 체하다가 묵살해 버리기 일쑤였다.

그러나 문제는 의외의 방향에서 터져나왔다. 동진이 문제를 일으킨 것이다. 봉순이 살해되자, 그는 거의 제정신이 아니었다. 침식을 잊고 거의 넋이 빠진 것 같았다.

오오에는 갑자기 동성애 관계를 끊고 동진을 학대하기 시작했다. 무엇인가 긴박감이 감돌고 있었다.

그러던 어느 날, 소대원들이 점심식사를 끝내고 휴식을 취하고 있을 때 갑자기 동진이 문을 박차고 뛰어 들어왔다. 언제나 죽어지내던 그가 이렇게 맹수처럼 뛰어 들어오자, 모두가 놀랐다. 더구나 그는 대검을 꽂은 총을 들고 있었다.

"꼼짝 마라!"

병사들이 일어서려고 하자 동진은 고함을 질렀다.

"모두 죽여 버릴 테다!"

대치가 보니 동진은 제정신이 아니었다. 눈은 이미 뒤집혀져 있었다. 모두가 긴장된 눈으로 동진을 쏘아보고 있었다. 난로

가에 버티고 앉아 음담패설을 늘어놓다가 이 일을 당한 오오에 오장은 새파랗게 질려 있었다. 동진은 그에게 다가가더니 개머리판으로 오오에의 턱을 갈겼다. 오오에는 뒤로 벌렁 나가자빠졌다.

"동진아! 참아라!"

대치가 소리쳤지만 동진은 거들떠보지도 않았다. 달려드는 상등병을 향하여 그는 총을 발사했다. 상등병이 배를 움켜쥐고 쓰러졌다. 그것을 보자 병사들은 공포에 질려 몸을 움츠렸다. 동진은 그들을 향해 일장 훈시를 했다.

"이놈들아! 잘 들어둬! 나는 조선인이지 너희들 왜놈이 아니다! 너희들이 멋대로 군복을 입혀 나를 끌고 온 거야! 이 날강도 같은 놈들아. 네놈들은 사람의 탈만 썼지 짐승이나 같은 놈들이다! 짐승보다 못한 놈들! 도둑놈들! 왜놈의 게다짝들! 뭐라구? 천황이 어쩌고 저째? 천황 같은 게 어딨어? 네놈들한테는 천황일지 몰라도 나한테는 쓰레기 같은 놈이다. 그놈은 강도 두목이야!"

거품을 뿜으며 고래고래 고함을 지르고 난 동진은 쓰러져 있는 오오에 오장을 향해 총검을 겨누었다.

"이 후레자식아, 묻는 대로 대답해라! 네놈이 봉순이를 죽였지?"

"나는 안 그랬어. 모르는 일이야."

오오에는 와들와들 떨며 말했다. 그러나 두 눈만은 빈틈을 노려 번득이고 있었다. 동진은 총검을 앞으로 내려찍었다. 오오에가 재빨리 피했지만 총검은 그의 어깨를 깊이 찔렀다.

"아구구구, 사람 살려!"

오오에는 어깨를 싸안고 뒹굴었다.

대치는 이제 동진을 말리기에는 모든 것이 너무 늦었음을 깨달았다. 그는 눈을 부릅뜨고 동진의 행동을 지켜보기만 했다. 그러자 오오에 오장이 그에게 구원을 청했다.

"대치 이등병! 뭐하는 거야? 좀 살려 줘!"

거의 울음이 섞인 목소리였다. 같은 조선인이기 때문에 대치에게 기대를 거는 모양이었다. 그러나 대치는 움직이지 않았다. 소용없는 짓이라는 것을 그는 잘 알고 있었던 것이다. 동진이 다시 소리쳤다.

"바른대로 말하지 않으면 죽여 버리겠다! 네놈이 봉순이를 죽였지?"

"그 그 그래. 살려 줘! 살려만 주면……."

그렇게 용맹무쌍한 사나이로 알려져 있던 오오에 오장의 모습은 조금도 찾아볼 수가 없었다. 두 손을 싹싹 빌고 있는 것이 전형적인 비굴한 사나이의 모습이었다.

"왜 죽였어?"

총검이 부르르 떨고 있었다. 동진은 사실을 확인하고 나서 죽일 모양이었다.

"화가 나서 그만……그렇게 됐어."

"화가 나서 그랬다고? 이 백정놈아! 내가 네놈을 그렇게 죽여주겠다! 네놈의 자지를 잘라주마!"

동진이 오오에 오장의 복부를 향하여 총검을 내려찍은 것과 오오에가 몸을 움직인 것과는 거의 동시에 일어났다. 오오에는 역시 전쟁터에서 잔뼈가 굵은 사내였다. 상황을 재빨리 판단하여 비굴해질 때는 철저히 비굴해지고 대담해야 할 때는 대담하게 행동했다.

이렇게 교활한 사내였기 때문에 위기를 모면하는 솜씨도 대담하고 재빠른 데가 있었다. 여기에 비해 동진은 나약한 청년이었다. 증오심에 불타 목숨을 내걸고 달려들었지만 그의 행동은 역시 느리고 허점이 많았다.

오오에 오장이 벌겋게 달아오른 석탄 난로를 걷어차자 불이 동진의 몸으로 쏟아졌다. 뿌연 연기가 연막처럼 퍼지는 사이에 오오에는 어느새 도망쳐 버렸다. 동진은 총을 난사하면서 그 뒤를 따라나갔다. 그 뒤를 또 병사들이 우르르 몰려나갔다.

불이 붙은 막사에서 검은 연기가 치솟아 올랐다. 부대는 순식간에 수라장이 되고 말았다. 여기저기에서 호각 소리가 나고, 장교들은 불을 끄라고 고래고래 고함을 질러댔지만 병사들은 오오에와 동진이 벌이는 곡예를 보느라고 정신이 없었다.

오오에는 피가 흘러내리는 어깨를 한 손으로 움켜쥐고 필사적으로 도망치고 있었다. 그 뒤를 동진도 절룩거리면서 따르고 있었다.

그들은 연병장을 한 바퀴 돈 다음 밖으로 뛰어나갔다.

그들은 벌판을 달려갔다. 동진은 오오에의 적수가 아니었다. 두 사람 사이는 차차 멀어지고 있었다.

초소를 지키는 사병 두 명이 사살하지 말라는 지시에 따라 세퍼드 두 마리를 앞세우고 급히 벌판으로 뛰어갔다.

대치는 철조망 앞에 서서 절망적인 눈으로 동진을 바라보았다. 셰퍼드 두 마리가 동진에게 달려들었을 때 그는 차마 더 이상 볼 수가 없어 고개를 돌려 버렸다.

셰퍼드 한 마리가 다리를 물어뜯자 동진은 그 자리에서 쓰러지고 말았다. 다른 한 마리가 총을 들고 있는 그의 팔을 물었다.

동진은 자살하려고 총구를 자신의 얼굴 쪽에 돌리고 방아쇠를 당겼다. 그러나 개가 팔을 물어 흔드는 바람에 빗나가고 말았다. 훈련이 잘 된 군견(軍犬)들은 총소리에 놀라기는커녕 더욱 맹렬하게 그를 물어뜯었다. 뒤늦게 달려간 병사들이 동진의 총을 빼앗고, 피투성이가 되어 있는 그의 두 손을 뒤로 돌려 밧줄로 꽁꽁 묶었다.

혀를 깨물어 자살할지 도 몰랐기 때문에 입에도 자갈을 물렸다. 동진은 끌려오면서도 발버둥을 쳤다.

막사는 불타오르고 있었다. 전 부대병력이 진화 작업에 나서고 있었지만 불은 잡힐 기미를 보이지 않았다. 두 시간 뒤 막사 하나를 모두 태우고서야 불은 꺼졌다.

이 사건은 사단본부에까지 알려져 군간부들에게 상당한 놀라움을 불러 일으켰다. 하극상 사건인데다 병사 하나가 사살되고 막사 하나가 전소되었으니 놀랄만하기도 했다. 그러나 군간부들을 우려케 한 것은 무엇보다도 사고를 일으킨 병사가 조선 출신 학도병으로서 천황폐하를 노골적으로 모독했다는 사실이었다. 그렇지 않아도 조선 출신 학도병들 가운데서는 탈주자가 늘어가고 있었다. 이를 막기 위해 탈주자는 체포하는 대로 현장에서 즉결 처분하고 있었다. 그러나 탈주자는 자꾸만 늘어나고 있었다.

탈주자가 늘어난다는 것은 무엇보다도 군 사기 면에서 지대한 영향을 끼치는 일이었기 때문에 일본군 당국으로서는 큰 골칫거리가 아닐 수 없었다. 그런 판에 이번에는 조선 출신 학도병이 상상도 할 수 없는 엄청난 짓을 저지른 것이다. 이것이 조선인 학도병들 사이에 저항의 횃불 같은 것이 되어서는 안 되었다. 각 부대에는 현재 조선인 학도병뿐만 아니라 일반병들의 수가 날로 증가하고 있었다. 무기를 직접 쥐고 있는 이들이 단결해서 반란이라도 일으키면 큰일이었다. 그렇지 않아도 각 부대의 조선인 병사들은 권동진의 행동을 전해듣고 자못 술렁거리고 있었다. 이에 무슨 일이 벌어지기 전에 단호한 조치를 내려야 한다는데 군간부들의 의견이 일치했다.

이런 마당에 동진이 왜 하극상 사건을 일으켰는가 하는 이유 따위가 고려될 리는 조금도 없었다. 동진은 입을 틀어막힌 채 창고 속에 갇혀졌고, 오오에 오장은 야전병원으로 후송되었다.

그날 저녁식사 직후 대치는 중대장실을 찾아갔다.

"무슨 일이야?"

늙은 중대장은 이맛살을 찌푸리며 물었다. 군대에서 청춘을 다 보낸 이 전형적인 일본인 장교는 피로한 기색이었다.

"부탁이 있어서 왔습니다."

"말해 봐."

"권동진 이등병을 한 번만 면회하게 해 주십시오."

"뭐라고?"

그제야 대위는 대치의 얼굴을 찬찬히 바라보았다.

"너도 죠센징인가?"

"네, 그렇습니다."

"건방진 놈이구나. 너희들 죠센징 놈들 때문에 우리 부대가 말이 아니게 됐어. 당장 나가!"

대위는 일어서서 주먹으로 대치의 얼굴을 후려갈겼다. 그러나 대치는 물러서지 않았다.

"부탁입니다. 저하고는 친한 친구이기 때문에 마지막으로 한 번 만나보고 싶습니다. 부탁합니다."

"이 자식, 어지간히 고집이 센 놈이구나. 빨리 나가, 귀찮다."

"한 번만 부탁합니다."

"어, 이 자식 봐라. 이상한 짓하는 건 아니지?"

"아닙니다. 그냥 마지막으로 보고 싶어서……."

"지금은 내 소관이 아니야. 헌병대에서 와 있으니까 거기에 부탁해야 돼."

이렇게 말한 대위는 무슨 생각이 들었는지 밖에다 대고 소리를 질렀다. 연락병이 오자 대위는 헌병을 데려오라고 지시했다. 조금 후에 헌병 군조가 나타났다.

"군조, 이놈을 데리고 가서 그 사고병 면회를 시켜."

대위가 엄하게 말했다. 시커먼 얼굴에 키가 작은 헌병 군조는 험한 눈길로 대치를 힐끗 바라보고서 말했다.

"시간이 없습니다. 곧 집행입니다."

"5분간만 면회시켜!"

대위가 잘라 말하자 군조는 더 이상 항의하지 않았다.

밖으로 나온 군조는 다른 헌병 한 명에게 지시를 내렸다. 대치는 그 헌병을 따라 연병장을 가로질러 갔다. 창고 앞에 헌병 두명이 보초를 서고 있었다. 안으로 들어가니 거기에도 헌병 두명이 감시를 하고 있었다. 대치를 보자 그는 눈물을 주르륵 흘렸다. 곧 집행이 있을 예정인지 헌병이 동진의 입에서 자갈을 풀어 주었다.

"할말 없나?"

대치는 격해 오는 감정을 억누르며 물었다. 목청을 울리는 소리가 꺼끌꺼끌하다고 느꼈다. 동진은 고개를 숙이고 있다가 담담한 목소리로 말했다.

"나에 대해 묻는 사람들에게······내가 비굴하게 죽지는 않았다고 말해 줘. 나중에 우리 부모님을 만날 기회가 있으면 네가 위로해 줘. 그 동안 너에게 미안했다. 네 말을 들었다면······ 좀 달라졌겠지. 그러나 후회는 하지 않는다."

"오히려 내가 미안했다. 용서해라."

대치는 목이 메어 더 말이 나오지 않았다.

손을 뒤로 묶고 있어서 악수도 할 수 없었다. 대치는 동진처럼 무릎을 꿇었다. 그리고 두 손을 들어 그의 어깨를 짚었다. 이윽고 그는 동진의 가냘픈 어깨를 껴안았다. 동진도 상체를 안겨왔다.

"내가 죽으면 봉순이와 함께 묻어 줘."

대치는 고개를 끄덕였다.

그들은 헌병이 떼어놓을 때까지 그렇게 몸을 붙이고 앉아 있었다. 헌병이 발로 그들을 걷어찼다.

"이 자식들, 무슨 짓들 하는 거야! 죠셍징 새끼들!"

대치는 몸을 일으키면서 눈물이 가득한 눈으로 헌병을 쏘아보았다. 그 눈초리가 두려웠던지 헌병은 시선을 피하면서 대치를 밖으로 밀어냈다. 문 입구에서 대치와 동진의 시선이 떨어질 줄 모르고 한동안 붙어 있었다. 헌병이 문을 닫아걸자 대치는 그 자리에 한동안 멍청하게 서 있었다.

그때 비상나팔 소리가 울렸다. 나팔 소리는 하늘로 높이 울려 퍼졌다.

"무장하지 말고 전원 집합!"

여기저기서 고함 소리가 들려왔다.

연병장으로 병사들이 쏟아져 나왔다. 사단 내의 여러 부대에서 차출하여 보낸 조선인 병사들까지 있었으므로 연병장은 순식간에 병사들로 가득 찼다.

곧이어 연단 양쪽에 두 개의 장대가 세워지고 거기에 등불이 내 걸렸다. 연단 위만 환하게 밝혀졌다.

이윽고 소란스러움이 뚝 그치고 긴장이 흘렀다. 동진이 헌병들에게 이끌려 나타났다.

동진은 옷을 모두 벗기운 채 팬티만을 입고 있었다. 몸을 거의 구부리다시피 웅크리고 온몸을 떨면서 그는 걸어왔다.

연단 위에 올라온 그는 무릎을 꿇고 앉았다. 불빛을 받아 살결이 유난히 희어 보였다. 그는 병사들을 보지 않으려는 듯 고개를 숙이고 있었다. 눈송이가 희끗희끗 흩날리고 있었다.

바람이 불자 등불이 흔들렸다. 동진의 그림자가 크게 흔들렸다.

헌병이 하나 올라오더니 동진의 눈을 까만 헝겊으로 가렸다. 이제 동진의 표정을 읽을 수가 없었다. 그 헌병이 내려가자 곧이어 헌병 군조가 올라왔다. 대치가 아까 보았던 그 얼굴빛이 검고 키가 작은 군조였다.

대치는 맨 뒤에 서 있었다. 그는 숨막힐 듯이 연단 위를 지켜보고 있었다.

군조는 칼을 빼어 들었다. 불빛을 받아 칼날이 번쩍번쩍 빛났다. 군조는 칼을 집더니 기침을 한 번 했다. 그리고는 말하기 시작했다.

"우리 황군에서 하극상 사건이 일어났다는 것은 유감이다. 여기 있는 이놈은 상관에게 총질을 했을 뿐 아니라 아무 죄도 없는 전우를 살해하기까지 했다! 그것만이 아니다. 그 때문에 막사까지 불타 버렸다. 그런데 문제는 그 정도에서 그친 것이 아니다. 이놈은 천황폐하를 모독했다. 존엄해야 할 천황폐하를 모독한 것이다! 이 이상 큰 죄가 어디 있겠는가! 극형에 처해야 마땅하다! 우리 황군의 최대 불명예로 생각해서 앞으로 이런 사고가 없기를 바란다! 이런 사고가 있을 경우 가차없이 처단할 것을 경고해 둔다!"

군조의 목소리는 어둠 속을 카랑카랑 울렸다. 병사들은 쥐죽은 듯 입을 다물고 있었다.

"마지막으로 할말이 없느냐?"

군조가 물었다. 동진은 고개를 흔들다가 갑자기

"대한독립 만세!"

하고 외쳤다. 피끓는 목소리였다. 침묵에 잠겨 있던 병사들 사이에 소요가 일었다. 연단 위의 군조도 당황한 모양이었다. 동진은 거듭해서 만세를 불렀다. 조선인 병사들이 여기저기서 몸을 움직였다. 대치도 일어섰다.

"일어선 놈 누구냐? 빨리 앉아라!"

둘러선 헌병들이 군도를 빼들고 고함을 질렀다.

"뭐하는 거냐? 빨리 처형하라!"

앞에 서 있던 대위가 군조에게 소리쳤다. 당황해 있던 군조가 칼을 높이 쳐들었다. 그때 동진이 만세 소리를 그치고 누군가를 불렀다.

"봉순씨이―"

그 소리는 서글피 주위를 울렸다. 그러나 길게 계속되지는 못했다.

"얏!"

군조의 칼이 동진의 목을 내려쳤다. 동진의 몸이 풀쩍 뛰는 것 같더니 피가 치솟았다. 동시에 그의 머리가 연단 아래로 공처럼 굴러 떨어졌다. 머리 없는 동진의 몸은 연단 위에 쓰러져 피를 뿜었다. 불빛을 받아 그 피는 더욱 검붉게 빛났다. 그 위로 굵은 눈송이가 내리고 있었다.

병사들은 어느새 뻣뻣한 자세로 서 있었다. 누구 한 사람 선뜻 침묵을 깨려고 하는 사람이 없었다.

대치는 병사들이 모두 돌아간 뒤에도 연병장에 서 있었다. 얼마 후 그는 거기에 쭈그리고 앉아 소리를 죽여 울음을 터뜨렸다. 울음은 끝없이 터져나왔다. 누군가가 그의 어깨를 짚었을 때에야 그는 울음을 그쳤다. 돌아보니 여옥이 거기에 서 있었다.

사이판 도

　장하림이 닿은 곳은 서태평양 가운데 놓여 있는 마리아나 제
도의 하나인 사이판도(島)였다.

　거리를 따진다면 이 섬은 도쿄로부터 2천 4백 킬로, 하와이
진주만에서는 5천 킬로 남짓 떨어진 곳에 위치해 있다. 면적은
불과 1백80평방 킬로이고 둘레는 4백여 리밖에 안 되는 조그마
한 섬이지만 이 섬의 전략적 중요성은 전 일본군이 옥쇄(玉碎)
를 결심하고 있을 만큼 매우 큰 것이다. 일본군은 이른바 절대
국방권(絶對國防圈)이라는 것을 세워 어떤 공격에도 결코 물
러서서는 안 된다는 원칙을 고수하고 있었는데 사이판도야 말
로 서태평양상의 절대국방권에서 가장 중심이 되는 지점이었
던 것이다.

　이 섬이 이렇게 중요한 이유는 무엇보다도 만일 이곳이 미군
에게 점령될 경우 일본 본토가 미국의 장거리 폭격기 B29의 폭
격을 받게 되기 때문이다.

　미군에게는 일본 본토를 공격할 수 있는 중간 비행기지로서
사이판보다 더 좋은 곳이 없었던 것이다.

미국의 위협이 있기 전에는 사이판에는 천여 명의 일본 해군 육전대가 주둔하고 있었다. 이들은 사이판 남부에 건설된 이스 리이트 비행장을 지키고 있었는데 해안 포대에는 기껏해야 6인 치포와 고사포가 몇 개 놓여 있을 뿐이었다. 이때만 해도 이 섬 은 아직 전쟁을 겪지 않은 평화로운 남국이었다. 그러나 태평양 상에서 미국의 공격이 점차 열기를 더하자 일본군 수뇌부는 사 이판 방어의 위급함을 느꼈다. 그리하여 곧 방어태세가 갖추어 지기 시작했다.

사이판 방어를 위해 새로 제31군이 창설되었고 군단장에는 육군 중장 오바다 히데요시가 취임했다.

곧 학작전(鶴作戰)이라고 하는 수송작전이 개시되었다. 장 하림은 이 수송작전에 의하여 수송된 제1진이었다. 방역급수부 병사들과 함께 대련에서 해군 수송선에 오른 그는 이튿날 아침 에야 그 배에 관동군 전투부대 병사들이 타고 있는 것을 알았 다. 그러니까 바꾸어 말해 장하림은 이들 관동군 전투부대에 끼 여 사이판으로 향하고 있었던 것이다. 전투부대 병력은 2천 명 이었고, 모두 완전무장을 하고 있었다. 하림은 그것을 보자 사 태의 심각성을 깨달았다.

제1진의 수송은 그런 대로 성공적으로 이루어졌다. 그러나 제2진은 그렇지가 못했다. 제2진은 관동군 29사단이었다. 이 들을 수송하기 위해 세 척의 대형 수송선이 동원되고 호위구축 함까지 따랐다. 1개 사단 병력에다 각종 군수물자를 잔뜩 싣고 떠난 이 수송선단은 오키나와 동방 3백 마일 해상에서 미군 잠수함의 기습을 받고 거의 태반의 병력을 잃고 말았다.

일본군은 사이판 방어태세를 갖추는 데서부터 이렇게 큰 희생을 치러야 했다.

미국의 공격이 개시되기까지 사이판에 집결한 일본군 병력은 육·해·공군을 합쳐 3만 5천 명에 달했다. 조그마한 섬 하나를 지키기 위해 이렇게 대병력이 투입된 것은 세계 전사상 극히 이례적인 일에 속한다.

일본군 외에 이 섬에는 민간인도 많이 있었다.

주로 사탕수수 등 농사를 지으려고 본토에서 건너온 일본인들로 그 수가 2만이 넘었다. 이밖에 간호원으로 종군하고 있는 여학생들과 군속의 가족들도 상당수 있었다.

군인은 물론이려니와 모든 민간인들까지 사이판 방어에 동원되었다. 살아 있는 것이면 모두 이 방어계획에 참가하지 않을 수 없었다.

해안선을 따라 진지가 구축되고 각종 화기가 배치되었다. 철통같은 방어태세였다.

장하림은 육군병원에 근무했다. 병원 규모는 상당히 컸다. 겉으로 보기에는 순수한 군병원에 불과했지만 내부에는 관동군 방역급수부처럼 극비의 임무를 띤 부서도 있었다. 장하림은 바로 이 부서에서 일했다.

전에 하던 일의 연장이었다. 위생병이 부족했기 때문에 일반적인 업무도 담당해야 했지만 특수부의 일이 보다 중요했다.

그는 시키는 대로 묵묵히 일만 했다. 그러나 특수부가 앞으로 사이판에서 무슨 일을 할 것인지는 아직 모르고 있었다.

그런 어느 날 밤 미다(三田)라고 하는 군의장교가 하림을 그의 방으로 불렀다. 그는 특수부의 책임자로서 모든 일을 지시 감독하고 있었다. 유난히 안색이 창백하고 차가운 인상을 가지고 있는 미다 대위를 하림은 처음부터 본능적으로 싫어했다.

방으로 들어가니 군의장교들과 위생 하사관 등 특수부 요원들이 자리에 앉아 있었다. 모두 10여 명쯤 되어 보였는데 사병은 자기 혼자뿐인 것 같아 하림은 잘못 들어오지 않았나 하고 생각했다. 그때 책상 위에 앉아 무엇인가 쓰고 있던 미다 대위가 고개를 쳐들고 그를 바라보았다.

"거기 앉아."

대위가 빠른 어투로 말했다. 하림은 맨 구석자리에 앉았다.

미다 대위는 몹시 신경질적인 사나이였기 때문에 일하는 것도 단도직입적으로 해내는 식이었다.

"너희들을 여기 모이라고 한 것은 우리 특수부대의 임무를 이제 밝혀두어야 되겠기 때문이다. 이제부터 내가 말하는 것은 극비에 속한 것이니까 절대 외부에 발설해서는 안 된다. 그렇게 알고 들어주기 바란다. 특히 거기 앉아 있는 이등병은 주의해서 들어라."

미다 대위의 날카로운 눈초리가 하림을 쏘아보았다. 다른 사람들도 일제히 하림을 한 번씩 바라보았다. 하림은 몸을 바로하고 긴장했다. 미다 대위의 입이 다시 열렸다.

"이미 알고 있는 바와 같이 이곳 사이판은 절대방위권 중에서도 가장 중요한 곳이다. 따라서 우리는 무슨 방법을 써서든지 이 섬을 지켜야 한다. 상부에서는 적군이 쳐들어올 경우 이미 옥쇄명령을 내리고 있다. 살아서 돌아갈 생각은 말아야 한다. 만일……."

미다 대위는 담배를 피워 물었다. 그리고 얼굴을 찌푸리며 말을 이었다.

"아군이 모두 옥쇄하고 적군이 이 섬을 점령하면 어떻게 할 것인가. 이 점이 바로 문제다. 여기에 대한 명령이 이미 내려와 있다. 그것을 수행해야 하는 것이 바로 우리 특수부의 임무다. 우리는 그것을 수행하기 위해 제일 마지막까지 남아 있어야 한다. 그 임무란 무엇이냐 하면……적군이 여기서 발을 붙이지 못 하게 이 섬 전체를 세균 오염지역으로 만들어 놓는 것이다."

방안에 긴장이 흘렀다. 하림은 자신의 숨소리까지 신경에 걸렸다.

"쉽게 말해, 상륙한 적군을 세균으로 물리치는 것이다. 이 세균이야말로 만일 그것이 계획대로 추진된다면 세계 전사상 처음 있는 일로 획기적인 일이 아닐 수 없다. 이건 내가 건의한 것을 상부에서 그대로 받아들인 것이다."

미다 대위의 두 눈이 명예욕으로 불타오르고 있었다. 하림은 땀을 흘렸다. 날씨가 무더운 탓만은 아니었다.

세균전 — 생각만 해도 전율이 느껴지는 말이었다. 이 아름다운 남국의 섬을 전염병으로 휩쓸어 버리겠다는 것이 아닌가. 미치광이의 짓이다. 최악의 범죄 행위다. 미다 대위의 목소리가 더욱 날카롭게 실내를 울렸다.

"혹자는 이 세균전을 비인간적인 것이라고 규탄할지 모른다. 그러나 그것은 적군이 자기들을 유리하게 선전하기 위해서 꾸며낸 말에 불과하다. 전쟁에는 인간적이니 비인간적이니 하는 말은 해당되지 않는다. 전쟁의 목적은 승리에 있다. 승리하기 위해서 우리는 싸우고 있는 것이다. 그러므로 수단 방법을 가리지 말고 싸워야 한다. 적군은 아군을 체포하면 귀를 자르고 코를 베어낸다. 눈까지 후벼판다. 이런 놈들에게 인간적인 전쟁을 하라는 건 말도 안 되는 소리다. 세균전을 보다 완벽하게 수행하기 위해서는 장기전이 필요하다. 적군이 세균을 박멸할 것이 틀림없으니까 우리는 계속 숨어서 세균을 살포해야 한다. 여기에는 많은 인원이 필요 없다. 소수의 병력으로 최대의 효과를 노려야 한다. 이 작전계획은 적군이 사이판을 점령했을 경우를 가상해서 세운 것이니까, 적군 점령하에서 많은 아군 병력이 움직인다는 건 위험하기 짝이 없는 일이다. 여기 모인 각 장교와 하사관은 자기를 믿고 따를 수 있는 심복부하를 내일 이 시간까지 한 사람씩 선발해서 이 자리에 다시 모여 주기 바란다."

미다 대위의 계획은 2명이 1개조가 되어 13개조가 세균전에 참가한다는 것이다. 이를 위해 내일부터 13개조는 각기 분산, 사이판 전역을 답사하여 세균을 살포할 수 있는 지점을 미리 선정해 두어야 한다는 것이다. 그 지점 내의 냇물·호수·우물·상수도 시설·가축·식료품 등 세균을 살포할 수 있는 것이면 무엇이든지 이용대상이 된다.

"이건 장기간 잠복해서 수행해야 되기 때문에 일종의 게릴라 전이나 다름없다. 따라서 사이판을 동서남북으로 주파할 수 있는 능력을 갖추어야 되고 지도 없이도 손바닥을 들여다보듯 구석구석을 알고 있어야 한다. 담당지역 답사와 훈련을 동시에 할 테니까 그렇게 알도록!"

대위는 1개월 동안의 훈련 일정표가 짜여진 프린트물을 하나씩 나누어 준 다음 해산을 명했다. 새로운 임무를 부여받은 요원들은 긴장된 얼굴로 일어서서 밖으로 나갔다.

하림은 아직도 얼떨떨했다. 사병인 자기를 여기에 참석시킨 이유가 뭘까. 일정표를 보니 조금도 빈틈없이 짜여진 강행군이었다. 1일 평균 주파 거리가 40km. 그것도 평지가 아닌 밀림 속을 달리는 것이다. 그뿐이 아니다. 40kg의 장비를 몸에 지고 가는 것이다.

주파가 끝나면 계속해서 살포대상을 물색하고 잠복처에서 4시간 동안 수면을 취한 다음 다시 달리기 시작한다. 식사는 비상식량을 휴대하기는 하지만 절대 거기에 손을 대서는 안 된다. 결국 뱀·들쥐·개구리·야자열매·물고기·벌레 같은 것으로 식사 대용을 해야 된다. 훈련 도중에 발견되는 원주민은 경우에 따라 살해해도 좋다. 이들 특수부 요원들을 체포하기 위해 가상적(假想的)으로 일본군 2천 명이 수색작전을 벌인다. 여기서 체포된 자는 강등된 다음 다시 재교육에 들어간다. 실로 살인적인 훈련이 아닐 수 없었다.

하림은 일어나면서 머뭇거렸다. 자기에게는 함께 조를 이룰

부하가 없을 뿐 아니라 아무래도 잘못 호출 당한 느낌이 들었던 것이다. 그때 미다 대위가 그를 불러 세웠다.

"이등병, 너는 가지 말고 거기 그대로 앉아 있어."

갑자기 조용해진 음성이었지만 단호한 것이 느껴지는 말투였다.

하림은 담배를 피우고 있는 미다 대위를 힐끗 바라보았다. 저렇게 약하게 생긴 군의장교가 그런 특수훈련을 지휘한다는 것이 믿어지지가 않았다. 대부분 군의장교란 그 특수기술 때문에 군대의 기초훈련도 제대로 받지 않고 장교가 된 사람들이다. 때문에 특수훈련이나 작전 같은 것과는 처음부터 거리가 멀기 마련이다.

하림의 이런 의문을 간과한 듯 미다 대위는 이렇게 말했다.

"나를 일반 군의장교와 똑같이 봐서는 큰 실례다. 그렇지 않다는 것이 곧 밝혀지리라 믿는다. 그건 그렇고……나는 전에도 네가 죠센징이라 별로 관심을 두지 않았지만 차차 지내면서 보니까 너는 다른 죠센징들과는 좀 다른 데가 있어. 다시 말해 너는 믿어도 좋을 놈이야. 그래서 나는 너를 믿기로 했다. 조사 결과 너의 도쿄에서의 행적, 그리고 가쯔꼰가 뭔가 하는 여자와의 관계가 밝혀졌지만 내가 볼 때 그런 건 문제가 안 된다고 생각한다. 문제를 삼으려면 삼을 수 있겠지만 나는 그러고 싶지가 않다. 네가 내 후배라는 점을 나는 높이 사고 싶다. 너는 모르고 있었겠지만 나는 동경제대 의학부를 나왔다. 너보다는 몇 년 선배다."

하림은 좀 어리둥절했다. 이자가 무슨 말을 하려는 것일까. 가쯔꼬와의 관계까지 알아낸 것을 보면 그 동안 상당히 조사를 한 것 같다. 학교 선배라고? 그럴 수도 있겠지, 그게 어떻단 말인가.

"반갑습니다."

하림은 덤덤한 목소리로 말했다.

"나도 반갑다."

미다 대위는 하림에게서 눈을 떼지 않고 말했다.

"그런데 한 가지 물어볼 게 있다. 나는……네가 세균학에 대해 상당한 지식을 갖고 있는 것으로 알고 있는데 왜 지금까지 그것을 숨겼지?"

"그렇지 않습니다. 잘못 보신 겁니다."

"나한테 거짓말하는 거냐? 학교에 조회한 결과 너의 세균학 점수가 매우 우수한 것으로 나타났어. 담당교수도 그런 의견을 보내왔고."

"그렇지만 그건……보잘 것 없는 겁니다."

그의 대답은 자신을 잃고 있었다. 대위는 팔짱을 끼고 일어섰다.

"네가 그런 식으로 대답하는 이유는 뭐지? 겸손이 지나쳐서 그러는가, 아니면 협조하기 싫어서 그러는 건가?"

"그런 것이 아닙니다. 별로 아는 바가 없어서……사실대로 말씀드린 것뿐입니다."

"자격이 있고 없고는 내가 판단할 일이다. 내일부터 너는 내 조수 일을 봐라."

하림은 잠자코 있었다. 특수부의 핵심에 자신이 접근한다는 것은 결코 바람직한 일이 못 되었다. 중요한 일을 맡으면 맡을수록 전쟁 범죄자가 되는 것이다.

"왜 대답이 없나? 싫은가?"

대위는 신경질적으로 물었다.

"아닙니다. 명령대로 하겠습니다."

"최대한 능력을 발휘해 봐. 적군에게 점령당했을 때 우리가 살 수 있는 길은 이 작전을 성공시키는 길밖에 없어. 그렇지 못하면 모두가 죽는 거다. 만일 이 작전이 성공하면 너를 진급시키도록 상부에 건의하겠다. 내일부터 네가 할 일은……나와 함께 우리 특수부 요원들이 물색해 놓은 살포대상을 점검하는 일이다. 각 장소마다 온도와 습도를 재고 세균이 번식할 수 있는지의 여부를 알아내는 것이다. 그렇다고 다른 요원들과 다르게 대우를 받는다고 생각해서는 안 된다. 똑같이 훈련을 받고 어떤 면에서는 그 이상의 고생을 각오해야 한다. 세균은 모두 배양되어 있다. 이리 따라와."

미다 대위는 하림을 데리고 방을 나갔다. 불빛이 희미하게 비치는 긴 복도를 따라가자 구석진 곳에 통제구역이 있었다. 하림이 한 번도 들어가 보지 못한 곳이었다. 문 앞에는 보초가 서 있었다. 육중한 철문에는 자물통이 채워져 있었다. 미다 대위는 호주머니에서 열쇠를 꺼내어 자물통을 열었다.

불을 켜자 너댓 평은 되어 보이는 실내가 눈에 들어왔다. 사면의 벽에는 밑에서부터 천장까지 온통 선반이 층층이 만들어져 있었고, 선반에는 각종 색깔의 병들이 가득 들어차 있었다. 실내 중앙에는 각종 실험기구가 어지럽게 흩어져 있었다.

미다 대위는 한쪽 벽으로 다가서서 벽 중앙에 가로질러 있는 가운데 선반을 가리켰다. 거기에 놓여 있는 병에는 각종 세균의 이름들이 적혀 있었다.

"이게 완성된 것들이지. 이걸 모두 뿌리면 10개 사단 병력보다도 무서운 힘을 발휘하게 된다."

대위는 매우 자랑스러운 모양이었다. 그 자랑스러움을 학교 후배에게 인정받고 싶어하는 기색이 역연했다. 하림은 세균의 이름을 하나하나 눈여겨보았다. 콜레라균, 이질균, 페스트균, 티푸스균, 가스 괴저균(gas 壞疽菌)⋯⋯등 무시무시한 전염병의 병원체들이 모두 준비되어 있었다. 그는 등골이 오싹해지는 것을 느끼면서 미다 대위를 얼른 바라보았다. 대위는 흰 이를 드러낸 채 소리 없이 웃고 있었다. 그것이 더욱 기괴한 인상을 이루고 있었다. 흡혈귀 같은 놈⋯⋯. 하림은 자기도 모르게 속으로 중얼거렸다. 그때 미다 대위가 페스트 병균을 집어들었다.

"이건 건조한 객담(喀痰)에다 배양한 것인데 앞으로 3개월은 생존 가능하지."

하림은 숨이 콱 막혔다. 무어라고 대꾸할 말도 없었다.

"수고 많으셨습니다."

그는 겨우 이렇게 말했다. 대위는 기분이 좋은지 어깨를 으쓱하면서 또 소리 없이 웃었다.

"그것뿐이 아니다. 따라와 봐."

대위는 안쪽으로 나 있는 철문을 열었다. 대위를 따라 선 하림은 또 한번 놀랐다. 바로 지하실 계단이 희미한 불빛 속에 비춰들었던 것이다.

계단을 내려가면서 그는 더욱 공포를 느꼈다. 계단은 왼쪽으로 세번이나 커브를 돈 다음 다시 철문 앞에서 끝나 있었는데, 여기에 이렇게 깊은 지하실이 있으리라고는 전혀 생각지도 못한 일이었기 때문에 그는 적이 놀라지 않을 수 없었다.

철문이 열리는 순간 짐승들의 울부짖음이 들려왔다. 동시에 뜨거운 열기와 역겨운 냄새가 확 풍겨왔다. 하림은 하마터면 소리를 지를 뻔했다. 그가 멈춰 서자 미다 대위가 그의 어깨를 툭 쳤다.

"보기보다는 겁이 많은 놈이구나. 겁낼 것 없어. 모두 우리 속에 들어 있으니까."

"병든 짐승들이 아닙니까?"

"괜찮아. 병들지는 않았어. 철저히 소독을 하고 있으니까."

천장까지 여러 층으로 이뤄진 우리들이 나란히 서 있었는데 맞은편 끝은 멀어서 보이지가 않았다. 어마어마하게 넓은 지하실이었다. 아까는 지하실의 깊이에 놀랐고 이번에는 그 넓이에 하림은 자신이 마치 꿈을 꾸고 있는 것 같은 기분을 느꼈다.

푸르스름한 불빛에 눈이 익자 먼저 쥐떼가 보였다. 비쩍 마른 쥐들이 털을 부수수 일으키고 슬금슬금 움직이고 있었다. 대부분 군데군데 털이 빠져 버려 흉측한 몰골들을 하고 있었다. 쥐들은 조그만 눈들을 반짝거리며 먹이를 찾아 빙빙 돌아갔다. 수

천 수만 마리는 될 것 같았다.

울안에서 울부짖는 것은 개들이었다. 뼈만 남은 개들은 창살을 물어뜯으며 으르렁거렸다. 늑대같이 보였다. 개들도 머리와 잔등의 털이 빠져 있었다. 수천 마리는 될 것 같았다. 하림은 자신도 짐승이 되어 버리는 것 같았다. 미다 대위가 뭐라고 말했지만 잘 알아들을 수가 없었다. 미다 대위가 손짓을 해가며 다시 소리쳤다.

"이것들은 모두 번식률이 강한 놈들이다. 여긴 모든 것을 기계로 처리하도록 되어 있다. 청소 · 소독 · 급수 등 모두 기계로 처리한다. 방음장치가 되어 있어서 밖에는 절대 들리지 않는다. 사료는 죽지 않을 정도로만 준다. 보다시피 지금 이것들은 극도로 쇠약해져 있다. 이렇게 약하게 만들어 놓은 이유는 병에 대한 저항력을 없애기 위한 것이다. 적군이 사이판을 점령할 때쯤해서 이놈들에게 세균을 투입한다. 저항력이 약한 이놈들은 금방 전염병에 걸리게 된다. 그 다음 이놈들을 사이판 전역에 풀어 주는 것이다. 어떤가, 내 계획이?"

"훌륭하십니다!"

미다 대위는 소리높이 웃었다. 하하하하하……. 웃음 소리는 짐승들의 울부짖음과 함께 하림의 머리 속을 가득 채웠다. 하림은 치미는 구토를 참으려고 목을 움츠렸다. 이놈은 미친놈이다. 인류를 몰살하는 것을 즐거워하는 놈이다. 찌익 찍찍, 찌익 찍찍……. 쥐들이 창살을 이빨로 물어뜯고 있었다. 하림은 허리를 굽히면서 토하기 시작했다.

별이 바로 머리 위에 있는 것처럼 보였다. 무더운 밤이었다. 얼굴을 까맣게 칠해 놓았기 때문에 미다 대위의 모습은 흡사 도깨비처럼 보였다. 두 눈만이 빛나고 있었다.

정말 함께 지내면 지낼수록 미다란 놈은 정이 떨어지는 사내였다. 전혀 말이 없을 때도 있었고 그런가 하면 갑자기 말이 많아지는 때도 있었다. 단 둘이 산 속을 헤매고 있었지만 놈은 조금도 인간적인 관계를 맺으려고 하지를 않았다. 철저히 상하 관계를 강요했고 조금이라도 복종하는 기미를 보이지 않으면 구타를 하고 기합을 줬다. 걸어갈 때는 언제나 뒤에 따라오면서 위협을 했다. 조금도 자유시간을 주지 않아 쉴 수가 없었다. 하림은 몇 번인가 놈을 죽여 버리고 싶은 충동에 사로잡히곤 했다. 그때마다 그는 자신도 죽는다는 생각에 지그시 분노를 누르곤 했다.

"자, 출발이다. 일어서."

어둠 속에서 미다가 말했다.

하림은 부르튼 발을 끌다시피 하면서 걸음을 옮겨놓았다. 울창한 밀림 속을 거의 더듬다시피 하면서 전진했다. 나무 사이로 보이는 별빛이 유일한 안내를 맡고 있었다. 가상적 2천 명이 수색작전을 펴고 있어서 불을 켤 수도, 소리를 낼 수도 없었다. 극도로 피곤한 몸에 신경만이 날카롭게 곤두서 있어서 금방이라도 미쳐 버릴 것 같았다.

미다 대위가 무서운 놈이라는 것은 그의 체력에서 우선 나타나고 있었다. 겉으로 보기에는 창백하고 깡마른 이 30대의 사내는 일단 산 속에 들어서자 모든 움직임이 기민하고 끈질겼다. 이미 세균전에 대비해서 철두철미 훈련을 받은 것이 분명했다. 창백한 군의장교가 가파른 산 속에서 지치지 않고 이렇게 가볍게 움직일 수 있다는 것은 확실히 놀라운 일이었다. 이런 훈련을 받아 보지 못한 하림은 지쳐서 거의 움직일 수가 없었다. 그는 체력의 한계를 느끼고 있었다. 그러나 이상한 것은 움직일 수 없다고 생각하면서도 몸이 움직여지고 있다는 사실이었다.

첫날 지쳐 버린 그는 그 다음부터는 자기 힘이 아닌 다른 힘에 의해 움직여지고 있었다. 그 다른 힘이 바로 미다 대위의 힘이란 것은 물어볼 필요도 없는 일이었다. 더 정확히 말해 그것은 일본 제국군대의 힘이었다. 그 힘에 끌려 조선 젊은이가 자기도 모르게 초인적인 힘을 발휘하고 있었던 것이다.

5일째 되는 날 미다 대위는 자신의 강인함을 더 이상 보여주지 않아도 된다고 생각했던지 자기가 지고 있던 짐 중에서 가장 무거운 것들만 골라 그렇지 않아도 무거운 하림의 짐 위에 올려놓았다.

"이제부터 진짜다. 각오하고 더 힘을 내라."

이것이 미다의 말이었다.

짐에 눌리고, 더위에 눌리고, 허기에 눌린 하림은 질식해 버릴 것 같았다. 그러나 그는 질식하지 않았다.

땀에 절어버린 군복에서는 언제나 물이 흘러내렸고, 군복은 얼마 가지 않아 해질 대로 해져 누더기 꼴이 되어 버렸다. 그의 몸은 단식하는 사람처럼 바짝 여위어 갔고 유머러스한 얼굴 표정은 이미 웃음을 잃고 딱딱하게 굳어 있었다.

미다 대위가 처음 말했던 대로 훈련은 혹독했다.

비상 식량은 일체 손을 댈 수 없었고 그 대신 짐승이나 곤충 혹은 열매 같은 것으로 끼니를 때워야 했다. 그러나 그런 것을 손에 넣기란 그렇게 쉬운 일이 아니었다. 모든 것은 날것으로 먹어야 했다. 뱀 같은 것을 날것으로 먹을 때는 몇 번이나 토했다. 그러나 워낙 배가 고프다보니 나중에는 그것도 없어서 못 먹을 정도로 맛이 있었다.

한 달이면 모든 답사와 훈련이 끝난다는 사실이 그를 지탱시켜 주었는지도 모른다.

아무튼 하림은 처음의 기진한 상태에서 벗어나 차츰차츰 산 속 생활에 익숙해져 갔다. 자기도 느끼지 못 하는 사이에 인내심이 쌓여갔고, 열대의 밀림 속에서 맨 손으로 먹이를 구할 줄도 알게 되었고, 그러는 동안 육체는 원시인처럼 자연에 적응되어 갔다.

이 동안에 그가 생각한 것은 처음부터 끝까지 생존방법에 관한 것뿐이었다. 어떻게 하면 미다 대위의 야심에 희생당하지 않고 자신을 지켜내느냐 하는 것이 최대의 과제였다. 결국 그는 살아 남기 위해서는 자연을 두려워하고 피할 것이 아니라 자연에 안겨 그것을 철저히 이용하는 수밖에는 딴 도리가 없다고 결론을 내렸다.

그는 자신이 지닌 온갖 지혜를 다 짜내어 자신을 지켜나갔다.

거짓말해야 할 때는 거짓말을 하고, 교활해야 할 때는 교활했다.

남국의 밤은 모든 것을 집어삼킨다. 거기에는 오직 무더위와 정적만이 남을 뿐이다. 낮의 열기를 빨아들이는 대지는 밤이 되면 그 열기를 밤새도록 뿜어낸다. 때문에 밤의 열기는 낮보다 더욱 후덥지근하다. 이 무더위를 싸안는 것이 깊고 깊은 남국 특유의 정적이다. 정적이 너무 깊어 모든 것은 죽어 버린 듯하고, 나중에는 전율까지 느낀다.

그 무더위와 정적 속을 하림은 헤엄치듯 걸어갔다. 언제 죽을지도 모르는 공포와 불안, 살아야 한다는 의지, 한없이 먹고 싶은 동물적인 욕구, 이런 것들을 안은 채 허덕허덕 걸어갔다.

땅바닥 위에 쓰러져 잠을 잘 때면 가쯔꼬의 모습이 제일 많이 떠올랐다. 한번 그녀로부터 편지를 받고는 그 뒤로 소식을 알 수가 없었다. 그 동안 너무 바쁜데다 자주 옮겨다니는 바람에 하림 쪽에서 편지를 보내지 못한 때문이었다. 병원으로 돌아가면 편지를 써야지. 길게, 아주 길게 써야지.

바닷가에 닿을 때, 소나기를 만날 때, 하림은 제일 기분이 좋았다. 남양(南洋)은 실로 수평선만이 보이는 끝없는 바다였다. 특히 황혼 녘에 붉게 물든 바다는 장엄하면서도 무서운 데가 있었다. 그것을 바라보고 있노라면 인간이라는 존재 자체가 하잘 것 없이 허무하게 느껴지곤 했다.

13개조는 서로 횡적인 연락망을 가지고 있었다. 날짜와 시간에 맞춰 약속 장소에 닿으면 1개조가 거기서 기다리고 있다가 새로운 명령을 받아 가지고 다시 떠난다. 미다는 조사를 마친 다음 다른 조를 만나기 위해 하림을 또 앞장세운다. 13개조가 모두 사이판 전역을 맹렬히 뛰었다. 그러나 가상적군의 포위망이 좁혀지면서부터 체포되는 조가 늘어나기 시작했다.

비극의 장

"정 그렇다면……가거라. 내가 염려하는 건 네가 다시……실패하지 않을까 하는 거다. 그 사람이 살아온다는 보장도 없고 더구나 반도에 나가 살겠다니 모든 것이 너에게 불리할 수밖에 없다. 그러나 네 결심이 그렇다니 난들 할 수 없는 일이다. 도덕이니 집안 명예니 하는 걸 내세우고 싶은 마음은 추호도 없다. 몸이 불편하기 전에 가려면 빨리 가거라. 여긴 공습이 점점 심해지니까 오히려 반도 쪽이 안전할지 도 모른다. 모든 건……운명이다."

가쯔꼬의 아버지는 눈을 감았다. 이마에 두 줄의 주름이 깊이 잡히고 머리는 호호백발이었다. 앉아 있는 자세는 꼿꼿했다.

아버지 앞에 무릎을 꿇고 앉은 가쯔꼬는 고개를 떨어뜨렸다. 눈에서 눈물이 방울방울 흘러내렸다. 일찍 어머니를 여읜 가쯔꼬는 아버지의 사랑을 지나치리만큼 받으며 자랐었다. 그녀는 위로 오빠 하나만을 두고 있었다. 그러한 그녀가 젊은 나이에 과부가 되었으니 그 아버지의 마음이 괴로운 것은 말할 나위 없는 일이었다.

그런데 이번에는 그 딸이 조선 청년의 아기를 배어 혼자서 반도에 건너가 살겠다는 것이다. 그 청년이 보낸 편지 하나만을 믿고 생전 보지도 못한 노부인을 찾아서 말이다.

사랑이란 이렇게 무모한 것일까 — 이것은 가쯔꼬와 그녀의 아버지가 함께 생각한 것이었다. 정말 가쯔꼬로서는 장하림과의 사랑을 위해서는 무슨 희생이든지 치를 각오가 되어 있었다. 이 사랑을 잃는다는 것은 바로 죽음이나 다름없는 것이라고 그녀는 생각했다.

한편 가쯔꼬의 아버지로서는 원칙적으로 딸과 조선 청년과의 결합에는 반대하고 싶은 심정이었다. 더구나 그 대학생은 나이가 더 어린 데다 살아서 돌아온다는 보장도 없는 것이다. 딸이 결혼 생활에 두번씩이나 실패한다는 것, 그것은 아버지로서는 정말 견딜 수 없는 일이었다. 그러나 딸은 이미 그 청년의 아기를 가지고 있었고 그 청년을 지극히 사랑하는 모양이었다. 만일 두 사람 사이를 떼어놓는다면 딸에게 깊은 상처를 안겨줄 것이 분명했다. 결국 이 노신사는 딸에게 조언을 해 줄 수 있을 망정 자신이 직접 딸의 애정과 장래 문제를 결정할 수는 없는 일이라고 생각했다. 딸은 이미 한 번 결혼한 몸이다. 자신이 스스로 결정할 수 있을 만큼 성장해 있다.

그 남자를 사랑한다면 애비인 나는 그 사람을 귀중히 사주어야 한다. 딸애가 지구의 어디서 살든 행복할 수만 있다면 나는 더 이상 바랄 것이 없다. 바래서도 안 된다. 그뿐이다. 내가 도와줄 수 있는 일이 없을까. 가쯔꼬의 아버지는 일어서서 금고 쪽으로 다가갔다. 그리고 그 속에서 돈다발을 꺼내어 손수 보자기에 쌌다.

"어찌 될지 모르니 이걸 가져가거라. 나중에 또 부쳐 주마."

"괜찮습니다."

가쯔꼬는 사양했다. 그녀의 아버지는 딸의 손에 그것을 쥐어 주었다.

"조선에 가서 살려면 조선 사람이 돼야 한다. 겸손한 자세로 거기에 동화되어야 한다. 반감을 사지 않도록 해라."

"감사합니다, 아버님!"

가쯔꼬는 아버지의 품에 쓰러져 울었다.

"울어서는 안 된다. 울지 마라."

가쯔꼬의 등을 어루만지는 아버지의 손길이 떨리고 있었다. 아무에게도 알리고 싶지 않은 비밀스런 이별이었기에 방안에는 이들 부녀만이 앉아 있었다.

가쯔꼬는 한동안 쓰러져 울었다. 그 동안 그녀의 아버지는 사랑하는 딸의 등을 쓰다듬어 주었다.

"가거라. 그만 울고……빨리 가거라. 결혼식 때는 내가 가마."

아버지는 딸을 일으켜 세웠다. 결혼식이라는 말에 가쯔꼬는 더욱 울었다. 정말 언제 식을 올리게 될지는 아무도 모르는 일이었다. 하림씨는 분명히 살아 돌아오겠다고 말했다. 그이는 정말 살아 돌아올 거야. 가쯔꼬는 눈물을 닦았다.

정원으로 내려선 부녀는 거기서 한참 머뭇거렸다. 담 위에까지 자란 개나리 나무들이 담을 온통 둘러싼 채 노란 꽃을 피우고 있었다. 늙은 벚나무에도 벚꽃이 활짝 피어 있었다. 정원을 가득 채운 붉은 색 모란꽃의 향기가 몹시 강렬했다. 그것을 바라보는 가쯔꼬의 마음은 지금이 전시(戰時)라고는 도무지 믿어지지가 않았다. 2백 평 남짓한 친정집 뜰에만은 적어도 아직 전쟁의 바람이 불어닥치지 않은 것 같았다. 이 아름다운 꽃들도 곧 짓밟혀 버리겠지. 내년 봄에는 다시 꽃이 필 수 있을까. 가쯔꼬는 아버지의 손을 잡고 대문 쪽으로 떼어지지 않는 발걸음을 옮겨놓았다.

가쯔꼬의 아버지는 큰길까지 따라나왔다. 인력거가 몇 대 지나쳐 갔지만 가쯔꼬는 타려고 하지 않았다.

아버지는 딸의 손을 꽉 쥐었다가 놓았다. 가쯔꼬는 트렁크를 길 위에 내려놓고 아버지를 향해 깊이 고개를 숙였다. 가쯔꼬의 남빛 기모노와 노인의 하얀 백발이 묘한 대조를 이루면서 햇빛에 빛났다.

"잘 가거라."

"아버님……."

가쯔꼬의 눈에 눈물이 가득 괴었다. 노인은 모든 것을 다 이해하겠다는 듯 고개를 끄덕거렸다. 가쯔꼬는 한 손으로 얼굴을 가리면서 돌아섰다. 인력거가 와서 섰지만 그녀는 타지 않고 그대로 걸어갔다.

그녀는 조금 걸어가다가 뒤돌아보곤 했다. 그때마다 가쯔꼬의 아버지는 손을 들어 흔들었다. 모퉁이로 꺾어질 때까지도 그녀의 아버지는 그 자리에 우두커니 서 있었다.

아버지가 보이지 않게 되자 가쯔꼬는 전봇대에 몸을 가리고 서서 울음을 터뜨렸다. 앞이 캄캄해지면서 슬픔만이 북받쳐 올랐다. 행인들이 힐끗힐끗 그녀를 바라보면서 지나갔다.

어떻게 살아야 할지 앞길이 막막하기만 했다. 조선에 건너가지 않고 그대로 일본에 주저앉아 산다면 그렇게 앞길이 두렵게 느껴지지는 않을 것이다. 아무리 전쟁중이고 미군의 폭격기가 일본 본토를 파괴하고 있다고는 하지만, 여기는 그녀가 자라난 조국이었다. 아버지와 오빠가 살아 있고, 친정집에는 개나리와 모란꽃이 피어 있는 것이다.

그러나……아무리 생각해도 사랑을 버릴 수는 없었다. 지금 그녀의 가슴을 가득 채우고 있는 이 사랑만은 그 어느 것과도 바꿀 수가 없는 귀중한 것이었다. 만일 이 사랑을 버린다면 자신은 걷잡을 수 없이 타락해 버릴 것만 같았다. 야마다 형사의 손길이 다시 뻗쳐올 것이 틀림없었다.

공습 사이렌이 도쿄의 밤하늘을 흔들어대고 있었다. 칠흑 같은 어둠을 뚫고 수십 개의 서치라이트가 하늘로 치솟아 올랐다. 가쯔꼬는 강아지를 안고 지하실로 내려갔다. 식모마저 내보냈기 때문에 집안은 텅 비어 있었다. 좁은 지하실은 습기로 가득 차서 퀴퀴한 냄새가 났다. 겁에 질린 강아지는 몸을 떨면서 가쯔꼬 옆으로 바짝 붙어 앉았다.

쾅! 쾅! 쾅!

폭탄이 연달아 터지고 있었다. 지층이 흔들리고 집도 흔들렸다. 유리창 깨지는 소리가 여기저기서 들려왔다. 비명 소리도 들려왔다.

강아지는 가쯔꼬의 품을 파고들면서 낑낑거렸다.

"괜찮아, 괜찮아."

가쯔꼬는 남자처럼 말했다.

폭탄 터지는 소리가 너무 오래 계속되었으므로 가쯔꼬는 귀가 멍멍했다. 이상할 정도로 마음은 가라앉아 있었다. 지하실에 앉아 있자니 몹시 답답했다. 도쿄의 마지막 밤을 지하실에서 보내고 싶지 않았다. 그녀는 일어서서 밖으로 나왔다. 밤하늘은 온통 붉은 빛이었다. 여기저기서 불기둥이 치솟아 오르고 있었다. 아우성이 일고 있었다. 소방차의 사이렌 소리가 거리를 휩쓸고 있었다.

도쿄가 불타고 있다. 불타오르고 있다. 훨훨 타올라라, 도쿄여! 가쯔꼬는 왠지 가슴이 툭 트이면서 웃음이 나왔다.

그때 초인종 소리가 났다. 이 밤에 누굴까. 그녀는 갑자기 사람이 무서워졌다. 마침 공습 해제 사이렌 소리가 들려왔으므로 가쯔꼬는 현관 앞에 서서 물었다.

"누구신가요?"

"아, 나야. 이 야마다 형사도 몰라보나?"

현관문이 거칠게 흔들렸다. 가쯔꼬는 숨을 헉 들이키면서 잠시 서 있다가 문을 열었다. 야마다 형사가 이를 드러낸 채 웃고 있었다. 술냄새가 확 풍겨왔다.

가쯔꼬가 비켜서자 야마다 형사는 그녀의 손을 잡아끌고 방안으로 들어왔다. 캡은 어디에다 벗어 버렸는지 대머리 바람이었다.

"며칠 못 봤더니 이뻐졌군. 어디 볼까?"

야마다는 가쯔꼬의 머리를 홱 낚아채더니 그녀의 상의를 벗기려고 들었다. 가쯔꼬는 사내의 손을 뿌리쳤다.

"어, 네가 이젠 반항을 다 하는구나."

야마다는 눈을 표독스럽게 떴다. 그리고는 가쯔꼬의 상의를 두 손으로 움켜쥐고는 우악스럽게 잡아찢었다. 가쯔꼬의 젖빛 살결이 불빛을 받아 매끄럽게 빛났다.

"가쯔꼬, 잘 들어 둬! 네가 내일 반도로 떠난다는 걸 알고 왔다. 네 놈팽이 집에 찾아가서 아예 주저앉을 모양인데……네 맘대로 그렇게 쉽게 될 줄 아느냐? 어림없는 짓 작작해. 이 야마다가 살아 있는 한 함부로 여기를 떠날 수 없어. 내가 요즘 바빠서 못 왔더니 그 사이에 줄행랑을 치려고 한 모양인데 바보 같은 짓하지 마! 이 야마다는 천리 밖에서도 네 움직임을 샅샅이 알 수가 있어."

가쯔꼬는 앞이 캄캄해져 왔다. 고등계 형사가 악질이란 말은 들었지만 이렇게 악질일 수가 있을까.

하림이 전쟁터로 끌려간 뒤 가쯔꼬 야마다 형사의 강요에 못이겨 여러 차례나 몸을 허락했었다. 그때만 해도 그녀는 자신에 대해 거의 절망적인 상태에 놓여 있었던 것이다. 이렇게 자포자기한 가쯔꼬를 야마다는 자기 뜻대로 농락했다. 그러나 장하림의 편지를 받고부터 가쯔꼬의 태도가 백팔십 도로 급변했다. 가쯔꼬의 과오 따위는 덮어둔 채 그녀에게 사랑을 호소해 온 하림의 편지는 그녀의 앞길에 빛을 던져준 것이다. 그녀는 자신이 절망에 빠져 육신을 함부로 내팽개친 것을 후회했다. 비로소 눈을 뜬 그녀는 장하림과의 사랑을 위해 심신을 깨끗이 해둘 필요를 느꼈다. 그것은 진실로 사랑하는 사람들이 사랑하는 이를 위하여 서로 죽을 때까지 지켜야 하는 무언의 약속이라고 할 수 있었다. 그때부터 가쯔꼬는 한사코 야마다 형사의 요구를 거절했다. 그가 갖은 협박을 다 했지만 그때마다 그녀는 그럴 듯한 이유를 내세워 그를 거부하곤 했다. 한 달, 두 달이 지나자 가쯔꼬의 배는 제법 불룩해 왔는데 그녀는 이것을 가장 큰 무기로 내세워 야마다를 물리치곤 했다. 임신부(姙娠婦)가 배를 싸안고 드러눕는 데야 아무리 고약한 야마다 형사라 해도 어찌 할 수가 없었던 것이다. 참다 못한 야마다는 병원에 가서 수술을 해 버리라고 강요하기까지 했다. 그러나 가쯔꼬가 그 말을 들을 리 없었다.

그럭저럭 봄이 되자 야마다는 거의 포기해 버린 듯 찾아오는 회수도 드물어졌다. 그제야 가쯔꼬는 야마다의 마수에서 벗어나 조선으로 건너가야 할 때라고 생각했다. 그래서 시즈오까의 아버지에게 먼저 하직인사를 하고 도쿄로 돌아와 마지막 밤을 보내려던 참이었다. 그런데 느닷없이 야마다 형사가 다시 나타난 것이다. 더구나 그녀가 내일 이곳을 떠난다는 것을 알고서 말이다. 주거지를 옮기거나 장기여행을 할 때면 사전에 경찰서에 연락을 해서 증명서를 발부받아야 한다. 그렇다고 하지만 야마다가 이렇게 재빨리 알아내리라고는 생각지도 못했었다.

야마다는 가쯔꼬를 쓰러뜨리더니 미친개처럼 옷을 모두 찢어 버렸다. 가쯔꼬의 몸이 홀랑 드러났다. 그녀는 힘껏 대항했다. 야마다는 가쯔꼬의 불룩한 배를 주먹으로 쳤다.

"빨리 수술해! 알았어? 병원에 가서 수술해 버려! 만일 이번에도 말을 안 들으면 죽여 버리겠다!"

가쯔꼬는 옷을 벗고 달려드는 야마다를 두 팔을 벌려 안았다. 그리고는 그의 어깨를 힘껏 물어 버렸다. 야마다는 비명을 지르면서 뒤로 물러섰다. 어깨에서 피가 흐르자 그의 눈이 뒤집히는 듯했다.

"이 망할년 같으리라구!"

야마다는 주먹으로 가쯔꼬를 후려갈겼다.

벌거벗은 사내가 나체의 여인을 때리는 기묘한 광경이 벌어지고 있었다. 야마다는 성에 차지 않는지 잔인할 정도로 가쯔꼬를 후려갈기고 있었다. 가쯔꼬는 닥치는 대로 얻어맞으면서 배를 다치지 않으려고 애를 썼다.

야마다의 주먹이 그녀의 머리를 정통으로 때렸을 때 가쯔꼬는 의식이 몽롱해져 왔다. 그녀는 더 이상 맞다가는 자신이 위험해진다는 것을 직감했다. 반사적으로 구석에 몰린 그녀는 무엇인가 손에 잡히는 것이 있자, 그것을 꼭 움켜쥐었다. 짐을 꾸릴 때 사용했던 가위였다. 치밀어 오른 분노, 자신을 보호해야 한다는 본능적인 생각, 걷잡을 수 없는 증오감, 불타는 도쿄의 밤하늘, 처절히 들려오는 아우성 소리, 이러한 것들이 그녀의 의식을 순간적으로 마비시켰는지도 모른다. 그녀는 덮쳐오는 야마다를 향해 가위를 휘둘렀다. 가볍게 부딪쳤다고 생각되는 순간 야마다는 비명을 지르며 쓰러졌다. 가슴에서 검붉은 피가 분수처럼 뿜어 나오고 있었다. 번져 가는 붉은 피를 보면서 가쯔꼬는 정신을 잃었다. 얼룩 강아지가 끙끙거리면서 방안을 돌아갔다.

사이렌 소리에 가쯔꼬는 눈을 떴다. 다시 공습경보 사이렌이 울려오고 있었다. 그녀는 얼른 일어났다. 피투성이가 되어 죽어 있는 야마다의 모습이 보였다. 천장을 향해 눈을 부릅뜨고 있는 것이 소름이 끼치도록 무서웠다. 등화관제(燈火管制)가 엄중히 실시되고 있었으므로 공습경보 때 집안에 불을 켜둘 수는 없었다. 무서웠지만 그녀는 집안의 불을 껐다.

다시 폭음이 들려왔다. 대공습인 모양이었다. 창문이 와르르 소리를 내면서 깨졌다. 흡사 무시무시한 지진이 일어나고 있는 것만 같았다. 불타는 거리의 휘황한 불빛이 방안에까지 비쳐들고 있었다. 그 불빛에 드러난 야마다의 모습이 더욱 무섭게 보였다. 금방이라도 벌떡 일어나서 달려들 것만 같았다. 폭격 같은 것은 이제 무섭지가 않았다. 야마다의 주검만이 무서웠다.

비로소 자신이 벌거벗고 있음을 깨달은 가쯔꼬는 옆방으로 건너가 어둠 속에서 아무것이나 꺼내 입었다. 공포와 불안 때문에 울음조차 나오지가 않았다. 어떻게 해야 할지 생각이 서지 않았다. 그녀는 덜덜 떨면서 창가에 서 있었다.

참다 못한 그녀는 밖으로 뛰쳐나갔다. 밤거리에는 개새끼 한 마리 얼씬 않고 있었다. 건물이 무너지는 소리가 우르릉 쾅 하면서 들려왔다. 비명 소리가 한데 엉켜 들려왔다. 가쯔꼬가 살고 있는 일대에는 아직 폭격이 없었다. 그래서 모두 지하실에 들어가 죽은 듯이 웅크리고 있는 모양이었다.

그녀는 대문 앞에 서 있었다. 어떻게 할까, 어떻게 할까 하는 생각만이 걷잡을 수 없이 머리를 어지럽히고 있었다. 자신이 사람을 죽였다는 사실이 도무지 믿어지지가 않았다. 사람을 죽이다니, 그럴 수가 없다. 더구나 가위로 찔러 죽이다니, 있을 수 없는 일이다. 사람이 그렇게 쉽게 죽을 수 있을까. 그녀는 손을 들어 보았다. 번쩍이는 불빛에 보니 두 손이 피에 젖어 있었다. 그녀는 후들후들 떨다가 급기야 흐느껴 울었다. 벽에 머리를 댄채 그녀는 한참 동안 소리 없이 울었다.

공습해제 사이렌이 울리자, 사람들이 거리로 쏟아져 나왔다. 가쯔꼬는 얼른 집안으로 들어왔다. 울고 나니 마음이 좀 가라앉는 기분이었다. 그녀는 현관에 엉거주춤 서서 야마다가 누워 있는 방 쪽을 바라보았다.

어떻게 할까, 자수를 할까, 자수를 하면 틀림없이 사형을 받을 것이다. 그렇게 되면 하림씨는, 아버지는, 오빠는, 이 뱃속의 아기는 어떻게 될까. 안 된다. 죽고 싶지는 않다. 내가 죽어야 할 이유는 없다. 야마다 형사가 잘못한 것이다. 그는 저주받아 마땅한 사내다.

야마다 같은 인간은 이 사회에 해를 끼치는 악마다. 그런 인간은 없어도 좋다. 나는 살아야 한다. 시체만 감쪽같이 치울 수 있다면 실수가 있을 것이다.

날이 새기 전에 얼른 시체를 치워야 한다. 그리고 조선으로 떠나 버리면 되는 것이다.

이렇게 결정이 되자 가쯔꼬는 움직임이 정확해졌다. 그녀는 마음을 다져먹고 시체가 누워 있는 방안으로 들어가 불을 켰다.

처음과 달리 정신을 차리고 관찰하는 마음으로 살펴보니 야마다의 죽어 있는 모습은 더욱 끔찍스러웠다. 가슴에는 가위가 아직도 폭 박혀 있었다. 그런데 더욱 놀라운 일이 벌어지고 있었다. 얼룩 강아지가 방바닥에 흘러 있는 피를 핥아먹고 있지 않은가. 강아지는 온통 피에 젖어 붉은 빛이었다. 가쯔꼬는 멍하니 서 있다가 발작적으로 강아지를 들어올려 창밖으로 던져 버렸다. 몹시 놀랐는지 강아지는 한참 동안 울부짖었다.

야마다 형사는 거구였으므로 연약한 가쯔꼬로서는 어디서부터 손을 대야할지 막막하기만 했다. 그녀는 장갑을 낀 손으로 야마다의 다리를 잡아당겨 보았지만 야마다는 꿈쩍도 하지 않았다.

겁에 질린 그녀는 울기 시작했다. 그러나 울고만 있을 수도 없다고 생각하자 그녀는 다시 마음을 독하게 먹고 시체를 끌어 보았다. 시체는 조금 끌려왔다. 바싹 힘을 더하자 그것은 문턱까지 죽 당겨왔다.

뒷마루까지 시체를 끌고 오는데 성공한 그녀는 한참 기둥에 기대서서 헐떡거렸다. 숨이 차오르고, 온몸에는 땀이 흐르고 있었다. 꼭 악몽을 꾸는 것만 같았다. 자신이 지금 정상 상태인지,

아니면 미쳤는지 잘 알 수가 없었다.

한참 후에 가쯔꼬는 시체를 마루 끝으로 끌어당겨서는 밑으로 밀어 버렸다. 시체는 픽 소리를 내면서 마당으로 굴러 떨어졌다.

혼자 힘으로 시체를 집밖으로 끌어낸다는 것은 불가능한 일이었다. 집안 어디에다 숨길 수밖에는 딴 도리가 없었다.

그녀는 거의 제정신이 아닌 상태에서 시체를 뒷마당으로 끌고 갔다. 그리고 지하실로 내려가 삽을 들고 나왔다.

마당은 돌처럼 굳어서 잘 파지지가 않았다. 그녀는 정신없이 삽질을 했다. 도중에 몇 번씩이나 울었다. 울다가는 파고 울다가는 파고 했다. 팔이 떨려서 삽질도 마음대로 되지가 않았다.

날이 뿌옇게 밝아올 때쯤에야 그녀는 겨우 시체를 파묻을 만한 구덩이를 파놓을 수가 있었다. 너무 무섭고 겁이 났던 때문인지 그녀는 상상도 할 수 없을 정도의 집념을 가지고 작업을 했다, 구덩이의 깊이는 1미터가 채 못 되었다. 더 깊이 파야했지만 바위가 나타나는 바람에 중단하지 않을 수가 없었다.

좀 안심이 안 되었지만 워낙 급했기 때문에 그녀는 시체를 구덩이에 밀어 넣고 그대로 묻어 버렸다. 그때 낑낑거리며 강아지가 나타났다.

강아지는 여전히 피투성이였다. 겁에 질린 듯 꼬리를 밑으로 오그린 채 강아지는 가쯔꼬의 눈치를 살피다가 시체를 묻은 쪽으로 다가갔다. 그리고 주위를 돌면서 낑낑거렸다. 놀란 가쯔꼬는 삽을 집어던졌다. 강아지는 비명을 지르면서 수채구멍으로 도망쳤다.

이제 남은 문제는 핏자국을 모두 지우는 일이었다. 조금이라도 남겨서는 안 되므로 가쯔꼬는 걸레를 수 없이 빨아가며 방바닥과 마루를 닦고 또 닦았다. 피가 묻은 옷가지들은 모두 벗어서 태워 버렸다.

일을 모두 끝냈을 때는 한낮이 되어 있었다. 몇 번씩이나 집안을 둘러보고 이상이 없는가를 확인하고 나서야 그녀는 트렁크를 들고 밖으로 나왔다. 밖으로 문을 단단히 잠근 다음 그녀는 골목길을 빠져나갔다. 전시였기 때문에 집은 팔리지가 않았다.

마침 먼 삼촌뻘 되는 사람이 가까운 곳에 살고 있었으므로 시즈오까의 아버지와 상의해서 아무 때고 임자가 나타나면 팔아달라고 부탁해 두었다. 가재도구도 거의 그대로 놔둔 채로였다.

골목을 벗어나면서 가쯔꼬는 불안한 눈으로 주위를 휘둘러보았다. 꼭 누가 따라오는 것만 같았다.

거리에는 흙투성이가 된 사람들이 떼를 지어 힘없이 지나가고 있었다. 모두가 짐을 들고 있었고, 여자들은 하나같이 눈물 짓고 있었다. 폭격에 집과 가족을 잃은 사람들이 부지기수인 것 같았다. 중심가로 나가자 도처에는 처참한 광경이 벌어져 있었다. 건물은 파괴되고, 형체를 알아볼 수 없는 시체들이 여기저기 뒹굴고 있었다. 거리는 아직도 불타고 있었다. 도쿄시가 거의 불바다가 되어버린 만큼 진화작업은 있으나 마나한 것이었다. 역겨운 냄새가 거리에 충만해 있었다. 부모를 잃은 아이들이 울면서 가쯔꼬 앞을 지나쳐 갔다.

가쯔꼬는 외면한 채 빨리 걸음을 옮겼다. 지옥의 거리를 빨리 벗어나야 한다는 생각밖에 없었다.

다행히 도쿄역은 일부분만 파괴되었기 때문에 시간만 조금 변경되었을 뿐 제대로 기차 운행이 되고 있었다.

역에서 한 시간을 기다리는 동안에도 가쯔꼬는 연방 주위를 조심스럽게 둘러보곤 했다. 겁이 나서 견딜 수가 없었다.

그녀는 수수한 양장 차림을 하고 있었다. 임신 5개월의 몸이었지만 워낙 몸매가 좋았기 때문에 별로 몸의 균형이 깨뜨려지지 않은 모습이었다.

기차가 도쿄역을 출발했을 때에야 가쯔꼬는 비로소 조금 마음을 놓았다. 그러나 불안한 마음을 완전히 떨쳐버릴 수는 없었다.

날이 저물 때까지 그녀는 차창 가에 기대앉아 넋을 잃고 있었다. 시간이 흐르는 것이 의식되지가 않았다.

차창에 어둠이 배어들기 시작하자 그녀는 그제야 피곤을 느꼈다. 지난밤부터 꼬박 한잠도 자지 못 하고 있었다.

기차는 이튿날 오후에야 시모노세키에 도착했다. 그녀는 즉시 부두로 나가 관부연락선의 출항시간을 알아보았다.

시간은 다음 날 12시였다. 그때까지 시모노세키에 머무른다는 것이 어쩐지 불안했다.

생각 끝에 가쯔꼬는 지난 겨울 하림과 함께 들었던 여관을 찾아갔다. 여관 보이는 그녀의 얼굴을 알아보고는 2층의 그 방으로 안내했다.

보이가 나간 뒤 그녀는 방 가운데 우두커니 서 있었다. 하림과 함께 불태웠던 지난날의 사랑이 바로 어제처럼 생각되었다. 그러나 그때의 자신과 지금의 자신과를 비교하면 너무나도 엄청난 차이가 있었다. 그때의 자신은 무한한 행복 속에 젖어 있었지만 지금의 자신은 고등계 형사를 살해하고 도망치고 있는 몸이었다. 생각만 해도 끔찍한 일이었다. 자신이 그런 일을 했다고는 아무래도 믿어지지가 않았다. 악몽같이만 생각되었다.

어느새 두 뺨에는 눈물이 흘러내리고 있었다. 두 손으로 배를 쓰다듬으면서 그녀는 갑자기 처량한 신세가 되어버린 자신을 슬퍼했다. 문득 하림이 원망스런 생각이 들기도 했다. 그러나 지금 그가 사지(死地)에서 싸우고 있다고 생각하자 그에 대한 원망은 이내 연민으로 변했다.

그날 밤을 가쯔꼬는 악몽에 시달리면서 지냈다. 너무 피곤해서 자리에 쓰러지기는 했지만 깊은 잠은 못 이루고 몇 번씩이나 자리에서 일어나곤 했다.

이튿날 관부연락선에 오르기 전 가쯔꼬는 부두에서 조사를 받았다. 그녀는 몹시 떨렸지만 형사의 질문에 또박또박 대답한 다음 무사히 통과했다.

정오에 배는 예정대로 출발했다. 그녀는 갑판에 나와서서 멀어지는 일본땅을 슬픈 눈길로 바라보았다.

언제 돌아올지는 그녀 자신도 알 수 없는 일이었다. 영영 못 돌아올지도 모른다고 생각하자 눈물이 마구 쏟아졌다.

비가 올 듯 날씨는 흐렸다. 그녀는 자신에게 무형의 고통을 가하려는 생각에 사로잡혀 있었기 때문에 일부러 3등 선실에 자리를 잡았다.

부산에 닿은 것은 다음 날 오후였다. 악몽에 시달리고, 그리고 식사도 하지 않은 탓으로 가쯔꼬의 모습은 초췌했다. 사람들이 모두 나간 뒤에 그녀는 준비해온 조선 치마저고리를 꺼내 입었다.

사랑하는 이의 나라에 온 이상 조선 옷을 입고 싶었던 것이다. 엷은 하늘색 치마저고리는 그녀에게 썩 잘 어울렸다.

그녀는 두근거리는 마음으로 갑판으로 나왔다. 부산 부두가 한 눈에 내려다보였다. 흰옷을 입은 사람들이 유난히 많아 보였다. 처마가 얕은 집들이 오밀조밀하게 서 있는 것이 초라해 보였지만 시모노세키와 크게 다를 바가 없었다. 기모노를 입은 일본 여인들도 보였다.

부두로 나온 그녀는 인력거를 타고 곧장 역으로 나갔다. 마침 역에는 30분 후에 출발하는 경성행 열차가 있었다.

기나긴 여행이었다. 지친 그녀는 경성에 도착할 때까지 내내 졸았다.

경성의 풍물은 부산과는 사뭇 달랐다. 길도 넓었고 거의가 기와집들이었다. 일본인들도 많았다. 일본인들은 게다짝을 끌면서 오만하게 걸어가고 있는 반면 조선인들은 초라하고 조심스러워 보였다. 그것을 보자 가쯔꼬는 왠지 가슴이 아팠다.

말을 탄 일본인 경찰들의 모습은 위풍당당했다. 그들을 바라보는 조선 사람들의 시선은 두려움에 차 있었다. 일본인들이 크게 잘못을 저지르고 있다는 생각이 가쯔꼬의 마음을 몰아쳤다.

인력거꾼에게 주소를 적은 쪽지를 보여주자 가쯔꼬는 그대로 곧장 하림의 집으로 안내되었다.

하림의 집 앞에 섰을 때 가쯔꼬는 가슴이 꽉 막혀 숨을 쉴 수가 없었다. 그녀는 가슴을 진정하느라고 한참 동안 그 자리에 서 있었다.

하림의 집은 매우 오래된 듯 낡아 보였지만 어마어마하게 큰 집이었다. 대문은 성벽의 문처럼 높았고 담은 길을 돌아 끝이 보이지 않았다. 담 너머 조금 보이는 기와 지붕 위에는 이끼가 푸르죽죽 끼어 있었고 군데군데 잡초가 자라 있기도 했다. 수목이 울창해서 집 전체가 숲속에 들어앉아 있는 것 같았다.

가쯔꼬는 망설이다가 대문을 두드렸다. 한참 후에 쪽문이 열리면서 머리를 길게 땋아 늘인 소녀가 나왔다. 소녀가 뭐라고 물었지만 가쯔꼬는 말을 알아들을 수가 없었다.

"도쿄에서 온 가쯔꼬……가쯔꼬입니다."

그녀는 겨우 이렇게 말했다. 소녀는 눈을 동그랗게 뜨더니 안으로 뛰어들어갔다. 조금 후에 바지저고리 차림의 젊은 남자가 나타났다. 하림을 닮은 준수하게 생긴 사람이었다. 가쯔꼬는 그가 하림의 형이라는 것을 직감적으로 알았다. 하림의 형에 대해서는 철학을 전공한 시인이라는 것, 그리고 학교에서 교편을 잡다가 지금은 집에서 놀고 있다는 정도로 하림에게서 들은 적이 있었다.

가쯔꼬는 무턱대고 고개를 깊이 숙여 인사했다.

"가쯔꼬……가쯔꼬입니다. 용서하십시오."

"아, 가쯔꼬씨! 그렇지 않아도 기다리고 있었습니다."

시인은 유창한 일본말로 말했다. 감동적인 목소리였다.

가쯔꼬의 트렁크를 빼앗다시피 받아든 시인은 먼저 안으로 들어가 쪽문을 닫고 대신 대문을 활짝 열어제꼈다. 육중한 대문이 열리는 소리가 삐거덕삐거덕 하고 났다.

가쯔꼬는 활짝 열어제친 대문 안으로 조심스럽게 들어갔다. 나무 사이로 조그만 길이 나 있었다. 그 길로 노파 한 사람이 버선발로 뛰어왔다. 시인이 그 노파를 부축하고 있었다.

"어머니십니다."

시인의 말이 끝나기가 무섭게 노파가 가쯔꼬의 손을 덥석 붙잡았다. 여윈 모습이었지만 하림처럼 부드러운 눈매가 인자한 인상을 이루고 있었다.

가쯔꼬는 깊이 고개를 숙여 인사했다. 그리고는 걷잡을 수 없이 흐느껴 울었다. 하림의 어머니가 뭐라고 말했지만 알아들을 수가 없었다. 그녀도 가쯔꼬를 붙잡고 울었다. 시인의 아내로 보이는 여자도 달려나와 울었다.

"자, 들어가시지요."

시인이 웃으면서 말했다. 가쯔꼬는 방으로 들어가 조선 여자들이 하는 식으로 하림의 어머니에게 다시 큰절을 했다. 시인과 그 아내와도 정식으로 인사를 했다.

노파가 우는 바람에 가쯔꼬도 따라 울었다. 노파는 아들을 생각하고 슬퍼하는 것 같았다. 그러나 단둘이 남았을 때 노파는 가쯔꼬의 배를 쓰다듬으면서 기쁜 표정을 감추지 못했다.

　젊은 형사 하나가 어슬렁어슬렁 걸어오고 있었다.

　초저녁 어스름이 깔린 거리는 사람들의 왕래가 거의 없어 쓸쓸한 감마저 자아내고 있었다. 거의 매일 미군기의 폭격이 있었으므로 도쿄 시민들은 다투어 교외나 지방으로 피신하고 있었다. 문득 형사는 골목 어귀에서 붉은 강아지 한 마리를 발견했다. 네 발과 머리 부분이 유난히 붉었다.

　붉은 강아지는 처음 보는 일이라서 형사는 가까이 다가가 보았다. 그리고 그것이 개 피가 아니라 사람 피라는 생각이 직감적으로 느껴졌다.

　저렇게 피가 묻었는데, 주인은 닦아 주지도 않고 뭘 하나. 그런데 왜 저렇게 피가 묻었을까.

　이 젊은 민완형사는 지나치려다가 갑자기 강아지에게 달려들었다. 강아지는 급히 돌아서서 수채구멍으로 뛰어들어가 버렸다. 형사는 강아지가 들어간 집으로 다가갔다. 현관이 바로 길가에 나 있는 집이었다. 이런 집은 대체로 앞마당은 없고 뒷마당이 조금 있을 뿐이었다. 초인종을 눌렀으나 안에서는 아무 대답도 없었다. 문은 자물통으로 단단히 채워져 있었다. 이상한데……그는 고개를 갸우뚱했다.

　옆집과의 사이에 좁은 담이 있었다. 강아지가 들어간 쪽이었다. 형사는 좀 망설이다가 그 담을 뛰어넘어 안으로 들어갔다.

　이윽고 뒤뜰에 닿은 그는 그 자리에 멈칫했다. 강아지가 열심히 땅을 파헤치고 있었다. 그를 보자 강아지는 낑낑거리며 그 주위를 맴돌았다. 이상한 개새끼도 다 있다는 생각을 하며 주위를 휘둘러보다가 형사는 마루 밑에 던져져 있는 삽을 발견하고는 그것을 집어들었다. 그리고 강아지가 파헤친 땅을 찔러보았다.

삽이 푹 들어갔다. 무엇을 묻은 모양인데 다져놓지를 않은 것 같았다. 형사는 긴장하며 흙을 조심스럽게 떠내기 시작했다.

얼마 후 사람의 옷자락이 나타났다.

"어! 이거 뭐야!"

형사는 뒤로 물러섰다가 더 파보았다. 먼저 사람의 손이 나타났다. 형사는 삽을 팽개치고 밖으로 나왔다. 전신에 땀이 흐르고 있었다.

반 시간쯤 뒤에 그 형사는 정복 순사 두 명과 인부 한 사람을 데리고 다시 나타났다. 이번에는 현관문을 부수고 들어갔다.

시체가 발굴되고 야마다 형사의 신원이 밝혀지기까지는 불과 한 시간도 걸리지 않았다.

경찰은 초긴장했다. 제일 처음 용의선상에 오른 사람은 당연히 시체가 발견된 집 주인인 가쯔꼬였다. 가쯔꼬의 행방은 이내 밝혀졌다.

도쿄 경시청의 민완형사 두 명이 즉시 반도로 급파되었다. 이들 형사가 경성에 닿은 것은 가쯔꼬가 하림의 집에 도착한 지 사흘째 되는 날 새벽이었다.

형사들은 경성에 닿자마자 하림의 집으로 직행했다.

가쯔꼬는 뜰에 나와 새벽 공기를 마시고 있다가 형사들의 방문을 받았다. 하림의 어머니와 시인이 보는 앞에서 형사들은 가쯔꼬의 손에 철컥하고 수갑을 채웠다.

"망할년!"

형사 하나가 부리나케 가쯔꼬의 뺨을 후려갈겼다. 가쯔꼬는 고개를 푹 숙였다.

"아이구, 이놈들 웬 놈들이냐? 네놈들이 뭔데 우리 며늘아기를 때리는 거냐?"

하림의 어머니가 울부짖으며 가쯔꼬를 때린 형사에게 달려들었다.

"이 늙은 것이! 저리 가지 못해!"

형사는 버럭 고함을 지르면서 노파를 걷어차 버렸다. 하림의 어머니는 땅 위에 나동그라졌다. 시인이 달려들어 어머니를 일으켜 세웠다.

"여보시오! 노인에게 이거 무슨 짓이오? 당신도 사람이오?"

시인은 분노에 차서 말했다."

"뭣이?"

형사의 사나운 손길이 이번에는 시인의 얼굴을 후려갈겼다.

"이것들, 다 데리고 가!"

형사들은 하림의 어머니와 시인에게도 수갑을 채웠다.

경찰서에 끌려간 그들은 심하게 맞았다. 특히 시인은 가쯔꼬가 임신했다는 것을 강조하면서 항의했기 때문에 많이 구타를 당했다. 하림의 어머니와 시인은 이튿날 풀려나고 가쯔꼬만이 현해탄을 건너 도쿄로 끌려갔다.

그녀는 이렇게 빨리 돌아오게 된 자신의 운명에 희극적인 비애를 느꼈다. 그녀는 이 운명을 받아들이기로 하고 완전히 체념해 버렸다. 하림의 어머니와 시인에게는 죽어서도 눈을 못 감을 정도로 죄송한 생각이 들었다. 하림에 대해서는 일체 생각지 않으려고 애를 썼다.

도쿄 경시청에서 그녀는 심문에 앞서 혹독한 고문을 받았다. 형사들은 동료의 원수를 갚는다는 식으로 감정에 사로잡혀 있었으므로 사정을 두지 않고 고문을 했다. 전쟁이 몰고 온 단말마적인 발악이 또한 고문에 부채질을 가했다.

옷을 완전히 벗긴 그녀의 몸에 물이 부어지고 그 위로 채찍이 날았다. 그녀의 몸은 순식간에 피멍이 들고 이어서 부르터 피가 흘러내렸다. 기절하면 다시 물이 부어졌다.

쓰러진 육체를 책상 위에 올려놓고 네 명의 형사들이 고문을 했다. 얼굴이 퉁퉁 부어오른 그녀는 앞을 볼 수도 없었고 고통이 한계점에 다다르자 감각도 없어졌다.

그러나 그녀의 운명은 아직도 끝나지 않고 있었다. 그것은 기구하고도 모질었다. 그렇게 고통을 당했으면서도 뱃속의 아기는 꿈틀거리고 있었다. 그녀는 아기에 대해 저주스런 생각까지 들었다. 낙태는 법적으로 허용되지 않았으므로 그대로 아기를 가지고 있어야 했다.

1심에서 그녀는 사형언도를 받았다. 사실이 명약관화했으므로 시일을 끌 필요도 없는 재판이었다. 재판정에는 시인도 앉아서 방청했다. 일부러 조선에서 건너와 참석한 것이다. 가쯔꼬는 연민에 찬 그 깊은 눈길을 잊을 수가 없었다.

한 가닥 실낱 같은 희망을 안고 그녀는 1심 결정에 불복, 상소했다. 야마다의 야만적인 행동이 혹시 재판에서 고려되지 않을까 해서였다. 그러나 모두가 쓸데없는 짓이었다. 최고 법원에까지 올라간 그녀는 마침내 사형확정 판결을 받았다.

이 별

1944년 여름은 중국대륙에 주둔하고 있는 일본군에게 있어 특별한 시기라고 할 수 있었다. 이 시기에 일본군은 새로운 전기를 맞이하기 위해 중국대륙에 있어 최후의 공격을 시도했다. 이른바 「대륙관통작전(大陸貫通作戰)」 또는 「제1호 작전」이란 것이 바로 그것이었다.

당시 일본군은 태평양상의 제해권을 거의 연합군 측에 빼앗기고 있었으므로 해상연락이나 수송은 극도의 위기에 처해 있었다. 이 위기를 타개하기 위해 짜낸 방법이 중국대륙을 북으로부터 남쪽 끝까지 관통하여 육상통로를 확보하는 작전이었다. 따라서 이것이야말로 대륙에 진출한 전 일본군의 사활이 걸린 대작전이라고 할 수 있었다.

이 작전에서 일본군은 승승장구했다. 중국군은 싸움다운 싸움 한번 제대로 못해 본 채 참패를 계속했다. 7년 전인 1937년 남경 공방전에서 용맹을 떨쳐 철인(鐵人)이라 불린 탕은백(湯恩伯) 장군은 이번에는 불과 3주일만에 하남성(河南省)을 상실함으로써 가장 치욕적인 인물이 되기도 했다. 남방과 서방을 향해 노도처럼 밀고 내려간 일본군은 장사(長沙) · 계림(桂林) · 유주(柳州)를 차례로 점령했다. 그리하여 이 대작전은 성공리에 끝나 일본은 조선에서 중국대륙을 관통하여 안남(安南)까지 이르는 대철도망을 연결하게 되었다.

7개월에 걸친 이 전투에서 장개석이 이끄는 중국 국민당군은 70만 병력, 1백 46개의 도시, 20만 평방킬로의 지역, 36개의 비행장, 그리고 6천만 이상의 국민을 상실했다.

그런데 이 대륙관통작전과 비견할 만한 매우 중요한 작전이 같은 시기에 버마전선에서 전개되었다. 이른바 「인팔 작전」이라는 것이 그것이다.

같은 시기에 전개된 이 두 개의 대작전은 그 노리는 바가 서로 달랐다. 대륙관통작전의 목표가 중국대륙을 석권하는 것이라면, 인팔 작전은 인도대륙이 그 최종목표였다. 그러나 이 두 개의 작전은 그 중요성에 있어서나 작전 규모의 크기에 있어서 서로 비슷했다. 한 가지 다른 점이 있다면 대륙관통작전과는 달리 인팔 작전은 처절을 극할 정도로 전투가 치열했고, 결국 참담한 패배로 끝나고 말았다는 사실이다.

최대치가 참가한 것은 인팔 작전이었다. 두 개의 대작전을 앞두고 부대의 재편성이 불가피하게 되었는데 여기서 대륙관통작전은 좀 낙관적이라는 견해에 따라 대치가 소속해 있는 사단에서도 1개 연대 병력을 버마전선에 투입하게 된 것이다.

버마는 일본군에 있어 서부전선의 중요한 관문이었다. 따라서 이미 버마를 점령한 일본군은 인도를 향해 진격태세를 갖춘 것이다. 인도를 점령하면 영국이 항복하리라는 것이 일본군의 생각이었다. 또한 원장(援蔣)루트(미국이 중국군을 원조해 주는 산악 지대에 위치한 루트로 인도를 거쳐 북부 버마를 통과)를 차단함으로써 중국군의 숨통을 끊을 수 있다고 생각한 것이다.

이러한 목적에서 인도대륙을 향한 첫 공격목표가 된 곳이 인팔이었다. 인팔은 버마의 북부국경 너머에 위치한 인도의 요충이었다.

계절은 봄이 거의 지나고 여름의 문턱에 서 있었다. 부대가 어디론가 이동한다는 소문이 나돈 것은 며칠 전이었다. 그리고 행선지가 버마라는 것을 대치가 알게 된 것은 불과 출발 하루 전이었다.

그것을 안 순간 대치는 가슴이 철렁 내려앉았다. 중국을 떠나면 탈출할 수 있는 기회는 영영 사라져 버리고 만다. 탈출할 수 없다는 것은 곧 죽음을 의미한다. 그러나 아무리 궁리를 해 봐도 탈출은 불가능했다. 출발을 앞두고 며칠 전부터 외출이 금지되었을 뿐 아니라 경비가 강화된 것이다.

대치는 앞길이 암담했다. 탈출이 불가능하면 포기하는 수밖에 없었다. 버마에 가면 의외로 기회가 생길지도 모르는 일이었다. 지푸라기라도 붙잡고 싶은 절박한 심정이었기 때문에 그는 죽음의 땅 버마에다 희망을 던져 버렸다.

그러나 문제가 그것으로 끝난 것은 아니었다. 사실은 그것보다 더 안타까운 일이 남아 있었다. 여옥과 헤어져야 한다는 사실이 바로 그것이었다.

황량한 전쟁터에서 우연히 만나 가장 비극적인 사랑을 하게 된 이들 조선인 남녀는 그들이 언젠가는 헤어지리라는 것을 짐작은 하고 있었다. 그러나 그것이 현실로 눈 앞에 부닥쳐오자 그들은 완전히 당황하고 말았다. 이별 그것은 그들에게 있어서 뼈를 깎고 가슴을 찢는 무서운 고통이었다. 특히 그 아픔은 연약한 여옥에게 있어서 더욱 심했다.

이동한다는 것을 알았을 때 대치는 제일 먼저 위안부에 대해서 알아보았다. 위안부도 함께 동행하는지를 알고 싶었던 것이다. 그러나 버마에 이미 위안부가 있기 때문에 이곳 위안부는 동행하지 않는다는 대답이었다.

"남양군도에 위안부가 부족해서 그리로 간다."

대치에게서 만년필을 선물로 받은 어느 군조가 이렇게 대답했다. 그리고 군조는 이런 말도 덧붙여 말해 주었다.

"그런데 말이야. 남양에 가는 게 그렇게 쉬운 일이 아니야. 양키 배가 득실거려서 십중팔구 상어밥이 되게 마련이지. 그리고 무사히 간다고 해서 안전하다고 할 수도 없어. 남양에서는 지금 한창 죽느냐 사느냐 하는 판이니까 말이야."

"남양 어디로 갑니까?"

"그건 모른다. 아직 결정이 안 된 모양이야. 그런데 왜 그런 걸 묻나? 헤어지게 되니까 섭섭해서 그러나? 거기까지 계집애 꽁무니를 따라가고 싶나?"

"아, 아닙니다."

대치는 입을 다물어 버렸다.

그는 연병장으로 나와 어둠 속에 한동안 우두커니 서 있었다. 여옥에게 어떻게 말을 해야 할지 알 수가 없었다. 여옥은 이제 그에게 있어 잊을래야 잊을 수 없는 여인으로 자리잡고 있었다. 거기에는 강한 책임 의식도 뒤따르고 있었다.

먼저 동정심으로 출발한 것이었다. 그것은 아끼고 보호해야 한다는 생각으로 바뀌었고, 결국은 사랑이라는 형태로 승화되었다. 서로가 기구한 처지에 놓여 있었던 만큼 그들의 사랑은 그 응집력이 유난히 강했다. 단 하루도 보지 않으면 견딜 수 없었으므로 대치는 거의 매일이다시피 위안소 출입을 했다.

그들의 관계는 이윽고 부대 내에도 알려져 대치는 걸핏하면 병사들의 놀림감이 되곤 했다. 그러나 그는 그런 놀림에는 눈 하나 까딱하지 않았다. 갈수록 그는 여옥이 아름답게 보였고, 그녀의 끊어져 버린 재능을 아쉬워했다.

그런데 얼마 전부터 이상한 소문이 나돌기 시작했다. 여옥이 임신을 했다는 소문이었다. 그것이 누구의 아기냐 하는데 이르러서는 모두가 의견이 분분했다.

그것이 대치의 아기라고 말하는 사람도 있었고, 아기의 임자를 어떻게 알 수 있느냐고 반문하는 사람도 있었다. 아무튼 그것은 시끄러울 정도로 화제의 초점이 되었다.

대치는 짓궂은 병사들의 질문에 일체 대답을 회피했지만 그 아기가 자신의 씨라는 것을 잘 알고 있었다. 그것은 그와 여옥이만이 알고 있는 사실이었다.

여옥이 임신을 했다는 사실은 정말 놀라운 일이었다. 두 사람은 당황했다.

숱한 병사들을 상대하는 위안부가 임신한다는 것은 극히 드문 일이었다. 매일 남자들을 상대하다 보면 멘스가 없어지고 불감증이 되기 마련이다.

그것이 오래 계속되면 여자로서의 가장 중요한 기능의 하나인 임신이 불가능하게 된다. 그런데 여옥은 임신을 한 것이다. 희한한 일이었다.

대치가 여옥을 만나 임신 여부를 확인했을 때 그녀는 말없이 울기만 했다. 아직 눈에 띄게 표가 나지는 않았지만 임신에 대한 지식이 있는 남자가 볼 때는 임신이 틀림없었다. 처자가 있는 어느 나이 많은 병사가 이 사실을 발견하고는 소문을 퍼트린 것이다.

여옥이 임신을 하게 된 근본적인 이유는 그녀와 대치가 서로 사랑했기 때문이었다. 서로의 사랑은 육체적 결합을 보다 완전한 것으로 이루어 놓았다. 이것이 임신을 가져온 것이다.

여느 병사들은 위안부와 관계할 때 으레 콘돔을 사용했다. 고무가 귀했기 때문에 콘돔도 부족했다. 그래서 병사들은 한 번 사용한 콘돔을 버리지 않고 깨끗이 씻어 재사용하곤 했다.

이들과 관계할 때 여옥은 최대한 자신을 다치지 않으려고 노력했다. 이러한 노력은 그 나름대로의 기술을 낳았는데 그것은 여자만이 알 수 있는 비밀이었다.

그녀가 체득한 것은 바로 이런 것이었다. 영리한 그녀는 나약한 자신을 방어하기 위해 이러한 방법을 강구한 것이다.

때문에 그녀는 다른 위안부들과는 달리 불감증이나 임신 불능에 빠지지 않고 여자로서의 기능을 고스란히 지닐 수가 있었다. 바로 여기에 대치의 사랑이 깊게 작용한 것이다.

대치와 여옥은 콘돔을 사용하지 않았다. 서로가 그것을 원한 것이다. 그들은 임신에 대한 두려움도 모른 채 자신들의 사랑을 완벽한 것으로 만들기 위해 전심전력으로 상대방에 탐닉했다.

그들은 모든 것을 주었고, 또 서로 모든 것을 차지했다. 이런 관계에서 여옥이 대치의 아이를 갖게 된 것은 당연한 일이었다.

이 소문은 병사들 사이에만 나돌다가 급기야 상부에까지 올라갔다. 사실을 확인한 부대장은 놀랐다기 보다는 난처했다. 이런 일은 처음이었다. 그렇다고 임신한 위안부를 내쫓을 수도 없었고 수술을 하자니 군대 내에 산부인과 의사나 시설이 있을 리가 없었다. 귀찮다고 생각할 즈음에 부대이동 명령이 내렸다. 위안부를 데리고 가지 않는 이상 이젠 임신부에 대해 책임질 필요가 없게 되었다. 결국 상층부의 의견은

"그까짓 위안부의 임신, 군대가 관계할 바가 아니다."

라는 것으로 결론이 내려졌다. 남양군도의 어디론가 다시 끌려가게 될 위안부, 그 위안부의 임신 따위에 신경을 쓸 만큼 일본군이 그렇게 인도주의적일 리는 만무했다.

이제 고통은 여옥과 대치 두 사람만의 것이 되었다. 임신한 그녀를 두고 떠나게 된 대치는 몸둘 바를 몰랐다. 자신이 크나큰 죄를 짓고 말았다고 생각되었다. 자신이 떠나지 않는다고 해서

별 수가 있는 것은 아니지만 그녀를 죽음의 늪 속에 혼자 남겨둔다고 생각하자 가슴이 찢어지는 것만 같았다. 임신만 하지 않았더라도 아픔이 좀 덜했을 것이다. 임신한 그녀가 생지옥이나 다름없는 남양군도에서 살아남을 수 있을지는 극히 의문이었다. 아니 불가능한 일이었다.

대치는 위안소 쪽을 바라보다가 호각 소리를 듣고는 발길을 돌렸다. 내일 아침 출발을 앞두고 위안소 출입은 엄중히 금지되어 있었다. 그러나 아무리 금지라고 하지만 출발 전에 여옥을 꼭 한 번 만나야 했다.

취침나팔은 평소보다 두 시간 앞서 있었다. 갈 길이 멀었기 때문에 병사들로 하여금 미리 잠을 자두게 하기 위해서였다.

대치는 옷을 입은 채로 잠자리에 들었다. 잠이 올 리가 없었다. 자정이 지나자 그는 화장실에 가는 체하고 밖으로 빠져나왔다.

그는 위안소 쪽으로 재빨리 걸어갔다. 여옥의 방에는 아직 불이 켜져 있었다. 그가 문을 열었을 때 여옥은 방에 웅숭그리고 앉아 있었다. 무릎 위에 얼굴을 파묻고 있던 그녀는 인기척에 소스라치듯 놀라며 고개를 쳐들었다. 얼굴은 온통 눈물로 뒤범벅되어 있었다.

대치는 방으로 뛰어들어가 그녀를 와락 껴안았다. 여옥이 그의 품에 안기며 울음을 터뜨렸다. 이미 그녀는 부대가 내일 떠난다는 것을 알고 있었다.

대치는 불을 끄고 자리 위에 그녀를 눕혔다. 그녀는 전신으로 흐느끼고 있었다. 소리를 집어삼킬 때마다 몸이 격렬하게 떨리곤 했다. 비통한 흐느낌은 가슴을 타고 온몸으로 흘러들어 왔다. 대치는 말을 잊은 채 그녀의 등을 쓰다듬고 또 쓰다듬었다. 그녀의 울음을 그치게 하고 싶지가 않아 마음껏 울도록 내버려 두었다. 그 자신도 소리 없이 울고 있었다.

"저를 죽여 주세요."

흐느끼던 여옥이 겨우 말했다. 대치는 그녀의 볼에 자기 볼을 비볐다.

"그런 생각하면 안 돼. 죽으면 안 돼. 살아야 해."

그의 목소리가 떨리고 있었다. 여옥은 더욱 대치의 가슴속으로 파고들었다.

"살기 싫어요. 무서워요."

"살아야 돼. 그래야 다시 만날 수 있어."

이 말에 그녀는 한참 동안 침묵했다. 대치도 침묵했다.

그들은 어둠 속에서 서로를 부둥켜안은 채 오래도록 침묵했다. 뜨거운 가슴과 숨가쁜 호흡을 의식하는 것만으로 그들은 이별의 아픔을 달랬다. 그러나 그것이 그들의 마음을 달래줄 리는 만무했다. 서로를 의식하면 의식할수록, 그리고 이별의 시간이 가까워지면 가까워질수록 그들의 마음은 더욱 더 안타까워지기만 할 뿐이었다.

대치는 한 손으로 여옥의 목을 휘어감고 다른 한 손으로는 그녀를 바짝 끌어당겼다. 그들은 너무 서로를 밀착했기 때문에 몸이 곧 부서질 것만 같았다. 그러나 누구도 몸을 떼려고 하지 않았다.

무거운 정적이 그들을 휩싸고 있었다. 어둠이 무너져내리고 있었다. 어둠은 두텁고 칙칙했다. 그 어둠 속에 그들은 영원히 묻혀 버리고 싶었다.

어둠이 걷히면 헤어진다는 생각에 여옥은 온몸을 떨었다. 그녀는 대치가 허락한다면 그와 함께 죽어 버리고 싶은 것이 솔직한 심정이었다. 사랑하는 이의 품에 안겨 눈을 감으면 한이 없을 것 같았다.

대치는 대치대로 여옥에 대한 죄의식과 일제에 대한 분노, 그리고 그들의 사랑에 대한 비통한 감정 등으로 하여 온몸이 갈갈이 찢기는 고통을 느끼고 있었다. 살 수 있는 길을 생각한다면 그녀를 데리고 탈출하는 방법밖에 없었다.

그러나 그것은 현실적으로 도저히 불가능했다. 자칫 잘 못 하다가는 두 사람이 모두 한꺼번에 생명을 잃을지도 모른다. 대치의 입에서는 한숨이 길게 새어나왔다.

소리를 죽여가며 흐느끼는 여옥을 그는 다시 꽉 껴안았다. 여옥은 대치의 넓은 가슴속으로 파고들면서 얼굴을 마구 비벼댔다.

학도병으로 끌려온 후 온갖 험하고 궂은 일을 겪어온 대치였지만 여옥과의 이별처럼 이렇게 가슴 아픈 일은 처음이었다. 강하고, 어느 면에서는 점점 잔인한 일면을 띄어가고 있는 그였다. 그러나 여옥의 앞에서 그는 일개 나약한 청년에 불과했다. 그는 흘러내리는 눈물을 그대로 내버려 두었다.

바람이 일기 시작하는지 지붕 위로 바람이 지나가는 소리가 들려오고 있었다. 조금 후에 후두둑하고 빗방울이 떨어지는 소리가 났다.

대치는 옷을 벗었다. 그리고 그녀의 옷도 벗겨 주었다. 마지막 사랑의 행위를 위해 그들은 비감 어린 손짓으로 서로를 어루만졌다.

상대의 몸을 영원히 기억해 두려고 그들은 미친 듯이 파고들었다. 떨어져서는 안 된다는 듯이 그들은 뜨겁게 부딪쳤다. 안타까운 몸부림이었다.

대치는 땀을 흘리고 있었다. 그녀는 흡사 열병환자처럼 여옥을 애무했다. 그녀의 배를 쓰다듬을 때 그의 손은 처음 여자를 대하는 것처럼 떨렸다. 평생 아껴 주고 싶은, 소중하기 짝이 없는 그녀였다. 그녀가 임신하고 있다는 사실이 그로 하여금 더욱 그녀에 대한 애정을 샘솟게 했다.

"우린 살아야 돼. 여옥이는 살아 있어야 해. 그래야 만날 수 있어."

그는 냉정을 찾으려고 애쓰면서 말했다. 그가 할 수 있는 말은 이것뿐이었다. 그는 벌써 몇 번째 이 말을 되풀이하고 있었다.

"정말……만날 수 있을까요?"

그녀도 같은 말을 되뇌고 있었다. 그러나 그녀의 목소리는 거의 꺼져들어 잘 들리지가 않았다.

"우리가 살아 있기만 한다면 언젠가는 만나게 될 거야. 틀림없이 만나게 돼."

우리는 틀림없이 만나야 한다고 대치는 자기 자신에게 다짐했다. 다시 만난다는 것이 거의 불가능한 일이었지만 그는 이렇게 스스로에게 다짐했다. 그것은 그가 앞으로 해내야 할 가장 큰일 중의 하나인 것처럼 생각되는 것이었다.

여옥은 대치의 넓은 가슴속으로 한없이 빠져들어 가는 기분이었다. 이 넓은 가슴속에 안겨 영원히 잠들어 버리면 얼마나 좋을까. 왜 우리 인간은 자유롭게 살지를 못할까. 내 운명은 앞으로 어떻게 될까. 이분과 떨어져서 과연 살아갈 수 있을까. 안 돼. 나는 자신이 없는 걸. 도무지 자신이 없는 걸. 죽어 버려야지. 죽어 버려야지. 죽어 버려야지.

대치가 없었다면 그녀는 몸부림치며 통곡했을 것이다. 그러나 대치 앞에서 그렇게 정신없이 감정을 폭발할 수는 없었다. 여전히 그녀는 수줍은 여자에 불과했다.

오직 죽어야 한다는 생각 때문에 그녀는 제대로 의식을 지탱할 수조차 없었다.

처음에는 대치의 말대로 다시 만날지도 모른다고 생각되기도 했지만 그것이 얼마나 기약 없는 막연한 희망인가를 알자 오히려 더욱 절망적이 되었다. 대치는 다시 만나기 위해서는 살아야 한다고 거듭 강조하고 있었지만 이제 그녀에게는 그런 말이 아무런 의미가 되어주지를 못했다. 절망적인 몸짓으로 그녀는 대치에게 매달렸다.

"가지 말아요."

"안 갈 수 없어."

대치는 가까스로 격정을 누르면서 말했다.

"같이 아무 데로나 가요. 도망가요!"

"안 돼! 도망가는 건 불가능해. 잡히면 둘 다 총살이야. 개죽음 당하는 거야. 그럴 필요는 없어."

그는 칼로 가슴을 가르는 것 같았다. 이렇게밖에 말할 수 없는 자신이 몹시도 저주스러웠다.

"그래도 가요! 가다가 잡히더라도 도망가요!"

"안 돼! 그럴 수는 없어!"

대치는 여옥을 잡아 흔들었다. 그는 여옥의 입을 틀어막고 싶었다.

"겁이 나서 그러는 게 아니야!"

"알고 있어요! 그렇지만 전 혼자 있는 건 싫어요! 무서워요!"

아, 이 여자를 어떻게 해야 한단 말인가. 대치는 입술을 깨물었다. 그는 문득 자신이 아무런 말도 할 자격이 없다는 것을 깨달았다.

그녀에게 말을 하면 할수록 자신이 결국 비굴해 질 수밖에 없다는 생각이 들었다. 이 여자의 내일을 책임질 수 없는 자가 도대체 무슨 말을 하겠다는 것인가.

혹시 운이 좋아 두 사람이 살아 있게 된다면 훗날 어디선가 만나게 되겠지.

서로의 고향을 찾아가 보면 그들의 소재를 알 수 있을 것이다. 이런 막연한 희망을 가지고 어떻게 그녀의 슬픔을 달랠 수 있단 말인가.

거구인 대치에 비해 여옥의 몸은 작았다. 그래서 대치가 팔을 벌리면 그녀는 거의 묻히다시피 그의 가슴속으로 포옥 들어와 안기곤 했다. 그는 손을 뻗어 그녀의 등을 어루만졌다. 처음 대했을 때와는 달리 그녀의 몸은 지난 몇 달 사이에 무척 야위어 있었다. 몸의 탄력성은 없어지고 뼈만이 앙상하게 손바닥 가득히 느껴졌다. 가여운 생각에 그는 가슴이 메어져왔다. 이렇게 허약한 몸으로 더구나 임신한 몸으로 나이 어린 여옥이 앞으로 살아나간다는 것은 도저히 불가능한 일이었다. 그것을 알면서도 그는 그녀를 죽음의 땅에 내팽개치고 떠나야 하는 것이다. 자신에 대해 이렇게 뼈저리게 무력함을 느껴보기는 실로 처음이었다. 그는 자신이 빈 껍데기가 아닌가 하고 생각했다.

빗소리와 바람 소리는 더욱 거세어지고 있었다. 대치는 비로소 두려움을 느꼈다. 언제나 도전적이고 패기만만한 그도 생존에 두려움을 느낀 것이다.

갑자기 호각 소리가 들려왔다. 비상이 걸렸는지 어둠 속에서 갑자기 병사들의 급한 발짝 소리가 들려왔다.

대치가 미처 옷을 입기도 전에 방문이 벌컥 열리면서 플래시의 불빛이 방안으로 비쳐들었다.

"이 새끼! 여기 있었구나!"

오오에 오장의 고함 소리가 터져나왔다. 오오에는 신발을 신은 채로 방안으로 뛰어 들어오더니 대치의 가슴을 냅다 걷어찼다.

"이 자식아! 네놈 도망간 줄 알고 부대에 비상이 걸렸어! 출입하지 말라고 지시했는데도 여기 와서 계집애 엉덩이를 만지고 있어?"

오오에는 다시 대치를 걷어찼다. 동진의 사건으로 혼이 났던 그는 그때의 부상으로 입원했다가 얼마 전에 퇴원했었다. 그런데 그 사건으로 하여 그는 반성을 하거나 교훈을 얻기는커녕 오히려 조선인 학도병에 대해 더욱 증오심을 품고 있었다. 특히 동진이 그에게 달려들었을 때 대치가 옆에서 말리지도 않고 방관만 하고 있었다는 것을 잘 알고 있는 그는 대치에 대해 급속도로 증오심을 키우고 있었다.

오오에가 볼 때 동진에 비해 대치란 놈은 사는 방법이 다르다고나 할까, 유다른 데가 있는 녀석이었다. 허약한 동진은 고집스럽게 정면에서 자기를 지키려 드는 바람에 항상 얻어맞기만 했는데, 대치란 놈은 그게 아니었다. 놈은 시키는 대로 고분고분하게 말을 들어먹음으로써 상대방에게 빈틈을 주지 않았다. 그 행동이 언제나 자신만만해 보였고 일종의 위압감마저 주고 있었다. 여기에 오오에는 심한 반감을 느끼고 있었다. 언젠가는 자기 앞에 무릎 꿇게 하고야 말겠다고 그는 벼르고 있었다. 죠센징이 당당하게 나온다는 건 있을 수 없는 일이다. 그래서는 안 된다. 죠센징이란 항상 약하디 약한 못난 자식들이어야 한다. 이것이 오오에의 생각이었다.

그는 울고 있는 여옥을 힐끗 바라보았다. 그리고는 재미있는 것을 발견했다는 듯 더욱 기승을 부렸다.

"흥, 이것들이 그러고 보니까 이별주를 마셨나 보구나. 이런 망할 것들, 지금이 어느 때라고 울고불고 야단이야. 여기가 어디라고 재수 없게 우는 거야?"

오오에는 여옥의 뺨을 철썩철썩 갈겼다. 그런 다음 벌거벗은 채로 있는 대치를 밖으로 끌어냈다. 대치가 옷을 입으려고 하자 오오에는 무자비하게 그를 갈겼다.

연병장에는 소대원들이 모두 나와 있었다. 오오에는 그들을 두 줄로 세워 서로 마주보게 했다. 그리고 나서 그 사이로 대치를 떠다밀었다.

"엎드려 기어, 이 새끼야! 개처럼 짖으면서 기어! 빨리!"

언젠가 죽은 동진도 이런 기합을 받은 적이 있다고 생각하면서 대치는 땅에 두 손을 짚고 무릎을 꿇었다. 비가 쏟아지고 있어서 금방 몸에 한기가 느껴졌다.

그는 앞으로 어기적어기적 기어나갔다. 그러자 기다렸다는 듯이 양켠에 서 있던 병사들이 그를 걷어차기 시작했다.

"이 새끼, 네놈 때문에 잠도 못 자고 있다는 걸 알아야 해."

"죠센징, 네놈들은 하는 수가 없어. 때려서 길러야 해. 나를 원망하지 마라. 이건 하늘의 이치다."

몽둥이로 엉덩이를 후려치는 병사도 있었다. 어둠과 비, 그리고 바람 소리가 병사들을 광기로 몰아넣고 있었다.

대치는 몸에 통증을 느낄 때마다 이를 악물었다. 그리고는 컹컹 하고 짖었다. 열을 벗어났을 때 그는 거의 가누기가 힘들 정도로 늘어져 있었고 온몸은 흙탕물로 뒤범벅이 되어 있었다. 쓰러져서는 안 된다, 쓰러져서는 안 된다. 그는 자신을 타이르면서 두 다리를 버티고 일어섰다. 오오에가 다가왔다.

"이 새끼, 맛이 어때? 이번에는 이 정도로 해둔다. 내일 출발 덕분인 줄 알아."

대치는 젖은 몸을 끌고 막사 쪽으로 흐느적흐느적 걸어갔다. 그는 오오에에 대한 증오의 감정도 느끼지 못 하고 있었다. 그 고통 속에서도 그는 여옥을 생각하고 있었다. 그녀와의 이별에 대한 비통한 감정과 죄책감에 빠져 그는 오히려 자학적인 기분에 젖어 있었다.

날이 밝자 비는 더욱 거세게 퍼붓기 시작했다. 천둥이 치고 번갯불이 번쩍했다.

완전무장한 군인들은 비를 맞으면서 부동자세로 서 있었다. 지휘관이 연단 위에서 군도를 짚고 서서 열심히 무슨 말인가를 하고 있었다.

연병장 한쪽 구석에 서 있는 위안부 막사 한 귀퉁이로 몇 명의 위안부들이 나타났다. 그녀들은 부끄러운 듯 벽에 몸을 반쯤 가리고 서서 군인들을 뚫어지게 바라보고 있었다.

그녀들을 보자 병사들이 동요하는 것 같았다. 그러나 그뿐이었다. 그들은 다시 부동자세로 앞을 바라보았다. 출전을 앞둔 마당에 여자 따위는 안중에도 없다는 듯한 태도였다.

그러나 여자들은 그렇지 않았다. 특히 조선 여자들의 경우 그 감정은 유다른 데가 있었다. 비록 이곳에 끌려와서 짓밟힐 대로 짓밟히고 배설의 상대로서 공동변소 취급을 받아왔지만 몇 달 지나는 사이에 그녀들의 순진성은 정에 이끌리고 있었던 것이다. 상대가 누구냐 하는 것은 문제가 되지 않았다. 증오의 감정은 메말라 버리고 그 위에 서글프게도 사랑이 꽃피고 있었던 것이다.

대치는 정면을 향해 꼿꼿이 서 있었지만 그의 두 눈은 위안소를 바라보고 있었다. 그의 귀에는 아무 소리도 들리지 않았다. 온 신경이 여옥이를 향해 쏠려 있었으므로 그는 다른 것을 의식할 여유가 없었다.

여옥이는 다른 여자들과는 좀 떨어진 곳에 혼자 서 있었다. 비를 피할 생각도 하지 않은 채 조금이라도 대치를 가까이 보려고 앞으로 나와 전봇대 뒤에 몸을 가리고 서 있었다. 빗물이 온몸을 적셔도 그녀는 움직이지 않았다.

대치는 빗물 같기도 하고 눈물 같기도 한 것이 자꾸만 눈앞을 가려 앞이 잘 보이지가 않았다. 그래서 그는 눈을 자주 감았다 떴다 했다.

이윽고 군인들은 질서정연하게 차에 오르기 시작했다. 포장된 트럭 속으로 군인들은 가득가득 들어가 앉았다.

대치는 맨 마지막에 차에 올랐다. 그리고 뒷자리에 앉아 다시 여옥을 바라보았다.

여옥은 몸을 가리고 있던 전봇대에서 벗어나 더 앞으로 나와 있었다. 그녀는 몸뻬 대신 처음 이곳에 끌려왔을 때 입었던 치마저고리를 입고 있었다. 옷고름 하나를 입에 물고 하염없이 자기를 바라보고 있는 그녀를 보자 대치는 당장 뛰어내려 그녀에게 달려가고 싶은 충동을 느꼈다.

차가 움직였다. 벌써 수십 대의 트럭이 빗속을 뚫고 달리고 있었다. 대치가 탄 트럭은 연병장을 천천히 가로질러 갔다.

대치는 군모를 벗어들었다. 이 쓰라린 이별의 순간에 그는 갑자기 여옥이에게 최대의 예의를 보이고 싶었다. 그녀의 희생이 문득 거룩하게 느껴졌던 것이다. 트럭이 정문을 통과할 때까지 그는 눈 하나 깜빡하지 않고 여옥을 바라보고 있었다. 조금 후에 그는 그녀를 향해 군모를 높이 쳐들었다. 그리고 그것을 천천히 흔들었다.

그때 갑자기 여옥이 뛰어오기 시작했다. 빗속을 그녀는 미친 듯이 뛰어왔다. 신발도 벗어 버린 채 손을 내저으며 허둥지둥 뛰어왔다. 대치는 놀라서 몸을 일으켰다. 그의 오른쪽 발이 트럭의 난간을 짚었다. 자기도 모르게 그는 뛰어내릴 자세를 취했다. 그러자 오오에가 뒤에서 총대로 그의 등을 콱 찔렀다.

"이 새끼가 죽고 싶어 환장했나!"

대치는 움찔했다. 여옥이 쓰러졌다가 다시 일어서는 것이 보였다. 차가 속력을 내자 그녀의 모습은 금방 작아져 버렸다.

대치는 손을 흔드는 것도 잊은 채 멍하니 그녀를 바라보기만 했다. 그는 두 눈에 가득 찬 눈물이 볼을 타고 흘러내리는 것도 모르고 있었다.

여옥아……용서해라……용서해라……부디……어디를 가든……살아 있기 바란다……여옥아……살아야 한다……너를 결코 잊지 않겠다……사랑하는 여옥아……여옥아……여옥아…… 여옥아…… 아, 여옥아…… 너를 죽도록 사랑하마…… 안녕…… 안녕…… 안녕…….

대치는 터져나오는 울음을 참느라고 입을 꾹 다물었다.

여옥은 정문 초소 헌병에게 따귀를 한 대 얻어맞고 그 자리에 풀썩 쓰러졌다.

"망할년 같으니! 여기가 어디라고 함부로 날뛰는 거야?"

여옥은 쓰러진 채로 멀리 사라져가는 차량의 행렬을 바라보았다. 빗속에 묻혀 대치의 모습은 이미 보이지 않고 있었다.

대치 이등병님…… 같이 가요…… 저 좀 데려가 줘요…… 혼자 가시면 싫어요…… 싫어요.

그녀는 속으로 울부짖었다. 비에 젖은 머리칼을 타고 빗물이 온통 얼굴 위로 흘러내리고 있었다. 저분을 놓쳐서는 안 된다…… 따라가야 한다…… 천리 만리 길이라도 따라가야 한다…… 나는 혼자 살 수 없어…… 혼자 두고 가면 죽어 버릴 거야…… 나는 죽을 수밖에 없어…… 아, 대치 이등병님…… 저를 데려가 주세요…… 데려가 줘요…… 혼자 가시면 미워요…… 이 아기는 어떻게 하라고 혼자 가시는 거예요…… 미워요…… 정말 미워요…… 그렇게 가시는 것이 저를 사랑하는 건가요…… 오, 하느님…… 저분 곁에 있게 해 줘요…… 저분 곁에 있게 해 주시면 어떠한 고난이라도 달게 받겠습니다…….

그녀는 휘청거리는 몸을 겨우 가누면서 일어섰다. 대치가 떠나간 쪽을 바라보는 그녀의 눈길은 정신이 모두 빠져 있는 듯 멍한 빛이었다.

"이게 미쳤나?"

헌병이 다시 여옥의 뺨을 철썩 하고 후려갈겼다.

그제야 그녀는 정신이 드는 듯 헌병을 바라보았다. 뒤늦게 달려온 위안부들이 여옥을 잡아끌었다.

"싫어요!"

여옥은 몸을 뿌리치면서 울음을 터뜨렸다. 너무도 격렬하고 비통한 울음 소리였기 때문에 위안부들은 섣불리 손을 못 대고 머뭇거리기만 했다. 여옥을 때린 헌병도 안 되었다 싶었던지 입맛을 쩍 다시면서 초소 안으로 들어가 버렸다.

여옥은 두 손으로 얼굴을 가리고 서서 한참 동안 소리내어 울었다. 울어도 울음은 그칠 것 같지가 않았다. 비에 젖은 가냘픈 어깨가 울음을 삼킬 때마다 후들후들 떨리곤 했다.

한참 후 울음이 그치고 나서야 위안부들은 여옥을 부축하여 위안소 쪽으로 돌아갔다. 조선 출신 위안부들은 어려운 대로나마 서로 위로할 줄을 알고 도울 줄도 알았다. 그녀들은 비탄에 젖어 있는 여옥이를 막사로 데리고 가 젖은 옷을 갈아입히고 자리에 눕게 했다.

그녀들이 돌아간 다음 여옥은 다시 한참 동안 흐느껴 울었다. 그녀는 소리 죽여 몇 번이고 최대치를 불렀다. 나중에는 그를 원망하고 하느님까지 저주했다.

전생에 제가 무슨 죄를 지었기에 이 육신은 이렇게 갈기갈기 찢기우고 이제는 사랑하는 이마저 떠나보내야 합니까. 차라리 저를 죽여 주시옵소서. 이 몸이 잉태하고 있는 씨가 죄악의 씨라면 함께 죽여 주시옵소서. 그러나……하느님……제가 당하고 있는 이 시련은 아무리 생각해도 이해가 되지 않습니다. 어린 생각일지도 모르옵니다만……저는 지금 하늘의 진리를 의심하고 싶습니다. 아니, 의심하고 있습니다. 하느님, 하느님은 과연 누구 편이옵니까. 이 불쌍한 것을 사랑하신다면 왜 현명한 길을 가르쳐 주시지 않으십니까. 이 어리석고 보잘 것 없는 소녀는 하느님의 품을 떠나……하느님의 은혜를 잊어버릴지도 모르겠습니다. 비록 그렇더라도 이 버림받은 죽은 몸을 다시 찾지는 마시옵소서.

그녀는 다시 쓰러져 울었다. 그녀는 대치를 부르다가 어머니를 불렀다.

한참 후 그녀는 발작적으로 일어나 창문을 열었다. 비는 계속 쏟아지고 있었다. 비오는 거리에는 아무것도 보이지 않았다. 트럭에 올라 일본 병사들 틈에 끼어 모자를 벗어 흔들던 그 학도병은 다시는 나타나지 않고 있었다. 여옥은 갑자기 가슴이 식는 것을 느꼈다.

그녀는 창틀을 꽉 움켜쥐면서 그가 떠나간 쪽을 쏘아보았다.

대치 이등병님……그녀는 가만히 그의 이름을 불러보았다. 불러도 불러도 부르고 싶은 그 이름이었다. 대치 이등병님……부디 몸조심하세요. 어디 가시든 당신만은 살아 계셔야 해요. 저 때문에 걱정은 하지 마세요. 저 같은 것은 잊으셔도 돼요. 당신을 따라가려고 하다니, 제가 얼마나 어리석은 계집인가를 이제 알겠어요. 일개 위안부인 제가 당신 같은 분을 사랑하다니, 정말 어리석기 짝이 없었어요. 당신이 이 비천한 계집에게 베풀어주신 그 은혜와 사랑은 영원히 제 가슴속에 아름다운 추억으로 남아 있을 거예요. 당신은 저에게 크나큰 구원의 빛이었어요. 그 빛이 있었기에 저는 이 생지옥에서 살아남을 수 있었던 거예요. 그 빛이 스러진 지금 저는 앞으로 어떻게 살아나가야 할지 모르겠어요. 바로 이 시간부터 저는 제 자신에 대한 모든 것을 생각지 않도록 노력하겠어요. 죽은 목숨이나 다름없는 이 육신은 이제 땅 위에 버려진 돌멩이처럼 이리저리 굴러다니겠지요. 이것이 운명이라면 말없이 받아들일 수밖에 없겠지요. 그러나 과연 저에게 이 운명을 받아들일 힘이나마 있는지 모르겠군요. 대치 이등병님, 부디 살아서 고국으로 돌아가세요. 대치 이등병님, 이 비천한 소녀가 당신 같은 분을 사랑한 것이 죄가 될까요. 어리석은 짓인 줄 알지만⋯⋯당신을 사랑하고 싶은 걸 어떡해요. 대치 이등병님⋯⋯안녕⋯⋯부디 안녕히⋯⋯.

여옥은 창틀에 머리를 부딪치며 다시 흐느껴 울었다. 앞이 캄캄해지면서 절망감이 엄습했다.

그날부터 여옥은 아무것도 입에 대지 않았다. 방에 틀어박혀 밖에 나오려고도 하지 않았다. 일체 입을 열려고도 하지 않았다. 허탈상태에 빠져 멍하니 허공만을 바라볼 뿐이었다.

그렇지 않아도 여윈 그녀는 바짝 말라갔다. 마침 부대 이동으로 인한 공백기로 잠시 동안이나마 병사들의 발길이 뜸해진 것이 그녀에게는 퍽 다행이라고 할 수 있었다.

그녀는 밤이면 악몽에 시달렸다. 대치 이등병이 그녀의 이름을 부르며 총살당하는 꿈, 어머니가 목매어 자살하는 꿈, 꿈은 모두가 이렇게 끔찍한 것들이었다.

위안부로서 몇 달 동안 짓밟힌 데다 대치와의 기막힌 이별이 가져다 준 고통으로 하여 그녀의 그 총명하고 아름답던 얼굴은 채 피기도 전에 시들어가고 있었다.

살아 있는 것은 두 눈뿐이었다. 투명하고 맑던 두 눈은 그늘을 드리운 채 자꾸만 커져 가는 것 같았고 그것은 허공을 향해 끊임없이 무엇인가를 갈구하고 있었다.

그런데 그녀는 절망에 빠진 여자 같지 않게 몸을 유난히 깨끗이 하고 있었다. 자신을 아름답게 보이고 싶은 것은 여자의 본능이겠지만, 그녀는 하루에도 몇 번씩 얼굴을 씻고 몸단장을 깨끗이 했다. 그렇다고 화장을 한다거나 하는 것은 아니었다.

그저 자신이 투명해지도록 닦고 닦기만 했다. 그것은 마치 죽음을 앞둔 여자가 자신의 몸을 깨끗이 단장해 두는 것만 같아서 신비하기까지 했다.

불안한 나날이 흘러갔다. 위안부들에게는 새로운 고통이 기다리고 있었기에 하루하루가 불안한 나날이 아닐 수 없었다. 언제 어디로 끌려가 굶주린 병사들의 밥이 될지 알 수가 없었다.

어느 날, 그날도 비가 내리고 있었다. 최대치가 속해 있는 제35군 산하 1개 연대병력이 버마 전선을 향해 떠나간 지 열흘쯤 지나서였다.

밤이 되자 포장된 트럭 한 대가 위안부 막사 앞에 정거하더니 헌병들이 차에서 내렸다. 그들은 급히 막사 안으로 들어가 위안부들을 밖으로 몰아냈다.

"빨리빨리, 떠날 준비하고 나와. 쓸데없는 것은 모두 버리고……."

여자들은 놀라서 서로를 바라보았다. 이미 예기하고는 있었지만 막상 떠난다는 사실이 눈 앞에 닥치고 보니 그녀들은 놀랄 수밖에 없었다.

"이것들이, 왜 우물쭈물하는 거야? 빨리빨리 나오지 못해?"

헌병들이 소리치자 여자들은 비로소 정신을 차린 듯 급히 짐을 꾸리기 시작했다.

여옥이도 조그맣게 보따리를 하나 꾸렸다. 고향에서 떠나올 때 가지고 온 보따리 그대로였다. 그것을 가슴에 품고 그녀는 밖으로 나갔다.

트럭 안에는 다른 데서 끌려온 위안부들이 이미 자리를 잡고 앉아 있었다. 그녀들은 침묵으로 여옥이 일행을 맞았다.

헌병 하나가 플래시를 비춰들고 마치 물건을 점검하듯 위안부들의 얼굴을 확인했다. 그것이 끝나자 차는 곧 출발했다. 헌병들은 포장을 내리고 출입구 쪽에 자리를 잡고 앉았다.

트럭은 헌병 오토바이의 안내를 받으며 어둠 속으로 치달려 갔다.

차 안은 어두워서 아무것도 보이지 않았다. 여자들은 그 어둠 속에 묻혀 기침 소리 하나 내지 않고 있었다.

여옥은 무릎 위에 얼굴을 폭 파묻고 눈을 감았다. 차가 흔들릴 때마다 성난 파도에 내던져진 자신이 의식되곤 했다. 그녀는 아무것도 생각하고 싶지가 않았다. 감정도 굳어 버려 이제는 눈물도 나오지 않았다.

"기분이 어때?"

헌병 하나가 물었다. 여자들은 아무도 대답하지 않았다. 헌병은 플래시를 비추면서 신경질을 부렸다.

"이것들이 귀가 먹었나? 기분이 어떻냔 말이야?"

그러자 나이든 일본인 위안부가 히죽 웃으며 대답했다.

"염려해 주신 덕분에 매우 좋습니다."

"각오는 돼 있나?"

"각오하고 내지(內地)를 떠났으니까요. 황군의 승리를 위해서라면 어디라도 갈 자신이 있습니다."

일본 여인은 조그만 눈을 빛내며 말했다.

"음, 좋은 일이야. 역시 내지인은 달라. 자, 이거 먹어."

헌병은 그 여인에게 과자봉지를 하나 던져 주었다. 여인은 그것을 받으면서 황송하다는 듯 거듭 고개를 숙여 인사했다.

그때였다. 갑자기 조선 여인 하나가 나지막한 소리로 노래를 부르기 시작했다. 그것은 조선인들이 비밀리에 즐겨 부르는 노래였다.

울밑에 선 봉선화야

네 모양이 처량하다.

조금도 두려움이 없는 목소리에 다른 조선인 위안부들도 힘을 얻어 따라 불렀다.

　길고 긴 날 여름철에
　아름답게 꽃필 적에
　어여쁘신 아가씨들
　너를 반겨 놀았도다.

　여옥은 노래를 따라 부를 수가 없었다. 듣는 것만으로도 그녀는 감동하고 있었다.
　헌병들은 이 돌발적인 사태에 좀 어리둥절한 모습이었다. 그들은 잠시 어둠 속에서 멍하니 앉아 있었다. 그 틈을 타서 조선인 위안부들은 계속 노래를 불렀다. 그제야 놀란 헌병들은 다시 플래시를 비춰들고 여자들을 닥치는 대로 후려갈겼다.
　"이 개 같은 년들이. 여기가 어디라고 그런 노래를 불러! 닥치지 못해?"
　호되게 얻어맞은 여자들은 입에서 피까지 흘렀다. 조선 여자들은 입을 다물고 아까처럼 침묵했다. 그때 일본인 위안부 하나가 중얼거렸다.
　"죠센징이……그 주제에 무슨 노래를 부른다고…….'
　그 말을 들은 조선인 위안부들이 일본 여인에게 달려들었다.
　"뭐라고? 이 게다짝 같은 년이!"

할퀴고 물어뜯긴 일본인 위안부는 비명을 질렀다. 일본인 위안부들도 가만있지 않았다. 싸움은 집단싸움으로 번져 헌병의 호령에도 아랑곳없이 여자들은 어둠 속에서 서로 맞잡고 뒹굴었다.

트럭은 더욱 속력을 내어 달려갔다.

죽음의 대지

　우기(雨期)에 접어든 버마에서 일본군 39만이 개미떼처럼
움직이고 있었다.

　각지의 전선은 정글과 습지대에 면해 있어서 병사들은 하나
같이 흙탕물 속에 기어다니고 있었다.

　버마의 장마는 하루 이틀에 끝나는 것이 아니다. 4, 5월부터
시작된 장마는 10월까지 계속되는데 그것도 부슬부슬 내리는
부슬비가 아니고 계속 무섭게 내리 퍼붓는 집중호우다. 천길 낭
떠러지를 이루며 내려뻗은 계곡은 순식간에 붉은 흙탕물로 넘
쳐흐르고, 물 흐르는 소리는 밤낮을 가리지 않고 지층을 뒤흔들
어 놓는다.

　이 기나긴 우기 중에는 항상 어두운 비구름이 하늘을 뒤덮고
있어서 단 하루도 햇빛을 볼 수 없게 되고 만다. 햇빛이 없으니
대지는 질펀하게 젖어 있게 되고, 버마의 명물인 악성 말라리아
와 콜레라 같은 전염병이 창궐한다.

　기후적으로 이와 같은 악조건은 매년 계속된다. 지리적으로
볼 때, 그리고 지형을 감안할 때 이것은 버마가 지닌 어쩔 수 없

는 자연현상이다. 그리고 이러한 현상은 버마 방면군 주력부대가 진격하고 있는 인도와 버마 국경선 일대에서 가장 현저하게 나타난다.

이 일대에 남서무역풍이 불기 시작하면 날씨는 급변한다. 아라비아 사막에서 불어오는 몬순은 인도양을 건너오면서 열과 습기를 잔뜩 몰고 온다. 그리고 그것은 초속 30m의 고속으로 인도에 들이닥친다. 열대 해상의 이 고온다습한 대기는 인도와 버마 국경 지대의 아라칸, 바도카이 등 험준한 산맥에 가로막혀 상승기류로 변해 인도 버마 일대에 무서운 호우를 퍼붓는다.

이러한 악천후 속에서 작전을 전개해야 하는 일본군의 고충은 말할 수 없이 컸다. 따라서 버마 국경을 넘어 인도 동북방에 자리잡고 있는 인팔을 점령하기 위한 이른바 인팔 작전은 그 시초부터 세계전사상 그 유례가 없는 참극을 잉태하고 있었다.

일본군 수뇌부는 물론 이 작전이 얼마나 어려운 것인가를 충분히 알고 있었다. 그러나 이 작전을 반드시 성공적으로 수행해야 하는 필연적인 결론에 그들은 부닥치고 있었다. 그것은 피할래야 피할 수 없는 벽이었다.

1941년 12월 8일 돌연 진주만(眞珠灣)을 기습, 미태평양함대를 대파함으로써 태평양전쟁을 일으킨 일본은 개전 초 몇 달간은 무서운 기세로 태평양을 휩쓸었다. 그러나 42년 여름부터는 사정이 달라졌다.

미군의 반격이 시작된 것이다. 일본은 절대국방권(絶對國防圈)을 결정하고 만주 · 필리핀 · 타이 · 버마 등 괴뢰정부와 동맹조약을 체결하고 대동아회의를 개최하는 등 전열정비에 안간힘을 썼지만 태평양상에서의 전운은 더 이상 만회할 수 없을 정도로 기울어지고 있었다. 미드웨이 해전(海戰)에서의 대패를 시작으로 일본군은 과달카날, 라바울, 부나, 아츠, 뉴조지어, 부겐빌, 마킨, 타라와 등 태평양상의 방어벽으로부터 급속히 무너지고 있었다.

이 무참한 패배를 보상하고 대전(大戰)에 새로운 전기를 마련하기 위해서 일본군 수뇌부는, 그들의 초점을 대륙 인도에 돌렸다. 인도를 점령하면 자연 영국이 손을 들 것이고 또한 인도 북부에서 시작되는 미군의 장개석(蔣介石) 지원루트가 봉쇄됨으로써 중국 대륙도 무난히 차지할 수 있을 것이라는 것이 그들의 생각이었다. 이렇게 되면 결국 대전은 일본의 승리로 끝날 것이라고 그들은 내다보았다.

구상이야 어떻든 이것은 궁여지책 끝에 나온 작전계획이었다. 그 첫번째 작전이 이른바 인팔 작전이었고, 따라서 이것이야말로 일본군으로서는 사활이 걸린 대작전이 아닐 수 없었다.

그런 만큼 어떤 희생을 치르고서라도 이 작전을 성공적으로 수행해야 한다는 결의가 일본군 수뇌부에는 이미 움직일 수 없는 하나의 사실처럼 굳어져 있었다.

대본영이 인팔 작전을 결정한 것은 1944년 1월 7일의 일이었다. 그러나 작전의 어려움에 따른 여러 가지 사정으로 하여 정작 작전이 개시된 것은 몇 달 뒤였다.

버마 주둔 일본군 30만 중에서 10만 명이 이 작전에 투입되었다. 이 작전을 위해 제15군이 새로 창설되었고 그 산하에 3개 사단 병력과 1개 독립여단 병력이 포함되어 있었다.

작전은 세 방향에서 전개되었다. 각 사단은 친도윈강을 건너 인팔로 향했는데 일부는 국경을 넘어 곧장 인팔로, 나머지는 인팔의 남쪽으로 진격했다. 작전은 신속히 전개되었지만 악천후와 험난한 진로 때문에 전진속도는 소걸음보다 느렸다.

아라칸 산맥이 이루는 험악한 산악과 계곡지대만 해도 4백여 킬로에 이르렀다. 특히 북쪽 인도 국경을 돌파하자면 죽음의 계곡으로 알려진 후우곤 계곡을 지나야 한다. 1백 킬로가 넘는 이 죽음의 계곡은 온통 습지대로 살아서 돌파하기가 불가능한 곳으로 알려진 곳이다. 그뿐 아니다. 후우곤 계곡을 넘으면 이번에는 수백 킬로에 이르는 대밀림지대가 기다리고 있다. 한마디로, 가도 가도 끝이 없는 험난한 진로라고 할 수 있었다.

이 길고 긴 험로를 돌파하는데 있어서 일본군은 오직 모든 것을 정신력에만 의존했다. 예정대로 한다면 3주일이면 인팔을 점령할 수 있다고 계산한 그들은 식량대책도 제대로 세우지 않은 채 출발했다. 다른 보급관계도 마찬가지였다. 필요한 보급품은 최단시일내에 작전을 끝내는 대로 현지에서 조달한다는 것을 원칙으로 하고 있었던 만큼 보급로 확보 따위는 안중에도 없었다. 무기 면에서도 마찬가지였다. 최대한의 속도로 기습을 노린 일본군은 행군에 지장을 주는 무거운 중화기는 모두 제쳐두고 가벼운 무기만을 가지고 갔다. 그렇다고 상대방의 화력을 정확히 파악한 것도 아니었다. 인팔을 지키고 있는 영국군과 인도

군의 병력이 얼마나 되는지조차 몰랐다. 그러면서도 일본군은 3주일 이내에 그 험한 국경을 넘어 인팔을 점령할 수 있다고 믿었다.

이러한 믿음의 근원이 바로 그들의 정신력에서 출발하고 있었던 것이다.

그들 스스로가 독종(毒種)임을 자부한 일본군은 전쟁 자체를 수리적(數理的)인 힘에 의해서가 아닌, 발악으로 치르고 있었다. 천황을 위해서는 기꺼이 목숨을 바친다는 가미가제 정신 ― 이것을 그들은 최고의 무기로 삼았고, 최고의 자랑으로 알았던 것이다. 그리고 이 정신만 견지한다면 인팔쯤이야 3주일 이내에 점령할 수 있다고 자부한 것이다.

이러한 정신력에 대한 광신은 말단 사병보다는 군수뇌부 쪽으로 올라갈수록 더 많았다. 이 광신자들은 불가능한 것을 불가능한 것으로 믿지 않고 가능한 것으로 믿음으로서 병졸들을 기꺼이 죽음의 늪지대로 몰아넣었다.

개전 초기에는 일본군의 광신이 어느 정도 먹혀 들어간 것이 사실이었다. 그러나 전열을 갖춘 연합군의 과학작전 앞에 그들의 광신은 물거품처럼 스러지기 시작했다.

전쟁에 이기려면 정신력만 가지고는 안 된다. 그것은 차후의 문제다. 무엇보다도 먼저 병사들을 잘 먹히고 입혀야 한다. 다시 말해 보급이 충분해야 한다. 이와 함께 적보다 우수한 과학 무기를 갖추어야 한다. 그런데도 일본군 수뇌부는 이 기본적인 조건을 무시한 것이다.

특히 인팔 작전을 총지휘하게 된 제15군 사령관 무다구찌 렌야(牟田口廉也)중장은 공명심에 불타는 위인이었다. 그의 공명심이 10만 명의 목숨을 죽음의 계곡으로 몰아넣는데 더욱 박차를 가했음은 물론이다.

지휘관이 공을 탐내면 전선의 병사들은 반드시 울게 된다. 양식이 있고 부하를 사랑할 줄 아는 지휘관이라면 모름지기 공명을 초월해서 맡은 바 임무 수행에만 충실해야 한다. 그러나 일본군 수뇌부에는 무다구찌 사령관 같은 공명심에 불타는 위인들이 많았다. 이런 것 하나만 보더라도 전선에 끌려나온 일본군 병사들은 매우 불행했다고 볼 수 있다.

세 방향으로 진격한 일본군 10만 병력은 가는 도중에 많은 전력을 상실하고 있었다. 세계 제일의 강우량을 자랑하는 아라칸 산악지대, 그 중에서도 죽음의 후우곤 계곡에 접어들자 무섭게 내려퍼붓는 호우 때문에 병사들은 촌보도 움직일 수가 없었다. 곳곳에 물이 넘쳐흘렀고 더구나 안개까지 끼어 앞을 분간할 수가 없었다. 독종으로 알려진 일본군, 그래서 자신들의 강인한 의지를 자랑하고 그것을 최대의 무기로 알고 있는 그들도 이 대자연의 이변 앞에서는 한낱 티끌 같은 존재에 불과했다.

그들은 우선 당황해 버렸다. 당황한 나머지 열은 흩어지고 명령이 이어지지가 않았다. 여기에 어둠이 내리자 먼저 귀중한 수송수단인 소와 말이 동요하기 시작했다. 얼마 후에는 짐승과 사람이 한데 어울려 뿔뿔이 흩어지기 시작했다. 급류에 휩쓸리고 천길 낭떠러지로 굴러 떨어지는 사람과 짐승의 비명 소리가 어둠을 뒤흔들었다.

장장 1백여 킬로가 넘는 죽음의 후우곤 계곡은 온통 물바다였다. 물살은 세고 거칠었다. 한번 빠지면 어떤 힘으로도 헤어나올 수가 없었다. 바위와 벼랑에 부딪치는 물 소리는 흡사 파도 소리같이 그 울림이 웅장했다.

이 계곡을 넘는다는 것은 곡예사가 곡예를 하는 것이나 마찬가지였다. 물이 불어 아무리 얕은 곳도 길이가 한 길이 넘었다. 병사들은 나무를 베어 부교(浮橋)를 만들어야 했다. 이것 하나만 설치하는 데도 며칠씩이 걸렸다.

계곡에는 수십 개의 부교가 가설되었다.

겨우 물을 건넌 병사들은 이번에는 늪지에 빠졌다. 허벅지까지 빠지는 늪지대가 수십 리나 계속되고 있었다. 이 늪지를 건너는 동안 장비는 거의 유실되고 소와 말도 사라져 갔다. 벌써부터 식량이 바닥이 난 그들은 허기에 지친 나머지 소와 말을 잡아먹었다. 그나마 없어지자 이번에는 군마사료로 준비했던 대두박이(콩깻묵과 쌀겨 섞은 것)까지 먹어치우기 시작했다. 그러나 그것도 주로 장교가 차지했고 병졸들에게는 한 움큼도 돌아가지 않았다.

죽음의 행렬은 두 달이나 계속되었다. 3주일이면 인팔을 점령할 수 있다고 장담한 일본군이었다. 그러나 실제로는 국경을 넘는데만 두 달이 걸린 것이다. 초조해진 군수뇌부는 계속 추상같은 명령을 내렸다. 하지만 인간능력의 한계까지 이른 병사들에게는 그러한 명령이 먹혀 들어갈 리가 만무했다. 출발할 때

필승의 신념을 품었던 병사들은 이제는 어떻게든 살아야 한다는 생각밖에 가지고 있지 않았다.

정예를 자랑하는 15군 병사들은 어느새 한데 뭉친 군인이 아닌 오합지졸로 변해 있었다. 전투 한번 치르지도 않은 채 그들은 벌써 패잔병의 모습을 하고 있었다.

옷은 해질 대로 해어져 너덜거리고 있었고, 온몸에는 때가 새카맣게 끼어 있어 차라리 거지부대라고 하는 것이 옳았다. 연일 내리는 비로 얼굴은 푸르딩딩하게 부풀어올라 있었고 만연된 피부병으로 살갗은 모두 헐어 있었다.

살아 있는 것은 오직 두 눈뿐이었다. 두 눈만이 광기를 띤 채 탐욕스럽게 번득이고 있었다.

전투 한번 제대로 해 보기도 전에 전력의 상당 부분을 상실한 일본군은 굶주린 배를 움켜쥐고 인팔로 밀려들어갔다. 마치 인팔이야 말로 그들의 안식처이기라도 한 것처럼.

사실 병사들은 인팔에 닿기만 하면 기름진 음식을 실컷 먹을 수 있다고 믿고 있었다. 음식뿐인가. 술과 여자가 그들을 기다리고 있다고 믿고 있었다. 여기에다 새로운 점령지에 대한 호기심이 그들을 부채질했다.

헐벗고 굶주렸다고는 하지만 인팔을 에워싸고 밀려드는 수만 대군의 물결은 실로 어마어마한 것이었다. 일본군의 기습에 인팔은 금방이라도 짓밟혀 버릴 것 같았다.

인팔을 수비하고 있던 연합군(英·印軍)은 당황했다. 일본군의 출현은 상상도 못한 일이었다. 아무리 독한 일본군이라고 하지만 험한 산악과 계곡, 그리고 수백 킬로에 이르는 대밀림지대를 통과하여 인팔을 공격한다는 것은 도저히 불가능한 일이었다. 그러기에 연합군은 약간의 수비대만을 인팔에 배치해 놓았을 뿐 마음을 턱 놓고 있었다. 그런데 일본의 수만 대군이 하루아침에 밀어닥쳤으니 그들이 놀라는 것도 당연했다.

인팔은 분지에 자리잡은 조그만 소도시였다. 변방지대인 만큼 별로 발달이 되지 않은 쓸쓸한 곳이었는데 전쟁이 발발하면서 중요한 전략지점으로 등장하자 아연 활기를 띠기 시작했다.

군수물자를 잔뜩 실은 군용트럭이 원장(援蔣)루트를 향하여 끊임없이 이곳을 통과하고 있었고 거기에 따라 사람이 불어나고, 암시장이 생겨나고, 밤이면 술집마다 외국군인들과 여자들로 흥청거리고 있었다.

전쟁과 함께 환락의 거리고 변한 곳이 인팔이었다. 전쟁이 일어난 이후 총성 한번 들려오지 않은 곳이 또한 인팔이었다. 이러한 곳에 회오리바람이 불어닥친 것이다.

최초의 총성은 인팔의 동북부에 위치한 비행장 초소에서 들려왔다.

한밤중이었는데 그 초소에는 두 명의 영국군이 지키고 있었다. 그중 한 명은 네 활개를 쭉 편 채 잠들어 있었고 나머지 한 명은 문에 기대서서 하모니카를 불고 있었다. 전쟁 따위는 아랑곳하지 않은 평화로운 광경이었다.

보름달이 대지를 환하게 비추고 있었다. 초소 앞으로 큰 길이 나 있었는데 길 위에는 아무것도 보이지 않았다.

영국군 보초가 하모니카 부는 것을 그쳤을 때 초소 앞 백 미터 쯤 떨어진 거리에 사람의 모습이 보였다. 한 사람이었는데 초소를 향하여 느릿느릿 걸어오고 있었다. 영국군은 달빛으로도 그 사람이 남자라는 것, 그리고 거지 차림이라는 것을 알 수 있었다. 인도에는 어디를 가나 거지들이 많았으므로 영국군은 별로 대수롭지 않게 상대를 바라보았다.

그가 다시 하모니카를 불기 시작했을 때, 거지는 어느새 초소 가까이 까지 다가와 있었다.

"헤이, 돌아가. 여기는 출입금지 구역이야."

영국군은 곁눈질로 거지를 바라보면서 영어로 말했다.

거지는 왜소해 보였고 누더기를 걸치고 있었는데 가슴과 배가 그대로 드러나 있었다. 밀짚모자 같은 것을 눌러쓰고 있어서 얼굴을 알아볼 수는 없었다.

보초가 손을 내저었지만 거지는 물러서지 않았다. 거지는 웃는 것 같았다. 동시에 무엇인가 묵직한 것이 날았다.

보초는 본능적으로 몸을 날렸다. 그의 몸이 밖으로 굴러 떨어지자 뒤이어 쾅 하고 폭음이 울렸다. 수류탄 한 발에 초소는 순식간에 박살이 나고 말았다. 먼지가 뿌옇게 달빛을 가렸다.

영국군은 머리를 움직여 보았다. 부상을 당한 것 같지는 않았다. 그는 몸 위에 쌓여 있는 파편더미를 밀어젖히고 후다닥 일어섰다.

칼을 빼어든 거지가 고함을 지르면서 막 달려들고 있었다. 영국군은 몽둥이로 상대를 힘껏 후려갈겼다. 거지가 비명을 지르며 쓰러지자 그는 비행장 안으로 죽을 힘을 다해 뛰어갔다. 벌써 뒤에서는 소나기 퍼붓듯 총탄이 날아오고 있었다.

본부에는 모두 외박을 나가고 당직 사병 혼자서만 잠을 자고 있었다. 당직병은 총소리에 놀라 깨어 어리둥절해 하고 있었다. 보초병은 안으로 들어서면서 소리쳤다.

"적이다!"

"뭐라고!"

"적이 나타났어!"

그들은 부리나케 비상전화를 걸었다. 그러나 너무 때늦은 전화였다. 손을 쓰기도 전에 일본군은 이미 비행장에 들어서고 있었다. 비행장을 먼저 점령하기 위해 선발대가 들이닥친 것이다. 다른 곳도 모두 이런 식으로 기습을 받았다.

이렇게 해서 인팔은 곳곳이 붕괴되면서 순식간에 포위 당하고 말았다. 시가는 불타고 숱한 사람들의 울부짖음이 하늘을 가득 채웠다.

일본군은 닥치는 대로 사람을 죽이고 집에 불을 질렀다. 눈이 뒤집힌 그들은 개새끼 한 마리 살려두려고 하지 않았다.

포위망은 급속도로 좁혀져 갔다. 인팔은 금방 무너질 것 같았다. 그러나 사실은 그렇지가 않았다. 영국군은 필사적으로 이 위험에 대처했다. 영국군의 기민성이 십분 발휘된 것이다.

영국군은 일대 공수작전을 전개했다. 두겹 세겹으로 포위되어 괴멸 직전에 놓여 있는 인팔의 중심부에 곧 병력과 장비가 공수되기 시작했다. 그것은 무진장이라고 할 수 있을 정도로 풍부한 것이었다.

비행기 한 대 준비하지 않은 채 거의 맨 몸으로 이곳까지 몰려온 일본군은 영국군의 공수작전을 보고 있을 수밖에 없었다. 인팔 점령을 목전에 두고 있는 일본군에게는 이것이야말로 날벼락이었다. 전혀 예상 밖의 일이었기 때문이다.

비록 완전히 포위되긴 했지만 영국군은 그 포위망 안에서 견고하게 진지를 구축해 나갔다. 최신 무기는 물론 탱크까지 공수되었기 때문에 개미 새끼 한 마리 뚫고 들어올 수 없을 정도로 진지는 철통 같았다.

이렇게 해서 단숨에 인팔을 휩쓸어 버릴 것 같은 일본군의 기세는 갑자기 혼란에 빠지기 시작했다. 일본군의 자랑거리인 그 돌격 정신도 영국군의 철옹성 앞에서는 보잘 것 없는 몸부림에 불과했다.

미군기까지 동원된 연합군 편대는 인팔을 포위하고 있는 일본군들의 머리 위에 소나기 퍼붓듯 밤낮으로 폭탄을 쏟아놓았다. 이와 함께 지상에서도 최신 포화가 일본군을 향해 무섭게 불을 뿜었다.

포위망을 요새로 바꾸어 반격을 개시한 영국군의 전략은 실로 세계전사에 기록될 만큼 훌륭한 것이었다. 굶주리고 지친 일본의 수만 대군은 미처 정신을 차릴 사이도 없이 뿔뿔이 흩어지기 시작했다.

일단 포위망이 풀리자 영국군의 공격은 더욱 치열해졌다. 영국군은 틈을 두지 않고 일본군의 뒤통수를 후려쳤다. 방어할 능력이 없는 일본군은 흡사 피난민들처럼 무질서하게 뒤엉킨 채 후퇴하기 시작했다. 길고 긴 죽음의 행진이 시작된 것이다.

수백 킬로에 이르는 죽음의 계곡, 죽음의 늪, 죽음의 밀림을 건너 파죽지세로 인팔로 몰려온 일본군이었다. 그것이 하루아침에 패잔병으로 뒤바뀌어 패주하게 되었으니 그 참담함이야 이루 말할 수 없을 지경이었다.

일본군 지휘관들은 어떻게든 전세를 만회하려고 기를 써보았지만 이미 명령계통이 흔들리고 거기다가 보급마저 완전히 끊겨 있었으므로 패주의 속도만 더욱 가속화될 뿐이었다.

버마 방면군 사령부에서는 절대 후퇴하지 말라는 명령을 거듭 내렸다. 그러나 이러한 명령이 병사들의 귀에 들어갈 리가 만무했다. 식량 한 톨 보내 주지 않은 채 명령만 내리니 아무리 군기가 엄한 일본군이라 한들 그 명령이 수행될 리가 없었다.

일본 군수뇌부에서는 이번 인팔 작전 수행에 있어서 보급품이 절대 부족하다는 것을 물론 잘 알고 있었다.

그러나 버마 전선뿐만 아니라 중국, 남양군도 등 전 전선에 걸쳐 일본군은 이미 굶주리고 있었다. 식량이 바닥이 나서 먹일래야 먹일 수가 없었던 것이다.

모든 창고는 텅텅 비어 있었다. 전세가 완전히 기울어지고 있었으므로 보급품을 확보할 길이 없었다.

10만의 패잔병이 후퇴하는 광경은 실로 장관이었다. 인팔에서 일본군을 물리친 연합군은 차제에 전 버마 전선에서 결정적 전기를 맞이하기 위해 총공세를 취하고 있었다. 그런 만큼 10

만의 패잔병은 잠시도 쉴 겨를이 없이 계속 후퇴를 했다.

이젠 군인이 아니라 거지라고 보는 것이 옳았다. 찢기고 해진 옷자락을 펄럭이면서 그들은 씹을 수 있는 것이면 무엇이나 주워먹었다. 연합군의 공격도 무서웠지만 그보다 무서운 것이 굶주림이었다. 굶주림을 이기지 못한 병사들은 길 위에 쓰러져 숨져갔다. 걸을 수 있는 자만이 후퇴를 했고 움직일 수 없는 자들은 부상병들과 함께 길 위에 그대로 버려졌다.

영국군의 기습이 있을 때면 일본군의 시체가 길을 메웠다. 사태가 이렇게 절망적으로 되다보니 하극상(下剋上) 사건도 빈번히 일어났다. 자신들을 개죽음으로 몰아넣은데 대해 더 이상 참지 못한 병사들은 그들의 상관을 쏘아 죽였다. 위계질서 같은 것은 이미 찾아볼 수가 없었다.

죽음의 행진은 길고도 길었다. 리수(里數)로 2천5백여 리에 이르는 계곡과 밀림은 아비규환의 소용돌이로 뒤덮여갔다.

10만의 목숨은 이 후퇴 길에서 죽어갔다. 가까스로 목숨을 건져 살아온 병사들의 수는 겨우 소수에 불과했다. 인팔 작전은 결국 이렇게 해서 일본군의 참담한 패배로 끝나고 말았다.

그런데 대치가 소속되어 있는 연대병력이 인팔 작전에 투입된 것은 일본군이 막 후퇴를 시작했을 때였다. 지원군으로서 중국을 출발한 이 부대는 타일랜드를 거쳐 버마까지 장장 1천여 킬로를 오느라고 너무 많은 시일을 허비했던 것이다.

버마에 도착했을 때 그들은 모두 발이 부르트고 지쳐 있었다. 그러나 단 하루도 쉬지 않고 곧바로 인팔을 향해 출발했다.

이 작전에 참가하면서 대치 이등병은 일등병으로 진급되었고 거기다가 헌병 완장까지 차게 되었다. 그가 이렇게 갑자기 헌병으로 급조된 것은 그럴만한 이유가 있어서였다.

인팔로 진격한 10만 대군이 인팔 점령은커녕 오히려 후퇴를 거듭하자 군수뇌부는 당황했다. 그래서 후퇴를 막기 위해서 대치가 소속되어 있는 연대병력을 독전대(督戰隊)로 바꾸어 헌병 완장을 차게 한 것이다. 최후의 발악이라고 할 수 있었다.

패주하는 자는 지위고하를 막론하고 무조건 현장에서 사살하라 — 이것이 독전대에 하달된 명령이었다. 이 명령을 안고 독전대는 인팔로 급히 출발했다.

후퇴해 오는 일본군을 그들이 처음 만난 것은 죽음의 후우곤 계곡을 반쯤 지났을 때였다. 1개 중대 정도의 패잔병들이 물결을 헤치고 건너오고 있었다. 하나같이 모자를 벗어 던진 맨 머리 바람으로 금방이라도 물결에 휩쓸릴 듯 지친 모습들이었다.

반 이상이 윗통을 벗어붙이고 있어서 앙상한 가슴뼈가 그대로 드러나 보였다.

그들은 헌병대가 앞을 가로막고 있는 것을 보자 잠깐 멈칫하는 것 같더니 그대로 걸어왔다.

"돌아가라! 돌아가지 않으면 쏜다!"

헌병 대위가 나서서 소리쳤다. 그러나 패잔병들은 들은 체도 않고 다가왔다. 장교가 권총을 빼들고 공포를 쏘았다.

"돌아가지 않으면 모두 사살한다!"

그러자 제일 앞장서서 걸어오던 패잔병도 권총을 빼들었다.

"이 개새끼야, 잔말 말고 비키지 못해!"

증오에 찬 고함 소리였다. 그의 머리는 붕대로 덮여 있었고 얼굴은 온통 피투성이였다. 누더기 같은 군복을 입고 있었지만 권총을 가지고 있는 것으로 보아 장교가 분명했다.

뒤따르는 패잔병들도 헌병들을 향해 욕설을 퍼부었다. 헌병들은 놀란 나머지 멍하니 서 있었다. 패잔병들이 모두 자갈밭으로 나오자 그제야 헌병들은 이중 삼중으로 그들을 포위했다.

"무기를 버려라! 너희들은 황군이 될 자격이 없다!"

헌병 대위가 명령했다.

"미친 소리하지 마라! 뭐, 황군이라고? 으하하하……."

패잔병 장교가 미친 듯이 웃어대기 시작했다.

"천황을 모독하기냐?"

"으하하하하하."

패잔병 장교는 계속해서 웃었다. 다른 패잔병들도 따라 웃는 바람에 한동안 주위에는 웃음꽃이 피어올랐다. 헌병 장교는 얼굴이 흙빛으로 변했다. 그래도 그는 꾹 참았다.

"무기를 내놓기 싫거든 돌아가서 다시 싸워라! 후퇴란 있을 수 없다! 이건 사령관님의 명령이다!"

"명령이라구? 으하하, 명령 명령하지 마라! 그 돼먹지 못한 명령 때문에 얼마나 많은 군인들이 죽은 줄 아나? 쌀 한 톨 없이 무얼 먹고 싸우란 말이냐? 아니 비행기는 왜 한 대도 보내지 않는 거야? 적들은 매일 우리 머리 위에 폭탄을 퍼붓고 있다는 걸 모르나? 천황폐하의 비행기는 모두 어디 갔어? 대포 한 대 없이 이따위 총으로 인팔을 점령하란 말인가? 더 이상 미친 수작은 하지 않겠다! 제발 비켜라! 우리는 일 주일째 풀뿌리로 살아왔다! 굶어 죽기 전에 빨리 가야겠다!"

그의 말은 하나도 거짓이 없어 보였다. 패잔병들과 헌병대가 대치하고 있는 동안에도 몇 명인가가 땅바닥에 풀썩풀썩 쓰러졌고 다시는 일어나지 못 하고 있었다.

"비켜라, 이놈아!"

"안 된다! 돌아가지 않으면 즉결처분하겠다!"

"즉결처분한다고? 이놈아 해볼 테면 해 봐라! 나도 네놈을 즉결처분하겠다!"

두 장교는 서로 총을 겨눈 채 상대를 노려보았다. 험악한 공기가 한동안 주위를 무섭게 짓누르고 있었다.

그때 말발굽 소리가 들려왔다. 대좌가 장교들과 함께 말을 타고 달려오고 있었다.

이윽고 가까이 다가온 대좌는 마상에 앉은 채 서로 권총을 겨누고 있는 두 장교를 내려다보았다.

"웬일들이냐?"

대좌는 거칠게 물었다. 정력적으로 생긴 살찐 얼굴에 찢어진 두 눈이 쌍심지를 돋우고 있었다.

"패잔병들입니다. 계속 후퇴하겠다는 겁니다."

헌병 대위가 말했다.

"너는 직책이 뭐냐?"

대좌는 패잔병 장교에게 물었다.

"중대장입니다."

"중대를 이끌고 있는 책임자가 앞장서서 후퇴하는 거냐? 이놈 그 총을 치워!"

대좌는 가죽채찍으로 장교의 얼굴을 후려갈겼다. 그러나 장교는 물러서지 않았다.

"돌아가서 개죽음을 하고 싶지는 않습니다. 이건 전쟁이 아니라 죽으러 가는 겁니다. 이런 바보 같은 작전을 명령한 사령관은 처벌되어 마땅합니다!"

"뭣이! 네놈이 항명하기냐!"

대좌는 마상에서 권총을 꺼내어 발사했다. 순식간에 벌어진 일이라 누가 말릴 사이도 없었다. 가슴에 총을 맞은 장교는 대좌를 노려보다가 푹 쓰러졌다. 쓰러지면서 그도 권총을 발사했다. 총탄은 말의 복부를 뚫었다. 말은 비명을 지르면서 길길이 뛰다가 땅 위로 나뒹굴었다. 그 바람에 대좌도 땅 위로 굴렀다.

대좌는 다리를 부러뜨린 모양이었다. 그가 얼굴을 일어서려고 하다가 도로 주저앉자 헌병들이 달려가 그를 부축했다.

그때 이상한 광경이 벌어지고 있었다. 패잔병 무리가 거품을 품고 있는 말 위로 우 하니 달려들더니 칼로 살점을 돌려내기 시작했다.

헌병들이 총을 쏘면서 물러나라고 고함을 질러댔지만 굶주린 패잔병들은 더욱 악착스럽게 달려들기만 했다. 그들은 피가 뚝뚝 떨어지는 말고기를 생채로 우적우적 씹었고 살점을 크게 도려내 가지고 도망치는 자도 있었다.

"뭣들 하는 거냐! 저놈들을 가차없이 사살해!"

대좌가 소리를 질렀다. 주춤하고 서 있던 헌병들은 그제야 발작적으로 총을 발사했다. 말고기를 찢고 있던 패잔병 무리 가운데 몇 명이 순식간에 쓰러졌다. 다시 또 몇 명이 쓰러지자 비로소 패잔병들은 말 주위에서 물러섰다. 그들은 원망과 분노가 섞인 눈초리로 헌병들을 바라보았다.

그들의 현재 심정으로서는 적보다는 헌병들이 더 증오스러웠다. 그러나 그들에게는 반군(叛軍)이 될 힘도 없었다.

하늘이 캄캄해지더니 소나기가 쏟아지기 시작했다. 천둥이 치고 번개가 번쩍했다. 패잔병들은 오던 길을 되돌아가기 시작했다. 비를 맞으며 그들은 죽음의 계곡으로 다시 들어갔다.

독전대는 최초로 패잔병들을 이렇게 몰아세웠지만 물밀 듯이 밀려오는 패잔병들을 일거에 정지시킬 수는 없었다. 그것은 어떤 힘으로도 막을 수 없는 대세였다.

그러나 독전대는 악착스럽게 인팔로 접근해 갔다. 그리고 만나는 패잔병들을 닥치는 대로 사살했다.

패잔병들도 가만 있지 않았다. 이미 뼈저린 체험 끝에 전쟁에 혐오를 느끼기 시작한 그들이었으므로 독전대를 보자 분노가 폭발했다.

제15군 산하 31사단장 사또 사찌노리(佐藤幸徳) 중장은 무적을 자랑하는 맹장이었다. 깡마른 체구에 키가 큰 이 장군은 육군사관학교를 졸업한 후 미국에 유학까지 갔다온 보기 드문 인텔리 장성이었다. 인팔 작전의 어리석음을 처음부터 간파한 그는 대본영에 여러 차례 이 작전을 포기할 것을 간곡히 탄원했었다. 그러나 이미 승리의 환상에 도취해 버린 총리 도오쬬 히데끼(東條英機)는 그의 충고를 들어먹지 않았다.

사또는 역시 군인이었다. 그것이 분명 죽음의 길인 줄 알면서도 그는 결국 총리의 명령을 받들어 제31사단 사단장으로서 인팔 작전에 참가했다. 그리고 그의 능력이 닿는 한 피투성이가 되어 싸웠다.

31사단은 북진해서 인팔 북방에 있는 코히마를 먼저 공략하도록 되어 있었다. 사또는 이 임무를 성공적으로 수행, 코히마를 일거에 점령해 버렸다. 그리고 그 여세를 몰아 남쪽으로 치달았다. 그러나 인팔에서 결국 다른 사단처럼 참담한 패배에 직면하고 말았다. 현명한 그는 전멸이라도 면하기 위해 병력을 이끌고 후퇴를 서둘렀다. 적의 공격보다 굶주림에 죽어 가는 부하들이 더 많은데 그는 노했다. 사령부로부터는 후퇴하지 말라는 전문이 거듭 날아왔다. 그러나 이미 죽음을 각오한 그에게 그런 바보 같은 명령 따위는 눈에 보이지도 않았다. 그는 전문이 오는 족족 보지도 않고 찢어 버렸다. 뼈만 앙상하게 남은 말을 타고 흙탕물에 범벅이 된 몸을 떨면서 패장은 쓰라린 눈물을 걷잡을 수 없이 흘렸다. 대일본제국의 웅대한 꿈이 와르르 무너지고 있음을 그는 너무도 확연히 보고 있었다.

그와 함께, 이와 같은 패배를 자초한 군수뇌부에 대한 분노가 치솟았다. 이놈의 새끼들, 책상 위에 지도만 펴놓고 들여다보고 있으면 모든 것이 저절로 굴러 들어오는 줄 아는 모양이지. 내 이놈의 새끼들을 그냥 놔두고는 절대 눈을 감지 않겠다. 그는 이를 부드득 갈았다.

이런 판에 독전대와 부딪친 것이다. 독전대 대장인 헌병 대좌는 마침 사또 중장에 대한 특별한 지시 전문을 사령부로부터 긴급 입수하고 있었다. 그것은 즉 사또 사단의 후퇴를 즉각 중지시키되 이를 듣지 않을 경우 사또 중장을 현장에서 체포하라는 내용이었다. 그리고 여의치 않을 경우에는 임의로 처단해도 좋다고까지 되어 있었다.

사또 사단이 나타나자 독전대는 길을 차단했다. 모두들 총구를 겨누고 금방이라도 발사할 자세를 취한 가운데 대좌는 말을 탄 채 사또 중장 앞으로 다가갔다.

"각하, 이런 불명예가 어딨습니까? 31사단이 이렇게 앞장서 후퇴한다면 10만 대군의 앞길은 어떻게 되겠습니까?"

"너는 눈에 보이는 것도 없느냐? 모두가 굶주리고 있다. 부상병들은 치료 하나 못 하고 죽어가고 있다. 너도 한 가닥 양심이 있다면 그대로 돌아가서 본 대로 보고해. 우리는 독전대보다는 쌀 한 톨이 더 중요하다고……."

"안 됩니다. 후퇴는 용납될 수 없습니다. 이걸 보십시오!"

대좌는 전문을 내보였다. 그 행동이 매우 건방졌다. 사또는 전문을 훑어보고 나서 그것을 갈기갈기 찢어 버렸다.

"이놈, 이 고약한 놈! 내가 패장이라고 네놈이 벌써부터 건방지게 나오는 거냐? 말에서 내리지 못 하겠나?"

"임무수행상 하는 수 없습니다."

대좌는 더욱 오만하게 나왔다. 사또는 분통이 터져 얼굴이 시뻘겋게 달아올랐다.

"이놈, 너 같은 놈들 때문에 오늘 일본이 이런 결과를 가져왔어. 너는 이 젊은이들이 모두 옥쇄해 줬으면 좋겠지? 그렇지만 나는 이 애들을 그렇게 허망하게 죽일 수는 없어. 비켜라, 이놈아!"

"안 됩니다. 고집을 피우시면 지시대로 따르겠습니다."

대좌는 말을 바짝 몰아붙였다.

"이놈, 나도 체포하겠다는 거냐?"

"결과에 따라서는……."

"이 천하에 죽일 놈! 비켜라!"

사또 중장은 군도를 쑥 뽑더니 대좌의 어깨를 사정없이 내려쳤다.

"어이쿠!"

대좌는 어깻죽지를 움켜쥐고 비명을 질렀다. 그러나 말에서 떨어지지는 않았다.

사또 중장은 앞으로 말을 몰아나갔다. 그 서릿발 같은 위엄에 앞을 가로막고 있던 헌병들은 슬금슬금 길을 비켜 주었다. 그러자 분함을 이기지 못한 대좌가 고함을 질렀다.

"뭣들 하는 거냐? 당장 체포해!"

헌병 몇 명이 머뭇거리다가 사또 중장 앞을 가로막았다. 그 중의 하나가 고삐를 낚아채자 말은 그 자리에 섰다.

"끌어내려! 패장은 필요 없다!"

대좌가 다시 고함을 질렀다. 헌병들이 사또 중장의 옷자락을 밑에서 끌어당겼다.

"이 무엄한 놈들, 무슨 짓들이냐?"

사또 중장이 소리쳤지만 헌병들은 그를 끌어내렸다. 그리고 그의 손목에 수갑을 채우려고 했다.

그때까지 방관하고 있던 패잔병들이 분노를 터뜨렸다. 패잔병들이 우르르 몰려들자 대좌가 먼저 권총을 발사했다. 이것이 패잔병들의 분노에 더욱 부채질을 가했다. 그들은 총검으로 헌병들을 닥치는 대로 찔렀다. 헌병들도 총을 발사했다.

같은 일본군끼리 처절한 백병전이 벌어졌다. 사또 중장은 이 어이없는 싸움을 말리려고 해 보았지만 이미 이성을 잃어버린 패잔병들은 그의 말을 듣지 않았다. 패배의 치욕을 씻으려는 듯 그들은 악에 받쳐 헌병들을 죽였다.

핏물로 검붉게 얼룩진 길 위에 시체가 즐비하게 늘어섰다. 패잔병들의 수가 워낙 많았으므로 독전대는 많은 희생자를 남긴 채 뿔뿔이 흩어지기 시작했다.

이때 버마 쪽으로부터 예기치 않은 군인들이 나타났다. 키가 큰 병사들이었는데 너무 갑자기 일어난 일이라 일본군들은 처음에는 어리둥절했다. 화염방사기에서 내뿜는 불길을 보고서야 그들은 영국군 공정부대가 출현한 것을 알았다.

영국군이 후방에 나타난 것은 처음 있는 일이었다. 그런 만큼 일본군들은 소스라치게 놀랐다. 인팔에서 영국군에게 호되게 당한 패잔병들은 전율을 느끼기까지 했다.

영국군의 화력은 막강했다. 기관총탄이 사방에서 쏟아지고, 여기저기서 수류탄이 작렬했다. 화염방사기의 위력은 대단했다. 자기들끼리 백병전을 벌이고 있던 일본군들은 그나마 퇴로까지 차단 당한 채 혼비백산했다.

대치는 덩굴이 속으로 몸을 날렸다. 몇 명이 벌써 앞으로 내달리고 있었다. 총탄이 머리 위로 핑핑 소리를 내며 날았고, 나뭇가지가 부러지는 소리가 요란스럽게 들려왔다.

아침에 그쳤던 비가 다시 퍼붓기 시작하고 있었다. 골짜기로부터는 안개가 피어오르고 있었다.

정글 속으로 들어서자 방향이 잡히지 않았다. 대치는 헌병 완장을 떼어 버리고 무작정 앞서간 헌병들을 따라갔다. 앞으로 어떻게 될지 모르므로 그들과 함께 행동하는 것이 나을 것 같았다. 정글 속에서 혼자 행동한다는 것이 얼마나 무서운 일인가를 그는 경험하지 않고도 잘 알 수가 있었다.

한참을 달리자 1개 소대 정도의 병력이 비탈진 곳에 웅크리고 앉아 있었다. 독전대 병사들과 패잔병들이 아까의 싸움은 잊은 듯 한데 엉켜 있었다. 거기에는 오오에 오장도 있었다.

비가 무섭게 퍼붓고 있어서 더 이상 움직일 수가 없는 모양이었다. 어디서 쏘아대는지 계속 포탄이 작렬하고 있었다. 정글을 아예 쑥밭으로 만들어 버릴 셈인지 영국군은 무차별 포격을 하고 있었다.

소총 한 자루만을 가지고 있는 일본군들은 고스란히 당하고 있을 수밖에 딴 도리가 없었다. 그나마 총마저 내버린 병사들이 태반이었다.

짙은 안개와 함께 어둠이 내리고 있었다. 비가 내리는데다가 험준한 산맥이 앞뒤를 가로막고 있어서 어둠은 일찍 찾아왔다. 가끔씩 짐승의 울음 소리가 산을 울리기 시작했다.

대치는 비에 젖은 옷자락을 쥐어짜면서 후드득 떨었다. 기온이 급강하하고 있었다. 얼어죽을 정도는 아니지만 밤새 추위에 떤다는 것은 두려운 일이었다. 따뜻한 물 한 모금만 마실 수 있어도 기분은 한결 나을 것 같았다. 뱃속이 텅 비어 있어서 더욱 추위를 느꼈다.

일행은 무작정 동남 쪽으로 걸어갔다. 홍수처럼 밀려오던 패잔병들이 모두 어디로 갔는지 정글 속에는 오로지 그들뿐이었다. 패잔병들은 광대무변한 정글 속에 흡수되어 그 자취도 찾을 수가 없었다.

발치에 풀썩풀썩 쓰러지는 병사들이 있었다. 쓰러진 자들은 다시는 일어나지 못했다. 그러나 대치는 그들을 거들떠보지도 않고 뛰어넘곤 했다. 다른 사람을 구할 여유도 힘도 없었기 때문이다. 어떤 자는 그의 발을 휘어잡으면서 이름을 부르기도 했다. 그럴 때면 그는 냉혹하게 뿌리쳐 버리곤 했다. 자신도 언제 쓰러질지 모르는 판에 도저히 동정을 보일 수는 없었던 것이다.

거의 새벽녘까지 걸었을 때 대치는 문득 이상한 생각이 들었다. 길은 나타나지 않고 계속 정글 속만 헤치고 있는 것이 아무래도 이상했다. 그러고 보니 나침반을 가지고 있는 사람도 없었다. 다만 짐작으로 걷고 있었던 것에 불과했다. 정글 속에서 길을 잃은 것이 분명했다.

날이 뿌옇게 밝아오자 모두가 지쳐 쓰러졌다. 그 중에서도 패잔병들은 거의 일어날 힘이 없는 것 같았다. 반면 독전대원들은 그래도 힘이 좀 남아 있었다.

오오에 오장이 어느새 일행을 지휘하고 있었다. 패잔병 중에 군조가 한 사람 있긴 했지만 거의 탈진상태에 빠져 있어서 자기 몸 하나 주체 못 하고 있었다.

"일어나, 이 새끼들아!"

오오에는 쓰러져 있는 병사들을 걷어찼다. 절반 정도가 겨우 몸을 일으켰다. 나머지는 오오에가 아무리 걷어차고 악을 써도 일어나지 않았다.

"좋다. 걸을 수 있는 놈만 간다. 일어나지 못 하는 놈들은 그대로 내버려 둬."

오오에는 쓰러진 자들을 부축하지 못 하게 했다. 그러자 군조가 비틀거리며 일어섰다. 어떻게든 따라가야만 살 수 있다고 생각한 모양이었다.

대치는 오오에 옆을 따르면서 말했다.

"무작정 가기만 하면 어떻게 합니까? 방향이 정확합니까?"

"이 자식, 말이 많다. 반대로 가고 있는 줄 알아?"

"나침반도 없이 어떻게 정확히 방향을 잡을 수 있습니까?"

"이 병신새끼야, 그럼 나침반이 없다고 가만히 앉아서 죽겠다는 거냐? 잔말 말고 따라 와!"

하긴 오오에의 말에도 일리는 있었다. 가만 앉아서 죽음을 기다릴 수는 없는 일이었다. 어디든지 가야 한다. 동서남북 어느 쪽으로든 말이다. 단, 가긴 가되 살아날 수 있는 방향으로 가야 한다. 대치는 순간적으로나마 탈출을 생각해 보았다. 그러나 이내 고개를 내저어 버렸다. 지금 상황으로서는 탈출이란 도저히 불가능한 일이었다. 일행으로부터 떨어지는 것은 쉬운 일이지만 정글 속에 혼자 남아 방향도 모른 채 움직인다는 것은 스스로 죽음을 재촉하는 짓이나 다름없었다. 할 수 없다. 가보는 데까지 가보는 수밖에 딴 도리가 없다.

대치는 뒤지지 않으려고 오오에의 뒤를 바싹 쫓아갔다. 키가 작으면서도 단단한 오오에는 아직도 상당히 견딜 것 같았다. 대치가 바싹 따라붙자 그는 홱 돌아섰다.

"넌 당가를 만들어서 저 군조를 실어."

이등병 하나가 같은 명령을 받았다.

군조가 사정을 하자 오오에는 그것을 대치에게 떠맡겨 버린 것이다. 대치를 골탕 먹이려고 한 것이 분명했다.

대치는 화가 치밀어 올랐지만 그것을 지그시 눌렀다.

들것을 만드는 동안 이등병은 훌쩍훌쩍 울었다. 패잔병이었는데 얼굴 모습이 앳되고 순진해 보였다. 대치는 놈의 따귀를 부리나케 후려갈겼다.

"이 자식아, 살고 싶으면 정신 차려! 우는 걸 보니까 아직 힘은 있는 모양이구나."

이등병은 울음을 그치고 원망스러운 눈길로 바라보았다.

대치는 정글용 칼로 나무를 뚝뚝 잘라 그것을 대충 서로 엮었다. 그리고 그 위에 군조를 올려놓았다.

군조는 심하게 신음하고 있었다. 왼쪽 어깨는 온통 피범벅이었다. 옷자락을 헤쳐보니 구더기가 들끓고 있었다. 그는 마흔 살이 넘어 보였다.

"감사하다. 이렇게 되니까 가족들 생각이 난다. 난……애들이 다섯이나 된다. 애들을 생각하면 죽어서는 안 되는데……넌 죠센징인가?"

"네, 그렇습니다."

"수고가 많겠다. 죠센징이라고 해서 기가 죽을 필요는 없어."

"너무 걱정하지 마십시오. 조금 가면 아군을 만날겁니다."

"물을 좀 주겠나?"

대치는 군조의 입에 수통 꼭지를 넣어 주었다. 살려고 기를 쓰는 이 노병(老兵)에게 대치는 어쩐지 연민이 갔다.

노병의 몸은 무거웠다. 들것을 든 두 사람은 얼마 가지 못해 주저앉고 말았다. 앞서 가던 오오에 오장이 눈을 부라리며 고함을 질렀다.

대치는 다시 일어나서 들것을 들었다. 이등병은 질질 끌다시피 하면서 따라왔다. 숨이 턱까지 차 오르고 얼굴은 땀으로 뒤범벅이 되었지만 대치는 가능한 한 군조를 무사히 운반하려고 온힘을 다했다.

갈수록 정글은 울창해지기만 했다. 앞을 헤치지 않으면 한 걸음도 움직이기가 어려웠다.

오오에 오장은 칼을 휘두르면서 앞으로 나갔다. 칼을 한번씩 휘두를 때마다 굵은 나뭇가지와 덩굴이 싹둑싹둑 잘려나갔다. 그의 돌파력은 상당한 데가 있었다. 악에 바친 그는 거의 미치다시피 되어 있었다.

오후가 되자 들것을 들던 이등병이 쓰러졌다. 대치도 비틀거렸다. 이등병의 입에서는 허연 거품이 부글부글 끓어오르고 있었다. 두 눈은 초점을 잃은 채 뒤집혀져 있었다.

"물……물…….'

이등병이 허덕이며 신음을 토했다. 대치는 무표정한 눈으로 상대를 내려다보았다. 수통에는 지금 한 모금 정도의 물이 겨우 남아 있었다. 목이 타오르고 있었지만 자신도 마시지 않고 남겨둔 물이었다. 자신이 살기 위해서는 그 누구에게도 물을 줄 수는 없었다. 죽을 놈은 남에게 신세지지 말고 빨리 죽는 게 좋다. 너에게 줄 물은 없다.

미안하다. 상황이 이러니 할 수 없지 않느냐. 대치는 수통을 움켜쥔 채 고개를 설레설레 흔들었다.

비가 그치자 이내 폭염이 쏟아져 내렸고, 대지는 순식간에 말라붙어 버렸다. 웅덩이나 낮은 지대에 물이 좀 남아 있었지만 그런 물은 함부로 마실 수가 없었다. 그것은 말라리아의 온상이기 때문에 그것을 마시고 죽는 사람들이 많았다.

열대지방의 말라리아는 적군보다도 무서웠다. 일단 걸리면 악성 열대열(熱帶熱)에 몸이 녹아 버리기 일쑤였다.

이등병은 말라리아에 걸린 모양이었다. 얼굴은 충혈 되다 못해 여기저기에 붉은 반점이 나타나 있었고 두 팔을 마구 허우적거리고 있었다.

쓰러진 이등병의 몸 위로 이름 모를 벌레들이 벌써 달려들고 있었다. 오오에가 다가와서 말했다.

"안 되겠어. 그냥 놔두고 가."

그 말을 듣고 이등병은 정신을 차렸다.

"나를 데려가 주세요! 죽기 싫어요!"

이등병은 몸을 일으키려고 발버둥쳤다.

"데려갈 수 없어. 도중에 너는 죽게 돼. 죽을 바에야 차라리 여기서 죽어. 다른 사람이나 살 수 있게 말이야."

이등병은 알 수 없는 소리를 내질렀다.

오오에는 이등병을 묵살한 채 이번에는 군조를 내려다보았다. 군조는 호소하는 시선으로 오오에와 대치를 쳐다보았다. 이젠 군조도 마지막이라고 대치는 생각했다. 오오에가 말했다.

"이젠 모시고 갈 수가 없습니다. 모두가 지쳐서……."

군조는 눈을 감았다가 떴다.

"그 총으로 날 쏴라."

담담한 목소리였다.

"총알을 아껴야 합니다. 이 칼을 쓰십시오."

오오에는 칼을 내밀었다. 그러나 군조는 그 칼마저 받을 힘이 없는 모양이었다.

"한 방이면 된다. 총으로 쏴 달라."

"칼도 잘 쓰면 괜찮습니다."

오오에는 군조의 손에 손수 칼을 쥐어 주었다. 군조는 마지막 힘을 다해 칼을 움켜쥐더니 그것을 한참 동안 들여다보았다. 칼 끝은 목을 겨누고 있었다.

"목을 찌르면 고통이 오래 갑니다. 심장을 깊이 찌르십시오."

오오에는 아무렇지도 않은 듯이 냉담하게 말했다. 군조는 원 망스러운 눈으로 오오에를 쏘아보다가 가슴을 향해 칼을 꽂았 다. 가슴 위로 검붉은 피가 분수처럼 솟았다. 군조는 온몸을 후 드득 떨었다. 몇 번 그렇게 몸을 떨다가 그는 고개를 뒤로 홱 젖 히면서 뻣뻣이 굳어갔다.

"패잔병은 이래 죽으나 저래 죽으나 마찬가지야."

오오에는 당연하다는 듯이 말했다. 현재 자신도 쫓기고 있으 면서 자신만은 패잔병이 아니라고 버티고 있는 것이 분명했다. 짐승 같은 놈. 대치는 터지려는 욕설을 꿀꺽 삼켰다. 오오에와 함께 행동하다가는 자신도 언제 죽음을 당할지 모르는 일이었 다. 그러나 이런 것을 알면서도 가는 데까지는 오오에를 따라가 지 않을 수 없었다.

오오에에게 대항하는 자는 아무도 없었다.

수염이 자라 모두가 짐승 같은 모습을 하고 있었다. 움푹 들어 간 눈들은 이상한 광채를 띠고 있었다. 모두가 떨어져 나가고 이젠 열 명 남짓만이 남아 있었다. 뒤처져 따라오지 못 하는 병 사들은 원하는 바에 따라 오오에가 칼로 찔러 죽이곤 했다.

정글에 깊이 들어갈수록 하늘이 보이지 않았다. 병사들 거의 가 굶주림을 이기지 못해 벌레를 잡아먹기 시작했다. 대치는 그런 것을 결코 먼저 손대지는 않았다. 눈여겨 보아두었다가 먼저 먹은 자가 별탈이 없으면 그제야 자기도 벌레를 입으로 가져가곤 했다.

뱀은 고급식사에 속했다. 그러나 뱀은 거의 보기 힘들었다.

머리 속은 어느새 먹는 것으로 꽉 차 있었다. 다른 의식은 아무것도 없었다. 아군을 만나기 위해서 움직이던 그들은 이제는 먹이를 찾는데 혈안이 되어 있었다.

오오에도 마찬가지였다. 가도 가도 정글을 벗어나지 못 하자, 그는 차차 몸을 도사리면서 선두를 벗어나 맨 뒤에 따라붙었다. 곱추처럼 허리마저 웅크린 채 흘끔흘끔 병사들을 쳐다보는 것이 몹시 경계를 하는 것 같았다. 오오에에게 있어서는 이제 모두가 적이었다. 그뿐만이 아니라 생존자 모두가 서로를 경계하고 있었다. 상대를 죽이고서라도 상대가 가지고 있는 먹이를 탈취하려는 의도가 서서히 나타나고 있었던 것이다. 그러면서도 그들은 여전히 공동체로 움직이고 있었다.

상 해

희미한 등불 아래 몇 사람이 앉아 있었다. 칠이 벗겨진 낡은 탁자가 중앙에 놓여 있었고 그들은 그 둘레에 머리를 맞대고 앉아 있었다.

윤홍철(尹洪喆)은 담배를 말던 손을 멈추고 하품을 했다. 며칠 째 잠을 설치고 있었으므로 졸음이 밀려왔다. 그러나 낮잠을 잘 여유는 없었다. 해야 할 일들이 그만큼 밀려들고 있었다.

벌써 10년 가까이 중국에서 외로운 생활을 하고 있었으므로 그는 나이보다는 늙어 보였다. 이마에 깊게 파인 주름살과 거친 피부가 그의 생활의 어려움을 그대로 드러내 주고 있었다.

때때로 고향에 두고 온 아내와 딸 여옥의 생각에 가슴이 저려 올 때면 소리 없이 눈물을 뚝뚝 떨어뜨리곤 했다. 몇 년 전까지만 해도 인편으로 어렴풋이 나마 가족의 소식을 듣기는 했지만 재작년 겨울부터는 소식이 끊겨 궁금하기 짝이 없었다.

"내일 몇 시에 열립니까?"

젊은 청년 하나가 무겁게 입을 열었다. 파리하게 여윈 청년으로 두 눈만이 찌를 듯이 빛나고 있었다.

"오전 11시……경계가 삼엄할 거요. 이쪽도 희생을 각오하지 않으면 성공하기 힘들 거요."

홍철은 중국옷 속으로 손을 집어넣어 권총을 만지작거렸다. 구식 육혈포로 손질을 잘하지 않으면 곧잘 고장이 나곤 하는 총이었다. 그러나 그나마 한 자루 있어서 퍽 도움이 되고 있었다. 그 동안 육혈포에 쓰러진 일본인 및 친일분자는 열 명이 넘었다. 그것을 매만질 때마다 홍철은 가슴으로 스며드는 자신감을 느끼곤 했다.

"더 이상 이쪽을 희생시킬 수는 없습니다. 비겁하게 들릴지 모르지만 젊은 목숨이 너무 아깝습니다. 지금까지 벌써 열 여덟 명이나 희생되지 않았습니까. 다른 방법을 모색해 주십시오."

윤홍철 외에 청년들은 모두 네 명이었다. 하나같이 홍철을 똑바로 바라보고 있는 것이 모두 의견을 같이 하고 있는 것 같았다. 여윈 청년이 주로 홍철을 상대로 이야기하고 있었고, 나머지는 입을 다물고 있었다.

홍철은 이마를 두 손으로 짚었다. 머리가 어찔어찔 해오고 배에서는 쪼르륵 하는 소리까지 들려왔다. 청년의 말에 그 역시 동감이었다. 용맹스런 테러리스트들이 자꾸 죽어가고 있었다. 몸을 피하지 않고 정면에서 부딪쳐 들어가기 때문에 희생은 불가피 했다.

아무리 애국의 길이라고는 하지만 아까운 젊은이들이 죽어갈 때마다 홍철은 몹시 가슴이 아프곤 했다. 그러나 지령이 내려온 이상 거역할 수는 없었다. 항일(抗日)이 최대의 과업인 만큼 다른 것은 생각할 여지가 없었다. 사태 또한 격렬한 테러를 필요로 할 만큼 절박해지고 있었다.

"나도 동지들의 목숨을 누구보다도 아끼는 사람이오. 이 지역 책임자로서 내 목숨이 아직까지 붙어 있다는데 대해서 심히 부끄러움을 느끼고 있소. 이러한 내가 더 이상 어떻게 동지들의 희생을 요구하겠소. 다만 나는 상부의 지시를 나 혼자 처리할 수가 없어서 여러분들과 상의하려고 한 것뿐이오."

홍철은 담배를 깊이 빨았다. 이들을 이해시키기 위해 구구히 설명을 한다는 것이 괴로웠다. 그것이 자신을 변명하는 것처럼 들릴까 봐 두려웠다.

"그렇게까지 말씀하시면 오히려 저희들이 부끄럽습니다. 선생님께서 저희들 곁에 계신다는 것이 얼마나 큰 힘이 되고 있는지 모르겠습니다. 저는 다만 이쪽의 희생을 줄이고 일을 성취시킬 수 없을까 해서 그렇게 말씀드린 것입니다."

눈치가 빠른 청년이었다. 그러나 가식은 없어 보였다. 홍철은 답답한 가슴이 맑게 개이는 것을 느꼈다.

사실 항일운동은 너무 오랜 세월 동안 기약 없이 전개되어 왔기 때문에 처음과 같이 생사를 초월한 격렬한 투쟁은 그 빛을 많이 잃고 있었다. 모두가 지쳐 있었고, 그런 나머지 목적에 대해 회의를 품고 있었다. 대열에서 이탈하는 사람들이 많이 늘어났고 개중에는 배신자도 더러 있었다.

임시정부(臨時政府) 자체도 사분오열되어 항일전선에 많은 혼란이 일어났다. 이러한 판에 젊은 대원들에게 여전히 희생을 요구한다는 것은 정말 어려운 일이었다.

더구나 이들은 갖은 고초를 다 겪으면서도 대열에서 이탈하지 않고 끝까지 생사고락을 같이해 온 귀중한 용사들이다. 이들에게 더 이상 어떻게 죽어달라고 요구하겠는가.

지령대로 움직이면 모든 문제는 간단히 끝날지 모른다. 그러나 피로 맺은 동지들인 만큼 한 사람의 죽음은 전대원들의 가슴을 찢는 일이나 마찬가지였다.

그렇다고는 하지만 상부의 지시를 거부할 수는 없었다. 무리인 줄 알면서도 지시를 내려야 하는 김구(金九) 주석의 고충은 십분 이해되고도 남았다.

"김구 주석의 의도는 사건을 성공시킨 후 이쪽의 신분을 밝힘으로서 국제적으로 우리 민족의 피나는 투쟁을 주지시키고 국제여론을 환기시키자는 것으로 생각되오."

"의도는 말씀 안 하셔도 잘 알고 있습니다. 지금까지 모두가 그 뜻에 따라 죽어가지 않았습니까. 그러나 이제는 더 이상 우리 동지들의 희생을 기대할 수 없습니다. 주석에게도 이 뜻을 전하는 게 좋겠습니다."

청년의 말은 완강했다. 거사에 참가는 하되 더 이상 이쪽의 희생이 있어서는 안 되겠다는 것이었다.

그는 생사를 초월한다는 것이 얼마나 어려운 일인가를 잘 알고 있었다. 그러나 지금까지 동지들은 자진해서 그 어려움에 몸을 던져 왔다. 거물급 인물을 쏘아 죽인 다음 분명히 몸을 피할 수 있는데도 불구하고 대한독립만세를 외치면서 스스로 체포되어 형장의 이슬로 사라진 용사들이 눈을 감을 때마다 망막에 어른거리곤 했다. 그러한 거사가 있을 때마다 이쪽이 노리는 선전효과는 과분하리 만큼 충분한 결실을 거두고 있었다. 그러나 문제는 아까운 동지들의 목숨을 잃는다는데 있었다.

"잘 알겠지만, 이제 먼저 간 우리 동지들의 뜻이 이루어질 가망이 높아지고 있소. 도처에서 연합군의 승리가 전해지고 있소. 벌써 태평양상의 중요 기지는 미군들이 거의 다 점령해 버렸소. 중국대륙에서도 머지 않아 곧 대회전(大會戰)이 있을 것 같소. 장주석은 이미 총공격을 준비하고 있다는 소식이 들어왔소. 차제에 그간 부진했던 우리의 활동을 옛날처럼 다시 활발히 벌여 독립의 기회를 다져야겠다는 것이 계획인 것 같소. 중경의 임정뿐만 아니라 미주(美州)를 비롯한 전 해외동포들도 이 기회에 일제히 호응할 움직임을 보이고 있소. 그러니까……이번의 지시는 대세라 생각하고 여느 때보다도 각오를 단단히 해야 할 것 같소. 그렇다고 동지들의 희생을 더 이상 요구하지는 않겠소. 이쪽의 희생을 최소한으로 줄이고 적을 타도할 수 있는 방법을 강구해 보도록 합시다. 주석께 여러분의 의견을 보고할 테니 이 문제는 더 이상 거론하지 맙시다. 다만……일군의 감시가 심해지고 있으니 앞으로는 더욱 몸조심을 하시오. 급한 연락은 왕선생집으로 하도록 하시오."

"황가(皇家)는 어떻게 하시겠습니까?"

"내일 일단 동정을 살펴보고 나서 다시 구체적으로 이야기합시다."

홍철은 일어서서 청년들과 악수를 나누었다.

밖은 어두워져 있었다. 오랫동안 비가 오지 않아 건조한 열기가 거리를 가득 채우고 있었다.

전시라고는 하지만 상해 중심가에는 역시 사람들이 넘쳐흐르고 있었다. 적응력이 강한 중국인들인 만큼 일제의 점령 하에서도 생활에 바쁘게 쫓기고 있었다. 삶의 생동감이 느껴지는 곳이 바로 상해 거리였다.

1842년 이래 남경조약(南京條約)에 의해 급속히 발전한 상해는 상공업의 중심지이자 중국 최대의 무역항으로서 명실공히 국제도시의 면모를 갖추고 있었다. 번화가인 남경로(南京路)는 세계각국의 인종들이 들끓고 있어서 마치 인종 전시장을 방불케 했다. 언제 보아도 거리는 인력거로 뒤덮여 있고 궤도전차와 무궤도 전차가 둔탁한 소리를 내면서 달리고 있었다. 2층버스도 있는데 그것은 주로 외국인들이 이용하고 있었다.

남경로 뒷골목으로 들어선 홍철은 어느 고서점 앞에서 걸음을 멈추었다. 안경을 낀 중년의 사내가 안에서 고개 짓을 해 보였다.

홍철은 안으로 들어갔다. 책방에는 손님이 한 사람 있었다. 홍철은 손님과 등을 대고 서서 벽에 꽂혀 있는 책들을 뒤져보았다. 이윽고 손님이 나가자 그는 책을 제자리에 꽂고 안경낀 사내를 바라보았다.

"왕선생님, 별일 없습니까?"

그는 능숙한 중국말로 물었다. 왕선생이라고 불린 중국인은 쿨룩쿨룩 기침을 했다.

"그 사람, 왔소."

"누구 말씀인가요?"

"원, 잊어먹다니……그 다리 저는 사람 말이오."

"아아, 그래요? 지금 어디 있습니까?"

홍철은 다급해서 물었다. 왕선생은 뒤쪽을 턱으로 가리켰다.

"조금 전에 왔는데 들어가 보시오."

홍철은 벽 한쪽에 나 있는 쪽문을 열고 안으로 들어갔다. 밖에서 보기와는 달리 책방 뒤쪽으로는 큰 가정집이 들어앉아 있었다. 자주 드나드는 곳이지만 홍철은 언제나 이곳에 들어올 때마다 어려움을 느끼곤 했다.

머리를 양쪽으로 땋아 늘인 소녀를 따라 그는 긴 마루를 걸어갔다. 제일 끝방에 그가 그렇게도 기다리던 청년이 잠을 자고 있었다. 몹시 피곤해 보이는 모습이었다. 홍철이 흔들어대자 청년은 침대에서 벌떡 일어섰다.

"아, 선생님……."

"음, 오랜만이군."

홍철은 청년의 손을 쥐어 주었다. 청년은 눈물부터 주르르 흘렸다. 1년 전 홍철이 가족들 안부를 알기 위해 특별히 조선에 내보낸 청년이었다. 그런데 아무리 기다려도 오지 않아 이젠 거의 포기하고 있었는데 이렇게 1년만에 마침내 나타난 것이다.

"그 동안 무슨 일이라도 있었나?"

"감옥에 있었습니다."

청년은 박박 깎은 머리를 손으로 한번 쓰다듬었다.

"왜? 무슨 일로?"

"그 동안 어디에 있었느냐고 대라기에 잡아떼었습니다. 그랬더니 아무래도 수상하다고…… 사상이 불온한 자로……."

"나쁜 놈들……."

"그런데 선생님……."

청년은 말을 잇지 못 하고 다시 눈물을 흘렸다. 홍철은 가슴이 철렁 내려앉았다. 그러나 그는 성급하게 묻지 않고 침착하게 청년을 바라보았다.

청년은 눈물을 닦더니 차마 말하기 거북한지 홍철의 시선을 피하면서 머뭇거리기만 했다.

홍철이 무거운 침묵으로 대답을 기다리자 청년은 드디어 더듬더듬 입을 열었다.

"따님은……지난 겨울에……정신대에 끌려갔습니다."

홍철은 자기 귀를 의심했다.

"뭐라고? 정신대 말인가?"

"네, 그렇답니다."

"누가 그러던가? 우리집 사람이 그러던가?"

홍철의 눈은 크게 확대되고 입은 벌어져 있었다.

"아, 아닙니다. 동네 사람들한테 들었습니다."

"그럼 우리집 사람은 못 만났는가?"

"못 만난 게 아니라……사모님께서는 그만 돌아가시고 말았습니다."

"그게 정말인가?"

홍철의 눈이 금방 눈물로 가득 찼다.

"정말입니다. 따님이 정신대로 끌려간 후 식음을 전폐하신 채 몸져누우셨다가 얼마 못 가 그만……운명하셨답니다. 그리고……남은 재산이라곤 거의 없는 모양입니다."

홍철은 말없이 주머니에서 담배쌈지를 꺼냈다. 담배를 종이에 마는 동안 그의 손은 자꾸만 떨렸다. 눈물이 손등으로 뚝뚝 떨어졌다. 그 비통한 모습에 청년은 더 이상 입을 열지 못했다. 담배는 말아지지 않고 홍철의 손에서 자꾸 흩어지기만 했다.

"산소는 어디다 썼던가?"

한참 만에 홍철은 조용한 목소리로 물었다. 감정을 억제하는 힘이 놀라웠다.

"마을에서 가까운 공동묘지에 모셨더군요. 먼 일가뻘 되는 사람들이 모신 모양입니다."

무거운 침묵이 방안을 채웠다. 홍철의 여윈 얼굴이 다시 일그러졌다. 그는 고개를 떨군 채 한동안 방바닥을 내려다보았다. 그가 고개를 들었을 때 두 눈은 이상한 광채를 띠고 있었다.

"내 딸애는 그 후 소식이 없던가?"

"네, 전혀……."

"생사도 모르겠군."

그는 신음하듯 중얼거렸다.

너무 엄청난 사실 앞에 그는 한동안 넋을 잃고 있었다. 아내와 딸애의 모습이 주마등처럼 눈앞을 스쳐갔다. 누구를 탓하기 전에 먼저 자신이 저주스러웠다. 좀더 변변한 남자를 만났다면 아내는 그렇게 외롭게 죽지는 않았을 것이다. 좀더 똑똑한 아버지를 만났다면 여옥이는 그렇게 정신대에 끌려가지 않았을 것이다. 모두가 내 탓이다. 영원히 씻을 수 없는 죄를 짓고 말았다. 자식에게, 아내에게 죄인이 된 것이다. 내가 그들을 죽인 것이나 다름없다.

아내는 지금 편히 잠들지도 못 하고 있을 것이다. 여옥이는 어디로 갔을까. 과연 살아 있을까.

죽일 놈들. 밖으로 나온 그는 이를 부드득 갈았다. 갈아먹어도 시원치 않을 놈들. 왜놈들은 한 놈도 남기지 말고 죽여야 한다. 씨를 말려 버려야 한다.

그는 술집에 들어가 독한 술을 마구 퍼마셨다. 술이 들어가자 괴로움에 더욱 못 견딜 것 같았다. 마음은 평정을 잃고 마구 뒤엉키고 있었다. 고국에 있을 때는 주정뱅이라고 할 정도로 술을 많이 마셔대던 그였다. 그러나 중국으로 건너와 항일운동에 참가하면서부터는 일체 술을 끊었다. 그러던 그가 오늘밤 비로소 다시 술을 마시기 시작한 것이다.

밖으로 나왔을 때 그는 몸을 가누기 힘들 정도로 취해 있었다. 그는 무턱대고 걸어갔다. 눈물이 자꾸만 흘러내려 그것을 손등으로 닦곤 했다.

밤늦게까지 그는 그렇게 거리를 헤맸다. 그 동안 그가 줄곧 생각한 것은 자신도 머지 않아 죽는다는 것이었다. 자신이 지금까지 살아 있다는 것이 한없이 부끄럽고 죄스럽게만 생각되었다.

딸애를 생각하면 온몸이 갈기갈기 찢기는 것만 같았다.

빈민가에 자리잡은 어느 집 다락방에서 새우잠을 자면서도
그는 밤새 눈물을 흘렸다.

사이렌 소리가 갑자기 들려오고 있었다. 거리를 메우고 있던
차와 인력거의 물결이 양편으로 쫙 갈라졌다. 행인들의 시선이
모두 사이렌이 들려오는 쪽으로 쏠렸다. 홍철도 인력거를 세우
고 그쪽을 바라보았다.

헌병 오토바이 두 대가 쏜살같이 달려오고 있었다. 그 뒤를 보
기 드문 세단차 한 대가 따르고 있었다. 홍철은 그 차가 앞을 지
날 때 눈알이 튀어나오도록 차 속을 쏘아보았다. 차 속 뒷좌석
에는 머리가 허옇게 센 뚱뚱한 노인이 젊은 청년과 함께 앉아 있
었다. 청년은 비서인 것 같았다. 노인의 금테안경이 햇빛을 받
아 번쩍했다. 저 노인이 황가이군. 홍철은 커브를 돌아 사라지
는 차를 노려보았다.

황운(黃運)은 원래가 조선인이었다.

젊었을 때 조선에서 연초 소매업을 하다가 일찍이 중국으로
건너와 산동성(山東省)의 청도(靑島)에 자리를 잡고 본격적으
로 연초 사업을 벌였는데 운이 좋았는지, 아니면 사업수단이 좋
았는지 사업이 크게 번창하여 순식간에 대부호가 되었다.

돈을 벌기 위해서는 수단과 방법을 가리지 않는 사나이인 만
큼 민족의식이니 하는 것은 털끝만치도 없었고 오히려 사업 유
지를 위해서 친일행위를 밥먹듯이 하고 있었다. 항일 지하조직

에서는 그에게 몇 번 독립자금을 부탁하곤 했지만 그때마다 번 번이 거절당하곤 했다. 그러던 차 이번에는 황가가 일본군에게 비행기를 헌납한다는 소문이 파다하게 퍼졌고, 오늘 그것이 사 실로 나타나고 있었던 것이다.

황가가 헌병들의 호위를 받으면서 달려간 것은 비행기 헌납 식에 참석하기 위해서였다. 중경에서 황가를 제거하라는 지령 이 내려온 것은 사흘 전이었다. 같은 민족으로서 독립자금을 대 주지 않는 것은 하는 수 없는 일이라 하더라도 친일행위를 함으 로써 항일전선에 해를 끼치고 민족을 배반하는 것은 결코 좌시 할 수 없었다.

그래서 그를 제거하라는 지령이 내려온 것이다.

윤홍철은 인력거를 끌고 오송(吳淞)비행장 쪽으로 달려갔 다. 인력거꾼으로 생활비를 벌고 한편 위장생활도 하고 있는 그 는 이젠 이 방면에 아주 익숙해져 매우 빨리 달릴 수가 있었다. 그러나 요즘 들어 몸이 갑자기 쇠약해지는 바람에 달리는데 무 리가 있었다. 비행장에 닿았을 때 그는 숨이 턱에 차고 온몸이 땀에 젖어 있었다.

그가 단독으로 황가를 죽여야 한다고 결심한 것은 어제 저녁 이었다. 동지들이 더 이상 희생을 바라지 않았고, 거기다가 고 향으로부터 비극적인 소식을 들었던 터라 그는 거의 자학적인 기분에 젖어 이번 일을 단독으로 거행하기로 결심한 것이다.

비행장 한쪽은 개방되어 있었다. 입구에는 만국기가 펄럭이 고 있었고 많은 사람들이 몰려들고 있었다. 홍철은 인력거를 한

편에 세워두고 비행장 안으로 들어갔다. 안에서는 벌써 식이 시작되고 있었다.

그는 사람들을 뚫고 앞으로 나갔다. 앞줄에서 연단까지의 거리는 상당히 멀어 보였다. 시력이 약한 그로서는 황가의 머리만이 희끄무레하게 보일 뿐, 자세한 것은 보이지도 않았다. 총신이 짧은 육혈포로 황가를 명중시킨다는 것은 도저히 불가능했다. 폭탄이 있다면 황가뿐만 아니라 일본군 장성들까지도 몰살시킬 수 있을 것 같았다. 그러나 준비된 폭탄도 없었고, 요즈음은 그것을 구하기도 힘들었다.

일본군이 앞을 차단하고 있어서 달려나갈 수도 없었다. 경비는 삼엄했다.

연단 앞에는 황가가 헌납한 비행기가 서 있었다. 그것은 햇빛을 받아 은빛으로 빛나고 있었다. 마이크를 통해 황가의 카랑카랑한 목소리가 들려왔다. 그의 일본말 솜씨는 능숙했다. 홍철은 어금니를 깨물면서 돌아섰다.

시내로 들어온 그는 하루종일 인력거를 끌었다. 그리고 밤이 되자 양복으로 갈아입고 상해에서 제일 큰 호텔로 천천히 걸어갔다. 캡까지 눌러쓰고 있어서 전혀 딴 사람으로 보였다.

반 시간쯤 후 그는 호텔에 도착했다. 안으로 들어가자 프론트에 서 있던 젊은 청년이 그를 바라보았다.

"여기 경비는 어떤가?"

홍철은 유창한 일어로 물었다. 청년은 어리둥절해서 그를 바라보았다.

"어디서 오셨는가요?"

"임마, 묻는 말에 대답해. 경비는 잘 돼 있어?"

청년은 홍철이 내민 증명을 힐끗 들여다보았다. 사진과 함께 헌병(憲兵)이라는 붉은 글자가 중간에 크게 찍혀 있었다. 청년은 움찔 놀라는 기색이었다.

"경비는 잘 돼 있습니다."

"어떻게 잘 돼 있다는 거야?"

"형사가 와 있습니다."

"몇 명이나?"

"한 사람 와 있습니다."

"임마, 형사 하나 가지고 무슨 경비를 한다는 거야. 영감이 갈 때까진 여긴 특별 경비다. 수상한 놈이 나타나면 나한테 보고해. 영감이 묵는 방은 몇 호실이야?"

"5층 1호실입니다."

"잘 감시해, 여기서 사고라도 나면 넌 모가지다."

"네, 알겠습니다."

청년은 고개를 굽신했다. 홍철은 돌아서다가 다시 말했다.

"내가 여기 왔다는 말은 누구한테도 하지 마. 형사한테도 하지 마. 극비리에 이중 경비를 해야 하니까."

"네, 잘 알겠습니다."

"영감은 와 있나?"

"아직 안 왔습니다. 연회에 참석하신 모양입니다."

"영감 방은 잠겨 있나?"

"네, 바로 들어갈 수는 없습니다. 2호실을 통해야만 들어갈 수 있습니다."

"지금 거기엔 누가 있나?"

"형사 혼자서 지키고 있습니다."

홍철은 주위를 휘둘러보고 다시 밖으로 나왔다. 그가 헌병으로 가장한 것은 형사와 부딪칠 경우에 대비하기 위해서였다. 일반적으로 형사는 헌병에게 눌리게 마련이었다.

그는 남경로 뒷골목의 왕선생을 찾아갔다.

"탈주한 학도병이 하나 나타난 모양입니다."

왕선생이 말했다. 홍철은 고개를 끄덕였다.

"함께 일하겠다고 하던가요?"

"그런 모양입니다."

"지금 어디 있습니까?"

"쿠리 집에 있답니다."

"내일쯤 만나지요. 오늘은 바쁘니까."

홍철은 급히 전화를 걸었다.

한 시간쯤 후에 엊저녁에 만났던 파리한 청년이 나타났다. 청년도 양복으로 갈아입고 있었고 얼굴 표정이 긴장되어 있었다.

"사실은 이번 일을 혼자 해볼까 생각했는데 손이 모자라 안 되겠소."

그들은 거리를 걸어 올라갔다.

"그게 무슨 말씀입니까? 혼자 그런 일을 하시겠다니……그러다가 화나 입으시면 저희들 체면이 뭐가 되겠습니까? 돌아가십시오. 정 그러시다면 제가 어떻게 해 보겠습니다. 전 홀몸이니까 어떻게 돼도 상관없습니다."

"홀몸이긴 나도 마찬가지요. 아까 소식이 들어왔는데 내 집사람은 이미 죽었소. 그리고 내 딸애는 정신대에 끌려가고……."

청년은 입을 다물어 버렸다. 그들은 묵묵히 발걸음을 옮겼다. 그들의 걸음걸이는 몹시 무거워 보였다.

뒷골목에 자리잡은 허술한 식당에 들어갈 때까지 그들은 서로 아무 말도 하지 않았다.

그들은 매우 느리게 식사를 했다. 식사를 하면서 작은 목소리로 거사에 대해 세밀히 이야기를 나누었다. 청년은 홍철을 말리고 싶었지만 홍철의 결의가 굳은 것을 알고 그것을 포기했다.

한 시간쯤 뒤에 그들은 호텔로 갔다. 홍철이 안으로 들어서자 프론트 청년이 그에게 눈짓을 했다.

"오셨습니다."

청년이 말했다. 홍철은 고개를 끄덕해 보이고 엘리베이터에 올랐다. 5층에 닿자 홍철은 동지를 데리고 창가로 갔다.

"담배나 한 대 피우고 나서 시작하지."

긴장을 풀기 위해 그들은 담배를 꺼내 피웠다.

그들은 말없이 불빛이 휘황한 밤거리를 내려다보았다. 자신들과는 전혀 관계가 없는 거리에서 외롭게 흘러온 지난날들이 문득 생각되었기 때문일까. 동화될래야 될 수 없는 거리임을 홍철은 몇 번씩이나 느끼곤 했었다. 도시 저쪽 어둠이 배어 있는 하늘을 그는 망연히 바라보았다. 고향 마을과 집이 생각나고,

이어서 아내와 딸의 모습이 떠올랐다. 그는 속으로나마 팔을 뻗어 그들을 껴안았다. 그러자 이상하게도 자신감이 가슴을 뿌듯하게 채워왔다.

2호실 문은 잠겨 있었다. 노크를 하자 안에서

"누구요?"

하는 날카로운 일본말이 튀어나왔다.

"문 좀 여시오."

홍철도 날카롭게 응수했다.

"신분을 밝히시오."

"열어 보면 알 거 아니야."

홍철이 거칠게 쏘아붙이자 이윽고 문이 열렸다. 형사로 보이는 중년의 사내와 젊은 청년이 서 있었다.

"어디서 오셨는가요?"

젊은 청년이 물었다.

"당신이 비서야?"

홍철은 거칠게 물었다.

"네 그렇습니다만……."

홍철은 형사로 보이는 사내를 쏘아보았다. 형사는 좀 질리는 것 같았다. 그러나 사나운 눈매가 뚫어지게 이쪽의 일거일동을 주시하고 있었다.

"나, 이런 사람이야."

홍철은 비서에게 증명을 내밀었다. 형사가 고개를 빼고 증명을 들여다보았다.

"이 사람은 누구야?"

홍철은 턱으로 형사를 가리켰다.

"고등계 미다 형삽니다."

비서가 소개를 했다.

"아, 그래."

홍철이 손을 내밀자 미다 형사는 머리를 깊이 숙이면서 두 손으로 악수를 했다. 그리고 홍철의 뒤에 서 있는 청년을 힐끗 바라보았다.

"특별 경비가 필요해서 왔는데……이런 일은 지리하고 귀찮단 말이야. 경비가 이렇게 허술해서 어디 되겠소."

"죄송합니다. 수고가 많으십니다."

형사는 연방 고개를 숙였다. 홍철은 옆방으로 통하는 문을 바라보았다.

"영감님은 지금 계신가?"

"네, 주무시고 계십니다."

비서가 대답했다.

"좀 만나야겠는데……."

"지금은 곤란합니다."

"왜?"

홍철은 문 쪽으로 다가섰다. 그러자 이번에는 형사가 앞을 가로막았다.

"대단히 미안하지만……그 증명을 다시 좀 볼 수 없을까요?"

"뭐라고?"

홍철은 형사의 눈초리에서 의혹의 빛을 보는 순간 권총을 빼어들었다.

형사가 비서의 몸을 방패삼아 그 뒤로 몸을 숨겼다. 거의 반사적으로 피한 날쌘 몸짓에 홍철은 당황했다. 그가 옆방으로 뛰어들자 청년대원이 형사를 향해 권총을 발사했다.

침대 위에 벌거벗은 남녀가 앉아 있는 것이 홍철의 눈에 비쳐들었다. 촉수가 약한 붉은 조명등 때문에 상대의 얼굴이 희미하게 보였다. 흑발을 풀어헤친 여자의 풍만한 육체가 남자에게 돌진했다. 흰머리의 사내가 머리를 흔들면서 고함을 질렀다. 그 소리가 미처 끝나기도 전에 홍철의 육혈포가 불을 뿜었다.

"이 민족의 반역자야!"

세 발의 총성이 방안을 뒤흔들었다. 옆방에서도 연달아 총성이 터졌다. 홍철이 뛰쳐나가면서 보니 청년대원이 피투성이가 되어 쓰러져 있었다. 형사도 총에 맞았는지 방바닥 위를 기고 있었다. 비서는 구석에 서서 벌벌 떨고 있었다. 홍철은 청년대원을 껴안았다. 목에 총을 맞은 청년은 이미 숨이 넘어가고 있었다. 홍철은 청년을 흔들어대다가 일어섰다.

모든 것은 1분도 채 안 되어 일어난 일들이었다. 밖에서 급히 뛰어오는 발짝 소리가 들려왔다. 홍철은 비통한 얼굴로 청년의 시체를 바라보다가 그 손에 쥐어져 있는 권총을 뽑아들었다. 차마 떨어지지 않는 발길이었지만 그는 밖으로 나갔다. 총소리에 놀란 손님들이 복도에 몰려나와 있었다. 보이 두 명이 막 들어서려는 것을 홍철은 막았다.

"난 헌병이다. 다른 사람들 못 들어가게 일체 출입 금지 시켜!
그리고 경찰에 빨리 연락해! 전화 어딨어?"

"저기 있습니다."

보이가 복도 끝을 가리켰다.

"빨리 경찰에 전화해, 임마!"

"네, 알겠습니다."

보이가 허둥지둥 뛰어가자 홍철도 급히 그 뒤를 따라갔다. 도
중에 그는 아래층으로 내려가 비상계단 쪽으로 걸어갔다. 뒤가
당겼지만 그는 절대 뒤를 돌아보지 않았고 허둥대지도 않았다.
침착해야 한다는 것이 이런 일을 할 때마다 그의 생각이었고,
그 생각대로 그는 행동했다.

비상계단을 내려가자 그는 바로 인력거를 집어탔다. 출발하
면서 뒤돌아보니 아무도 따라오는 것 같지가 않았다. 그는 일부
러 인력거를 호텔 정문 앞으로 통과하게 했다. 이미 호텔 입구
는 차단되어 있었고 경찰이 몰려들고 있었다.

도중에 그는 인력거를 내려 아지트 쪽으로 걸어갔다. 온몸에
식은땀이 흐르고 머리 속은 멍한 상태였다.

지하실에 들어서자 비로소 자기 혼자 살아 돌아온 데 대한 죄
책감이 가슴을 깊이 찔렀다. 그것은 고통이 되어 온몸을 갈갈이
찢는 것 같았다. 그는 책상에 엎드려 밤새도록 괴로워했다. 어
떻게 동지들을 대해야 할지 부끄럽기만 했다.

아침이 되자 신문을 본 동지들이 몰려들었다.

"다치신 데는 없습니까?"

눈치를 챈 청년 하나가 물었다.

"난 괜찮아. 권동지가 그만……."

그는 말을 잇지 못한 채 눈물을 뿌렸다. 청년들도 더 이상 입을 열지 못 하고 울먹였다.

홍철은 한참 후에 신문을 펴보았다.

신문에는 어제의 사건이 크게 보도되어 있었는데 황가는 가슴과 복부에 부상을 입었을 뿐 목숨은 살아 있었다. 사망자는 일인 형사와 청년대원, 그리고 황가와 잠자리를 같이 한 젊은 중국 여자, 이렇게 세 명이었다. 황가가 살아 있다는 사실이 홍철을 더욱 비통하게 만들었다.

"면목없소. 뭐라고 말을 해야 할지 ……."

수치와 슬픔을 동시에 느끼면서 그는 꼭 황가를 죽이고야 말겠다고 다짐했다.

황가 저격사건이 일어난 지 사흘 후 밤에야 홍철은 겨우 마음을 진정하고 탈출해 온 학도병을 만났다.

홍철의 지시에 따라 두 명의 청년대원이 학도병을 은신처에서 데리고 왔다. 지하실에는 홍철 외에 다섯 명의 청년대원들이 학도병을 기다리고 있었다.

학도병은 중키에 말라빠진 모습을 하고 있었다. 그러나 두 눈은 열정에 가득 차 있었다. 그는 벽 앞에 놓여 있는 의자에 안내되었다. 이윽고 지하대원들과 학도병의 대화가 시작되었다.

"왜 탈출했소? 위험했을 텐데……."

"일본군에 있다는 것이 수치스러웠습니다."

"왜?"

"나는 조선 사람입니다."

"혹시 아버지가 친일분자가 아니오?"

"그런 모욕적인 말은 삼가해 주십시오."

"앞으로 무얼 하겠소?"

"독립운동을 하고 싶습니다."

"독립운동은 하고 싶다고 되는 게 아니오. 그건 취미거리가 아니오."

"취미로 하고 싶다는 게 아닙니다. 의무로 느끼고 있습니다."

"여기 온 목적은?"

"가입하고 싶어서 왔습니다. 함께 일하게 해 주십시오."

"무슨 일이나 할 수 있겠소?"

"네, 무슨 일이나 시키는 대로 하겠습니다."

"목숨도 버릴 수 있겠소?"

"버릴 수 있습니다."

"말은 번지르르하군."

학도병을 향해 주먹이 날아들었다. 학도병은 턱을 얻어맞고 바닥에 나뒹굴었다. 청년대원 하나가 몽둥이로 그의 엉덩이를 후려갈겼다.

"아니, 왜 이러십니까?"

학도병은 놀라서 소리쳤다.

"이 자식아, 뭐 독립운동을 하겠다고? 너, 밀정이지?"

"생사람 잡지 마시오!"

"거짓말 마, 이 자식아! 다 알고 있는데 거짓말하는 거냐?"

점점 고문이 가혹해지기 시작했다. 몽둥이를 다리에 끼우고 무릎을 밟아대자 학도병은 비명을 질렀다.

"사람을 이렇게 몰라보다니 억울합니다. 그만두겠소. 난 나가겠소!"

"뭐? 염탐하러 들어온 놈이 마음대로 나갈 수 있을 것 같아! 너 같은 놈은 살려둘 수 없어. 바른대로 말하고 용서를 빌면 살려 주되 계속 거짓말을 하면 살려둘 수 없어. 어때? 너 밀정이지? 누구 지시를 받고 왔어?"

"분명히 말해 두는데 난 학도병으로서 탈주해 온 몸이오. 이 이상 더할 말이 없소."

학도병은 말을 마치자 입을 꽉 다물었다.

"그래? 그렇다면 그 증표로서 네 손가락을 하나 잘라 봐."

날이 시퍼런 단검 한 자루가 학도병 앞에 던져졌다. 그는 그것을 잠깐 내려다보더니 침착하게 집어들었다. 그리고 왼쪽 새끼손가락을 향해 그것을 내려찍었다. 그 순간 청년대원 하나가 학도병의 왼손을 걷어찼다. 칼은 쇳소리를 내면서 콘크리트 바닥에 부딪쳤다.

"미안하오. 어서 일어나시오!"

잠자코 있던 홍철이 일어나 청년의 두 손을 잡아 일으켰다.

"한번 시험해 본 것이니 오해는 하지 마시오. 오신 것을 환영하오!"

그제야 청년은 눈물이 글썽한 눈으로 주위를 둘러보았다. 청년 대원들이 일일이 손을 내밀어 악수를 청했다.

"때때로 왜놈 앞잡이가 잠입해 올 때가 있어서, 함부로 아무나 믿을 수가 없단 말이오."

홍철은 학도병에게 담배를 권했다. 학도병이 담배를 피우고 나자 곧이어 선서식이 있었다.

벽에 태극기가 걸리고 학도병은 그 앞에 부동자세로 섰다.

一, 나는 목숨을 다하여 조국 광복에 투신할 것을 맹세한다.
一, 나는 철천지원수 일본놈을 내 목숨이 다할 때까지 도살할 것을 맹세한다.
一, 나는 公을 위해 私를 기꺼이 버리며 한줌 흙이 되어 조국에 돌아갈 것을 맹세한다.
一, 나는 동지를 배반하지 않을 것이며 만일 이를 이행하지 않을 경우 어떠한 처벌도 달게 받을 것임을 맹세한다.

학도병은 서약서를 읽고 나서 오른쪽 무명지를 깨물어 백지 위에「決死」라고 썼다. 피가 백지를 검붉게 물들였다.

"당신은 이제 우리 동지가 된 거요. 힘껏 싸워 주시오."

홍철은 학도병의 어깨를 두드리며 격려했다.

이어서 조촐한 술상이 마련되었다. 술잔이 오가고 분위기가 누그러지자 홍철은 마음에 품고 있던 것을 학도병에게 물었다.

"일본군에 있을 때 조선 출신 정신대원을 본 적이 있소?"

"많이 봤습니다. 만주에 있을 때도 보았고, 남경에 있을 때도 보았습니다."

"그 여자들은 어디에서 기거를 했소?"

"부대 내에서 자고 먹고 했습니다."

"그 여자들 하는 일이 주로 무엇이오?"

"일본군을 위로해 주는 위안부 역할을 하고 있습니다."

"으음……."

홍철은 신음을 토했다. 정신대에 관해서는 일찍부터 들은 바가 있지만 이렇게 학도병 출신을 만나서 직접적으로 듣기는 처음이었다.

"나이는 대개 몇 살쯤이던가요?"

"스물도 채 못 된 처녀들이 대부분입니다."

"강제로 그 짓을 시키던가요?"

"네, 본래가 강제동원이었으니까요."

"하루에 상대하는 일본군은 몇 명이나 되던가요?"

"그거야 일정하지 않지만 몇 십 명도 상대하는 걸 본 적이 있습니다."

홍철은 술마실 기분이 나지 않았다. 전류가 몸을 스쳐갔다.

"위안부 생활을 하고 나면 완전히 폐인이 되겠군."

"그렇지요. 임신 같은, 여자로서의 기능은 완전히 상실돼 버리는 모양입니다. 견디다 못한 여자들 중에는 자살하는 사람도 상당수가 있었습니다. 그렇지 않으면 병들어 죽고……."

"짐승 같은 놈들……."

홍철은 딸애를 생각하자 가슴이 찢어지는 것만 같았다. 온몸이 찢길 대로 찢겼을 딸애는 지금 어떤 모습을 하고 있을까. 만일 살아 있다면 눈뜨고 볼 수 없을 만큼 처참하게 변해 있겠지.

"혹시 위안부들 중에 윤여옥이라는 여자를 만난 적이 없소?"

어리석은 질문인 줄 알면서도 그는 이렇게 물었다. 어떻게 해서든지 딸애의 행방을 알고 싶은 것이 그의 절실한 심정이었다.

"그런 이름은 들은 적이 없습니다. 그리고 위안부들이 본명을 대는 경우는 거의 없습니다.

그럴 테지, 하고 홍철은 중얼거렸다.

"방금 말씀하신 여자는 누굽니까?"

"내 딸이오. 정신대에 끌려갔다는데……살았는지 죽었는지 알 길이 없소."

"네에?"

대원들 모두가 놀란 얼굴로 홍철을 바라보았다.

"자, 술이나 듭시다. 곤욕을 당하고 있는 여자가 어디 내 딸 하나뿐이겠소."

홍철은 눈을 지그시 감으면서 술잔을 들이켰다. 목줄을 타고 넘어가는 술기가 유난히 뜨겁게 느껴졌다.

산 자와 죽은 자

이제는 육안으로도 미군의 배들이 보였다. 배는 점점 많아지고 있었다. 사이판섬 주위는 두 겹 세 겹으로 포위 당하고 있었다.

미군의 배가 나타나기 시작한 지 사흘째 되는 날 아침, 하림은 언덕 위로 올라가 보았다. 놀랍게도 밤새 바다는 온통 미군 함정들로 뒤덮여 있었다. 그는 그 점점이 떠 있는 배들을 보고 모골이 송연해짐을 느꼈다. 그 엄청난 전력(戰力)에 대한 경외감뿐만이 아니라, 앞으로 이 사이판도에서 전개될 그 처절을 극할 피비린내 나는 전투를 생각하고 그만 기가 질려 버린 것이다. 저 함정들이 일제히 불을 뿜기 시작하면 이 조그만 섬은 쑥밭이 되어 버릴 것이고 개미새끼 한 마리 살아남지 못할 것이다.

무서운 일이다. 여기서 이 젊은 나이에 아무런 의미도 없이 죽다니…….

그는 하늘을 쳐다보았다. 눈부신 태양이 짙푸른 바다 위로 폭발하고 있었다.

바다 끝은 그대로 수평선이었다. 사방을 둘러봐도 탈출할 길은 없었다.

이름 모를 흰 새가 한 마리 높이 하늘로 솟아올랐다가 숲속으로 곧장 떨어지는 것이 보였다. 바다 위에는 갈매기도 몇 마리 날아다니고 있었다. 날개가 유난히 길어 보이는 갈매기들이었다. 갈매기들이 유유히 날아다니는 것을 보니 전쟁 기분은 들지 않고 평화스러운 느낌만이 들었다. 그러나 바다를 메우고 있는 미군 함정들의 침묵이 이내 그의 그러한 감정을 짓눌러 버렸다.

바다의 정적이 이렇게 무섭게 느껴지기는 처음이었다. 폭발 직전의 정적이기에 그것을 느끼는 그는 숨이 가빠지고 등위로는 진땀이 흘렀다.

언덕을 내려오자 한길에는 벌써 민간인들이 줄을 이어 지나가고 있었다. 결전을 앞두고 대피를 하고 있는 모양이었다. 남자들은, 심지어 소년들까지도 죽창을 들고 있었다.

3만의 일본군과 2만의 민간인, 도합 5만여 명이 1백 80평방 킬로미터의 조그만 섬에서 소리 없이 들끓고 있었다. 3만의 병력은 섬 구석구석에 틀어박혀 섬 전체를 하나의 요새로 만들어 놓고 있었다.

하림은 병원으로 들어서면서 문득 가쯔꼬를 생각했다. 그녀로부터 소식이 끊긴 지 벌써 4개월 째 접어들고 있었다. 틈이 날 때마다 편지를 보냈지만 답장은 없었다. 만주 관동군에 있을 때부터 이미 소식은 끊겨 있었다. 가쯔꼬가 경성의 어머니에게 갔는지, 지금쯤 만삭이 되었을 그녀가 어떻게 지내고 있는지 모든 것이 궁금하기만 했다. 경성의 형에게도 따로 몇 차례 편지를 보냈지만 그 역시 답장이 없었다.

사실은 태평양상에서 일본 해군이 괴멸되고 있었으므로 긴요한 것 외에는 거의 모든 우편물 수송이 중지되고 있었다. 그것을 모르고 있는 하림으로서는 날이 갈수록 답답할 수밖에 없었다.

하긴 우편물 수송이 원활히 소통되었다 해도 사형날을 기다리고 있는 가쯔꼬와 하림이 편지를 주고받는다는 것은 도저히 불가능한 일이었다.

문을 열고 들어서는 하림을 위생 하사관 하나가 불러세우더니 따귀를 올려붙였다.

"이 자식아, 이 바쁠 때 어디 갔다 오는 거야?"

"바람 좀 쐬고 왔습니다."

"망할 자식, 지금이 어느 때라고 그런 한가한 수작을 하고 있어! 빨리 가서 위안부들 검진이나 해!"

"네, 알겠습니다."

"오늘이 마지막이니까 그렇게 알아. 마지막으로 병사들에게 봉사한 다음 여자들은 산으로 소개된다."

하림은 더 맞지 않으려고 얼른 경례를 올려붙인 다음 신병(新兵)을 하나 데리고 밖으로 나왔다. 이제 하림도 일등병으로 진급되어 병원에는 그가 부릴 수 있는 신병들이 몇 명 있었다.

요즈음 들어 하림은 눈코 뜰새 없이 바빴다. 미다(三田)대위의 보조원으로서 세균배양에 주력하는 한편 위생병 본래의 임무인 병원일을 도와야 했고, 그밖에 위안부 검진 같은 자질구레

한 일까지 맡아서 해야 했기 때문에 자연 바쁠 수밖에 없었다. 워낙 위생병의 수가 모자랐으므로 하는 수가 없었다.

그는 신병에게 백을 들게 하고 앞장서서 거리를 걸어갔다. 여자들의 음부를 검진한다는 것은 썩 유쾌한 일이 못 되었다. 남자라면 누구나 거기에 대해 호기심을 갖게 되게 마련이지만, 그것도 처음이나 그렇지 몇 번 그 짓을 하고 나니 꺼림칙한 것이 영 마음에 내키지 않았다. 더구나 상대가 모두 십 칠팔 세의 조선 처녀들이라는 점에서 그는 매우 착잡한 기분을 느끼곤 했다.

솔직히 말해 처음 위안부들이 이곳에 도착하여 검진을 받게 되었을 때 그는 큰 충격을 받았다. 아직 소녀 티를 벗어나지 못한 그녀들의 육체가 벌써 찢길 대로 찢겨 썩어가고 있다는 사실, 그것이라도 먹어 보기 위해 장사진을 이루고 있는 굶주린 일본군들의 모습, 그리고 그녀들이 하나같이 강제로 끌려와 이런 추악한 꼴을 당하고 있다는 점 등이 그를 놀라게 한 것이다. 그후 그 충격은 분노로 바뀌어 그의 가슴속을 팽팽히 긴장시키고 있었다. 같은 민족의 처녀들이 무참히 짓밟히고 있다는 사실이 그를 못 견디게 만들었고, 그래서 검진에 임할 때마다 그는 서글픈 비애를 맛보아야만 했다.

이러한 기분을 가진 그로서는 팽만한 성욕을 처리하기 위해 위안부를 상대할 수는 도저히 없었다. 그럴 마음은 손톱만큼도 없었다. 그보다는 오히려 동정하는 마음이 일고 있었다. 이것은 지성을 갖춘 조선 청년이면 누구나 품을 수 있는 마음가짐이었다.

위안소는 바닷가에 자리잡고 있어서 그런 장소로는 적격이었고, 멀리서 볼 때는 낭만적인 분위기까지 띠고 있었다. 그것은 목조로 된 조그마한 바라크로 애초에는 창고로 사용하던 것을 개조한 것이었다. 그것은 군부대에서 좀 떨어진 곳에 위치해 있었지만 그 근방에는 민간인 출입이 통제되어 있어서 매우 한산한 모습을 이루고 있었다. 하루 일과가 끝나고 바다에 붉은 놀이 질 때면 군인들이 왁자지껄 떠들면서 몰려드는데 이때만 지나면 위안소 부근은 언제나 조용한 적막에 감싸여 있곤 했다.

들리는 것이라고는 완만한 경사 밑에서 철썩이는 파도 소리뿐이어서 그곳에 전혀 사람이 없는 것 같은 착각을 불러일으키게 할 때가 많았다. 아주 드문 일이지만 혹가다 위안부가 밖으로 나와 정신없이 수평선을 바라볼 때가 있었다. 푸른 바다를 배경으로 머리칼과 옷자락을 바람에 날리며 서 있는 여인의 모습은 한 폭의 수채화 같은 것이었고, 한없이 망향에 젖어 있는 모습이어서 그런지 거기에 머무르는 하림의 시선은 뭉클한 감동이 젖곤 했다.

하림이 위안부 검진을 맡게 된 것은 자격이 있어서 그런 것은 아니었다. 사실 그는 성병이나 부인과 같은 분야에 대해서는 전문이 아니어서 모르는 것이 많았다. 그뿐이 아니라 다른 군의관이나 위생병들도 모르는 것은 마찬가지였다. 결국 전문의가 없는 데다 인원이 부족하다는 이유로 해서 위안부 검진을 그가 맡게 된 것이다. 검진을 맡게 되었을 때 미다 대위가 한 말을 그는 잊을 수가 없다.

"조선 여자들을 누가 돌보겠나. 죠센징이 돌 봐야 뜻이 있는 거야. 네가 그 따뜻한 손으로 그 여자들을 씻어 줘. 그 여자들도 아주 좋아할 거야. 별수 있어? 끼리끼리 돕는 거지."

미다 대위의 이 말은 매우 모욕적인 것이어서 그것이 생각날 때마다 하림은 화가 치밀었다. 개 같은 자식. 그는 돌멩이를 힘껏 걷어찼다. 그래, 이놈아. 조선 사람은 조선 사람이 돌보겠다. 돌보고 말고. 네놈이 말 안해도 그럴 생각이다. 내 능력이 닿는 한 힘껏 도울 생각이다.

위안소 내부에는 두 사람이 누우면 꽉 찰 만큼 비좁은 방들이 나란히 서 있었고, 그 앞은 마루로 되어 있었다. 마루에 나와 앉아 있던 위안부들이 하림을 보자 하나같이 외면을 했다.

"야, 다들 옷 벗어!"

시골 출신인 일본인 신병이 어깨를 으쓱하며 소리치자 여자들은 슬금슬금 일어나서 제각기 방으로 들어갔다. 열어놓은 창문을 통해 시원한 바닷바람이 불어오고 있었다. 하림은 우울한 시선으로 잠깐 바다를 바라보았다.

갈매기 한 마리가 공중에 움직이지 않고 떠 있는 것이 보였다. 그는 몸을 굳힌 채 그대로 서 있었다. 언제나 웃음기를 담고 있던 유머러스한 그의 얼굴은 이젠 메마를 대로 메말라 가파른 인상을 보여주고 있었다. 서글서글하던 두 눈은 피로에 젖어 있었고, 무엇인가를 끊임없이 갈구하는 빛이었다.

"이년이, 옷 안 벗어?"

고함 소리와 함께 철썩하고 따귀를 갈기는 소리가 났다. 먼저 방으로 들어간 신병이 위안부에게 호령을 하고 있었다. 하림은 그제야 방으로 들어갔다.

"이 봐, 때리면 쓰나. 좋게 타이를 것이지……."

"이년은 올 때마다 그런단 말입니다. 망할 년 같으니라구. 흘기긴, 이년이!"

신병이 다시 위안부의 뺨을 부리나케 후려갈겼다. 순박해 보이는 위안부는 서러운 눈으로 신병을 바라보았다. 울지 않겠다는 듯 입을 꼭 다물고 있었지만 눈에는 눈물이 그렁그렁 맺혀 있었다.

"이 봐, 때리지 말라고 했는데 손을 대나. 여자를 때리는 것은 비겁한 놈들이나 하는 짓이야."

하림은 분노를 누르면서 말했다. 그러자 신병이 그를 힐끗 바라보았다.

"같은 죠센징이라 동정이 가시겠죠. 하지만 이런 것들이야말로 때려서 길러야 합니다. 저는 좀 솔직한 데가 있어서 여자 앞에서 신사인 체할 줄을 모르거든요."

신병은 어떠냐는 듯 턱을 앞으로 쓰윽 내밀면서 하림을 바라보았다. 점을 찍어놓은 듯한 작은 두 눈이 무척 얄밉게 반짝이고 있었다.

"뭣이! 이 왜놈의 새끼가!"

평소에도 죠센징이라 해서 멸시를 받던 분노가 급기야 폭발하고 말았다. 하림은 긴 팔을 뻗어 놈의 턱주가리를 후려갈겼다. 신병은 방심하고 있었던 듯 나무토막처럼 나동그라졌다. 하림은 쓰러진 놈을 몇 번 더 세게 걷어찼다.

"다시 한번 그따위 말을 해 봐! 아가리를 찢어놓을 테다!"

신병은 질린 얼굴로 비실비실 일어나더니 손등으로 턱을 쓱 문질렀다. 그리고 손등에 피가 묻어 나오자 방바닥에 칵하고 침을 뱉었다.

"흥, 두고 봅시다."

놈은 중얼거리더니 밖으로 휙 나가 버렸다. 조금 후에 놈의 웃음 소리가 들려왔다. 웃음 소리는 점점 작아져 갔다. 놈은 얻어 맞고도 만족하다는 듯한 태도였다.

하림은 분이 풀리지 않은 채 주먹을 부들부들 떨었다. 위안부가 겁에 질린 눈으로, 한편으로는 미안해 하면서 하림을 바라보고 있었다. 문 앞에는 어느새 몰려왔는지 다른 위안부들도 와 있었다. 그녀들은 하나같이 호감 어린 시선으로 하림을 바라보고 있었다. 하림은 겸연쩍어 하면서 방문을 닫았다.

문을 닫는 바람에 창문 하나 없는 방안은 어두웠다. 후덥지근한 열기와 살 냄새가 확 풍겨왔다. 그가 말하기도 전에 여자는 돌아서서 다소곳이 옷을 벗고 있었다.

여자는 아랫도리만 벗었는데도 그 하얀 피부 빛으로 하여 방안은 갑자기 환해진 듯했다. 먹지를 못해 야윈 편이었으나 육체의 선은 아름다웠다. 하림은 감정을 누르면서 여자에게 누우라고 눈짓을 했다.

여자는 몸을 모로 돌리면서 누웠다가 자세를 바로했다.

"이상한 데는 없나?"

그는 담담한 목소리로 말했다.

"괜찮아요."

여자는 가는 목소리로 말했다.

"다리를 좀 벌려 봐요."

여자가 다리를 벌리자 그는 플래시를 비쳐들고 두 다리 사이를 살펴보았다. 비참하게 짓이겨진 부분을 보자 그는 애처로운 생각이 들었다. 카멜레온 수로 그 부분을 정성껏 씻고 나서 그는 여자를 바라보았다.

"월경은 나오나?"

여자는 고개를 저었다.

"기분은 어때?"

여자는 무슨 말인지 모르겠다는 듯 그를 쳐다보았다.

"남자와 관계할 때 흥분을 느끼나?"

그녀는 고개를 흔들었다.

"됐어요. 이상 없으니까 옷 입어."

여자가 옷을 입는 동안 하림은 호주머니에서 담배꽁초를 꺼내 피웠다.

"지금 몇 살이지?"

"열 여덟이에요."

"고향이 어디고?"

"충청도 아산(牙山)이에요."

하림은 그녀의 어깨를 쓰다듬어 주었다.

"몸조심해요. 조금만 참으면 고향에 돌아갈 수 있으니까."

"이런 몸으로 어떻게 고향에 돌아가요."

여자는 갑자기 훌쩍이기 시작했다.

"그래도 살아야지. 죽을 죄를 진 것도 아닌데……이름이 뭐지?"

"영이에요."

"자, 영이, 울지 말고……몸조심해요."

방을 나가면서 보니 여자는 아쉬운 듯 그를 바라보고 있었다.

다른 방의 위안부들도 검진을 했고 하림의 따뜻한 말씨에 모두가 눈물을 흘렸다, 사모하는 눈길로 하림을 쳐다보는 여자도 있었다. 조선 청년에게 의지하고 싶은 절실한 심정에서 그런 감정을 품었을 것을 생각하면 하림은 몹시 괴로웠다.

성병환자의 방문 위에는 빨간딱지가 붙여졌다. 치료가 될 때까지는 빨간딱지를 뗄 수가 없고 접부(接婦)도 금지된다. 치료약이라고 해야 고작 사르바르산이나 프로타르골이 전부이기 때문에 완치란 도저히 불가능했다. 악화되는 것을 겨우 늦추는 정도에 불과하므로 성병에 걸린 여자는 결국은 육체가 썩어 들어가는 것을 기다리는 수밖에 없었다.

다섯 번째 방에서 하림은 위안부들 중에서 가장 뛰어난 미모를 지닌 여자를 검진했다. 몇 번 그녀를 검진한 적이 있지만 보면 볼수록 아름다운 얼굴이었다.

처음 그녀가 이곳에 도착하여 검진을 하게 되었을 때, 그녀가 완강히 검진을 거부하는 바람에 하림은 무척 애를 먹었다. 위생하사관이 따귀를 갈기자 그제야 그녀는 겨우 검진에 응했다. 그 동안 만날 때마다 하림은 열심히 말을 걸었지만 그녀는 입을 꼭 다문 채 일체 말을 하지 않았다. 위안부 명부에서 그녀의 이름이 윤여옥(尹麗玉)이라는 것, 나이는 17세, 고향은 전북 남원(南原), 학력은 여학교 중퇴라는 것 외에는 자세한 것은 알 길이 없었다.

깊은 충격을 받았는지 그녀는 넋이 나간 표정을 하고 있었고, 삶의 의지 같은 것이 전혀 보이지가 않았다.

때때로 깜짝깜짝 놀라는 모습을 보이는 것이 자칫하다가는 발작이라도 일으킬 것만 같아 그녀를 볼 때마다 하림은 마음이 조마조마 했다.

영양실조에 걸려 몸이 나뭇가지처럼 마르고 얼굴은 부황에 걸려 누렇게 떠 있었지만 그녀는 역시 아름다웠다. 특히 깊이 가라앉아 있는 두 눈이 이런 비참한 환경 속에서도 신선한 빛을 담고 있었다.

그러나 하림이 그녀에 대해 유난히 관심이 간 것은 무엇보다도 그녀가 임신을 하고 있다는 사실 때문이었다. 이것은 실로 놀라운 일이 아닐 수 없었다. 으레 불임증이 되기 마련인 위안부가 임신을 했다니, 생각할수록 신기하기만 했다. 처음 그 사실을 알았을 때 하림은 어리석은 질문인 줄 알면서도 그녀에게 아기 아버지를 알고 있느냐고 물었었다. 예상했던 대로 그녀는 대답하지 않았다.

배는 눈에 뜨일 정도로 불러 있어서 군인들 사이에 금방 소문이 퍼져 버렸다. 병사들은 호기심으로 그녀를 찾았고 그녀의 미모에 홀려서도 그녀를 차지하려고 들었다. 임신한 사실이 오히려 그들을 자극했고 그런 나머지 그들은 일종의 가학적 감정을 느끼면서 그녀를 짓밟았다.

"하, 고거 쪼꼬만 것이 새끼를 다 배고……도대체 어떤 놈이 그런 기막힌 솜씨를 보였지?"

"내 씨도 하나 배게 해야지. 언제 죽을지 모르는 판에 씨라도 남겨 둬야지."

"아마 합작품이 나올 거야. 몇백 명이 정성을 들여 쏟아 넣었을 테니까 아주 우수한 품종이 탄생할 걸."

일본군 병사들은 그녀의 임신을 놓고 이렇게 농담을 벌이기까지 했다.

하림은 죽어가는 그녀를 그대로 두고볼 수밖에 딴 도리가 없었다. 병사들을 막을 수도 없었고 그렇다고 낙태수술을 할 수도 없었다. 낙태수술을 할 수 있는 의사도 없을 뿐 아니라 그럴만한 시설도 없었던 것이다. 어디다가 말도 못한 채 그는 안타깝게 그녀를 지켜보기만 했다.

남자들이 매일 여러 명씩 달려들고 있는 이상 그녀는 머지 않아 유산을 하고 말 것이다. 그리고 몸조리도 못한 채 계속 남자를 받을 것이고 보면 저 연약한 육체가 쓰러지는 것은 시간문제다. 어떻게 좋은 수가 없을까. 저대로 죽는 것을 지켜본다는 건 괴로운 일이다. 아니, 그 이상의 큰 죄악이 아닐 수 없다. 힘닿는 데까지 도와보자. 이것이 이 죽음의 사이판도에서 내가 베풀 수 있는 마지막 인간적인 삶이 아니겠는가.

검진이 끝났는데도 여옥은 그대로 누운 채 움직이지 않고 있었다. 두 눈은 감겨 있었고, 반쯤 열린 입에서는 고르지 못한 숨결이 새어나오고 있었다. 하림은 얼른 그녀의 이마를 짚어 보았다. 열이 대단했다.

"야단났군. 말라리아에 걸린 모양인데……."

하림은 수건을 집어 이마에 번져 있는 땀을 닦아 주었다.

무서운 열대열에 휩싸이면 건강한 남자도 견뎌내지 못한다. 하물며 그녀처럼 연약한 임부가 그것을 이겨낸다는 것은 실로 어려운 일이다. 엎친 데 덮친 격이구나.

"이것 봐. 끝났으니까 옷을 입어요."

그가 조금 큰 소리로 말하자 그녀가 눈을 떴다.

"많이 아파?"

그녀는 대답하지 않은 채 몸을 일으키더니 잠자코 옷을 입었다.

"이 봐, 귀가 먹었나? 아프냐고 묻지 않아."

하림은 약간 신경질적이 되어 말했다. 전혀 상대를 하려들지 않은데 대해 화가 난 것이다. 이것이 효과가 있었는지 여자 쪽에서 반응을 보였다. 그녀는 불안한 눈으로 하림을 바라보더니 고개를 힘없이 떨어뜨렸다.

하림은 목소리를 낮추어 말했다.

"나를 다른 일본군처럼 생각하지 마. 나도 조선 사람이기 때문에 그러는 거야."

"알고 있어요."

거의 듣기 어려울 만큼 가는 목소리였다. 그러나 그녀가 입을 열었다는 것은 하림으로서는 큰 수확이었다.

"언제부터 열이 났지?"

"어제부터예요."

"식사는 하고 있나?"

"먹을 때마다 토해요."

그녀는 말하기도 힘이 드는 모양이었다.

이 여자를 무사히 살려낼 수는 없을까. 여자는 시시각각으로 죽어가고 있다. 뱃속에서는 태아가, 밖에서는 일본군이, 그리고 말라리아가 그녀를 죽이고 있다.

"이렇게 하지. 내가 시키는 대로 해. 그렇지 않으면 여옥이는 죽게 돼."

이름을 불러주자 그녀는 좀 놀란 듯이 그를 바라보았다.

"문에다가 빨간딱지를 붙여 놓겠어. 성병에 걸린 것처럼 해두면 놈들이 오지 않을 거야. 누가 묻거든 매독에 걸렸다고 그래."

그녀는 여전히 놀란 모습이었다. 하림은 문을 열고 그 위에다 빨간딱지를 붙여놓았다.

"기분이 나쁘겠지만 이런 수단을 써서라도 놈들을 막아야 돼. 그리고……말라리아 약을 가져올 테니까 그걸 먹고 푹 쉬어."

하림이 보니 그녀는 어느새 눈물을 글썽이고 있었다.

"싫어요."

그녀가 낮으나 날카롭게 외쳤다.

"싫다니? 무슨 말이야?"

"살고 싶지 않아요!"

"바보 같은 계집애!"

하림은 주먹을 쥐고 그녀를 때릴 태세를 취했다. 그러나 정작 때리지는 못했다.

"똑똑한 줄 알았더니 넌 더없이 바보 멍텅구리구나. 죽다니, 뭐 때문에, 누굴 위해 죽겠다는 거야? 일본군에게 짓밟혀 죽어? 정 죽고 싶으면 논개처럼 일본군 장군을 껴안고 죽어! 그렇게라도 죽으면 몰라도 그렇지 않으면 개죽음이야. 짐승처럼 죽고 싶단 말이지? 바보 같으니! 아무리 여자라고 해도 고작 생각하는 것이 그것 뿐이야? 악착같이 한번 살아 봐! 적어도 그런 생각이라도 가져 봐!"

왜 그렇게 자신이 흥분했는지 모른다. 항상 패자로 짓밟히기만 하는 민족 전체에 대해 분노가 치솟았기 때문일까.

그의 말에 충격을 받았는지 여옥은 쓰러져 흐느끼고 있었다. 북받치는 울음을 참느라고 온몸을 떨면서…… 하림은 더 볼 수가 없어서 밖으로 나와 버렸다.

병원 쪽으로 그는 천천히 걸어갔다. 푸른 바다를 보니 가슴이 좀 후련해지는 것 같았다. 미군 함정들이 더욱 많아지는 것 같았다. 그것을 보자 소름이 돋았다.

도중에 그는 1개 중대 정도의 병사들을 만났다. 그들은 곧장 위안소 쪽으로 가고 있었다. 대낮에 이렇게 중대별로 떼를 지어 위안소로 가는 것은 처음 있는 일이었다. 그는 맨 뒤에 따라가는 이등병을 붙잡고 물었다.

"웬일이야? 대낮부터 그 짓을 하는 거냐?"

이등병은 히죽 웃었다.

"저 양키놈들 배를 보십시오. 곧 터질 텐데……그 전에 마지막으로 안아 보자는 거지요. 언제 죽을지 모르는 판 아닙니까."

망할 자식들, 발악을 하는구나. 죽는 순간까지 여자를 괴롭히다니…….

병원으로 들어가자 위생하사관이 그를 불러세웠다. 다른 하사관 한 명과 상병이 그를 에워쌌다.

"너, 이리 따라와."

머뭇거리는 하림을 그들은 으슥한 창고로 데리고 갔다.

"너 이 자식, 왜놈이라고 욕하면서 신병을 때렸다지? 죠센징이 건방지게 누구한테 손을 대!"

하나가 주먹으로 하림의 얼굴을 갈기자 나머지 두 명도 하림에게 달려들었다. 그들은 닥치는 대로 하림을 때렸다. 하림은 저항 한번 해 보지 못한 채 고스란히 뭇매를 맞았다. 쓰러진 그를 그들은 마구 짓밟았다.

"다시 한번 그따위 소리해 봐라. 그땐 아주 죽여 놓겠다."

하림이 축 늘어진 채 움직이지 않자 그제야 그들은 때리는 것을 멈추었다.

하림은 한참 동안 의식을 잃고 있었다. 누가 흔들어 깨우자 그제야 그는 겨우 정신을 차릴 수 있었다. 병실을 빠져나와 어슬렁거리던 환자가 그를 발견한 것이다. 환자는 수건에 물을 축여 와 하림의 멍든 얼굴을 닦아 주었다.

하림이 정신을 차려보니 그 환자는 허강균(許岡均)이라고 하는 조선 출신 학도병이었다. 하림보다 한 계급이 낮은 그 환자는 말라리아로 입원해 있었는데 하림이 극진히 돌본 덕분인지 지금은 회복단계에 들어가 있었다. 키가 유난히 작은 그는 공학도로서 공병대에 속해 있었다.

"큰일 날 뻔하셨습니다. 누가 이렇게……."

"고맙네."

하림은 얼굴을 찌푸리면서 가까스로 몸을 일으켰다. 코와 입이 터져 있었고 얼굴은 팅팅 부어서 보기에 민망할 정도였다.

"어디 가서 좀 누우시죠."

"누워 있을 데가 있어야지."

"저쪽이 좋겠습니다."

공병이 병원 뒤쪽의 숲을 가리켰다. 그쪽은 그늘이 져 있어서 눕기에 좋을 것 같았다.

숲에 들어가 그들은 바다가 바로 내려다보이는 경사진 곳에 자리를 잡고 앉았다. 좀 떨어진 곳에 경비 초소가 하나 있을 뿐 주위에는 사람이 없어서 눕기에 안성맞춤이었다.

"약 좀 가져올까요?"

허강균이 근심스레 물었다. 키가 작은 데다 목소리마저 작고, 거기다 선한 눈빛을 하고 있어서 여자 같은 인상이었다.

"괜찮아. 이 정도야 괜찮아."

하림은 멀거니 바다를 바라보았다. 자신이 흠씬 두들겨 맞은데 대해 이상하게도 분노가 일지 않았다. 대신 그는 마음이 착

가라앉는 것을 느꼈다. 그렇다고 그것이 절망상태를 의미하는 것은 아니었다. 당하고만 있어서는 안 된다.

무엇인가 새로운 방법, 근본적으로 새로운 방법을 모색하지 않으면 안 된다. 비록 내일 죽는 한이 있더라도 말이다. 그는 이렇게 자신에게 말하고 있었다.

그가 깊이 침묵을 지키자 허이등병도 함께 입을 다물었다. 한참 후에 하림이 먼저 말했다.

"왜놈 신병 하나를 때려 줬지. 그랬더니 그 보복으로 왜놈들이 이렇게 나를……."

"몸조심하십시오. 놈들은 점점 포악해지고 있으니까."

"저 배들 좀 봐. 무섭지 않나?"

"무섭습니다."

이등병은 떨리는 목소리로 말했다.

"살 수 있을까요?"

"거기에 대해서는 생각하지 않는 게 좋아. 그보다는……이렇게 죽음을 잠자코 기다려야 하는가 하는 것을 생각해 볼 필요가 있어. 벌레도 죽을 때는 꿈틀거리거든. 하물며 사람이 얌전하게 죽음을 당할 수야 있나?"

"그렇다면……."

하림을 바라보는 허강균의 눈이 공포를 띠고 있었다. 그는 하림의 다음 말을 듣기가 무섭다는 듯 입을 다물어 버렸다. 자식, 생긴 것처럼 겁이 많은 놈이구나. 하림도 더 이상 말을 꺼내지 않았다. 공포란 인간이 지닌 어쩔 수 없는 결함이다. 그것 때문에 인간은 약해지는 것이고 비굴해지기도 하는 것이다. 그러므로 겁이 많다고 해서 너무 탓할 것은 못 된다. 그렇지만 공포에만 의지할 수도 없는 것 아닌가. 거기에 부딪쳐 그것을 극복하는 용기도 인간이 지닌 귀중한 재산이 아니겠는가.

"군의관이 퇴원하라고 안 하던가?"

하림은 좀 날카로운 어조로 물었다.

"내일쯤 퇴원할 것 같습니다."

"퇴원하면 곧 전투 준비를 하게 되겠군."

"그렇게 되겠지요."

그들은 함께 바다를 바라보았다. 동족이라는 사실이 너무도 비감 어리게 느껴졌기 때문에 하림은 형언할 수 없는 기분에 휩싸여 있었다.

"막판에 이놈들은 옥쇄하자고 할 테니까……절대 거기에 따르지 말게."

"알겠습니다."

여옥은 실로 오랜만에 자리에 편안히 누워 있을 수 있었다. 문밖은 밀어닥친 병사들로 와글거리고 있었다.

양켠 옆방에서는 소름끼치도록 여자들의 괴로운 신음 소리가 계속 들려오고 있었다.

그분은 누굴까? 나에게 그렇게 친절을 베푸신 그분은 과연 어떤 분일까. 키가 크고 인자하게 생긴 그 조선 출신 학도병이 여간 고맙지가 않았다. 이름이 장하림이라고 하는 것 외에 그에 대해 아는 것이라고는 아무것도 없었다. 그에 대해 좀더 자세히 알고 싶었다.

최대치와의 이별이 안겨준 상처로 독실한 신자였던 그녀는 신을 저주하고 삶에 대한 의욕을 완전히 상실하고 있었다. 밤이면 불면증에 시달렸고, 뱃속의 아이를 저주한 나머지 그것이 죽어 버렸으면 하고 바랐다. 그러나 저주와는 아랑곳없이 아기는 무럭무럭 자라고 있었고, 이제는 꿈틀거리는 것이 제법 느껴질 정도였다.

이런 판에 대치 이상으로 훈훈한 정이 느껴지는 학도병이 그녀 앞에 나타난 것이다. 처음 그녀는 인간에 대한 혐오감으로 하여 하림의 친절 따위는 염두에도 두지 않았다. 그의 친절이 오히려 귀찮기만 하고 혐오스럽게 느껴지기까지 했다. 그러나 조금도 내색을 하지 않고 친절을 베푸는 그의 정성에 그녀는 차츰 눈을 뜨기 시작했다. 그리고 오늘 비로소 처음으로 그의 성난 질타를 받고 그가 얼마나 진실된 남자인가를 깨달은 것이다. 그것은 말라붙은 입술에 떨어지는 몇 방울의 물처럼 그녀의 목을 감미롭게 축여 주고 있었다. 열병에 온몸이 녹아 버리는 고통을 느끼면서도 그녀는 지금까지와는 다른 신선한 힘이 그녀를 끌어당기고 있음을 알았다.

비록 옆방에서는 어린 여자들의 신음 소리가 들려오고 있었지만 그녀의 귀에는 그것 외에도 파도 소리, 새울음 소리, 그리고 대지의 거대한 울음이 은은히 흘러들어오고 있었다. 자연의 속삭임이 이렇게 신선하게 느껴진 적은 일찍이 없었다.

그녀는 한 손을 꽉 움켜쥐고 다른 한 손으로는 이마에 흐르는 땀을 씻었다. 대치의 얼굴이, 아버지와 어머니의 얼굴이 눈 앞에 크게 확대되어 왔다. 모두가 보고 싶었다. 보지 않고는 죽을 수 없다는 생각이 문득 가슴을 뜨겁게 달아오르게 했다.

하림에 대한 그녀의 감정은 대치에 대한 것과는 다른 것이었다. 대치에 대한 환상에서 벗어날 수 없는 그녀는 하림을 다만 하나의 훌륭한 인격으로 생각하고 있었다. 아무튼 절망의 구렁텅이에서 그런 인물을 만날 수 있게 된 것은 그녀에게는 천만다행이 아닐 수 없었다.

그분을 화나게 해서는 안 된다. 그분은 고마운 분이다. 왜 내가 지금까지 그분을 몰라봤을까.

하림이 다시 나타난 것은 저녁 무렵이었다. 여옥은 그의 얼굴이 팅팅 부어 있는 것을 보고 깜짝 놀랐다. 그러나 웬일이냐고 묻고 싶었지만 아직 서먹서먹한 기분이라 말없이 쳐다보기만 했다.

하림은 잠자코 여옥의 이마를 짚어 보더니 알아들을 수 없는 소리로 중얼거렸다. 그리고는 엉덩이에 주사를 놓고 사흘 분의 약을 내놓았다.

일이 끝나자 그는 무슨 말인가를 할 듯하다가 그대로 나가 버렸다. 여옥은 몸을 일으키려 하다가 도로 주저앉아 버렸다. 그에게 감사하다는 말이라도 하고 싶었지만 그럴 틈도 주지 않고 그는 나가 버렸다. 아직도 화가 풀리지 않은 것 같았다. 그러나 아무리 화를 내고 있었지만 그의 따뜻한 손길은 그대로 그녀의 가슴속을 훈훈히 적셔 주고 있었다.

왜 그분은 얼굴이 그렇게 다치셨을까. 아마 상관한테 맞은 모양이지. 혹시 나 때문에 맞은 게 아닐까.

잠깐 잠이 들었던 모양이다. 소란스러운 소리에 여옥은 눈을 떴다. 온몸이 땀에 젖어 있었고 머리 속은 아까보다 좀 맑은 기분이었다. 몸을 일으키는데 그다지 힘이 들지도 않았다. 밖은 이미 어두워져 있었다.

그때 문이 벌컥 열리더니 헌병 하나가 신을 신은 채 안으로 들어섰다.

"넌 뭐하는 거냐? 불을 꺼!"

헌병은 그녀의 엉덩이를 냅다 걷어찼다. 여옥은 허둥지둥 불을 껐다.

"등화관제니까 지금부터 불을 켜서는 안 돼. 살고 싶으면 빨리 빨리 짐을 싸!"

헌병은 밖으로 나가면서 호각을 불었다. 그리고

"집합!"

하고 소리쳤다. 올 것이 왔다고 직감한 여옥은 대충 보따리를 하나 꾸려 가지고 밖으로 뛰어나갔다. 밖에는 이미 위안부들이 줄을 서 있었다.

맑게 갠 하늘에 별빛만이 영롱하게 빛나고 있을 뿐 주위는 불빛 하나 없이 온통 어둠이었다. 바다에 새카맣게 떠 있는 미군 배들도 어둠에 묻혀 보이지 않았다.

"잘 들어 둬! 너희들한테 주의를 줄 게 있다."

헌병이 어둠 속에서 기침을 했다.

"곧 전투가 시작될 테니까 지금부터 너희들은 산 속으로 들어가 피신한다. 어떠한 경우라 하더라도 양키놈들에게 붙잡히거나 항복해서는 안 된다. 그런 짓을 하는 것은 천황폐하에 대한 모독이니까 항복할 바에는 차라리 자결을 하라! 알겠나?"

"네에……."

여자들은 두 서너 명만이 가냘픈 목소리로 대답했다.

"꼭 모기새끼들 같구나. 좀더 큰 소리로 대답 못해? 알겠나 모르겠나?"

"알겠습니다."

"적들은 여자를 잡으면 어떻게 죽이는 줄 알아? 눈깔을 빼내고 코와 귀를 잘라 버린다. 그리고 오줌구멍에다 말뚝을 박아 넣지. 이래도 항복하겠어?"

여자들은 꿀 먹은 벙어리처럼 반응을 보이지 않았다.

"좋아. 출발! 큰길로 나가면 민간인들이 많이 가고 있으니까 그 사람들을 따라가. 안내원이 적당한 곳으로 안내해 줄 거다. 나는 너희들을 돌볼 틈이 없다."

헌병이 가 버리자 위안부들은 슬금슬금 움직이기 시작했다. 아무도 입을 여는 사람은 없었다. 그들은 각지에서 차출되어 온 위안부들로 모두 이십여 명쯤 되었는데 하나같이 쓰러질 듯 휘청거리고 있었다. 하루종일 군인들에게 시달렸으니 다리가 제대로 움직일 리 만무했다. 다리가 찢겨나갈 정도로 고통을 주고 나서 이제 살려 주겠다고 산 속으로 피신하라고 하니 생각할수록 저주스러운 일이었으나 여자들은 묵묵히 걸음을 옮겨놓고 있었다.

여옥은 새로운 공포에 휩싸였다. 하림의 출현으로 하여 삶에 대해 일말의 희망이나마 품어 보았던 그녀는 전보다 더 무서운 공포와 절망이 앞을 가로막은 것을 느꼈다. 이렇게 산 속으로 소개시키고 있는 것으로 보아 이 조그만 섬은 그야말로 처절을 극한 싸움터가 될 것이 뻔했다. 그분은 지금 어디 있을까. 다시는 못 만나겠지. 여옥은 솟구치는 눈물을 손등으로 닦았다.

길은 피난민들로 가득 차 있었다. 어둠과 긴박감으로 하여 거리는 온통 회오리바람이 일고 있었다. 아이들의 울음 소리가 긴박감에 부채질을 더하고 있었다. 달구지 소리, 짐승의 울음 소리, 가족을 찾는 외침 등으로 거리는 더욱 열기를 띠고 있었다. 요소요소에서 헌병들이 호각을 불어댔다.

창문을 모두 막고 필요한 전등만을 몇 개 켜놓았기 때문에 병원 내부는 어둠침침했다. 다른 곳과는 달리 이곳만은 깊은 적막에 싸여 있었다.

사이판에 주둔하고 있는 일본군 전 부대 중에 현재 이동을 멈추고 있는 곳은 이 군병원뿐이었다. 모든 시설이 갖추어져 있는 병원을 산 속으로 고스란히 옮긴다는 것은 불가능한 일이었다. 주위에 폭탄이 퍼붓는 한이 있더라도 병원을 옮길 수 없는 일이었고 병원을 떠날 수도 없었다. 병원이 파괴될 경우에만 자리를 떠나라—이것이 군의관 및 위생병들에게 내린 명령이었다.

하림은 좀더 특별한 명령을 받고 있었다. 그것은 미다 대위로 부터 귀가 따갑도록 들어온 것으로 미군의 사이판 점령이 확실시되는 경우 즉시 세균작전에 참가하라는 명령이었다. 그 전에는 자리를 뜨지 말고 평상시처럼 병원 일을 해야 했다. 이런 특별한 명령을 받고 있었으므로 그는 그 어느 때보다도 긴장하고 있었다.

병원은 흡사 시체실처럼 적막에 쌓여 있어서 더욱 긴박감이 감돌고 있었다. 환자는 물론 간호원, 위생병, 군의관까지도 불안한 얼굴들을 하고 있었다.

하림은 허강균이 들어 있는 병실로 들어갔다. 드러누워 있는 환자들은 없었다. 모두가 일어나 앉아 밖에다 귀를 기울이고 있었다.

하림이 지나치면서 눈짓을 하자 허강균이 따라나왔다. 그들은 병원 뒷문으로 나갔다.

"부탁이 있어. 폭약을 만질 줄 알지?"

하림은 다짜고짜 이렇게 물었다. 허강균이 당황하고 있는 것이 어둠 속에서도 뚜렷이 느껴졌다.

"일이 급하게 됐어. 도움이 필요해서 그래."

"무슨 일입니까?"

"그건 알 필요 없어. 폭약을 만질 줄 아나 모르나?"

"전문이 아니라서 잘은 모릅니다만……."

허강균은 겁이 나는지 머뭇거렸다. 하림은 그의 어깨를 잡고 흔들었다.

"교량 폭파 같은 것은 해 보지 않았나? 며칠 전만 해도 진지 구축하느라고 다이너마이트 터지는 소리가 들리던데……."

하강균은 대답하지 않았다.

"그렇게 나를 경계할 필요는 없어. 난 자네가 같은 민족이기 때문에 이런 말을 하는 거야."

"대강 뜻은 알겠습니다만 위험하지 않겠습니까?"

"모두가 위험에 처해 있어. 자넨 죽기 싫어도 옥쇄명령이 내리면 어차피 개죽음을 면할 수 없어. 그럴 바에는 차라리 무엇인가 해 보는 게 좋지 않겠나? 죽음에 의미라도 있게 말이야."

"좀 자세히 말씀해 주십시오. 폭파대상은 무엇입니까?"

허강균이 호기심을 느끼고 있다고 생각하자 하림은 그에게 모든 것을 털어놓을 결심을 했다.

"이건 극비에 속한 일인데……이 병원 지하실에는 세균이 배양되고 있어. 개와 쥐까지 사육되고 있어. 이건 이 사이판도를 세균으로 오염시키기 위해 계획된 세균작전이야. 미군이 이 섬을 점령할 경우 섬 전체는 즉시 세균으로 뒤덮이지. 옥쇄를 거부하고 도망을 친다 해도 전염병에 걸려 죽고 말아."

"무서운 일이군요. 전혀 몰랐습니다."

허강균은 두려운 듯 병원 건물을 바라보았다.

"나는 세균작전을 수행할 요원으로 오래 전부터 훈련을 받아왔어. 그래서 이 작전이 얼마나 무서운 것인가를 잘 알고 있어. 이처럼 잔인하고 비인간적인 작전은 없지. 원래 짐승 같은 놈들이긴 하지만……."

하림은 말을 끊었다가 다시 이었다.

"이것이 성공하면 아마 세계전사상 길이 그 악명이 남을 거야. 그리고 나는 그것을 수행한 악마들 중의 하나로 기록될지도 모르지. 나는……내 양심상 도저히 이 작전에 참가할 수가 없어. 참가하지 않으면 명령위반으로 처단되겠지. 그럴 바에는 차라리 선수를 써서 이 병원 지하실을 폭파시켜 버리겠어. 그래서 자네에게 도움을 청하는 거야."

"그게 가능할까요?"

허이등병은 역시 두려운 듯이 물었다.

"가능하니까 시도해 보는 거야. 나는 지하실 출입을 할 수가 있어. 물론 쉬운 일은 아니지만 다른 사람보다는 쉽게 출입할 수가 있어. 우린 함께 고통을 겪고 있는 동족이기 때문에 이런 말을 터놓고 할 수 있는 거야. 내가 자네한테 부탁할 수 있는 것도 그런 이유 때문이야."

허강균은 선뜻 대답하려 하지 않았다. 그렇다고 못 하겠다고 빼지도 않았다. 어쩔 줄 몰라 머뭇거리기만 할 뿐이었다.

"강요하진 않겠어. 내가 자네에게 강조하고 싶은 것은 우리는 더 이상 당하고 있을 수만은 없다는 거지. 일본군을 위해서, 천황을 위해서 죽느니 차라리 우리 자신을 위해서 죽자는 거야. 아, 답답하군."

하림은 머리를 흔들었다.

어느새 하늘에는 초생달이 떠 있었다. 그는 그 달을 물끄러미 바라보고 있었다. 문득 가쯔꼬 생각이 났다.

"좋습니다. 해 보겠습니다."

허강균의 낮으나 힘찬 목소리가 하림의 생각을 뚝 끊어 놓았다. 하림은 불쑥 상대의 두 손을 움켜쥐고 흔들었다.

"감사하네."

"원, 별말씀을 다 하십니다. 마땅히 해야 할 일을 하는 것뿐인데……."

여자처럼 생긴 것과는 달리 어쩌면 그에게는 강한 데가 있는지도 모른다고 하림은 생각했다.

"그럼 바로 세부적인 계획으로 들어가지."

"네, 좋습니다."

"성능이 강한 폭탄이 있어야겠는데, 구할 수 있을까?"

"병원을 날려 버릴만한 폭탄은 없습니다. 그 대신 다이너마이트나 티엔티(TNT)는 구할 수 있을 것 같습니다."

"그것으로 폭탄을 만들 수 없을까? 시한폭탄을 말이야."

"그건 불가능합니다. 재료가 없어서 불가능합니다. 그리고, 있다고 해도 제조시간이 너무 오래 걸리기 때문에 발각될 염려가 있습니다."

"그럼 어떻게 하는 게 좋을까? 난 폭탄에 관해서는 전혀 모르니……."

"시한폭탄이 아닌 경우에는 이쪽도 다치기 때문에 사용하기가 곤란합니다. 그러니까 제 생각 같아서는 다이너마이트와 티엔티를 함께 사용하는 게 좋을 것 같습니다."

"어떻게?"

"우선 티엔티로 고성능 폭탄을 두어 개 만들어 지하실에 숨겨 둡니다. 이것은 진동이 있을 경우에만 터지도록 되어 있습니다. 그 다음 다이너마이트에 줄을 길게 이어 역시 지하실에 던져 넣고 줄 끝에 불을 붙입니다. 그 줄이 다 타들어 갈 때까지 몇 초의 시간 여유가 있으니까 그때 몸을 피하시면 됩니다. 줄이 모두 타면 다이너마이트가 터지고, 그 진동 때문에 티엔티 폭탄이 폭발합니다. 그 정도면 이 병원을 가루로 만들어 버릴 수 있습니다."

"아, 정말 훌륭하군. 자네가 이렇게 전문가인 줄을 몰랐는데……."

"전문가가 아니라도 이 정도는 모두 다 알고 있습니다. 문제는 다이너마이트와 티엔티를 어떻게 끌어내느냐 하는 건데 소량이라면 몰라도 많은 양을 훔쳐내기는 어렵습니다."

하림은 침을 꿀꺽 삼켰다.

"어렵지만 어떻게 좀 해 봐. 쉬운 일이라면야 모험이 필요하겠나?"

"이왕 이렇게 된 거……한번 해 보겠습니다."

허강균은 너무 긴장한 탓인지 목소리가 떨리고 있었다.

"당장 필요해. 지금 바로 퇴원수속을 해서 부대로 돌아가 준비해 주게."

"바로 된다고는 장담할 수 없습니다. 적어도 며칠 여유를 주십시오."

"안 돼. 그럴 시간이 없어. 늦어도 내일밤까지는 병원을 폭파시켜야 해."

"무립니다. 부대에서 다른 사람들 눈을 피해가면서 폭탄을 만드는 것이 그렇게 쉬운 일이 아닙니다."

"알고 있어. 그렇지만 사태가 급하지 않나."

"아무튼 최선을 다해 보겠습니다. 연락을 어떻게 할까요?"

"밤에 만나는 게 좋겠지. 지금 거리는 온통 수라장이니까 그 틈에 끼어 다니면 오히려 안전할 거야. 오늘밤쯤 전투가 시작되면 좋겠는데 말이야. 부대에서 나한테 전화할 수 있을까?"

"이렇게 하지요. 준비가 되면 제가 일단 전화를 걸겠습니다. 그리고 나서 약을 타러오는 척하면서 병원으로 오겠습니다."

"그게 좋겠군. 그렇다고 마음을 놓아서는 안 될 거야. 어수선할 때일수록 조심하는 게 좋아."

"네, 알겠습니다."

"고맙네."

그들은 악수했다. 하림은 상대의 손을 힘차게 움켜쥐었다.

"군의관한테 이제 괜찮으니까 나가서 근무하겠다고 하면 바로 퇴원시켜 줄 거야. 기특하다고 하면서 말이야. 정말 그만하기 다행이야."

하림은 병실 쪽으로 걸어가는 허강균의 뒷모습이 어둠에 묻혀 버릴 때까지 바라보았다. 조심해. 조심하지 않으면 안 돼. 그는 불길한 감정을 떨쳐 버리면서 나직이 중얼거렸다.

실로 오랜만에 그는 가슴이 뿌듯하게 솟아오르는 것을 느낄 수가 있었다. 그는 몇 번 심호흡을 하다가 담배를 기분 좋게 빨기 시작했다.

그때 쾅! 하는 소리가 들려왔다. 얼른 고개를 돌리자 바다 위에 섬광이 번쩍했다. 이어 바다가 온통 번쩍거리기 시작했다.

쾅 쾅 쾅 쾅 쾅 쾅!

바다를 메우고 있던 미군 함정들이 일제히 불을 뿜고 있었다. 지진이 일어난 것처럼 땅이 흔들렸다. 고막이 찢기는 것 같아 하림은 두 손으로 귀를 싸쥐고 주저앉았다.

이쪽 포대에서도 가끔씩 쾨앙 쾨앙 하고 포를 쏘아댔지만 소나기처럼 퍼붓는 미군의 함포사격에 밀려 들리지도 않았다.

건물이 무너지는 소리가 와르르 들려왔다. 사람들이 아우성을 치면서 병원 쪽으로 몰려들고 있었다. 군인들이 총을 쏘면서 사람들의 접근을 막았다.

하림은 일어서려고 했지만 다리가 떨려서 마음대로 되지가 않았다. 전선에 끌려나온 이래 이처럼 포탄세례를 받아 보기는 처음이었다. 그리고 그 폭발음이 얼마나 무서운 것인가를 비로소 깨달았다. 웬만한 것에는 별로 놀라지 않는 그였지만 이번 경우에는 그렇지가 않았다. 엄청난 파괴력 앞에 자신의 육신이 얼마나 보잘것없는 것인가를 그는 순간적으로나마 깊이 절감했다.

쾅 쾅 쾅!

흙덩이가 바로 머리 위에서 쏟아져 내렸다. 하림은 눈을 찔끔 감고 땅 위에 엎드렸다. 가슴으로는 땅의 울림이 쿵쿵쿵 하고 전해져 왔다.

살아남는다는 것은 불가능하다. 나는 결국 사이판도에서 죽고 마는가. 아니다, 죽을 수는 없다. 살아야 한다, 어떻게든지 살아야 한다. 정말 죽기는 싫다.

하림은 다리를 버티고 일어서려다가 쾅 하는 충격을 받고 도로 쓰러져 버렸다. 바로 병원 뒤쪽에 포탄이 떨어졌는지 진동이 크게 일었고, 병원 유리창문들이 와르르 깨지는 소리가 요란하게 났다. 그는 한동안 몽롱한 의식 속을 헤매다가 겨우 정신을 차렸다. 몸의 여기저기를 만져 보았지만 다친 데는 없었다.

그는 기다시피 하면서 병원으로 다가갔다. 병원 앞에는 벌써 부상자들이 밀려들고 있었다. 부상자들의 신음 소리는 포탄 소리에 덮여 들리지도 않았다.

모든 것들이 어둠 속에서 신속하게 처리되고 있었다. 부상자들도 어둠 속에서 운반되고 있었고, 병사들과 차량들도 어둠 속에서 움직이고 있었다. 큰 소리를 질러야 들을 수 있기 때문에 모두가 발악적으로 악을 쓰고 있었고, 헌병들의 호각 소리와 서로 뒤엉켜 혼성을 이루고 있었다.

부상병들은 복도에까지 뉘어져 있었다. 하림이 그들 사이를 헤쳐나가자 여기저기서 그를 부르거나 다리를 휘어잡으면서 구원을 청했다.

"이 봐, 일등병! 나 좀 치료해 줘!"

다리가 잘려나간 소위 하나가 하림을 낚아채면서 명령했다.

"좀 기다리십시오."

"기다릴 시간이 없어. 치료해 주지 않으면 너를 죽이겠다."

부상병의 무기는 병원에 들어오기 전에 모두 회수되고 있었지만 소위는 숨겨두었는지 품속에서 권총을 빼어들었다. 하림은 반사적으로 다리를 들어올려 권총을 걷어찼다. 권총은 소위의 손에서 떨어져나가 벽에 부딪쳤다.

"병원에서 이런 걸 가지고 있으면 안 됩니다. 보관해 두겠습니다."

하림은 권총을 집어들고 병실 안으로 들어갔다. 뒤에서 소위가 거품을 물면서 고래고래 고함을 질렀지만 그는 들은 체도 하지 않았다.

위생하사관에게 권총을 내밀까 하다가 하림은 문득 딴 생각이 들어 그것을 허리춤에 찔러 넣고 옷으로 가려 버렸다. 그것은 45구경 권총으로 언젠가는 반드시 쓸모가 있을 것 같았다. 탄알도 장전되어 있었다. 한번도 권총을 쏘아본 적은 없지만 가까이서 방아쇠만 당기면 된다는 생각이 들었다.

이젠 요령 있게 살아남는 방법만이 남아 있었다. 명령 따위는 기술껏 피해야 한다. 산 속에 혼자 남게 될 경우도 생각해야 한다. 패잔병으로 산 속에 숨어서 살아날 기회를 노리게 될지도 모른다. 또는 탈주병으로 추적을 받을지도 모르는 일이다. 어떤 경우이든 죽어서는 안 된다. 죽을 수는 없다. 요령껏 살아야 한다.

하림은 다른 위생병들을 따라 부상병들을 치료해 나가기 시작했다. 병원 내의 모든 인력이 총동원되고 있었다. 간호원들도 눈코 뜰새 없이 돌아가고 있었다.

함포 사격은 여전히 계속되고 있었다. 벽이 우르릉 울릴 때마다 그것이 금방 무너지는 것만 같아 여간 불안하지가 않았다.

포격은 밤새도록 계속되었다. 처음에는 그렇게도 무섭던 것이 오래 듣다 보니 차차 면역이 되어 마음은 어느 정도 안정을 되찾고 있었다.

하림은 잠잘 틈이 없었다. 모두가 동원되어 치료에 임하고 있었으므로 졸병으로서 감히 빠질 수가 없었다. 아직은 명령에 절대 복종하고 있다는 인상을 주어야 한다고 그는 생각했다.

늦은 오후의 태양이 뜨겁게 대지를 녹이고 있었다.

"적군이 상륙했다!"

피난민들 가운데서 누군가가 외쳤다.

"적군이 상륙했다!"

다시 한번 누군가가 외쳤다. 사람들은 공포에 질린 얼굴로 그 사람을 바라보았다. 조그만 노인이었는데 넋이 반쯤 나간 것 같이 보였다. 허강균도 자전거를 멈추고 그 노인을 바라보았다.

"누구야?"

길가에 서 있던 헌병 군조가 피난민들을 노려보았다. 아무도 대답하지 않자 그가 다시 물었다.

"그런 말한 건 누구야?"

피난민들이 노인을 흘깃흘깃 바라보았다. 군조는 노인을 노려보다가 부하들에게 명령했다.

"끌어 와!"

헌병 두 명이 사람들 사이를 헤치고 들어가 노인을 끌어냈다. 노인은 일본인이었는데 위험이 닥친 것을 알았든지 군조를 향해 두 손을 싹싹 비볐다. 군조는 아무 말 없이 신속하게 권총을 빼들더니 노인의 이마를 향해 방아쇠를 당겼다. 조금도 주저 없는 단호하고 잔혹한 그 행동에 사람들은 기가 막힌 나머지 모두가 멍한 표정들이었다.

노인은 곧바로 죽지 않았다. 피투성이가 된 얼굴을 좌우로 흔들면서 한참 동안 괴로운 몸부림을 쳤다. 가족으로 보이는 노파와 처녀가 노인을 붙잡고 울부짖었다.

"이놈들아! 나도 죽여라!"

노파가 군조의 다리를 붙잡고 늘어졌다.

"이런 개 같은 할망구가!"

군조는 노파의 가슴을 발로 질러 버렸다. 노파는 으윽 하고 신음을 토하면서 눈을 까뒤집었다.

"유언비어를 퍼트리는 자는 즉결처분한다!"

군조는 피난민들을 향해 눈을 부라렸다. 아무도 저항하는 사람은 없었다, 모두가 군조의 시선을 피해 슬슬 고개를 돌렸다.

미군의 함포사격이 막 끝난 직후라 거리는 온통 수라장이 되어 있었다. 건물은 거의 파괴되어 있었고, 그 잔해가 산더미처럼 거리 여기저기에 쌓여 있었다. 불타는 건물도 있었다. 길 위에는 형체를 알아볼 수 없는 시체들도 뒹굴고 있었다.

허강균은 헌병 군조의 시선을 피해, 다시 움직이기 시작하는 피난민들 틈에 끼어 병원 쪽으로 자전거를 몰았다. 사람들이 밀리고 있었기 때문에 자전거는 속도를 내지 못한 채 비틀비틀 굴러갔다. 이것이 헌병의 눈을 자극했다.

헌병은 호각을 불면서 허강균에게 오라고 손짓을 했다. 허강균은 가슴이 철렁 내려앉았지만 침착한 표정을 지으면서 헌병 앞으로 다가갔다.

"어디 가는 거야?"

헌병은 아래위로 눈을 굴리면서 물었다.

"벼, 병원에 가는 길입니다."

허강균은 침착하려고 애썼지만 말은 벌써 더듬거려지고 있었다.

"증명 내놔 봐."

"여기 있습니다."

이런 경우를 대비해서 준비를 해온 그는 선뜻 외출증을 꺼내 보였다.

"공병이군. 병원에 뭐하러 가는 거야?"

"약도 탈 겸 수리할 데가 있어서 가는 겁니다."

"수리할 데라니?"

"거기서 연락이 왔습니다. 부서진 데가 많다고 수리를 해달라고 말입니다."

그의 말에 수긍이 가는지 헌병은 고개를 끄덕이다가 자전거 뒤에 실려 있는 큼직한 나무상자에 시선을 멈췄다.

"저건 뭐지?"

"연장함입니다."

허강균은 목이 타는 것을 느꼈다. 헌병은 육감으로 아무래도 집히는 데가 있는지 상자 쪽으로 다가섰다.

"상자, 열어 봐."

허강균은 흠칫했다. 그러나 이상하게 보여서는 안 된다고 생각하자 즉시 상자 뚜껑을 열었다. 상자 속에는 그의 말대로 연장이 가득 들어 있었다. 헌병은 상자 속을 뚫어지게 들여다보다가 그 속을 헤치기 시작했다. 그리고 이윽고 연장 밑에서 종이로 포장된 큼직한 꾸러미를 꺼냈다. 꾸러미는 두 개나 되었다.

"이건 뭐지?"

헌병은 날카롭게 눈을 치뜨면서 물었다, 허강균이 머뭇거리는 것을 보자 그는 즉시 종이를 풀어헤쳤다.

"어! 이건 다이너마이트 아니냐!"

"네, 그렇습니다."

허강균이 몸을 피할 사이도 없이 그의 뒤엔 벌써 다른 헌병들이 다가와 있었다.

"이건 폭탄이다!"

나머지 꾸러미를 풀어헤친 헌병이 소리쳤다. 그 소리에 군조가 뛰어왔다.

"이건 어디에 가져가는 거지?"

"다리에 설치해 두려고 가져가는 겁니다. 적군이 상륙할 경우……."

허강균의 서투른 임기응변에 넘어갈 군조가 아니었다. 그의 말이 채 끝나기도 전에 군조는 소리를 질렀다.

"이놈 연행해!"

허강균은 헌병대로 연행되어 갔다. 그는 눈앞이 캄캄해져 왔다. 다리가 벌써 후들후들 떨리고 있었다.

헌병대로 가는 도중 우연히 장하림과 만났다. 부상병을 들것에 싣고 오던 장하림이 뚫어지게 허강균을 바라보았다. 허강균도 호소하는 눈길로 그를 바라보았다. 그러나 하림은 걸음을 멈추지 않고 그대로 지나쳐 갔다. 허강균은 하림을 부르고 싶은 충동을 가까스로 참았다.

헌병대에서는 사실 여부를 가리기 위해 공병대에 전화를 걸어 보았다. 그리고 허강균의 말이 거짓임을 밝혀냈다.

이어서 무서운 고문이 시작되었다.

"이걸 어디다 쓰려고 했지?"

헌병이 몽둥이로 어깨를 내려쳤다. 변명할 여지가 없는 허강균은 침묵으로 일관했다. 자신은 이제 죽을 수밖에 없다고 생각했지만 입을 열면 장하림도 처단되는 것이다. 입을 연다는 것은 배반이나 다름없는 것이다. 그것은 정말 싫다. 그렇지만 내가 이 고문을 견디어낼 수 있을까.

고문은 점점 가혹해졌다. 헌병들은 허강균의 머리를 물통 속에 거꾸로 처박아 넣었다. 숨이 찬 그는 몸부림을 쳤다. 배가 터지도록 물을 마신 그는 급기야 기절을 했다. 헌병들은 그를 바닥에 눕혀 놓고 배를 짓밟았다. 마신 물이 입으로 쏟아져 나왔다. 한참 후에 허강균이 정신을 차리자 그들은 다시 고문을 계속했다.

"사실대로 말하면 용서해 준다. 어디다가 쓰려고 한 거야? 배후는 누구지?"

군조는 여전히 꾹 다물어져 있는 조선인 학도병의 입을 발로 걷어찼다.

"아이쿠!"

허강균은 두 손으로 입을 싸쥐었다. 입술이 찢어지고 앞니가 몽땅 부러져 나가자 그는 비로소 울음을 터뜨렸다. 피투성이가 된 입을 벌린 채 그는 흐느껴 울었다. 그러나 말을 할 듯하면서도 그는 좀처럼 입을 열려하지 않았다.

"이 자식, 안 되겠어. 목을 달아매!"

군조는 눈에 핏발을 세우면서 소리쳤다. 헌병들은 즉시 허강균의 목에 밧줄을 끼워 그를 천장에 매달았다. 밧줄을 잡아당기자 허강균의 얼굴은 터질 듯이 부풀어 올랐다.

"솔직히 말해라! 그렇지 않으면 넌 여기서 죽는다.!"

군조는 몽둥이로 학도병을 후려쳤다.

바람 하나 통하지 않는 지하실이었으므로 모두가 땀을 흘리고 있었다. 밖에서는 포탄 터지는 소리가 들려오고 있었다.

허강균의 얼굴은 검붉게 충혈되다가 퍼렇게 변해졌다. 손발이 마구 후들거리고 있었고 오줌을 싸는지 바지가랑이 사이로는 물이 흘러내리고 있었다.

헌병이 줄을 잡아당기다가 놓자 허강균의 몸은 천장까지 끌어 올려졌다가 콘크리트 바닥 위로 둔탁한 소리를 내면서 떨어졌다.

허강균은 쓰러진 채 움직이지 않았다.

"죽었나?"

군조가 허리를 굽히면서 물었다.

"죽지는 않았습니다."

맥을 짚어 본 헌병이 대답했다.

"불기 전에는 죽여서는 안 돼!"

"알겠습니다."

헌병이 바스킷의 물을 허강균의 머리에 통째로 부었다. 그러나 그는 깨어나지 않았다. 발바닥에 전기충격을 가하자 비로소 그의 몸이 꿈틀했다.

조금 후에 눈을 떴다. 헌병이 다시 줄을 잡아당기자 그는 마치 목이 비틀린 닭처럼 축 늘어진 모습으로 일으켜 세워졌다.

"이젠 마지막이다! 죽고 싶나, 살고 싶나!"

군조는 허강균의 이마에 권총을 들이댔다.

"살려 주십시오."

허강균은 신음을 토하면서 절망적으로 말했다. 그가 처음으로 한 말이었다. 군조는 목에 감긴 밧줄을 풀어준 다음 그를 의자에 앉게 했다.

"시간이 없다. 빨리빨리 말해!"

"살려 주십시오."

허강균은 애처롭게 중얼거렸다. 자신을 지탱할 힘을 잃어버린 그는 이제 자신의 목숨을 구하는 일에 가느다란 희망을 걸고 있었다.

"살려 줄 테니까 바른대로 말해! 이걸 어디다 쓰려고 했어?"

"병원에……."

"병원을? 왜 하필 병원을 부수려고 했어?"

"지, 지하실에 던지려고 했습니다."

"지하실에? 거기에 뭐가 있는데?"

"세균을 기르고 있습니다. 세균전에 쓸 세균입니다."

"뭐라고? 정말이야?"

"네……정말입니다."

군조는 의외의 말에 상당히 놀란 모양이었다. 그 자신도 모르고 있었던 것이 분명했다.

"공병대에 있는 놈이 그건 어떻게 알았어?"

"병원에 있는 위생병이 가르쳐 줬습니다."

"그놈 이름이 뭐야? 공범이야?"

"네."

"이름이 뭐야?"

"저는……그 위생병이 시키는 대로 했습니다."

허강균은 울었다. 비굴해져 버린 자신에 혐오감을 느끼면서 흐느껴 울었다.

"그놈 이름이 뭐야?"

군조는 다급해서 소리쳤다.

"장하림이라고 합니다."

"죠센징이구나? 망할 새끼! 그놈 외에 다른 놈 이름을 대!"

"한 사람뿐입니다."

"정말이야?"

"정말입니다. 살려 주십시오! 마음에도 없는 짓을 했습니다. 살려 주시면 천황폐하께 충성을 다하겠습니다."

"불쌍한 놈이구나! 죠센징은 하는 수 없다!"

군조는 권총을 허강균의 이마에 대더니 방아쇠를 당겼다. 허강균의 몸이 풀썩 뛰다가 옆으로 힘없이 쓰러졌다. 피가 사방으로 튀면서 꽃무늬를 그렸다. 허강균은 사지를 부르르 떨다가 뻣뻣이 굳어갔다.

네 대의 헌병 오토바이가 병원으로 급히 달려갔다. 그러나 장하림은 이미 병원에서 탈출하고 없었다.

장하림은 바닷가를 계속해서 달려갔다. 바닷가에 자리잡은 높은 초소에서

"멈춰라! 서지 않으면 쏜다!"

하는 소리가 들려왔다. 그대로 달려가자 기관총탄이 날아왔다. 다른 초소에서도 이 탈주병을 잡기 위해 사격을 가해왔다.

반 시간쯤 정신없이 달린 끝에 겨우 그는 감시망을 벗어날 수 있었다. 벼랑 밑 바위 틈새에 몸을 숨긴 그는 가쁜 숨을 몰아 쉬었다.

허강균이 체포되어 가는 것을 보았을 때 그는 이미 모든 계획이 수포로 돌아간 것을 알았고, 자신에게 위험이 닥친 것을 직감했었다. 연약한 허강균이 지독한 고문을 견디어 낼 것이라고는 생각되지 않았다. 그래서 그는 급히 병원을 빠져나온 것이

다. 이왕 죽을 몸이지만 그것을 앉아서 기다리기는 싫었다. 가는 데까지 가보자. 당장 죽는 한이 있더라도 한번 자유롭게 달려보자. 그것만이 현재 내가 취할 수 있는 최상의 방법이다. 이것이 그가 생각한 전부였다.

숨을 돌리고 난 그는 벼랑을 기어오르기 시작했다. 평상시 같으면 도저히 기어오를 수 없는 그런 가파른 벼랑을 그는 초인적인 힘으로 더듬어 올라갔다. 손발이 찢겨 피가 흐르고 있었지만 워낙 정신없이 움직이고 있었으므로 통증 같은 것은 느껴지지 않았다.

겨우 벼랑을 올라서자 맞은 편에 동굴이 하나 보였다. 덩굴에 가려 있어서 얼른 눈에 띄지 않는 동굴로 숨어 있기엔 아주 좋은 곳이었다.

하림은 주위를 둘러보다가 그쪽으로 조심스럽게 기어갔다. 이윽고 동굴 입구에 닿은 그는 안으로 들어가려다 멈칫했다.

안에서 여자들의 흐느끼는 소리가 들려오고 있었다. 가만 들어 보니 공포에 질려 우는 소리였다. 그는 몸을 일으킨 다음 다시 한참 동안을 살피다가 안으로 조금씩 들어가기 시작했다.

안에는 여자들이 가득 들어차 있었다. 입구 가까운 쪽에는 남자들도 두 서너 명 앉아 있었다. 모두가 피난민들이었다. 하림이 들어선 것을 본 그들은 갑자기 약속이나 한 듯 조용해졌다.

하림은 어둠에 익숙해지기 위해 그 자리에 가만히 서 있었다.

그때 남자들이 그에게 다가왔다. 중년의 사내들이었다.

"너, 탈주병이구나?"

그들 중의 하나가 물었다. 하림은 잠자코 그 사내를 바라보았다. 잘못 들어왔다는 생각이 들었지만 이미 때가 늦은 뒤였다. 사내들은 앞뒤에서 그를 막고 있었다.

"탈주병이지?"

그들 중의 하나가 다짐하듯이 다시 물었다. 하림은 그들을 눈여겨보았다. 다행히 그들 중에 군인은 없는 것 같았다. 그러나 민간인들이라 해도 일본인인 이상 천황의 군대가 반드시 승리한다고 굳게 믿고 있는 것은 군인들과 마찬가지였다.

"난 탈주병이 아니오."

하림은 뒷걸음질 쳤다. 그러나 앞에 바싹 다가서 있던 사내가 그의 멱살을 움켜쥐었다.

"이놈, 죠센징이다. 헌병대에 가자."

하림이 몸을 빼려고 하자 뒤에서 몽둥이가 날아들었다. 가지고 있던 비상식량을 모두 빼앗기고, 하림은 동굴 밖으로 질질 끌려 나왔다. 다행히 품속에 숨겨둔 권총만은 뺏기지 않았다.

그를 끌고 간 일본인은 모두 세 명이었다. 그들은 대창으로 앞뒤에서 그를 겨눈 채 의기양양해서 걸어갔다. 하림은 두 손을 묶여 꼼짝할 수가 없었다. 그러나 헌병대에 넘겨지기 전에 도망쳐야 한다는 생각에 빈틈을 노리고 있었다.

한참을 걸어가자 가파른 벼랑이 나타났다. 벼랑 밑에는 날카로운 바위들이 솟아 있었고 그 위로 파도가 하얗게 부서지고 있었다.

그들이 벼랑을 벗어나기 전에 포탄이 벼랑 중간을 때렸다. 쾅

하는 굉음과 함께 벼랑의 한쪽 부분이 와르르 무너져 내렸다. 그들은 겁에 질려 모두 땅에 엎드렸다.

하림은 엎드리면서 뒤를 얼른 돌아보았다. 일본인 두 명은 상당히 떨어져 있는 웅덩이 속에 들어가 있었다. 나머지 한 명만이 바로 옆에 엎드려 있었다. 일본인은 넋이 빠졌는지 하림을 경계하는 것을 잊고 있었다. 이때라고 생각한 하림은 묶인 두 손을 들어 그 일본인의 목덜미를 있는 힘을 다해 내려쳤다. 급소를 맞은 일본인은 낮게 신음을 토하면서 엉거주춤 몸을 일으켰다. 하림도 따라 일어서면서 상대편의 사타구니를 힘껏 걷어찼다. 일본인의 몸이 휘청하더니 벼랑 밑으로 사라졌다.

"아아악!"

비명이 길게 들려왔다. 웅덩이 속에 엎드려 있던 일본인 두 명이 소리를 지르면서 하림 쪽으로 달려왔다.

하림은 숲속으로 뛰어갔다. 두 손이 묶였다고는 하지만 역시 그는 젊었기 때문에 중년의 사내들보다는 훨씬 빨랐다. 정신없이 뛰어가자 사내들의 고함 소리가 점점 작아져갔다.

그는 멈추지 않고 계속 달려갔다. 아직은 패잔병들이 없기 때문에 사람 눈에 띄는 것은 위험한 일이었다.

안으로 들어갈수록 울창한 정글이 앞을 가로막았다. 햇빛마저 가려 정글 속은 어둠침침했다. 그는 늪지에 푹푹 빠지면서도 계속 걸어갔다. 걸어가면서 그는 두 손을 묶은 줄을 풀었다.

전투는 점점 치열해지고 있었다. 미군이 일부 상륙했다는 소문이 나돌고 있는 만큼 빠르면 하루 이틀 사이에, 늦어도 며칠

안에는 결판이 날 것이다. 그때까지만 버티면 어떻게 되겠지. 미군은 소문대로 그렇게 잔인하지는 않을 것이다. 내가 살 수 있는 길은 미군에 투항하는 길밖에 없지 않을까. 미군을 만나야 되겠다고 생각하자 그는 갑자기 힘이 솟았다. 미군을 만나려면 정글을 벗어나 해변 가까이 나가는 것이 좋을 것 같았다.

세균전에 대비해서 훈련을 받은 것이 그에게는 큰 도움이 되었다. 사이판 전역을 손바닥 들여다보듯이 환히 알고 있는 그는 목적지가 어디든 갈 자신이 있었다. 병원을 탈출할 때 사이판 지도 한 장과 나침반도 숨겨 가지고 왔기 때문에 방향을 잡는 것은 문제가 되지 않았다. 무엇보다도 제일 걱정이 되는 것은 일본놈들을 만나지 않을까 하는 점, 그리고 굶주림이었다. 벌써 그는 시장기를 느끼고 있었다. 비상식량을 모두 빼앗겼기 때문에 먹을 것이라고는 하나도 없었다.

정글 속이 더욱 어두워지는 것 같더니 곧이어 스콜이 내려퍼 붓기 시작했다. 금방 옷이 젖어 버린 그는 한기를 느끼고 몸을 부르르 떨었다.

마침 비를 피할 수 있는 큰 바위가 하나 보였으므로 그는 그곳으로 뛰어갔다. 그때 총성이 들려왔다. 그는 나무 뒤에 바싹 엎드려서 바위 쪽을 바라보았다. 바위 앞에 일본군 두 명이 서 있었고, 여자 하나가 발치에 엎드려 두 손을 마구 비비고 있었다. 좀더 눈여겨본 그는 남자가 하나 죽어 있는 것을 알았다. 아마 일본군이 조금 전에 쏴 죽인 것 같았다.

두 명의 일본군은 떨고 있는 여자를 끌고 바위 밑으로 들어갔다. 비명 소리가 몇 번 나더니 얼마 후에 잠잠해졌다. 한 놈이 일을 치르고 있는 동안 다른 한 놈은 비를 맞으면서 바위 앞에서 망을 보고 있었다.

하림은 바위 뒤쪽으로 조금씩 기어갔다. 바위까지 닿는데 무척 오랜 시간이 걸리는 것 같았다.

"야, 임마, 아직 멀었냐?"

"좀 기다려."

일본군이 주고받는 말소리가 들려왔다. 하림은 앞으로 뛰어나가면서 망을 보고 있는 일본군을 향해 권총을 발사했다.

총알은 일본군의 등을 정통으로 뚫었다. 여자를 타 누르고 있던 다른 일본군은 옷을 입을 사이도 없이 두 손을 번쩍 들었다.

"옷을 입어!"

하림은 일본군을 겨누면서 명령했다. 놈은 병장이었다. 여자는 중년의 여인이었다. 그녀는 흐느껴 울면서 몸뻬를 주워 입더니 남편의 시체 위로 몸을 던졌다. 여인의 통곡하는 소리가 빗소리에 섞여 처절하게 주위를 울렸다.

"넌 탈주병이구나!"

옷을 입고 난 병장이 그래도 기를 써보겠다는 듯 큰 소리로 말했다.

"이 자식아, 개수작 말고 손을 들어! 네놈도 탈주병 아니냐?"

"탈주병이 아니다!"

"그럼 뭐냐?"

"수색대다! 미군이나 탈주병을 잡기 위해 지금 수색대가 깔려 있다! 내가 잘 말하면 넌 처벌받지 않고 무사할 수 있다! 산 속에 있다가는 체포되고 만다!"

"묻는 말에 대답해! 미군이 상륙한 것이 정말이냐?"

"생각해 봐라. 우리 아군이 이렇게 철통같이 지키는데 미군이 어떻게 상륙하겠나. 어림 없는 소리다. 자수하는 게 좋다!"

"쓸데없는 소리하지 마! 넌 방금 미군을 잡기 위해 수색대가 깔렸다고 하지 않았는가! 미군이 상륙했지?"

"상륙하지 않았다. 정찰대원 정도야 염려할 것이 못 된다."

"정찰대원이 상륙했나?"

"몇 명에 불과하다. 한 명은 쏴 죽였고 나머지는 현재 도망중 이다."

여인의 울음 소리가 뚝 그치는 것 같더니 총소리가 요란스럽 게 주위를 울렸다. 하림의 앞에서 두 손을 들고 있던 일본군이 뒤로 나가떨어졌다. 하림은 몸을 돌려 여인을 바라보았다. 여인 이 총을 들고 있었다, 온몸이 경련하고 있었고 두 눈에서는 광 기가 번득이고 있었다. 얼굴은 헝클어진 머리칼과 빗물로 하여 잘 알아볼 수가 없었다.

"위험해요! 그 총을 버리시오!"

하림은 여인을 쏘아보았다. 여인은 총을 버릴 기미를 보이지 않았다. 그러나 총구가 다른 곳으로 향하고 있는 것이 하림을 해칠 생각은 없는 것 같았다. 하림은 여인에게 다가가 총을 낚 아채 던져 버렸다.

여인은 한동안 허공을 응시하더니 느닷없이 기괴한 웃음을 터뜨렸다. 그리고는 하림이 미처 말릴 사이도 없이 빗속으로 뛰어가 버렸다. 여인은 미쳐 버린 모양이었다. 하림은 미쳐 날뛰는 여인을 붙잡을 마음이 나지 않았다.

그는 죽은 일본군들의 배낭을 뒤져 먹을 것과 침구만으로 그속을 다시 채워넣었다. 먹을 것이라고는 콩깻묵과 옥수수가 전부였지만, 그나마 있어 여간 마음 든든하지가 않았다.

그는 옥수수 알을 하나씩 입에 넣고 천천히 씹었다. 욕심대로 먹다가는 하루도 못돼 식량은 바닥이 날 판이다. 쓰러지지 않을 정도로만 연명할 수밖에 없다. 옥수수 한 알을 입에 넣고 오래 씹으니 입안에는 군침이 가득 괴었다.

비는 줄기차게 내리고 있었다. 비를 피할 마땅한 곳이 없었으므로 그는 바위 밑에 그대로 웅크리고 있었다. 민간인 하나와 일본군 두 명의 시체가 바로 눈 앞에 누워 있어 여간 기분이 꺼림칙하지가 않았다. 더구나 시체들은 하나같이 비에 젖어 있는 데다 눈들을 부릅뜨고 있어 점점 음산한 분위기를 띠어가고 있었다.

시체 위로 개미떼가 달려들고 있었다. 이름을 알 수 없는 벌레들도 기어오르고 있었다. 시체는 어느새 개미떼와 벌레들로 새까맣게 뒤덮여 있었다. 하림은 그것을 보지 않으려고 했지만 시선이 자꾸 그쪽으로만 쏠렸다. 더구나 어둠이 내리고 있어 점점 공포감이 더해갔다.

더 이상 참을 수 없게 되자 하림은 벌떡 일어섰다. 그리고 시체 앞으로 뛰어가 다리를 붙잡고 끌어당겼다.

소름끼치는 일이었지만 그는 시체를 멀리 보이지 않는 곳까지 하나씩 끌어다가 버렸다. 그렇게 하고 나니 마음이 조금 진정되는 것 같았다.

하루종일 쫓긴데다 잔뜩 긴장하고 있었기 때문에 그는 눕자마자 그대로 잠이 들어 버렸다. 포소리와 빗소리가 대지를 울리고 있었지만 그는 꼼짝도 하지 않았다.

그는 꿈을 꾸고 있었다. 한없이 깊은 숲속을 그와 가쯔꼬가 뛰어가고 있었다. 가쯔꼬는 소복차림이었고, 머리를 산발하고 있었다. 신발마저 벗어 버린 채였으므로 발은 돌과 나무에 채여 피투성이였다. 거기다 그녀는 미쳐서 웃고 있었다. 놀랍게도 품에는 갓난아기를 안고 있었다. 가쯔꼬가 아기를 낳았구나. 가쯔꼬씨, 가지 말고 거기서 기다리시오! 하림은 소리치면서 가쯔꼬를 따라갔다. 그러나 그녀는 멈추지 않고 그대로 달려갔다. 아무리 따라가 붙잡으려고 해도 그녀는 자꾸 멀어지기만 했다. 하림은 울면서 그녀의 이름을 거듭 불렀다. 어느새 놀랍게도 가쯔꼬는 벼랑 위에 서 있었다. 그녀는 돌아서서 하림을 부르고 있었다. 그 부름이 너무 애처로워 하림은 가슴이 찢기는 것만 같았다.

이상하게도 가쯔꼬가 서 있는데도 거리가 가까워지지 않았다. 그는 앞으로 나가려고 했지만 발은 제자리에서 뛰고 있었다. 찬바람에 가쯔꼬는 금방이라도 일렁이는 검은 바닷속으로 날아가 버릴 것 같았다. 아, 가쯔꼬씨! 거기 서 있으면 안 돼요! 이쪽으로 와요! 빨리 이쪽으로 와요! 하림이 아무리 소리쳐 불렸지만 가쯔꼬는 그 자리에 서 있었다. 그녀는 하림이 오지 않는 것을 오히려 원망하고 있었다. 갑자기 태풍이 불어닥치더니 순식간에 가쯔꼬를 바다 쪽으로 쓸어가 버렸다. 하림을 부르는 가쯔꼬의 비명이 길게 허공을 울리다가 뚝 끊어졌다. 그제야 하림의 몸이 앞으로 움직였다. 벼랑 위로 뛰어간 그는 가쯔꼬를 소리쳐 불렀다.

그러나 가쯔꼬와 아기를 집어삼킨 검은 바다에서는 파도 소리만이 무섭게 들려오고 있었다. 문득 가쯔꼬를 부르는 하림의 귀에 아기의 울음 소리가 들려오는 듯했다. 하림은 손을 뻗어 아기를 부르다가 벼랑 밑으로 몸을 날렸다. 검은 바닷속으로 그의 몸은 한없이 한없이 빠져들어 갔다. 아무리 깊이 가라앉아도 바닷속은 아무것도 보이지 않았고 오직 검은 암흑의 세계만이 그를 휩싸고 있었다.

한없는 절망을 느끼는 순간, 그는 잠에서 깨어났다. 주위는 칠흑 같은 어둠이었다. 시체를 버린 쪽에서 짐승의 울부짖는 소리가 들려왔다. 놀란 그는 권총을 뽑아 들고 어둠을 쏘아보았다. 비는 아직도 내리고 있었고 온몸에서는 진땀이 흐르고 있었다. 머리를 만져보니 열기가 있었다. 이러다가 나도 미치는 것이 아닌가. 꿈은 너무도 선명하게 기억되었다. 꼭 사실인 것만 같아 불길한 예감이 몸을 엄습했다. 가쯔꼬가 혹시……혹시 죽은 것이 아닐까. 아기를 낳았다면 그 아기는 어떻게 되었을까.

하림이 이렇게 혼미한 상태에 빠져 있을 때 시커먼 사람의 형체가 앞에 나타났다.

"히히히히……."

어둠 속에서 기분 나쁜 웃음 소리가 들려왔다. 하림은 전신을 부르르 떨었다. 담력이 있는 그도 공포에 질려 기절할 것 같았다. 귀신이 아닌가 하는 생각이 번개처럼 머리를 스쳐갔다.

"히히……."

검은 그림자가 바싹 다가섰다. 하림은 입이 굳어 버려 말이 나오지가 않았다. 그는 반사적으로 권총을 쏘았다. 상대는 정통으로 총을 맞았는지 뒤로 나가떨어졌다. 그리고 몇 번 신음을 토하더니 곧 잠잠해졌다.

하림은 날이 샐 때까지 바위 밑에 웅크리고 앉아 있었다. 권총은 그대로 앞을 겨누고 있었다. 빗소리, 포탄 터지는 소리, 짐승이 울부짖는 소리 등으로 하여 정글 속은 밤새 소란스러웠다.

그는 반쯤 넋이 빠진 채 돌처럼 굳어 있었다. 이윽고 날이 밝아오자 그는 다시 한번 깜짝 놀랐다. 어제 낮에 미쳐서 사라졌던 여자가 앞에 죽어 넘어져 있었다. 가슴 부위가 온통 피에 젖어 있는 것으로 보아 총알은 가슴을 관통한 모양이었다.

하림은 여자 앞에 무릎을 꿇고 앉아 한참 동안 그녀의 한쪽 손을 움켜쥐고 있었다. 말못할 죄책감이 가슴을 도려내는 듯했다. 여자의 손은 거칠었다. 일본인이긴 하지만 남편을 따라 사이판도까지 흘러왔다가 무참히 죽어간 것을 생각하니 죄스럽기 짝이 없었다. 왜 그렇게 사람을 못 알아봤을까. 내가 눈이 뒤집혔던 모양이지. 두고두고 한이 될 짓을 저지르고 말았구나.

그는 여인을 남편과 함께 묻어 주기 위해 그녀를 안고 남편의 시체가 있는 곳으로 갔다. 그러나 그곳에 간 그는 역겨움에 그만 돌아서고 말았다. 밤새에 짐승들이 시체를 뜯어먹어 세 구의 시체는 형체를 알아볼 수 없을 정도로 짓이겨져 있었다.

그는 평평한 곳을 골라 땅을 파기 시작했다. 삽이 없었기 때문에 대검으로 땅을 후벼파느라고 시간이 상당히 걸렸다.

시체를 얕게 묻을 수밖에 없었다.

시체를 묻고 난 다음 그는 눈을 감고 묵념을 올렸다. 그것이 그가 현재 할 수 있는 최대의 예의였다. 도대체 언제부터 나는 사람을 죽이고도 이렇게 뻔뻔해질 수 있게 되었는가. 나도 짐승이 되어 버린 모양이구나.

그는 죄책감에 몸이 비틀거리기까지 했다. 그러나 살아 있는 한 움직일 수밖에 없었다. 비가 언제 그칠지 알 수 없었으므로 마냥 앉아 있을 수만도 없었다. 빨리 미군을 만나야 한다는 생각에서 그는 자리를 털고 일어섰다.

비는 여전히 퍼붓고 있었다. 그는 배낭을 어깨에 매고 다시 걸어갔다. 거듭해서 너무 충격적인 일을 당했기 때문에 그는 아직도 머리 속이 정돈되지 않았고 그래서 무방비 상태에 놓여 있었다.

오전 내내 걸어가자 정글을 벗어날 수 있었다. 앞에 계곡이 있었고, 흙탕물이 넘쳐흐르고 있어서 그 이상 전진하기가 어려웠다. 비가 그치고 계곡의 물이 마를 때까지 기다리는 수밖에 없었다.

물은 무서운 기세로 흐르고 있었다. 가끔씩 시체가 떠내려가는 것이 보이곤 했다. 그는 나무 밑에 기대앉아 비에 젖은 옷을 쥐어짰다.

그가 이러고 있을 때 기대했던 일이 예상 밖으로 빨리 일어났다. 하류 쪽에서 미군 다섯 명이 계곡을 건너오지 못해 망설이다가 상류 쪽으로 올라오고 있었는데 이것이 하림의 눈에 먼저 보인 것이다. 그의 눈에 먼저 띈 것이 다행이다. 그렇지 않고 미군이 먼저 발견했다면 그는 대면도 하지 못 하고 사살되었을 것이다. 이들 미군들은 미군 상륙에 앞서 적정을 살피기 위해 파견된 정찰대원들이었다. 그런 만큼 거칠고 잔인한 일면을 지니고 있었다.

하림은 구세주나 만난 듯 벌떡 일어섰다. 미군을 본 것은 처음이었다. 우악스럽게 생긴 거대한 사나이들이 별로 경계도 하지 않은 채 껌을 씹으며 어슬렁어슬렁 올라오고 있었다. 그들 중에는 흑인도 한 명 끼어 있었다. 그들은 계속 지껄이고 있었고, 모두가 자신만만한 모습들이었다.

원, 세상에 저렇게 태연한 자식들도 다 있나. 저러다가 습격이나 받으면 어떻게 하려고 그러지. 하림은 한동안 멍청하게 그들을 바라보고 있었다. 그들은 아직 하림을 발견하지 못 하고 있었다. 하림은 나무 뒤에 몸을 숨기고 저고리를 나뭇가지에 끼워 흔들었다.

마침내 미군들이 우뚝 걸음을 멈췄다. 동시에 그들은 제각기 흩어져 나무 뒤에 몸을 숨겼다.

"나와라!"

미군이 소리쳤다. 영어 회화를 할 줄 아는 하림은 그것이 이렇게 도움이 될 줄은 몰랐다.

"쏘지 마라! 항복한다!"

그는 손을 번쩍 들고 앞으로 나섰다.

"이쪽으로 걸어와!"

미군이 나무 뒤에서 지시했다. 하림은 앞으로 천천히 걸어갔다. 미군 하나가 뛰어나오더니 개머리판으로 그의 턱을 후려갈겼다. 하림은 힘없이 나동그라졌다. 그는 몽롱해지는 의식을 되찾으려고 머리를 흔들었다. 턱뼈가 부서졌는지 입이 잘 벌려지지가 않았다. 침을 뱉자 피와 함께 부러진 이빨 조각들이 튀어나왔다.

흑인 병사가 대검을 빼들고 막 내려치려 하고 있었다.

"포로를 죽이기냐? 잠깐 기다려라! 중요한 정보가 있다!"

하림의 유창한 영어에 미군들은 멈칫했다. 지휘자로 보이는 미군이 앞으로 나섰다. 모두가 계급장을 달고 있지 않아 계급을 알 수는 없었으나 그 지휘자는 다른 미군들과 달리 지성적인 면이 엿보이는 것이 얼핏 보기에도 장교 같았다.

그 미군은 하림으로부터 무기를 압수한 다음 그를 데리고 숲속으로 들어갔다. 다른 미군들은 사격자세를 취한 채 뒤를 따라왔다. 지휘관은 주위를 휘둘러보고 나서 하림에게 손을 내리게 하고 담배를 권했다. 하림은 주저하지 않고 그것을 받아 피웠으나 손은 사뭇 덜덜 떨리고 있었다.

"나는 제임스 중위다. 다치게 해서 미안하다."

하림은 상대를 가만히 바라보았다. 푸른 눈이 광채를 띠고 있었다. 악의 같은 것이 보이지 않는 눈이었다. 오랜만에 인간의 눈을 본 것 같았다. 철모 밑으로 보이는 금발이 인상적이었다.

"이빨이 모두 부러졌다. 이럴 수가 있는가?"

하림은 얼굴을 찌푸리며 말했다.

"미안하다."

"나는 미군을 만나려고 일부러 탈주한 몸이다. 당신들이 나를 구하지 않으면 나는 일본군에 잡혀 죽게 된다!"

"왜 탈주했나? 일본군은 탈주병이 없는 걸로 아는데……."

"나는 일본인이 아니라 조선인이다. 대학생인데 강제로 끌려왔다."

"아, 그렇군. 당신은 매우 용감한 사람이다."

제임스 중위가 손을 내밀자 하림은 그 손을 덥석 움켜쥐었다. 그리고 눈물을 주르르 흘렸다. 흑인 병사가 건빵을 내밀자 그는 허겁지겁 그것을 입속에 집어넣었다. 그러나 입속이 헐어 먹을 수가 없었다.

"중요한 정보란 무엇인가?"

"일본군은 현재 세균전을 준비하고 있다."

"세균전?"

제임스는 눈을 휘둥그렇게 떴다.

"그렇다. 세균전이다!"

"정확한 정보인가?"

"정확한 정보다. 세균을 배양하고 있는 장교를 내가 보좌하고 있었다."

"어떻게 세균전을 벌이겠다는 건가? 전혀 그런 기미가 보이지 않는데……."

"계획은 이렇다! 사이판도가 미군에게 점령당하는 것과 동시에 이 섬 전체에 세균이 투입된다. 나는 직접 그 작전에 나서기 위해 훈련을 받았다. 일본군이 직접 세균을 투입시키는 한편 다른 것도 동원된다."

"다른 것이란 무엇인가?"

제임스의 눈이 점점 커지고 있었다. 하림은 목이 타는 것을 느꼈다.

"물 좀 달라."

"커피가 있다."

제임스는 수통을 내밀었다. 하림은 커피를 물 마시듯 꿀꺽꿀꺽 마셨다. 뛰던 가슴이 가라앉는 것 같았다.

"세균전에 쓰려고 놈들은 개와 쥐를 대량 사육하고 있다. 미군이 사이판을 점령하면 놈들은 전염병에 걸린 개와 쥐를 풀어 놓을 것이다. 결코 쉽게 보아 넘길 일이 아니다."

"무서운 일이다. 만일 그렇게 되면 이 섬에 있는 사람들은 모두 죽게 되는 것이 아닌가?"

"일본군은 모두 옥쇄를 각오하고 있다."

"옥쇄란 무엇인가?"

"사는 것을 포기하고 모두 죽어 버리겠다는 뜻이다."

"무서운 일이다!"

제임스는 연방 고개를 흔들었다. 그러면서도 이 귀중한 정보를 놓치지 않겠다는 듯 하림을 뚫어지게 쏘아보면서 계속 질문을 던졌다.

"세균작전을 막을 방법이 없겠는가?"

"있다!"

"어떻게?"

"지금 사이판에는 군병원이 하나 있다. 그 병원에서 세균이 배양되고 있으니까 그것을 때려부숴라! 철저히 때려부숴라! 지하실까지 부숴야 한다! 지하실에 개와 쥐를 기르고 있으니까 철저히 부숴야 한다. 지하실은 견고하게 지어져 있다! 비행기로 집중 폭격을 해라!"

하림은 자기도 모르게 주먹을 쥐고 소리를 질렀다. 입에서 피가 튀는 것도 잊고 있었다.

"병원을 폭격하면 환자들이 죽을 게 아닌가!"

"그 따위 인도주의에 신경을 쓸 겨를이 없다! 세균전이 일어났을 때의 결과를 상상해 보라! 무섭지 않은가? 놈들은 미군이 병원만은 폭격하지 않을 것이라고 생각해서 그곳에다 교묘하게 세균을 배양하고 있는 것이다. 환자 몇 명쯤 죽는 것이야 할수 없는 일 아닌가? 당장 폭격을 해야 한다! 내 말을 듣지 않으면 두고두고 후회할 것이다! 나는 당신들 힘을 빌지 않고 내 스스로 병원을 폭파하려 했었다! 그러나 사전에 발각되어 내 동지는 헌병에게 체포되고 나만 도망쳐 나온 것이다! 내 동지는 이미 죽었을 것이다."

"잘 알겠다! 병원 위치는 어디 있는가?"

"섬 남쪽에 자리잡고 있다. 하얀 건물이라 비행기를 타고 가면 바로 눈에 띌 것이다. 당신들 작전본부에서는 병원 위치를 잘 알고 있을 것이다. 사이판 지리를 모르고서 어떻게 공격을 하겠는가."

하림은 품에서 지도를 꺼내어 병원 위치를 정확히 짚어 주었다. 제임스도 지도를 꺼내더니 병원 위치에 표시를 했다.

"대단히 감사하다. 이루 말할 수 없이 감사하다. 그밖에 다른 정보를 알려달라!"

"다른 정보는 모른다. 나는 병원에만 근무하고 있었기 때문에 다른 것은 모른다."

"전차는 있는가?"

"있다. 그렇지만 몇 대나 있는지 모른다. 당신들은 정찰대원들인가?"

"그렇다."

"정찰은 끝냈는가?"

"대강했지만 충분하지가 못 하다."

"주의할 게 있다. 사이판 주위는 산호초가 많기 때문에 배가 접근하기가 위험하다. 사전에 수중폭파대를 보내서 폭파시켜야 할 것이다."

"그대로 보고하겠다. 참 중요한 걸 잊었다. 당신 이름은 무엇인가? 소속과 이름, 계급을 적어달라."

하림은 제임스 중위가 내미는 수첩과 만년필을 받아들었다. 너무 감격에 겨운 나머지 글씨가 제대로 써지지 않았다.

"당신은 영어를 매우 잘한다. 어디서 배웠는가?"

"학교 다니면서 공부했다. 난 의학을 전공하기 때문에 영어를 몰라서는 안 된다."

"매우 훌륭하다. 그럼 무사하기를 빈다. 우리는 지금 가야겠다."

제임스는 악수를 청했다. 하림은 그 손을 뿌리쳤다.

"무슨 말을 하고 있는 것인가. 내가 괜히 정보를 제공해 준 줄 아나. 난 살아야겠다. 내가 정보를 제공해 준 이상 당신들은 나를 구해 줄 의무가 있다. 나를 이 적지(敵地)에 남겨두겠다니. 나보고 죽으라는 말인가. 유감천만이다. 내가 왜 목숨을 내걸고 당신들을 만나려고 했겠는가. 나는 살기 위해서 이런 짓을 한 것이다. 미군은 보답도 할 줄 모르는 군대인가?"

제임스는 손을 내저었다.

"그게 아니다. 함께 갈 수 없기 때문이다. 우리는 아직 작전수행이 끝나지 않았다. 당신을 데리고 다닐 수 없다."

"그건 말이 안 된다. 당신들이 결심만 한다면 얼마든지 가능할 수 있는 일이다. 나는 지금 배반당한 기분이다. 차라리 나를 죽이고 가라!"

하림은 절박한 심정이 되어 외치다시피 말했다.

"이해해 주기 바란다. 당신을 구하고 싶지만 우리도 사실은 적지에 들어와서 숨어 다니는 형편이 아닌가. 당신 헤엄칠 줄 아는가?"

"모른다."

"그러면 더욱 안 된다. 우리 정찰대는 이곳에 잠입할 때 일본군에게 발각되어 퇴로를 차단 당했다. 세 명이 죽은데다 타고 온 고무보트를 모두 잃었다. 그래서 헤엄쳐 갈 수밖에 없다. 우리는 해병대라 헤엄에는 자신이 있지만 당신은 헤엄을 못 친다니 곤란하지 않은가?"

"나를 데리고 헤엄치면 될 게 아닌가?"

"그럴 수는 없다. 파도가 세기 때문에 혼자서 헤엄치는 것도 힘들다. 대단히 미안하다. 미군이 상륙할 때까지 어디 숨어 있어라. 곧 다시 와서 구해 주겠다."

제임스 중위는 정말 미안해했다. 그러나 하림은 마지막 살아날 수 있는 길이 막힌 데 대해 미칠 것만 같았다.

"이제 곧 일본군 패잔병들이 산으로 밀려들 텐데 숨을 곳도 없다. 나는 잡히면 총살이다. 당신들을 다시 만나게 될지 모르겠다."

미군들이 내미는 손을 하림은 힘없이 받았다. 제임스 중위는 그에게 압수한 무기와 자기들이 먹을 식량을 내주고 재회를 다짐했다. 그리고 끝으로 이렇게 말했다.

"우리 입장으로서는 당신을 죽이고 가는 것이 안전하다. 그러나 나는 당신을, 당신의 말을 믿는다."

미군들은 보이지 않을 때까지 뒤를 돌아보곤 했다. 그들을 바라보고 있는 하림의 마음은 안타깝기 짝이 없었다. 제임스 중위가 손을 흔들 때도 그는 모른 척했다.

　갈 곳이 없어진 그는 비를 맞으며 그 자리에 우두커니 서 있었다. 삶의 의욕이 완전히 무너져 버리는 것을 그는 느꼈다. 갑자기 입 속이 아려왔다. 입에서는 아직도 피가 흐르고 있었다. 그는 혀끝으로 입 속을 더듬어 보았다. 앞니가 모두 부러져 있었다. 통증이 점점 심해왔다.

　고통을 느끼자 알 수 없는 분노가 치솟았다. 그와 함께 포기해서는 안 된다. 살아야 한다는 생각이 가슴을 가득 채워왔다.

　그는 배낭을 지고 걷기 시작했다. 어딘가 숨어 있을 곳을 찾아야 했다. 돌아다니는 것도 이젠 위험했다.

　며칠간만 버티는 것이다. 적당한 동굴만 발견하면 그 속에서 며칠간 숨어 있어야지. 며칠간 버티려면 힘을 축적해야 한다. 며칠이 될지 몇 달이 될지 알 수 없는 일이다. 양키놈들, 아무리 그렇기로서니 자기들끼리 가다니.

마지막 얼굴

시인 장경림(張景林)은 몹시 울적했다. 날씨마저 흐려 더욱 기분이 무거웠다. 그는 비탈길을 느릿느릿 올라갔다.

그로서는 이번 면회가 마지막일 것 같은 기분이 들었다. 오늘로서 세번째 오는 면회길이었다. 언제까지고 이 후꾸오까에 머무르고 있을 수도 없는 일이었다.

가쯔꼬에 대한 사형확정 판결을 보고 나서 그는 경성으로 돌아갔었다. 그러나 아무래도 잊을 수가 없어 한 달 전에 이곳을 찾아온 것이다.

처음 가쯔꼬를 면회했을 때 그를 본 그녀는 걷잡을 수 없이 눈물을 흘렸었다. 그녀가 겨우 꺼낸 말은 하림에게 자신의 처지를 알리지 말라는 것이었다. 가쯔꼬와 헤어지고 돌아올 때 시인도 눈물을 흘렸었다. 그녀가 임신만 하지 않았더라도 슬픔은 좀 덜했을 것이다.

두번째 면회 갔을 때 그녀는 만삭이 된 배를 두 손으로 가리며 만일 자기가 무사히 아기를 낳을 경우 그 아기를 경성으로 데려가 달라고 부탁했었다.

형무소의 담벽은 흡사 성벽처럼 높았다. 언제 보아도 그것은 우중충한 회색 빛을 띠고 있어서 가까이 갈수록 살벌한 느낌을 자아내곤 했다. 형무소를 지키는 간수들은 흡사 지옥의 사자처럼 보였다.

이곳에 들어설 때면 마치 자기가 죄인이기나 한 것처럼 잔뜩 위축되곤 했다. 피가 통하지 않는 목석 같은 사나이들로부터 몇 가지 기계적인 질문을 받은 다음 시인은 면회실로 가서 가쯔꼬를 기다렸다. 반 시간쯤 후에 그녀가 나타났다.

그녀를 보는 순간 시인은 가슴이 뭉클했다. 지난번에 보았을 때보다도 그녀는 훨씬 더 야위어 있었다. 그 아름답던 얼굴은 모두 스러지고 거기에는 뼈와 가죽만이 남아 있었다. 눈은 빛을 잃고 꿈꾸는 듯한 모습을 하고 있었다. 이미 그녀의 얼굴에는 죽음의 그림자 같은 것이 나타나 있었다. 터질 듯 부풀어오른 배만이 그녀가 살아 있다는 것을 말해 주고 있었다. 수갑에 채인 두 손이 그 솟아오른 배 위에 조심스럽게 얹혀 있었다.

그를 보자 가쯔꼬의 눈에는 순식간에 눈물이 가득 고였다. 고개를 숙이자 눈물이 손등 위에 방울방울 떨어졌다. 시인은 차마 볼 수가 없어서 고개를 돌렸다.

"별일 없었습니까?"

그는 낮은 소리로 물었다. 가쯔꼬는 대답 대신 고개를 끄덕거렸다. 간수가 문 앞에 지키고 있어서 형식적인 말만을 나눌 수밖에 없었다.

"수고를 끼쳐서 미안합니다. 오시지 않아도 될 텐데."

그녀는 눈물을 참으며 겨우 이렇게 말했다.

"마음을 편히 가지십시오. 너무 그렇게……."

그녀가 고개를 들었다.

"하림씨한테서는 아직 소식이 없나요?"

"없습니다. 아마 잘 있겠지요."

"혹시 무슨 일이라도……?"

그녀의 얼굴에 검은 그림자가 스쳐갔다.

"그럴 리야 있겠습니까. 아우는 영리한 애라 별일은 없을 겁니다."

이렇게 사랑할 수 있을까 하고 그는 생각했다. 진실한 사랑이 무섭다는 것을 그는 하림과 가쯔꼬와의 관계에서 비로소 보는 듯했다.

"저번에 말한 대로 하림씨가 전장에서 돌아오면 그분한테 아기를 안겨 주세요. 제 소원이에요."

"명심하겠습니다."

갑자기 그녀가 흐느껴 울기 시작했다. 시인은 어쩔 줄 몰라 벽만 바라보았다. 그때 간수가 시간이 됐다고 신호를 보냈다. 가쯔꼬는 수갑찬 두 손을 들어 얼굴을 가렸다.

"하림씨에게……죽도록 사랑했다고 전해 주세요. 부디 안녕히……."

그녀는 말끝을 채 맺지 못 하고 돌아서 나갔다.

감방으로 돌아온 가쯔꼬는 한없이 울었다. 그렇게 울면서 하루를 지냈다. 식사에는 손도 대지 않았다.

그 사흘 뒤에 그녀는 아기를 낳았다. 딸이었다. 형무소 안에 있는 초라하기 짝이 없는 병원에서 해산을 했는데 지켜본 사람이라고는 의사와 간호원, 그리고 그녀를 감시하는 간수뿐이었다.

아기는 낳자마자 즉시 격리되었다. 가쯔꼬가 단 하루만이라도 아기에게 젖을 먹이게 해달라고 애걸했지만 간수는 차갑게 거절했다.

"아기는 당신 아버지가 데려갈 거야."

몸이 워낙 쇠약해져 젖이 많은 것은 아니었지만 그것이나마 먹일 수 없는 그녀는 젖을 짜내어 버릴 수밖에 없었다. 그녀로서는 처음 가지는 아기였다. 더구나 사랑하는 이의 아기였다. 그런 아기를 한번 안아 보지도 못 하고 젖 한번 빨리지도 못한 채 생이별을 해야만 했으니, 그녀의 가슴은 칼로 도려내는 듯 한없이 저리고 아프기만 했다. 그녀는 며칠이고 몸부림치며 울고 싶었지만 그럴 수도 없었다.

반 미쳐 버린 그녀는 손톱으로 벽을 박박 긁었다. 손톱이 부러지고 손가락 끝에서 피가 흘렀지만 그녀는 미친 듯이 벽을 긁어댔다.

체포되었을 때부터 야마다 형사를 살해한 데 대해 추호도 속죄의 마음은 없었다. 그를 생각하면 지금도 저주스럽기만 했다. 그래서 이렇게 형무소 사형수로 갇힌 데 대해 그녀는 날이 갈수록 원통한 마음이 일었다.

완전히 체념상태에 놓여 있을 때는 차라리 마음이 편했다. 그러나 가끔씩 발작적으로 삶에 대한 욕구가 강렬히 일어날 때가 있었다. 그럴 때면 당장이라도 미쳐 버릴 것만 같았다.

남자 간수 중에 돼지라는 별명을 가진 사내가 있었다. 오십이 넘은 사내로 간수 중에 제일 고참인데다 포악하기로 이름이 나 있었다. 살찐 얼굴과 짧은 목, 거기다가 코까지 들창코였기 때문에 영락없는 돼지 같은 인상이었다. 그는 감정이라고는 조금도 없었고 함부로 죄수들을 구타하는 바람에 모두가 그를 두려워했다.

그는 여감방에도 자주 드나들었다. 그리고 예쁘장하게 생긴 여죄수가 있으면 데리고 나가 육체를 요구했고, 듣지 않으면 반죽음이 되게 때리곤 했다. 임신한 가쯔꼬도 여러 번 그의 협박을 받았지만 죽음을 눈 앞에 둔 그녀로서는 이미 두려움 같은 것은 사라진 지 오래였고, 그래서 그의 요구를 완강히 거절하곤 했다.

그도 결국 지쳤는지 가쯔꼬에게 더 이상 육체를 요구하지 않았다. 그렇다고 해서 그가 가쯔꼬를 포기한 것은 물론 아니었다. 다른 방법으로 그녀를 정복하려고 노리고 있었다. 그런데 그런 기회가 마침 다가온 것이다.

아기를 낳은 지 한 달쯤 지난 어느 날 밤 돼지는 가쯔꼬를 불러냈다. 그는 그날 밤 당직인지 혼자 숙직실을 지키고 있었다. 가쯔꼬가 안으로 들어서자 그는 비스듬히 드러누운 채로 눈을 가늘게 뜨고 그녀를 바라보았다. 두꺼운 입술이 연방 씰룩거리고 있었다. 가쯔꼬는 그를 외면했다.

"이 봐, 아기를 보고 싶지 않나?"

아픈 데를 찔린 그녀는 순간 증오의 눈초리로 돼지를 바라보았다.

"안 됐어. 젖을 못 먹이다니 말이야. 규칙상 하는 수 없는 일이야."

돼지의 두 눈은 가쯔꼬의 몸을 훑어보고 있었다. 그녀는 몸을 움츠렸다.

"나도 자식을 길러본 놈이라 어미의 심정이 어떤지 잘 알고 있어. 참을 수 없는 일이지. 이젠 면회도 금지됐으니 곤란한 일이야."

이 돼지 같은 사내가 무엇을 노리고 있는 것일까. 가쯔꼬는 수갑이 채워진 두 손을 가만히 내려다보았다. 그리고 숨을 깊이 몰아쉬었다.

"아, 그렇지. 몹시 불편하겠군."

돼지는 몸을 일으키더니 웬일인지 가쯔꼬의 수갑을 풀어주었다. 그리고 은근한 목소리로 이렇게 말했다.

"나도 사실 그렇게 나쁜 놈은 아니야. 어쩌다 보니까 이런 데서 이렇게 일하게 되었지. 솔직히 말해 난 예쁜 여자가 사형을 받는다는 건 질색이야. 생각할수록 안타까워. 난 누구보다도 가쯔꼬를 도와주고 싶어. 내 힘이 닿는 데까지 말이야."

가쯔꼬는 일절 대꾸하지 않고 돼지가 지껄이도록 내버려 두었다. 돼지는 말이 많아졌다.

"날짜가 다가온 것 같아. 그래서 면회를 안 시키는 거야."

가쯔꼬는 흠칫 놀라 돼지를 바라보았다. 그녀도 이미 예감하고 있는 일이었지만 막상 그 말을 듣고 보니 온몸에 전율이 흘렀다. 그러나 그날짜를 정확히 안다는 것이 두려웠으므로 그녀는 거기에 대해 묻지 않았다.

그녀가 지금까지 사형 당하지 않은 것은 임신을 한 때문이었다.

그러나 이제 그 이유가 없어진 것이다.

"아기를 보고 싶을 거야. 얼마나 보고 싶은지 말 안해도 알고 있어. 원한다면 도와주지. 아기를 데리고 면회 오도록 해 주지. 이리루 올라와."

이 한마디에 뿌리칠 수 없는 마력이 있었다. 가쯔꼬는 돼지가 이끄는 대로 방 위로 올라섰다. 그리고 자리에 쓰러져 흐느끼면서 처음으로 입을 열었다.

"제발 아기를……한번만 보게 해 주세요. 부탁입니다. 제 마지막 소원입니다."

돼지의 가는 두 눈이 음험하게 그녀를 내려다보았다. 그러나 눈초리와는 달리 말씨는 한결 부드럽게 나왔다.

"그래. 규칙에 어긋나는 일이지만, 내 힘이 자라는 데까지 해 보지. 그 대신 내 말을 잘 들어야 해. 그전처럼 그렇게 말을 안 들으면 나도 도와주고 싶은 마음이 싹 없어진단 말이야. 내 말 알아듣겠어? 내 말 알아듣겠어?"

돼지의 우람한 팔이 가쯔꼬의 흔들리는 어깨를 휘어감았다.

마지막 얼굴 · **377**

가쯔꼬는 숨이 막히는 것을 느꼈다. 그녀는 순간적으로 생각했다.

이자가 요구하는 것이 무엇인지를 안 이상 태도를 분명히 해야 한다. 거절하면 아기를 볼 수 있는 마지막 기회가 사라져 버리고 만다. 언제 죽을지 모르는 이까짓 육신, 미련 없이 던져 버리자.

아기만……아기만 한번 안아볼 수 있다면 무슨 짓인들 못 하겠는가.

실로 애절한 모정이었다. 그녀는 눈을 감은 채 돼지의 가슴에 몸을 던졌다. 해산한 지 얼마 안 된 몸이라 남자를 받는다는 것이 무리였지만 지금 그녀의 심정으로서는 그런 것이 문제가 아니었다.

완전히 흥분해 버린 간수는 가쯔꼬의 죄수복을 우악스럽게 벗겨내더니 씩씩거리며 그 육중한 몸으로 그녀를 위에서 덮쳐 눌렀다. 머리가 훌렁 벗겨진 대머리를 그녀의 부푼 가슴에 비벼대자 하얀 젖물이 흘러내렸다. 그녀는 젖가슴을 두 손으로 감싸쥐었다.

"내가 너를 얼마나 좋아했다구. 너도 이승에서 이게 마지막이니까 한번 힘을 내서 즐겨보라구. 이게 마지막이야. 마지막이라니까!"

돼지는 죽은 듯 눈을 감고 있는 가쯔꼬를 흔들었다. 그럴수록 가쯔꼬의 몸은 얼어붙은 듯 뻣뻣이 굳어갔다. 이승에서의 마지막—그 한마디가 그녀의 폐부를 깊숙이 찔렀다.

돼지가 헉헉 소리를 내며 전신의 힘을 쏟아 넣자 가쯔꼬는 고통에 못 이겨 신음 소리를 냈다. 그것을 가쯔꼬가 흥분한 것으로 오인한 돼지는 기쁜 나머지 그녀의 배 위에서 미친개처럼 소리를 지르며 날뛰었다.

실로 이상한 장면이었다. 그것은 흡사 여인의 시체를 놓고 벌이는 엽색광인의 강간과도 같은 것이었다.

무더운 여름밤, 죽음을 눈 앞에 둔 여자 사형수의 마지막 남자 관계는 이렇게 치러졌다. 그녀는 열린 창문을 통해 반짝이는 별들을 바라보았다. 별빛이 유난히 아름다워 보였다.

이제는 눈물도 나오지 않았다. 가슴에 뻥하니 구멍이 뚫린 것처럼 마음은 공허하기만 했다.

이튿날 새벽 가쯔꼬는 간수가 깨우는 소리에 눈을 떴다. 건장한 남자 간수들이 감방 앞에 서 있었다. 돼지는 보이지 않았다. 그제야 가쯔꼬는 자신이 속은 것을 알았다. 죄수가 간수로부터 속임을 당하는 것쯤이야 문제될 수도 없었고, 문제를 삼을 수도 없었다. 고스란히 당하고 넘어갈 수밖에 없는 것이었다.

그러나 가쯔꼬의 입장에서는 아기를 못 보고 간다는 것이 너무도 원통스러웠다.

적어도 며칠 여유는 있을 줄 알았었다. 이렇게 갑자기 새벽에 들이닥칠 줄은 몰랐기 때문에 그녀는 당황하지 않을 수 없었다. 그러나 그녀는 이내 침착을 되찾았다.

"세수를 좀 하겠어요."

그녀는 조용한 음성으로 말했다.

"안 돼. 시간이 없어. 빨리 나와."

간수가 조금의 여유도 보이지 않은 채 말했다.

가쯔꼬는 감방 안을 휘둘러보았다. 자다 말고 일어난 다른 죄수들이 깊은 눈길로 그녀를 바라보았다. 그러나 아무도 입을 여는 사람은 없었다. 그녀가 나가려고 하자 역시 같은 사형수인 앳된 처녀 하나가 그녀의 옷자락을 잡으며 울기 시작했다. 소녀가 울자 다른 여죄수들도 눈시울을 붉혔다. 그러나 가쯔꼬만은 울지 않았다.

"자, 울지 말아요. 몸조심 잘하고……."

그녀는 소녀의 어깨를 두드려 주고 밖으로 나갔다.

"언니, 잘 가세요. 나중에……."

가쯔꼬는 고개를 끄덕거려 주었다.

간수들이 양쪽에서 그녀의 팔을 움켜쥐는 것을 그녀는 뿌리쳤다. 그리고 자진해서 사형장 쪽으로 걸어갔다.

아직 날이 완전히 밝지 않아 밖은 어두웠다. 어제 저녁만 해도 맑은 날씨였는데 어느새 밖에는 소리 없이 가랑비가 내리고 있었다.

사형장은 감방으로부터 멀리 떨어진 곳에 위치해 있었다. 그곳까지 가려면 삼백 미터는 더 걸어야 했다.

그들은 비를 맞으며 묵묵히 걸어갔다. 간수들은 기분이 좋지 않은지 자주 헛기침을 했다.

가쯔꼬의 걸음은 느렸다. 그녀는 자주 하늘을 바라보곤 했다. 그리고 발바닥에 부딪치는 대지의 감촉을 음미하려는 듯 가끔씩 걸음을 멈추곤 했다.

형장으로 끌려가는 그녀에게는 이제 모든 것이 신비롭고 새
롭게만 느껴졌다. 지금까지 무심히 보아 넘긴 그 모든 것들이
지금은 살아 움직이면서 그녀에게 무슨 말인가를 들려주고 있
는 것만 같았다. 얼굴에 부딪치는 빗방울 하나가 흡사 가슴 밑
바닥까지 흘러드는 것 같았다.

사형장은 벽돌로 지은 조그만 건물 속에 차려져 있었다. 가쯔
꼬는 그 건물 속으로 들어가기 전에 뒤를 한 번 돌아보았다. 동
쪽 하늘이 약간 뿌옇게 밝아오고 있는 것이 보였다. 그녀에게는
마지막 새벽이 되는 셈이었다.

그녀는 좀더 밝은 여명의 빛을 보고 싶었다. 그러나 비가 오고
있는 것이 날은 그렇게 빨리 밝아올 것 같지 않았다.

모든 것을 체념해 버린 그녀에게 이제 남아 있는 것이라고는
여자답게 깨끗이 죽는 길뿐이었다. 그녀는 앙탈하지 않고, 고개
를 숙인 채 건물 안으로 조용히 들어갔다.

실내 중앙에 갓을 씌운 희미한 전등불이 하나 걸려 있었다. 바
로 그 옆에 교수형에 사용되는 굵은 밧줄이 하나 목을 끼울 수
있도록 둥그렇게 묶여져 매달려 있었다.

가쯔꼬는 그것을 힐끗 바라본 다음 밑으로 시선을 내려뜨렸
다.

"이쪽으로 와서 앉아. 무릎 꿇고 앉아."

간수 하나가 그녀를 바로 밧줄 밑으로 끌어당겼다. 가쯔꼬는
시키는 대로 순순히 마루 위에 무릎을 꿇고 앉았다. 그녀가 앉

아 있는 마루 주위는 네모지게 잘려 있었다. 그것을 보지 않으려는 듯 그녀는 눈을 감았다.

바로 앞에 책상을 갖다놓고 몇 사람이 앉아 있었다. 그러나 불빛이 가쯔꼬만을 비치고 있었기 때문에 그 사람들의 얼굴은 보이지가 않았다.

그들은 가쯔꼬의 미모를 음미하는 듯 한동안 침묵을 지키고 있었다. 비오는 소리만이 들려오고 있었다. 모두가 이 무거운 적막을 깨뜨리기가 두려운 모양이었다.

한참 만에 책상 앞에 앉아 있는 사람들 중의 하나가 서류를 뒤적거렸다. 이어서 인정신문(人定訊問)이 시작되었다.

가쯔꼬는 묻는 대로 대답했다. 억양이 없는 매우 담담한 목소리였다.

"유언이 없는가?"

마지막 질문에서 묻는 자의 목소리가 약간 높아졌다. 가쯔꼬는 숨을 깊이 들이쉰 다음 얼굴이 보이지 않는 상대 쪽을 바라보았다.

"일본은 망합니다! 망해야 합니다!"

그녀의 목소리는 너무도 또렷했다. 이 한마디에 그들은 움찔하고 놀라는 것 같았다. 그들은 대꾸할 말을 잊은 채 놀란 눈으로 가쯔꼬를 바라보기만 했다.

이윽고 급히 책상을 두드리는 소리가 났다. 그것을 신호로 간수들이 달려들어 밧줄로 그녀의 손발을 칭칭 동여매었다. 이어서 그들은 그녀의 머리에 검은 보자기를 씌우고 발에는 무거운 모래주머니를 달아매었다.

작업이 진행되는 동안 가쯔꼬는 눈을 감고 있었다. 하림의 얼굴이, 아기의 얼굴이, 아버지와 오빠의 얼굴이 주마등처럼 눈앞을 스쳐 지나갔다.

다시 하림의 얼굴이 나타나더니 뒤이어 그와 사랑을 나누던 꿈같은 장면들이 뒤엉켜 나타났다.

마침내 그녀의 길고 흰 목에 밧줄이 감겼다. 그녀는 고개를 좌우로 몇 번 흔들었다. 점점 혼미해 가는 의식을 잃지 않으려고 그녀는 어금니를 깨물었다.

다시 하림의 얼굴이 나타났다.

하림씨, 사랑하는 하림씨, 죄많은 가쯔꼬는 먼저 갑니다. 용서하세요. 당신이 떠난 뒤 당신을 한번도 잊은 적이 없었어요. 하림씨, 당신을 사랑해요. 죽어서도 당신을 잊지 않겠어요. 감옥에 있는 동안 저는 당신만을 생각하면서 지냈기 때문에 그렇게 괴롭지가 않았어요. 하림씨, 저승에서 우리는 만날 수 있을까요? 그래요. 우리는 반드시 다시 만날 거예요. 일본 같은 이런 더러운 곳이 아닌, 아름다운 낙원에서 우리는 꼭 만날 거예요. 하림씨, 하림씨, 지금 어디 계신가요. 저는 지금 홀로 외롭게 갑니다. 아기를 떼어놓고 혼자 갑니다. 아기는 꼭 당신 손으로 맡아서 길러 주세요. 아기는 당신이 심어 주신 우리들의 사랑의 결실이에요. 용서하세요. 어미 노릇도 못 하고 가는 이 가쯔꼬를 용서해 주세요. 불쌍한 아기, 불쌍하기 짝이 없는 우리 아기……품에 안고 젖 한 번 주지 못 했어요. 아, 하림씨…….

다시 책상을 두드리는 소리와 함께 간수가 벽에 장치되어 있는 쇠고리를 힘껏 잡아당겼다. 이어서 마루장이 밑으로 떨어지는 것과 동시에 가쯔꼬의 몸도 어둠 속으로 사라졌다. 쿵하는 둔탁한 소리가 주위를 울렸고, 팽팽해진 밧줄이 한동안 흔들거리고 있었다.

인 육

　불볕이 내려쬐고 있었다. 살아 있는 모든 것을 녹여 버릴 것 같은 무서운 열기였다.

　나뭇잎은 모두 말라 죽어가고 있었다. 나뭇잎뿐만 아니라 식물은 모두가 누렇게 타죽어 가고 있었다.

　최대치는 나무 밑으로 기어갔다. 이제는 서서 다니는 것보다 기는 것이 훨씬 편했다.

　그는 짐승보다 더 흉한 몰골을 하고 있었다. 얼굴은 뼈만 남아 완전히 제모습을 잃고 있었고 옷은 걸레조각이 되어 몸의 중요한 부분만 가리고 있었다. 몸을 움직일 때마다 앙상한 갈비뼈가 금방이라도 부러질 듯 팽팽히 불거져 나오곤 했다. 한쪽 엉덩이가 그대로 누더기 자락을 헤치고 드러나 있었는데, 살이 완전히 빠져 몸의 움직임과는 따로 노는 것 같았다.

　기는 것이 끝나면 다음에는 앉아 있을 수밖에 없다. 앉아서 죽음을 기다리는 것이다. 죽을 때까지 며칠이 걸릴까. 1주일 이상은 걸리겠지.

　여기서 살려면 다시 일어나 걸어야 한다. 무엇이라도 먹을 수 있는 것이면 먹어서 힘을 만들어야 한다. 아, 먹을 것이 없을까. 아무거라도, 쥐고기라도 좋다. 마지막 식량을 먹어치운 지가 언제였더라. 기억이 안 난다.

그는 나뭇가지로 땅을 후벼팠다. 뿌리가 나오자 그것을 칼로 잘라 입 속에 넣고 씹기 시작했다. 무슨 나무인지 이름을 알 수 없었으나 그 동안의 경험으로 이 나무 뿌리에는 수분이 제일 많았다. 한참 씹자 씁쓰레한 맛이 사라지고 조금 단 기운이 살아났다.

사고기능이 정지된 지는 벌써 오래다. 겨우 생각나는 것이라고는 서로 연결도 되지 않는 단편적인 것들뿐이다.

이대로 며칠만 더 지나면 완전히 짐승처럼 되어 버릴 것이다. 아니, 이미 짐승이나 다를 바 없다.

눈을 뜨고 있는 것조차 힘이 들어 그는 눈을 감은 채 나무 뿌리를 씹었다. 무엇보다도 비가 오지 않아 갈증을 견디기 어려웠다. 나무 뿌리로 겨우 목을 축이고 나면 그 뒤에 오는 갈증은 더욱 심했다.

그는 입을 벌린 채 헐떡거렸다. 몸이 마를 대로 말라 더 이상 수분이 나올 것 같지도 않은데 계속 땀이 흘러내렸다. 때때로 여옥과 동진의 얼굴이, 늙은 부모님의 얼굴이 눈앞을 스쳐갔지만, 그것은 다만 하나의 영상으로 그쳤을 뿐 그의 감정을 불러일으키지는 못했다. 그런 것은 아득히 먼 옛날에 흘러가 버린 꿈같은 것으로 그의 가슴속에서 서서히 꺼져가고 있었다.

삶에 대한 본능적인 욕망도 이젠 스러지고 없었다. 다만 배가 고프기 때문에 움직이고 있을 뿐이다.

그는 손바닥을 펴보았다. 껍질이 허옇게 벗겨지고 있었다. 손가락 마디가 툭툭 튀어나와 이상하게 보였다. 그는 두 손으로 얼굴을 감싸쥐고 한숨을 쉬었다. 울려고 해 보았지만 울음이 나오지 않는다. 가슴이 빈 나무통처럼 텅 비어 아무 느낌도 일지 않는다.

그는 허벅지를 꼬집어 보았다. 별로 감각이 없다. 그는 하늘을 바라보았다. 태양이 무서운 기세로 타오르고 있었다. 조금 지나자 시야가 흐릿해 왔다. 이글거리던 그의 눈빛은 이젠 빛을 잃고 멀거니 떠져 있을 뿐이었다. 초점도 없었고 생기도 없었다. 입술도 허옇게 벗겨지고 있었다. 입속도 헐고 있었다. 아, 물⋯⋯물⋯⋯물. 그는 죽어 가는 짐승처럼 우우 하고 소리를 냈다. 그러나 그 소리는 겨우 입가에서 맴돌다가 말았다.

"죽어야지."

그는 중얼거렸다.

"나는 죽는다."

그는 손톱을 세워 허벅지를 긁었다.

어느새 그의 머리 위로 독수리들이 날고 있었다. 이곳 독수리들은 사나운 놈들이었다. 사람을 뜯어먹는 이놈들은 여기저기가 털이 빠져 흉하기 짝이 없었다.

이윽고 놈들은 바로 앞에 있는 나뭇가지에 날아와 앉았다. 그리고 조용히 대치를 바라보았다. 부리가 햇빛을 받아 번쩍거리고 있었다.

꺼억 꺼억 꺽.

한 놈이 이상한 소리를 지르자 나머지 다른 놈들도 따라서 울었다.

꺼억 꺼억 꺽.

꺼억 꺼억 꺽.

매우 음울하고 기분 나쁜 소리였다. 이놈들이 나를 뜯어먹을 모양이구나. 나쁜 놈들. 오기만 해 봐라. 목을 비틀어 죽여 버릴 테니까. 그는 돌을 하나 집어던졌다. 그러나 돌멩이는 나무 중간에도 오르지 못 하고 떨어졌다. 다시 하나 던져보았지만 마찬가지였다. 독수리들은 꼼짝도 하지 않았다. 도망치려고 몸을 움직이는 놈 하나 없었다. 움직이는 것은 파리 떼뿐이었다.

내가 쓰러지면 저놈들이 달려들겠지. 그리고 먼저 내 눈알부터 파먹겠지. 내 눈알을 파먹다니, 그는 한쪽 손을 들어 눈을 비볐다.

앉아 있는 자리로 벌레들이 달려들고 있었다. 그는 다시 다른 나무 밑으로 기어갔다. 파리 떼가 윙 소리를 내면서 뒤따랐다.

그 나무 밑에 해골이 하나 있었다. 그것과 함께 뼛조각들이 흩어져 있었다. 일본군 모자와 걸레조각처럼 해진 옷가지도 있었다. 그것을 봐도 대치는 아무 감정도 일지 않았다, 시체를 너무 많이 보아왔기 때문에 무서운 마음도 없었다. 나도 이렇게 되겠지. 살은 모두 뜯겨나가고 뼈만 남겠지. 그는 해골을 들어 보았다. 해골의 입속에 구더기가 들끓고 있었다. 구더기들은 살이 쪄서 굵직굵직 했다. 그는 해골을 집어던졌다.

이름 없는 병사의 죽음을 누가 이야기해 줄까. 그는 미소했다. 그 이상은 생각되지가 않았다.

비행기 소리가 들려왔다. 남쪽 하늘로부터 세 대의 비행기가 날아오고 있었다. 너무 높이 떠 있어 별로 움직이는 것 같지가 않았다.

가끔씩 멀리서 포 소리도 들려오곤 했다. 그러나 처음 인팔 작전에 참가했을 때보다는 훨씬 누그러져 있었다.

그는 눈을 감았다. 끝없이 졸음이 밀려든다. 눈을 감으면 바로 환각상태로 빠져든다. 형체를 알 수 없는 것들이 뒤엉켜 뒹군다.

탕!

갑자기 총소리가 났다. 그는 깜짝 놀라 눈을 떴다. 가까운 곳에서 발사한 모양이다. 그는 몸을 움츠리고 주위를 둘러보았다. 어떤 놈이 나를 겨누고 있는 것이 아닐까. 웬 놈일까. 적군이 아닐까. 적군 같으면 나같이 힘 못 쓰는 놈은 생포하겠지. 그러나 둘러봐도 적군은 보이지 않는다. 그렇다면 일본군이 아닐까.

현재 살아 있는 사람은 모두 세 명이다. 그 중 총을 가지고 있는 놈은 오오에 뿐이다. 놈의 총에는 아직 탄환이 남아 있다. 놈은 아직 나보다는 기력이 낫다. 이상하게도 나처럼 많이 굶었는데도 놈은 아직 기운이 남아 있는 것 같다. 원래 힘이 좋은 놈이긴 하지만 무슨 특별한 비법이라도 있는 게 아닐까.

대치는 총소리가 들려온 쪽으로 슬금슬금 기어갔다. 갈대처럼 생긴 잡초 속을 한참 헤쳐가자 맞은편에 누가 걸어오는 것이 보였다. 생각한 대로 오오에 오장이었다.

저놈이 짐승을 잡았나? 대치는 땅 위에 납작 엎드려 오오에의 동정을 살폈다. 오오에는 눈을 희번덕거리면서 주위를 둘러보고 있었다. 주위를 잔뜩 경계하고 있는 것이 분명했다.

조금 후에 오오에는 칼을 빼어들고 허리를 굽혔다. 그러자 신음 소리가 들려왔다. 짐승이 아닌 사람의 신음 소리였다. 그러나 잡초에 가려 잘 보이지가 않았다. 오오에가 무엇을 하는지는 보이지 않아 알 수가 없었다.

저놈이 누구를 죽였구나. 누굴까. 혹시 이등병이 아닐까. 이등병을 왜 죽였을까. 대치는 소름이 끼쳤다. 아사(餓死)지경에서 이처럼 공포를 느껴보기는 처음이었다.

살아 있는 사람이라고는 세 사람뿐이다. 그 중에서 오오에가 누구를 죽였다면 그 앳된 이등병밖에 없다. 이등병은 곧 죽을 것 같으면서도 죽지 않고 지금까지 버텨왔다. 아주 끈질긴 놈이고, 생에 대한 집착이 대단한 놈이다. 그런데 왜 그를 죽였을까.

아무리 생각해도 납득이 가지 않았다. 오오에는 허리를 굽힌 채 부지런히 움직이고 있었다. 대치는 숨을 죽이고 오오에가 떠나갈 때까지 그 자리에 엎드려 있었다.

한참 후에 오오에는 몸을 일으켰다. 그가 뒤로 돌아섰을 때 대치는 깜짝 놀랐다. 놀랍게도 오오에의 입은 온통 피에 젖어 있는 것이 아닌가. 저놈이 목이 말라 피를 빨아 마신 모양이구나! 대치는 사지가 덜덜 떨려왔다.

오오에는 손등으로 입을 쓱 문지른 다음 동굴이 있는 쪽으로 걸어가 버렸다. 무엇인가 핏덩이를 양손에 들고 어슬렁어슬렁 걸어가는 모습이 흡사 대낮의 도깨비 같았다. 그가 사라진 뒤에도 대치는 한참 동안 그 자리에 엎드려 있었다.

공포가 극에 달했던지 그때까지 기어다니기만 하던 몸이 저절로 일으켜 세워졌다. 그는 비틀거리면서 앞으로 걸어갔다.

예상했던 대로 이등병이 죽어 있었다. 이등병의 시체는 흡사 실험실에서 해부를 당한 것처럼 온통 갈갈이 찢겨 있었다. 살점이 많은 허벅지와 엉덩이는 숫제 칼로 도려내져 있어 허연 뼈가 그대로 드러나 있었다. 복부도 길게 갈라진 채 창자가 밖으로 쏟아져나와 있었다. 벌써 주위에는 벌레들이 달려들고 있었다. 피냄새를 맡았는지 독수리들도 가까이 날아와 소리를 지르고 있었다.

대치는 억 하고 소리치면서 허리를 굽혔다. 그러나 워낙 먹은 것이 없었기 때문에 입 속에서는 아무것도 나오지 않았다. 그는 뒷걸음으로 그 자리를 물러 나왔다. 현기증이 일어 몸이 쓰러질 듯 비틀거렸다. 그는 쓰러지지 않으려고 나무를 붙들었다.

오오에가 저렇게 기운이 남아 있는 이유를 대치는 이제야 알수 있을 것 같았다. 사람 고기에 맛을 들였다면 앞으로도 계속 사람을 죽일 것이다. 이제 남아 있는 사람은 나 혼자뿐이 아닌가.

오오에가 자기를 잡아먹을 거라고 생각하니 대치는 무서워 견딜 수가 없었다.

이제는 두 가지 방법밖에 없다. 오오에를 먼저 죽이던가, 아니면 그와 헤어져 도망치는 것이다. 첫번째 방법은 오오에가 총을 가지고 있기 때문에 이쪽이 실수할 가능성이 많다. 두번째 방법은 위험이 적다.

그러나 그것도 마음을 놓을 수가 없다. 아무리 상대가 위험 인물이라고는 하지만 이런 곳에서는 그래도 사람이 그리운 법이다. 이런 곳에 혼자 남는다는 것은 바로 죽음을 뜻하는 것이다. 더구나 도망친다고 해야 기력이 좋은 오오에가 금방 따라잡을 것이다. 어떻게 할까.

대치는 한참을 망설였다. 나중에 붙잡히는 한이 있더라도 가는 데까지 갈 수밖에 없다. 이렇게 생각한 그는 북쪽을 향해 걸어가기 시작했다. 그러나 아무리 힘을 내어 걸으려고 해도 빨리 가지지가 않았다. 겨우 흐느적거리며 걷는 것이 고작이었다.

한참을 걸었다고 생각했을 때 뒤에서 오오에가 그를 부르는 소리가 났다.

"오오이, 거기 서라!"

대치는 걸음을 멈추고 뒤를 돌아보았다. 오오에 오장이 총을 겨누고 있었다.

"이 봐, 어디 가는 거야? 도망치는 거지?"

대치는 대답할 힘마저 없어 그 자리에 우두커니 서 있었다. 기진한 몸으로는 재빨리 피할 수도 없었다.

"이리 와! 탈주병은 어떻게 되는 줄 알지?"

대치는 하는 수 없이 오오에 앞으로 다가갔다. 오오에의 총이 금방 불을 뿜을 것을 생각하니 앞이 보이지가 않았다. 모든 것이 빙빙 돌아가고 있었다. 여기서 이제 나는 저놈 오오에 총에 맞아 죽는 것인가.

땀이 주르르 흘러내렸다. 땀방울이 눈 속으로 들어가는 바람에 눈을 바로 뜰 수가 없었다.

오오에가 총대로 어깨를 후려치자 대치는 그 자리에 힘없이 쓰러졌다. 오오에는 대치 앞에 버티고 서서 일장 훈시를 했다.

"도망칠 생각은 하지 마. 너는 죽을 때까지 나하고 행동을 같이 해야 한다. 우리는 부대로 돌아가야 해. 절대 돌아가야 한다. 우리가 이렇게 낙오병이 된 것만 해도 수치스러운 일인데 도망을 치다니 너는 총살감이다. 그러나 이번만은 살려준다. 여기선 도망칠래야 갈 곳이 없다. 적군한테 투항할 생각인 모양이지만 너도 알다시피 여기엔 적군도 오지 않는다. 적군이 있다 해도 투항하기 전에 내가 먼저 네놈을 죽이겠다. 나는 반드시 부대로 돌아간다. 나는 불사신이야. 내가 이렇게 아직도 건강한 이유를 너는 모를 거다. 이것이 바로 대일본제국 군인의 군인정신이라는 거다. 어떠한 경우에도 절대 항복하지 않고, 어떠한 경우에도 끝까지 살아남아 천황폐하께 충성을 다하는 것, 이것이 바로 우리 황군의 빛나는 정신이다. 일본군은 절대 죽지 않아. 너 같은 죠센징이나 죽을까, 나는 죽지 않아. 너는 아직 군인정신이 덜 들었어. 똑바로 서 봐. 내 말을 잘 들으면 넌 살수가 있어. 말을 안 들으면 다꾸찌처럼 너도 죽는다."

"다꾸찌 이등병이 죽었습니까?"

대치는 그 경황에도 시침을 떼고 물었다. 오오에는 피가 말라

붉은 입술을 씰룩거렸다.

"아까 총소리를 못 들었나. 도망치려고 해서 내가 쏴 죽였다. 둘이 남았다고 해서 딴 수작하면 너도 그 꼴이 된다. 우리는 엄연한 군인이야. 단 둘이라도 상관에게 절대 복종할 줄 알아야 한다. 내가 있는 한 군기는 살아 있다. 나는 군기를 지킨다. 알겠나?"

"네, 알겠습니다."

대치는 힘없이 대답했다. 당분간이나마 위험을 모면했다고 생각하자 한숨을 돌릴 수 있을 것 같았다. 다꾸찌를 먹어치운 것이 발각된 줄 알면 이놈은 즉시 나를 죽일 것이다. 절대 모른 체 해야 한다.

"목소리가 작다. 큰 소리로 대답해 봐. 알겠나, 모르겠나?"

"알겠습니다."

"아직 작다. 좀더 큰 소리로 열 번 복창하라!"

"알겠습니다. 알겠습니다. 알겠습니다. 알겠습니다. 알겠습니다. 알겠습니다. 알겠습니다. 알겠습니다. 알겠습니다. 알겠습니다."

"음, 좋아. 됐어. 너는 지금부터 마른 나뭇가지를 모아서 본부로 와라. 맛있는 것을 주겠다."

오오에는 동굴을 본부라고 부른다. 군인정신이 투철한 놈인지, 아니면 미쳐가고 있는지 알 수 없다.

오오에가 먼저 동굴로 돌아가자 대치는 나무를 하기 시작했다. 시키는 대로하는 수밖에 없었다.

우선 놈을 안심시켜 놓아야 한다. 그리고 기회를 노릴 수밖에 없다. 누가 먼저 죽이느냐가 문제다. 대치는 숨을 몰아쉬었다.

오오에가 당장 대치를 죽이지 않는 이유는 그 나름대로 계획이 있기 때문이었다. 다꾸찌 이등병을 먹어치웠으니 우선은 배가 고프지 않았다. 다시 먹을 것이 떨어지면 그때 가서 대치를 잡아먹어도 늦지 않다는 것이 그의 생각이었다. 미리 대치를 죽여 놓으면 시체가 썩어 버려 먹을 수가 없기 때문이었다.

아무리 죽어가고 있다고는 하지만 대치가 오오에의 이러한 계획을 모를 리가 없었다. 그는 위험이 목전에 다가온 것을 직감으로 느꼈고, 거기에 대처하지 않을 수 없다고 생각했다.

오오에가 자신을 잡아먹을 것을 생각하니 소름이 돋았다. 짐승 중에 이보다 더 무서운 짐승은 없을 것이다. 잠깐이지만 그는 사람이 그 정도까지 변할 수 있다는 데에 경악하지 않을 수 없었다. 오오에 놈을 거꾸러뜨리기 위해서는 나도 그놈처럼 사람고기를 먹어야 하지 않을까. 우선 힘을 내려면 무엇인가 먹어서 배를 채워야 한다. 그런데 주위에는 먹을 것이라고는 하나도 없다. 모든 것이 타 죽어 가고 있다.

대치는 다꾸찌 이등병의 시체가 있는 쪽으로 다가가 보았다.

시체를 들여다보자 다시 구역질이 났다. 살점은 아직 많이 남아 있었다. 그러나 굶어죽는다 해도 그것을 먹을 수는 없었다. 차라리 자기 살을 잘라먹는 게 나을 것 같았다. 치미는 구역질을 손으로 틀어막으면서 그는 돌아섰다.

마른 나뭇가지가 많아서 나무는 얼마든지 할 수 있었다. 나무

를 해 가지고 동굴로 돌아가자 오오에는 대치를 떨어져 앉게 했
다.

"가까이 오지 마. 네놈은 마음을 놓을 수가 없어."

오오에는 잔뜩 경계를 하고 있었다. 대치가 가지고 있는 유일
한 무기인 대검까지 빼앗은 그는 그래도 마음이 놓이지 않는지
더 멀리 떨어져 앉게 했다.

동굴은 깊이가 10미터 남짓했고 높이는 사람이 서서 다닐 수
있을 정도였으므로 두 사람이 지내기에는 아주 적합한 곳이었
다.

오오에는 돌 틈을 뒤지더니 이윽고 성냥을 꺼내들었다. 오오
에의 용의주도함에 대치는 새삼 놀랐다. 아직까지 성냥을 지니
고 있다니, 매우 치밀한 놈이라고 할 수 있었다.

"성냥알이 네 개 남았다. 함부로 쓸 수 없단 말이야. 이제부터
내가 불을 붙일 테니까 너는 불을 죽여서는 안 돼. 숯불을 만들
어서 잿속에 파묻어 두란 말이야. 불을 죽이면 넌 혼날 줄 알아
라."

오오에는 대치를 노려본 다음 나무에 불을 붙였다. 그는 연기
가 나지 않게 조심스럽게 불을 피웠다.

대치는 이렇게 더운데 저놈이 왜 불을 피울까 하고 의아해 했
다. 그러나 그러한 의아심은 곧 놀라움으로 변했다. 오오에는
돌 틈에서 이번에는 시뻘건 살고기를 꺼내더니 그것을 나뭇가
지에 끼워 굽기 시작했다. 살점에서는 아직도 피가 뚝뚝 떨어지
고 있었다.

대치는 치미는 구역질을 참느라고 목에 힘을 주었다. 오오에
가 그를 노려보더니 말했다.

"왜 그래? 고기 냄새를 맡으니까 속이 뒤집히나?"

"네, 그런 모양입니다. 너무 오랫동안 먹질 못해서······."

대치는 놈에게 자기가 비밀을 알고 있다는 것을 눈치채이지
않게 하려고 무진 애를 썼다.

오오에는 대치의 말에 기분이 좋은 모양이었다. 그러나 워낙
치밀한 놈이라 경계심을 풀지 않고 있었다.

고기는 이글이글 기름을 튀기면서 익어갔다. 노린내가 굴속
을 가득 채웠다.

다꾸찌 이등병이 한점 고기로 잘려 저렇게 불에 익어가는 것
을 보니 대치는 기가 막혔다. 약육강식이 생활의 원리였던 원시
시대로 자신이 갑자기 돌아간 느낌이었다.

오오에의 표정이 그러한 느낌을 더욱 짙게 해 주었다. 놈의 표
정은 완전히 원시인 그것이었다. 수염으로 뒤덮인 얼굴 가운데
서 조그마한 두 눈이 원숭이처럼 반짝거리고 있었다. 놈은 사람
고기에 맛을 들였는지 벌써 입맛을 쩍쩍 다시고 있었다.

"이건 그야말로 귀한 고기다. 멧돼지 고기야. 내가 때려잡은
거야."

오오에는 대치의 반응을 살피려고 눈을 치떴다. 대치는 그 말
을 전적으로 믿는다는 듯 고개를 끄덕거려 주었다. 그는 멧돼지
를 본 적도 없었고, 과연 그것이 이 지역에 살고 있는지조차 알
수가 없었다.

고기가 충분히 익자 오오에는 그것을 두 손에 올려놓고 후후 불어가면서 뜯어먹기 시작했다. 쇠고기나 돼지고기를 먹는 것처럼 매우 맛있게 우적우적 씹었다. 먹으면서 그는 대치를 줄곧 감시하고 있었는데 한 점 먹어 보라고 권하지도 않았다. 먹이를 차지한 개가 그것을 빼앗길까 봐 주위를 흘깃흘깃 감시하면서 허겁지겁 먹이를 먹어치우는 모습과 너무나도 흡사했다.

대치는 놈이 고기를 먹으라고 던져 줄까 봐 조마조마했다. 차라리 혼자 모두 먹어치웠으면 하고 바랐다. 놈이 먹으라고 던져주면 억지로라도 먹을 수밖에 없다. 먹지 않으면 놈이 의심할 것이다.

오오에는 상상도 할 수 없을 정도로 고기를 먹었다. 먹다 지친 그는 비스듬히 뒤로 기대앉아 소가 새김질을 하듯이 느릿느릿 입을 놀렸다.

더 이상 먹을 수 없게 되자 그제야 고깃덩이를 놓고 눈을 스르르 감았다. 곧이어 그는 끄덕끄덕 졸았다. 그러나 이내 눈을 뜨고 불안한 듯 대치를 바라보았다. 그리고는 먹다 남은 고깃덩이를 집어 대치에게 던졌다.

"그거 먹어."

"전 괜찮습니다."

대치는 당황해서 말했다.

"뭐라고? 네가 사양을 하는 걸 보니까 아직 배가 덜 고픈 모양이구나. 잔 소리 말고 먹어."

오오에의 눈이 날카로워졌다. 이쪽의 반응을 살피는 것이 분명했다.

　대치는 더 거절할 수가 없어 고깃덩이를 집어들었다. 고기는 겉만 익어, 오오에가 뜯어먹은 안쪽은 아직도 시뻘건 피로 뭉쳐 있었다.

　고기를 입에 대자 구역질이 치밀어 올랐다. 그는 참지 못해 억 억 하고 토했다.

　"어, 이 자식 봐라. 먹기 싫은 모양이구나. 배가 고플 텐데 왜 토하는 거지?"

　오오에의 두 눈이 날카롭게 치켜 올라갔다.

　"아, 아닙니다. 너무 굶었다가 먹으려니까 얼른 먹히지가 않 아서 그랬습니다."

　대치는 당황해 하면서 고기를 입으로 가져갔다. 그리고 아무 것도 생각지 않고 아무 맛도 느끼지 않으려고 애쓰면서 고기를 천천히 씹기 시작했다. 그러나 이내 구역질이 치밀어 올랐다. 고기는 질겼고 노린내가 심하게 났다. 그는 입속에 든 고기를 꿀꺽 삼켰다. 오오에를 보니, 여전히 이쪽을 주시하고 있었다.

　대치는 다시 고기를 뜯었다. 이상하게, 실로 오랜만에 분노가 살아났다. 그것은 갑자기 전신을 휩싸면서 그로 하여금 어떤 결 단을 내리게 했다.

　사람 고기면 어떠냐. 살기 위해서는 내 살이라도 베어먹어야 하지 않는가. 굶어서 죽은들 무슨 뜻이 있겠는가. 그 누가 과연 나의 죽음에 참새의 눈물만큼이라도 눈물을 흘려 주겠는가. 네 놈이 사람 고기를 먹고 산다면 나는 사람 고기뿐 아니라 그 똥이라고 먹고 살겠다.

대치는 어금니에 힘을 주면서 고기를 어적어적 씹었다. 단단히 결심하고 먹어서 그런지 이상하게도 그때까지 치밀어 오른 구역질이 없어졌다. 노린내도 느껴지지 않았다. 그 대신 입안에는 침이 고이기 시작했다.

그는 맹렬히 씹었다. 그것이 사람 고기라는 생각이 차츰 사라져갔다. 침과 뒤섞여 가루가 되면서 고기는 구수한 맛을 풍기기 시작했다. 이 놀라운 변화에 그는 멈칫했다. 입의 놀림을 멈추고 기다렸지만 구역질은 나지 않았다. 그 대신 마비되어 있던 식욕이 걷잡을 수 없이 몸을 엄습했다. 그것은 고통이 되어 몸속을 쿡쿡 찔렀다.

문득 이러다가 정말 내가 사람 고기나 먹는 짐승이 되어 버리면 어쩌나 하는 생각이 들었다. 그러나 그것은 잠깐이었고 그는 다시 맹렬한 식욕에 사로잡혀 몸을 떨었다. 지금 내가 사람이라고 할 수 있을까. 이미 나는 짐승이 아닌가. 그렇다. 나는 짐승이다. 짐승이다. 짐승이 무슨 쓸데없는 생각을 한단 말인가. 짐승 같은 놈. 모두가 짐승이다. 모두가 짐승처럼 미쳐가고 있다.

그는 다시 힘차게 씹기 시작했다. 아까보다는 더 고기 맛이 돋았다. 소금 생각이 간절했다. 소금에 찍어 먹는다면 맛이 한결 나을 것 같았다.

"맛이 어떠냐?"

오오에가 호기심에 찬 눈으로 바라보며 물었다.

"아주 좋습니다."

그는 눈물을 흘리며 대답했다.

"이 자식, 좋아서 눈물까지 흘리는구나. 나한테 감사해. 누가 너를 그렇게 생각해 주겠어."

"감사합니다."

대치는 절을 꾸벅했다.

"은혜를 잊지 않겠지?"

"네, 잊지 않겠습니다."

이놈이 나를 안심시켜려고 갖은 수작을 다하는구나 하고 대치는 생각했다.

죽어가던 그의 몸은 한 덩이의 인육으로 해서 생기를 되찾은 듯했다. 놀라운 변화였다. 나중에 그는 정신을 못 차릴 정도로 허겁지겁 먹어치웠다. 주먹만한 고깃덩이였기 때문에 그것으로 공복을 채울 수는 없었다. 일단 고기에 맛을 들인 터라 배고픔은 더욱 극심했다.

"더 먹고 싶나?"

오오에가 물었다.

"네."

대치는 피에 젖은 입술을 혀로 핥았다.

"안 돼, 이 자식아. 지금 모두 먹어 버리면 나중에 굶어 죽는다."

오오에는 엉덩이를 온통 도려낸 듯한 큼직한 고깃덩이를 꺼내더니 그것을 얇게 썰기 시작했다. 칼이 잘 들지 않자 그는 돌에 대고 그것을 썩썩 갈았다.

고기를 모두 썰자 그는 그것을 대치 앞으로 모두 던졌다.

"이걸 밖에 가지고 나가 말려라. 파리가 달라붙지 못 하게 지키고 있어. 만일 썩기라도 하면 넌 기합이다. 한 점이라도 먹어서는 안 돼. 알았나?"

"네, 알겠습니다."

대치는 고기를 들고 일어섰다. 그가 밖으로 나가려고 하자 오오에가 다시 소리쳤다.

"이 자식아! 경례도 안 해?

대치는 차렷자세로 서서 경례를 했다. 오오에는 만족한 듯 그의 경례를 받았다. 졸리운지 그의 눈은 반쯤 감겨 있었다.

대치는 밖으로 나가 바위 위에 고기를 널었다. 그리고 그 곁에 앉아 파리를 쫓았다.

냄새를 맡은 파리들이 시커멓게 몰려들고 있었다. 쫓아도 쫓아도 파리들은 자꾸만 달라붙었다. 대치는 나뭇가지를 꺾어 휘저었다.

고기를 먹고 싶었지만 오오에의 명령을 어기고 그럴 수는 없었다. 놈에게 기합을 받으면 배겨낼 것 같지가 않았다.

뜨거운 햇볕이 바로 머리 위에서 쏟아지고 있어서 그는 금방 현기증을 느꼈다. 몸이 후끈 달아올라 더 이상 앉아 있기가 힘들었다.

그의 몸은 옆으로 비스듬히 기울어졌다. 이대로 한참 있으면 일사병에 쓰러질 것이다. 머리가 멍해지면서 졸음이 밀려왔다. 햇볕은 몸 속의 피까지 바짝 말리는 것 같았다.

손에 닿는 모든 것들이 후끈거리고 있었다. 이대로 잠이 들면 안 된다고 생각하면서도 그는 그 자리에 반쯤 눈을 감은 채 앉아 있었다. 파리 떼가 고기 위에 잔뜩 붙어 있었지만 그는 쫓을 마음이 나지 않았다. 가끔씩 정신이 들 때에야 그는 나무를 휘젓곤 했다.

더 이상 견딜 수 없다고 생각되자 그는 자리에서 천천히 일어났다. 그리고 동굴 쪽으로 비틀거리며 다가갔다.

오오에는 총을 한 손에 쥔 채 잠들어 있었다. 손가락이 방아쇠에 걸려 있었다. 가끔씩 고개를 젓는 것이 아직 깊이 잠들어 있는 것 같지가 않았다. 코고는 소리도 그렇게 크지 않았다. 놈은 깊이 잠들면 코고는 소리가 요란스럽다.

대치는 발치에 놓여 있는 돌덩이를 바라보았다. 이것을 집어 던지기 전에 저놈이 눈을 뜨면 만사는 수포로 돌아간다. 놈은 즉시 총을 발사할 것이다.

아무래도 자신이 가지 않는다고 생각되자 그는 돌아서 나왔다.

다시 배에 고통이 가해 왔다. 미칠 것만 같았다. 그는 시체가 있는 쪽으로 어슬렁어슬렁 걸어갔다. 시체는 벌써 썩어가고 있었다. 고약한 악취가 풍겨왔다. 갈갈이 찢긴 사지와 밖으로 쏟아져 나온 창자를 보자 인육을 먹고 싶은 마음이 싹 없어졌다. 그 대신 구역질이 치솟았다. 숨돌릴 사이도 없이 그는 아까 먹었던 것을 도로 토해냈다. 내장까지 쓸어낼 듯 토했기 때문에 눈물이 다 나왔다.

이윽고 그것은 진짜 눈물이 되어 그의 볼을 뜨겁게 적셔 주기 시작했다. 그는 그 자리에 우두커니 서서 하염없이 눈물을 흘렸다. 아직도 눈물이 나올 수 있다는 사실에 적이 놀라면서 그는 자꾸만 울었다.

한참 후에 그는 다시 또 동굴 쪽으로 걸어갔다. 절망적인 기분이 그에게 마지막으로 하나의 결단을 촉구하고 있었다.

동굴 입구에 이르자 안에서 오오에의 코고는 소리가 요란스럽게 들려왔다. 안으로 들어서자 동굴 내부가 그의 코고는 소리에 온통 울리고 있었다.

대치는 잠들어 있는 오오에를 한동안 쏘아보았다. 놈의 벌어진 입 사이로 침이 흘러내리고 있었고 한 손은 여전히 총을 움켜쥐고 있었다.

대치는 아까 보아두었던 머리통만한 돌덩이를 천천히 집어들었다. 절망적인 상태가 그로 하여금 더 없이 침착하게 행동하게 했는지도 모른다. 돌덩이를 집어드는 그의 행동은 너무 침착한 나머지 오오에 따위는 안중에도 없는 것 같았다.

돌덩이를 든 그는 오오에 앞으로 바짝 다가섰다. 천장이 낮았기 때문에 돌덩이를 높이 쳐들 수는 없었다. 그래서 그는 무릎을 꿇고 앉은 다음 그것을 머리 위로 높이 들어올렸다. 지금까지 없던 힘이 두 팔에 팽팽한 긴장감을 불어넣어 주고 있었다.

문득 자는 놈을 그대로 내려치면 고통이 덜할지도 모른다는 생각이 들었다. 눈을 뜨게 하고 고통을 느끼게 해야 한다. 놈이 남들에게 준 고통을 놈에게 돌려주어야 한다. 이 최대치에게 죽는다는 것을 놈이 알아야 한다. 이 순간을 내가 얼마나 기다려 왔던가.

"이놈! 오오에야!"

대치는 버럭 고함을 질렀다. 어디서 그런 고함이 터져나왔는 지 모른다.

오오에가 퍼뜩 눈을 뜨자 대치는 있는 힘을 다해 돌덩이로 내 려쳤다. 오오에의 두 눈이 순간적으로 크게 확대되는 것이 얼핏 보였다. 돌덩이가 떨어지는 것과 동시에 오오에의 총 끝이 반사 적으로 일어섰다.

돌덩이는 오오에의 얼굴을 정통으로 내려찍었다.

동시에 오오에의 총 끝에 꽂혀 있는 총검이 대치의 왼쪽 눈을 찔렀다. 두 사람의 비명이 처절하게 동굴 안을 울렸다.

대치는 앞이 캄캄해지면서 잘 보이지가 않았다. 그는 돌덩이 를 집어들고 다시 오오에의 얼굴을 내려쳤다. 오오에는 으으윽 하고 신음을 토하더니 몸을 부르르 떨었다.

대치는 무릎을 꿇고 앉아 돌덩이로 계속 오오에의 머리를 내 려쳤다. 증오심에 불탄 나머지 그는 정신없이 내려찍었다.

피가 튀는 것도 알지 못하고 있었다.

두개골이 부서져 산산조각이 될 때까지 그는 오오에의 머리 를 난타했다. 나중에는 총검으로 오오에의 전신을 마구 찔렀다. 그래도 성이 풀리지 않자 그는 이번에는 대검으로 오오에의 배 를 갈랐다. 창자가 쏟아져 나왔다. 그는 창자 속을 휘저어 간 (肝)을 끄집어내었다. 그리고 한쪽 눈으로 그것을 한참동안 들여다보았다.

피에 젖은 적갈색의 간에서는 김이 무럭무럭 나고 있었다.

간을 움켜쥔 두 손이 후들후들 떨리고 있었다. 이윽고 그는 미친개처럼 이상한 신음 소리를 내면서 간을 덥석 깨물었다.

순식간에 간은 그의 입 속으로 들어가 버렸다. 간을 먹고 나자 그의 얼굴은 새파랗게 질리면서 전신이 마구 경련하기 시작했다.

그는 놀란 눈으로 자신의 두 손을 들여다보았다. 두 손은 시뻘건 피로 온통 젖어 있어서 고깃덩이처럼 보였다.

"히익!"

그는 기묘한 소리로 웃었다. 그리고 밖으로 뛰쳐나갔다.

"히히히히히히……."

미쳐 버린 그는 덩실덩실 춤을 추었다.

칼로 찔린 한쪽 눈에서 계속 피가 흘러내리고 있었지만 그는 그것을 닦으려고도 하지 않았다. 누더기를 걸친 애꾸눈의 사나이가 피로 뒤범벅이 된 얼굴을 씰룩거리면서 덩실덩실 춤을 추는 모습이란 실로 기괴한 광경이 아닐 수 없었다.

그는 갈수록 더 발작이 심해졌다. 이글거리는 태양을 노려보다가 느닷없이 웃음을 터트리곤 했다.

모든 것을 다 팽개친 채 그는 무턱대고 걸어갔다. 입에서는 계속 웃음이 터져나오고 있었다.

그가 살아남을 수 있는 가망이란 이제 없었다. 쓰러지는 곳에서 그는 죽기 마련이었다.

방향이 있을 리가 없었다. 사람의 간을 먹고 미쳐 버린 이 조선인 학도병은 무턱대고 걸어갈 뿐이었다. 때때로 그는 눈을 찌르는 통증을 막느라고 손으로 상처난 눈을 비비곤 했다.

아무리 미쳤다고 하지만 역시 기력에는 한계가 있었다. 하루 종일 방황하던 그는 해가 질 무렵 마침내 더위에 지쳐 쓰러지고 말았다.

한쪽 눈만이 흰 창을 드러낸 채 하늘을 향해 부릅떠져 있었다. 다른 눈은 피에 엉겨붙어 있었다. 얼굴은 온통 벗겨져 허연 껍질이 얼굴을 뒤덮고 있었다. 얼굴뿐만 아니라 밖으로 드러난 부분은 모두 허옇게 벗겨져 있었다. 입 속에서 거품이 조금 끓어오르다가 이내 꺼져 버렸다.

손발이 경련하다가 그것마저 곧 멈춰 버렸다. 그의 몸은 움직이지 않았다. 가끔씩 입에서 흘러나오는 신음 소리만이 그가 살아 있다는 것을 증명해 줄 뿐이었다. 격렬한 증오심과 분노로 자신을 불태우면서 어떻게든 살아 보려고 사람의 고기까지 먹은 그는 이제 모든 욕망을 잃어버린 채 죽음의 문턱에 놓여 있었다. 그의 목숨은 실로 바람 앞의 등불처럼 위태위태했다. 그는 완전히 의식을 잃고 있었다.

그런데 하늘이 도왔다고나 할까, 밤이 되고 자정이 지나자 그때까지 맑던 하늘에 구름이 뒤덮이면서 빗방울이 떨어지기 시작했다. 이윽고 그것은 소나기가 되어 순식간에 대지를 뒤덮었다.

오랜 가뭄에 타죽어가던 초목들은 생기를 되찾으면서 빗물을 흠뻑 빨아들였다. 대지와 초목에 부딪치는 빗소리는 흡사 환호 소리 같았다. 기뻐 날뛰는 짐승들의 울부짖음이 산을 울리고 있었다.

그때까지 대치가 짐승들에게 잡아먹히지 않은 것은 적이 다행스러운 일이었다.

먼저 그의 손이 꿈틀거리며 움직이기 시작했다. 오른손이 조금씩 움직이더니 이윽고 그것은 얼굴 위로 올라와 상처난 눈을 비볐다. 이어서 기지개를 켜듯 두 다리가 쭉 펴지는 것과 함께 그의 입에서 긴 한숨이 터져나왔다.

그의 귀에 맨 처음 대지를 울리는 빗소리가 어슴푸레하게 들려왔다. 그리고 그것은 점점 크게 뚜렷이 들려왔다. 가슴이 훤히 트이는 것을 느끼면서 그는 마침내 눈을 번쩍 떴다.

주위는 칠흑같이 어두웠다. 비가 오고 있다는 사실에 그는 힘이 솟는 것을 느꼈다. 너무 기쁜 나머지 그는 입을 크게 벌리면서 우우우 하고 소리를 질렀다. 그리고 일어나려고 했지만 몸이 말을 듣지 않았다.

그는 몸을 돌려 엎드렸다. 그리고 흙탕물이 흐르는 쪽으로 기어가 물을 벌컥벌컥 마셨다. 물은 마셔도 마셔도 자꾸만 들어갔다. 너무 좋은 나머지 그는 흙탕물 위로 몸을 굴렸다. 웃음이 저절로 터져나왔다. 그는 기묘한 소리로 마구 웃어댔다.

다시 그는 정신을 잃었다. 그러나 얼마 가지 않아 의식을 찾았다. 날이 밝아오고 있었다. 비는 더욱 세차게 내리고 있었다.

이젠 추웠다. 그는 몸을 웅크리면서 일어나려고 했다. 그러나 다리가 후들거려서 도로 주저앉고 말았다. 그는 나무가 있는 곳으로 기어갔다.

나무를 붙잡고 겨우 일어선 그는 한동안 몸을 가누려고 가만히 서 있었다. 이윽고 그는 나무를 붙잡지 않고서도 서 있을 수가 있었다.

그는 조금씩 걸음을 옮겨놓았다. 그러다가 푹 쓰러졌다. 조금 후에 그는 다시 일어났다.

"으ㅎㅎㅎㅎㅎㅎ……."

그는 생각난 듯이 웃곤 했다. 배가 고프다는 것만을 의식하고 있었기 때문에 그는 몇 걸음 옮기다가 엎드려 아무 벌레나 잡아먹곤 했다.

여명의 눈동자 · 제2권에 계속

● 김성종 추리소설

『최후의 증인』 – 상·하 | 김성종 장편추리소설

한국일보 창간 20주년기념 공모 당선작! 살인혐의로 20년간 억울하게 옥살이를 한 황바우의 출옥과 동시에 일어나는 살인사건! 사건을 뒤쫓는 오병호 형사의 집념으로 20년 동안 뒤엉킨 사건의 전모가 백일하에 드러난다.

『제5열』 – 상·중·하 | 김성종 장편추리소설

일간스포츠에 연재한 최고의 인기소설! 대통령선거를 기화로 국제 킬러를 고용, 국가를 송두리째 삼키려는 범죄 집단의 음모를 수사진이 적나라하게 파헤친다. 종래의 추리물과는 그 궤를 달리한 최초의 하드보일드 추리소설 !

『부랑의 강』 – 김성종 장편추리소설

여대생과 외로운 중년신사가 벌인 불륜의 사랑이 몰고온 엽기적인 살인사건! 살인범으로 몰린 아버지의 무죄를 확신하고 이 사건에 뛰어든 딸의 집요한 추적의 정통 추리극! 사건의 종점에서 부딪치게 되는 악마의 얼굴은 과연?

『일곱개의 장미송이』 – 김성종 장편추리소설

임신 3개월 된 아내가 일곱 명에 의해 유린당하자 평범하고 왜소하고 얌전하던 남편이 복수의 집념을 불태운다. 아내의 유언에 따라 범인을 하나씩 찾아내어 잔인하게 죽이고 영전에 장미꽃을 한 송이씩 바치는 처절한 복수극 !

『백색인간』 – 상·하 | 김성종 장편추리소설

허영의 노예가 되어 신데렐라의 꿈을 쫓는 미녀의 끈질긴 집념과 방탕, 그리고 그녀를 죽도록 사랑하며 혼자 독차지하려는 이상 성격을 가진 청년의 단말마적인 광란! 그리고 명수사관이 벌이는 사각의 심리 추리극 !

『제5의 사나이』 – 상·중·하 | 김성종 장편추리소설

국제 마약조직이 분실한 2천만 달러의 헤로인 6kg! 배신자들을 처치하고 헤로인을 찾기 위해 홍콩으로부터 날아온 국제킬러 제5의 사나이! 킬러가 자행하는 냉혹한 살인극과 경찰이 벌이는 숨가쁜 추적의 하드보일드 추리극 !

『반역의 벽』 – 상 · 하 | 김성종 장편추리소설

한국이 개발한 신무기 레이저 X, ―핵무기를 순식간에 녹여버릴 수 있는 X의 가공할 위력! 이를 빼내려는 국제 스파이의 음모와 배신, 이들의 음모를 저지하려는 수사관들의 눈부신 활약. 국내 최초의 산업스파이 소설!

『아름다운 밀회』 – 상 · 하 | 김성종 장편추리소설

신혼여행 도중 실종된 미모의 신부로 인해 갑자기 용의자가 되어버린 신랑! 그가 벌이는 도피와 추적! 미녀의 뒤에 있던 치정과 재산을 둘러싼 악마들의 모습을 밝혀낸 수사극의 결정판! 김성종 추리소설의 새로운 지평!

『경부선특급 살인사건』 – 상 · (중 · 하권 집필중) | 김성종 장편추리소설

그들은 연휴를 맞아 경부선 특급열차에 오른다. 밤열차에서 시작되는 불륜의 여로는 남자의 실종으로 일순간에 무너져 버린다. 실종이 몰고온 그 모호하고 안타까운 미스테리는 "열차속에서의 연속살인"으로 이어지는데……

『라 인 X』 – 상 · 중 · 하 | 김성종 장편추리소설

교황을 살해하려는 KGB의 지령에 따라 잡입한 스파이 라인-X, 킬러의 총부리가 교황을 위협하는 절대절명의 순간 이를 제압하는 한국 경찰과 신출귀몰하는 라인―X와의 생사를 건 한판 승부를 묘사한 국제적 추리소설!

『어느 창녀의 죽음』 – 김성종 단편집

작가 김성종의 탄탄한 필력을 유감없이 보여주는 주옥같은 단편집! 신춘문예 당선작 「경찰관」및 「김교수 님의 죽음」, 「소년의 꿈」, 「사형집행」 등을 수록. 문학적 흥미와 감동으로 독자를 매료하는 김성종 추리소설의 백미

『죽음의 도시』 – 김성종 SF단편집

김성종 SF단편소설집! 김성종이 예견한 기상천외한 미래사회의 청사진! 「마지막 전화」, 「회전목마」, 「돌아온 사자」, 「이상한 죽음」, 「소년의 고향」 등 SF 걸작들! 새로운 문학장르를 개척하려는 김성종의 끊임없는 실험정신!

『여자는 죽어야 한다』 – 상 · 하 | 김성종 장편추리소설

김성종이 시도한 실험적 추리소설! 독자는 특별한 예고살인 속으로 여행을 시작한다. 「오늘밤 여자 한 명을 죽이겠다. 여자는 한쪽 귀가 없을 것이다. 잘해봐!!」 살인 예고장을 보는 순간 독자들은 숨가쁜 긴장속으로 빠져든다.

『한국 국민에게 고함』 ─ 상·중·하 | 김성종 장편추리소설

추악한 한국 국민들에게 보내는 對국민 경고장! 「한국 국민에게 고함!」─이 경고를 받아들이지 않으면 테러를 감행할 수밖에 없다! 가공할 폭탄테러에 전율하는 시민들과 이를 추적하는 수사진의 필사적인 노력!

『국제열차 살인사건』 ─ 1·2·3 | 김성종 장편추리소설

이탈리아 밀라노에서 눈덮인 알프스산맥을 넘어 스위스 취리히에 이르는낭만의 기나긴 여로─그 여로 위를 달리는 국제열차에서 벌어지는 살인사건! 한 사나이의 父情과 분노가 역어내는 눈물겨운 드라마!

『슬픈 살인』 ─ 1·2·3·4 | 김성종 장편추리소설

부산 해운대를 무대로 펼쳐지는 김성종의 새롭고 야심찬 대하 추리소설! 뜨거운 여름 바닷가를 중심으로 벌어지는 젊은이들의 애욕과 애증의 파노라마가 몰고 온 엽기인 연쇄 살인사건! 범인과 수사진이 벌이는 추리극의 백미!

『불타는 여인』 ─ 상·하 | 김성종 장편추리소설

불처럼 화려한 여인의 육체에 공포의 AIDS가! 무서운 AIDS를 접목시켜 공포의 연쇄 살인을 연출해낸 김성종 최신 장편추리소설─현대여성의 비극적 자화상을 경탄할만한 솜씨로 묘파해낸 우리시대의 새로운 인간드라마!

『제3의 사나이』 ─ 상·하 | 김성종 장편추리소설

대통령 출마를 선언한 대재벌 회장의 과거! 일본에 의해 지배당할 운명에 처한 한국경제를 구하기 위해 독재자에게 도전장을 낸 그의 약점을 쥐고 협박을 해오는 검은 그림자! 그들을 무자비하게 칼로 살해한 제3의 사나이는?

『죽음을 부르는 소녀』 ─ 김성종 장편추리소설

친구들과 지리산에 올랐다가 실종된 무당의 딸 현미, 민가를 침범하는 호랑이와 산속에 사는 사냥꾼 부자의 숙명적인 대결. 수십년 간 벼랑의 굴속에서 숨어 살아온 빨치산 출신의 야수. 그들이 벌이는 죽음의 드라마!

『홍콩에서 온 여인』 ─ 상·하 | 김성종 장편추리소설

군부의 지원을 받아 쿠테타를 성공시킨 염광림의 개혁조치에 불안을 느낀극우 보수 세력은 홍콩의 범죄조직을 끌어들여 염광림을 제거하려 한다. 킬러의 뒤를 끈질기게 추적한 오병호 경감은 마침내 이들의 계획을 저지한다.

『버림받은 여자』─상·하 | 김성종 장편추리소설

밝은 보름달 아래 피냄새를 쫓아 여자사냥에 나선 식인개─ 전설로만 전해오던 그 개는 실제로 존재하는가? 한 남자의 아내와 애인이 맹수에게 물어뜯겨 살해된 시체로 발견되었다. 그녀들은 왜 그렇게 잔인하게 살해되었을까?

『코리언 X파일』─상·하 | 김성종 장편추리소설

21세기를 향해 첫발을 내딛는 김성종 추리문학의 진수! 한반도의 운명을 좌우할 X파일을 찾아라! 한·중·일 3국의 비밀기관원들이 X─파일을 둘러싸고 벌이는 상상을 초월하는 음모와 배신이 연속되는 문학적 흥미와 감동!

『형사 오병호』─김성종 장편추리소설

고층호텔에서 추락사한 외국인에 이어 연쇄적으로 발생하는 살인사건! 배후에 도사린 일단의 국제 테러리스트! 그들의 음모를 분쇄하기 위해 목숨을 걸고 사지에 뛰어든 형사 오병오의 숨막히는 스릴과 불타는 투혼!

『서울의 황혼』─김성종 장편추리소설

도심의 20층 호텔에서 벌거숭이로 떨어져 죽은 여배우 오애라─ 그 뒤에 도사리고 있는 비밀요정의 정체! 그리고 마약·인신매매·밀항·국제매음조직 등 깊고 우울한 함정을 날카로운 시각으로 추라한 김성종 장편추리소설!

『세 얼굴을 가진 사나이』─상·하 | 김성종 장편추리소설

지리산에 올랐다가 실종된 무당의 딸 현미와 시체로 발견된 5명의 친구들, 대규모 수색작업이 수포로 돌아가자 조준기 형사는 혼자 현미를 찾아나선다. 지리산의 험산준령속에 파묻혀 있넌 몇십 년 묵은 비밀과 현미의 행방은?

『얼어붙은 시간』─김성종 장편추리소설

임신한 어린 소녀가 사창가로 흘러들어 갔다. 그녀의 어린 남동생은 골목에서 손님을 불러들인다. 그리고 어느 날 그 사창가 쓰레기 더미 속에서 중년남자의 시체가 발견되는데…… 강한 휴머니즘을 바탕에 둔 비극미의 극치!

『나는 살고싶다』─김성종 장편추리소설

성불능 남편에게 이혼을 요구하던 아내의 죽음 때문애 살인 누명을 쓰고 옥살이를 하던 최태오의 탈옥! 죽음의 의식 속에서 더욱 강렬해지는 삶의 욕구, 피와 살이 튀기는 성의 고통과 환희속에서 그는 집요하게 범인을 추적한다.

『끝없는 복수』-상·(하권 집필중) | 김성종 장편추리소설

대학입시 준비에 여념이 없는 여학생을 감히 납치 폭행 살해한 악마들의 단말마
적 폭력극! 하나밖에 없는 어린 딸을 살해한 자들을 찾아나선 눈물겨운 아버지의
피어린 복수극이 전편을 끝없는 긴장속으로 몰아넣는다.

『미로의 저쪽』-상·하 | 김성종 장편추리소설

인생의 모든 것을 상실한 여인 뭇月, 네 명의 악한을 상대로 「복수」에 생의 최후를
건다. 연약한 여인이 벌이는 복수극은 처절하리만큼 비정하고 완벽하다. 독신 형사
와 연하의 대학생이 등장하여 극적인 전환을 이루는 추리소설!

『안개속에 지다』-상·하 | 김성종 장편추리소설

세균학의 세계적 권위자인 유한백 박사가 의문의 살해를 당하고 잇달아 두 처녀가
피살된다. 미술을 전공한 미모의 외동딸 보화는 아버지가 남긴 막대한 재산으로 남
자들을 고용, 범인의 추적에 나서는데……

『Z의 비밀』-김성종 장편추리소설

일본의 「적군파」, 서독의 「바더마인호프단」, 이탈리아의 「붉은여단」, 팔레스타인
의 「검은 9월단」……세계의 도시 게릴라들이 모두 한국에 잠입했다. 암호명 Z의
비밀을 밝혀라! 그들의 한국 수사진의 한판 승부!

『최후의 밀서』-김성종 장편추리소설

다섯 살 된 아이의 유괴사건, 그 아이가 어느 재벌 2세의 사생아임이 밝혀지면서 기
업에 얽힌 악마 같은 드라마는 시종 숨가쁜 호흡을 토해낸다. 유괴범을 집요하게 추
적하는 형사 앞에 마침내 얼굴을 드러낸 X! 그는 과연?

『비련의 화인(火印)』-김성종 장편추리소설

귀여운 외동딸 청미가 이루지 못한 사랑의 붉은 도장(火因)이 몸에 찍힌 채 탄생한
다. 8년 후 청미는 열차 속에서 시체로 발견되는데……청미의 유괴를 둘러싸고 벌
이는 갈등 속에 범인으로 떠오르는 전혀 뜻밖의 인물!

『피아노 살인』-김성종 장편추리소설

밤마다 흐느끼듯 들려오는 쇼팽의 야상곡 소리는 6개월 시한부 인생을 살고 있는
여인이 벌거벗은 몸으로 목졸린 채 피살되면서 사라진다. 욕망이라는 정신분열적
성격을 다룬 김성종의 또 다른 실험적 포스드모더니즘!

김성종

1941년 전남 구례출생
연세대학교 정외과 졸업
1969년 「조선일보」 신춘문예 소설당선
1971년 「현대문학」지 소설추천 완료
1974년 「한국일보」에 「최후의 증인」으로 장편소설 당선

여명의 눈동자 제1권

김 성 종 장 편 대 하 소 설

초판발행 ──── 1978년 7월 15일
3판1쇄 ──── 2003년 9월 25일
3판2쇄 ──── 2016년 7월 05일
저자 ──────── 金聖鍾
발행인 ──── 金仁鍾
북디자인 ──── 정병규디자인

발행처 ──────── 도서출판 남도
등록일자 ──── 서기 1978년 6월 26일(제2009-000039호))
주소 ──────── 경기도 성남시 중원구 둔촌대로464
　　　　　　　　 드림테크노 507호
전화 ──────── 031-746-7761　서울 02-488-2923
팩스 ──────── 031-746-7762　서울 02-473-0481
Email ──────── ndbook@naver.com

ⓒ 2016 Kim Sung Jong. Printed in Korea

정가: 10,000원

ISBN 89-7265-501-5 03810
ISBN 89-7265-500-7(세트) 03810
파본이나 잘못된 책은 교환하여 드립니다.